Farina Eden
Das Findelkind

Farina Eden

Das Findelkind

Historischer Roman

PIPER

Mehr über unsere Autoren und Bücher: www.piper.de

Wenn Ihnen dieser Roman gefallen hat, schreiben Sie uns unter Nennung des Titels »Das Findelkind« an empfehlungen@piper.de, und wir empfehlen Ihnen gerne vergleichbare Bücher.

ISBN 978-3-492-50392-1

Redaktion: Sandra Lode
Covergestaltung: FAVORITBUERO, München
Covermotiv: Bilder unter Lizenzierung
von Shutterstock.com genutzt
Satz auf Grundlage eines CSS-Layouts
von digital publishing competence (München)
mit abavo vlow (Buchloe)
Printed in Germany

Prolog

Nacht vom 5. auf den 6. Dezember 1762

Ein grauer Schatten huschte am Fenster vorbei und erschreckte das kleine Mädchen zu Tode. Sie vermochte nicht zu sagen, warum sie erwacht war, vielleicht war da ein Geräusch gewesen, das sie aus ihrem Traum gerissen hatte. Sie zog ihre Bettdecke hoch bis an die Nasenspitze, richtete sich auf und starrte zum Fenster.

Die Nacht war sternenklar, der Mond stand voll und rund am Himmel und verwandelte die schneebedeckte Landschaft in ein weißes, glitzerndes Meer.

In der Fantasie des kleinen Mädchens wurden die kahlen Äste der Büsche im Vorgarten zu Fangarmen, die nach ihr zu greifen schienen. Mit klopfendem Herzen schlug sie die Decke zurück, tapste mit nackten Füßen über die kalten Holzdielen und drückte ihren schmalen Körper gegen die Rückwand ihres Zimmers, an die das Mondlicht nicht mehr heranreichte. Sie presste ihre winzige Faust auf den Mund und starrte hinaus.

Der Schatten war fort.

Langsam beruhigte sich ihr Puls, und sie spürte die Kälte, die ihre Füße hochkroch. Doch gerade, als sie all ihren Mut zusammennehmen und sich wieder in ihr Bett legen wollte, tauchte der Schatten erneut auf und verharrte ausgerechnet vor ihrem Fenster.

Das kleine Mädchen erkannte, dass es eine Frau sein musste, die da stand, denn es waren eindeutig Frauenkleider, die der Schatten trug. Und nicht nur das. In der Armbeuge des Schattens klemmte ein Korb, nach dem er mit der freien Hand tastete, als würde er etwas streicheln, das darin lag. Dann verschwand er ganz plötzlich wieder, und nur einen Augenblick später wurde heftig gegen die hölzerne Vordertür gehämmert.

Das kleine Mädchen trat aus ihrem Zimmer und schlich über den Flur, um an der Tür zu lauschen. Licht war nicht nötig, denn sie hatte ihr ganzes kurzes Leben in diesem Haus verbracht und fand sich auch im Dunkeln zurecht. Als sie gerade die Eingangstür erreichte, klopfte es erneut.

Nun kamen auch die Mutter und der Vater aus ihren Schlafzimmern und eilten herbei. Die Mutter hielt eine Kerze in der Hand und leuchtete dem Mädchen ins Gesicht.

»Warum liegst du nicht in deinem Bett?«

»Es hat geklopft«, sagte das Mädchen mit zittriger Stimme. »Dabei ist es doch mitten in der Nacht.«

Sie sah, wie ihre Eltern einen sorgenvollen Blick wechselten, dann durchschnitt die tiefe Stimme ihres Vaters die Stille.

»Wer da?«

Niemand antwortete.

»Wer da?«, wiederholte er etwas lauter.

Doch auch diesmal bekam er keine Antwort. Ihre Mutter wandte sich bereits zum Gehen und murmelte, dass sich wohl ein Trunkenbold einen Scherz erlaubt haben müsste, als das kleine Mädchen ein leises Wimmern vernahm.

Sie blickte zu ihren Eltern auf, aber nichts an deren Gesichtern erweckte den Eindruck, als hätten sie etwas gehört. Dann wurde das Greinen lauter.

»Horcht!«, sagte das Mädchen und hob ihren Zeigefinger. Neugierig schob sie sich an den Beinen ihres Vaters vorbei, griff nach der Türklinke und öffnete. Sie hatte sich nicht getäuscht. Auf der Türschwelle stand der Korb, den der Schatten in Frauenkleidern abgestellt haben musste. Sie beugte ihren inzwischen vor Kälte zitternden Körper darüber und sah hinein.

Der Schatten hatte ihnen einen winzigen Säugling vor die Tür gelegt.

Kapitel 1

Magdalena

Samstag, 10. Oktober 1761, erzählt 1797

Der Kienspan in der Fensternische war lange Jahre ihr einziger Hoffnungsschimmer gewesen, obwohl ihr Verstand ihr immer wieder gesagt hatte, dass kein Licht in irgendeinem Fenster sie zu ihr zurückbringen würde. Es war närrisch zu glauben, dass jemand, der einen anderen Ort seine Heimat nannte, nach ihr suchen und sie finden würde. Wer nicht auf der Suche war, der fand auch nicht, so einfach lagen die Dinge.

Inzwischen war der Kienspan längst einer Öllampe gewichen, doch das Ritual war noch immer dasselbe, Abend für Abend. Das aufflackernde Licht warf sie zurück und erinnerte sie an ihre Jugend und die ausgelassenen Abende in der Spinnstube.

»Mathias«, flüsterte sie leise in den leeren Raum hinein, und beim Klang seines Namens lief ihr auch nach all den Jahren noch immer ein Schauer über den Rücken. Sie zog den Schemel neben das Fenster, setzte sich und dachte daran, wie lange sie seinen Namen nicht mehr laut ausgesprochen hatte.

Es war der 10. Oktober des Jahres 1761 gewesen, als sie ihn im Gasthaus Zur Alten Linde das erste Mal gesehen hatte.

Wirtstochter Gerda war ins heiratsfähige Alter gekommen und nicht gerade eine Augenweide, wie ihre Mutter gern betonte. Darum verwandelte die Wirtin einen Nebenraum des Gasthauses in eine Spinnstube, in der sich Mädchen zum Handarbeiten trafen und die zu später Stunde auch von jungen Burschen aufgesucht wurde.

Gerdas Mutter hegte wohl die Hoffnung, dass ihre Tochter so auf einen anständigen Mann treffen würde, der sie aufgrund ihrer Güte, ihres Humors und ihres Verstandes ins Herz schloss.

Magdalena mochte Gerda schon immer, und ihre äußerlichen Makel waren ihr gleichgültig. Wegen wiederkehrender Krankheiten, die sie plagten, gehörten Gerda Jung und ihre Mutter Charlotte zu den Stammkunden der Casparus-Apotheke, die von Magdalenas Vater betrieben wurde.

Die Mädchen freundeten sich schon in frühen Kindertagen an. Gerdas zugegebenermaßen etwas außergewöhnliches Aussehen hatte dabei nie zwischen ihnen gestanden. In Magdalenas Augen war Gerda eine großartige Spielkameradin, mit der es sich hervorragend lachen ließ. Irgendwann hatte diese nämlich beschlossen, ihre Verwachsungen und die schief stehenden Augen und Zähne mit Humor zu nehmen.

In diesem Oktober hatte es Gerda sich zur Aufgabe gemacht, Magdalena Sticken und Häkeln beizubringen, doch sie scheiterte regelmäßig an den kleinsten Mustern.

»Ich sehe nicht nur aus wie ein Esel, sondern ich habe auch die Geduld eines solchen«, kommentierte Gerda die kläglichen Handarbeitsversuche ihrer Freundin, die sie wieder und wieder ausbessern musste.

Erschrocken sah Magdalena auf, und Gerda brach in lautes Gelächter aus.

»Jetzt, liebe Magda, siehst du aber ausgesprochen dämlich aus! Schau nicht so belämmert. Ist doch kein Geheimnis, wie die Leute mich sehen, einschließlich meiner lieben Mutter, der es wohl nur noch darum geht, mich schleunigst unter die Haube zu bringen.«

»Ich sehe dich nicht so«, antwortete Magdalena leise.

»Das weiß ich doch.« Gerda lächelte, nahm Magdalena den Stickrahmen aus der Hand und begutachtete ihn. Erst zog sie ihre buschigen Augenbrauen hoch, dann begann ihr Mund zu zucken, und schließlich gab sie einen leisen, grunzenden Lacher von sich.

»So wird das nichts mit dir und den Männern, Magda!«, tadelte sie kopfschüttelnd. Dann hob sie den Zeigefinger und imitierte die schrille Stimme ihrer Mutter. »Die Aussteuer, mein Kind, ist lebensnotwendig! Ein Mädchen muss in der Lage sein, Bettwäsche, Kopfkissenbezüge und Tischtücher zu besticken!«

Magdalena presste ihre Hand vor den Mund, um ein Kichern zu unterdrücken. Gleichzeitig fragte sie sich, ob Gerdas Mutter damit wohl recht hatte.

»Wenn es ohne Sticken und Häkeln und all dem nicht geht, werde ich wohl als alte Jungfer sterben«, seufzte Magda. »Weißt du, während du sticken üben durftest, hat mich mein Vater in Botanik, Mineralogie, Alchemie und Pharmazie unterwiesen. Von Kindesbeinen an musste ich ihm in unserer Apotheke zur Hand gehen und allerlei Tinkturen, Pulver und Salben zusammenrühren.«

»Nun, dann solltest du deinem künftigen Gatten vielleicht eine aufmunternde oder einschläfernde Tinktur verabreichen. Das wird ihn deine schaurigen Handarbeitskünste sicher vergessen lassen.«

In diesem Augenblick musste Mathias hinter Magda getreten sein, ohne dass sie es bemerkt hatte.

»Ich weiß nicht, Gerda. Um diese Stickarbeit schön zu finden, braucht es sicher viel von einer solchen Tinktur.«

Noch heute musste Magdalena schmunzeln, wenn sie daran dachte, wie sehr sie diese Bemerkung verärgert hatte. Es war eine Sache, wenn Gerda sie aufgrund nicht vorhandener Fingerfertigkeit neckte. Ein fremder Mann, der sich darüber lustig machte, war etwas ganz anderes.

»Ich verbitte mir diese Frechheiten«, hatte sie erwidert, ohne sich umzusehen. »Man darf nicht vergessen, dass dies erst der zweite Stickrahmen in meinem Leben ist. Es ist noch kein Meister vom Himmel gefallen, und ich bin mir sicher, dass ich auch das noch lernen werde.«

»Wirst du nicht«, antworteten Gerda und der junge Mann wie aus einem Munde. Magda drehte sich mit vor Empörung offenem Mund um und wollte gerade lospoltern. Doch seine warmen, lachenden Augen und die vorwitzigen Sommersprossen auf Nase und Wangen ließen sie verstummen. Nichts im Gesicht dieses Rotschopfes wies darauf hin, dass er die Bemerkung tatsächlich böse gemeint haben könnte.

»Darf ich vorstellen?«, sagte Gerda. »Mathias Grene, Sohn des Handschuhmachers.«

Magda deutete ein Kopfnicken an, und Gerda fuhr fort: »Und dieses Handarbeitswunder ist unsere liebe Magdalena Margaretha Casparus, Tochter des Celler Apothekers Ferdinand Casparus.«

»Ich bin entzückt«, sagte Mathias mit entwaffnender Herzlichkeit, griff nach Magdalenas Hand und deutete einen Kuss an. Dann rutschte er in die gegenüberliegende Sitzbank und grinste sie mit schief gelegtem Kopf an.

Magdalena spürte die Hitze, die ihr ins Gesicht schoss, doch bevor der Moment unangenehm werden konnte, setzte plötzlich Musik ein. Ein junger Mann, den sie noch nie zuvor gesehen hatte, saß neben der Tür und zupfte eine fröhliche Melodie auf der Zither.

»Wer ist das?«, fragte Gerda.

»Ich dachte, du wüsstest das«, gab Magdalena erstaunt zurück, denn sie war bisher immer davon ausgegangen, dass Gerda – als Tochter der Wirtsleute – nicht nur die Mädchen, sondern auch die Burschen kannte, die in der Spinnstube ein und aus gingen.

»Den habe ich hier noch nie gesehen«, antwortete Gerda. Dann erhob sie sich lächelnd, zapfte einen Krug Bier und brachte ihn an den Tisch des Musikers. Der junge Mann dankte mit einem Kopfnicken und plauderte mit Gerda, ohne sein Spiel zu unterbrechen. Immer wieder lachte er, schüttelte den Kopf oder nickte zustimmend. Als Gerda an den Tisch zurückkam, war sie fast ein wenig außer Atem.

»Er heißt Valentin und kommt aus Eicklingen. Er braucht ein Nachtquartier, denn er gedenkt, sich hier bei uns in Celle oder der näheren Umgebung niederzulassen.«

»Und weiter?«, fragte Magdalena neugierig. »Du willst mir doch wohl nicht weismachen, dass ihr aufgrund seiner Herkunft lachen musstet.«

Gerda zog die Augenbrauen hoch. »Hast du mich etwa beobachtet, Magda?«, fragte sie streng.

»Selbstverständlich.« Sie hätte behaupten können, dass es ihre Pflicht als gute Freundin sei, auf sie achtzugeben, doch sie wusste, dass Gerda sehr gut auf sich selbst aufpassen konnte. Dass sie sie beobachtet hatte, lag schlicht und einfach an ihrer Neugier.

Seufzend setzte sich Gerda wieder, ohne Valentin dabei aus den Augen zu lassen.

»Er gefällt dir«, stellte Mathias ruhig fest.

Entsetzt riss Magdalena die Augen auf. Wie konnte er nur so indiskret sein? Doch Gerda schien das nichts auszumachen.

»Natürlich. Sieh ihn dir doch nur einmal an! Diese lockigen Haare, dazu bernsteinfarbene Augen.« Sie gab einen verklärten Seufzer von sich und begann plötzlich zu lachen. »Ein bisschen schwärmen wird doch wohl noch erlaubt sein.« Dann widmete sie sich wieder ihrer Stickerei.

Eine Weile saßen sie schweigend beieinander und lauschten Valentins Musik. Obwohl Magdalena versuchte, sich auf ihre Handarbeit zu konzentrieren, spürte sie genau, dass Mathias sie dabei unverwandt ansah.

»Du starrst noch Löcher in Magdas Kissenbezug«, sagte Gerda, und in diesem Augenblick wurde Magdalena klar, warum Gerda sich nicht an seiner Offenheit störte. Sie gehörten beide zu der Sorte Mensch, die sich ihrer Gefühle nicht schämten und Gedanken grundsätzlich erst einmal aussprachen, bevor sie darüber nachdachten.

»Ich kann einfach nicht anders«, gab Mathias zurück, und als sie aufblickte, legte er seine Hand vorsichtig auf ihre. »Darf ich dich später nach Hause begleiten, Magdalena Casparus?«

Die Frage überraschte Magda. Der Abend war noch jung, und ans Heimgehen hatte sie noch keinen Gedanken verschwendet. Mathias schien zu ahnen, was in ihrem Kopf vorging, denn er erklärte: »Ich frage nur jetzt schon, damit mir niemand zuvorkommt.«

»Ich werde darüber nachdenken müssen.« Sie sah ihn mit hochgezogenen Augenbrauen an. »Jemand, der sich darüber lustig macht, wie ich im Schweiße meines Angesichts versuche, eine Blume auf einen Kissenbezug zu sticken, ist womöglich nicht die passende Begleitung für mich. Dieser jemand suche sich vielleicht besser ein Mädchen, dessen Rose auf dem Kissen auch als solche zu erkennen ist.«

Theatralisch hatte Mathias nach dieser vorläufigen Abfuhr die Augen aufgerissen und seine Hände an die Brust gedrückt.

»Du brichst mir das Herz, Lena«, jammerte er. »Was will ich mit all den stickenden Mädchen, wenn ich doch seit Wochen nur dich im Kopf habe?«

Überrascht zog Magdalena die Augenbrauen zusammen. Er hatte sie seit Wochen im Kopf? Das musste bedeuten, dass sie ihm schon zuvor aufgefallen war. Sie selbst hatte ihn vielleicht ein- oder zweimal in Gerdas Spinnstube gesehen, doch sie waren weder ins Gespräch gekommen, noch hatte sie das Gefühl gehabt, dass er Gefallen an ihr gefunden hätte.

Nun nannte er sie Lena, als wäre es das Normalste auf der Welt. Doch wer sie nicht bei ihrem vollen Namen rief, sagte Magda. Sie grübelte darüber nach, ob sie protestieren sollte, ließ es dann aber bleiben, denn ihr gefiel, dass er sie anders rief als alle anderen. Es machte ihn besonders und schuf auf unerklärliche Weise eine Art Vertrautheit zwischen ihnen.

Magdalena hätte auf sein theatralisches Geständnis gern etwas Schlagfertiges erwidert, doch ihr fiel nichts ein.

Mathias Grene machte ihr unübersehbar den Hof. Darauf war sie nicht vorbereitet. Sie musste nicht darüber nachdenken, was sie von ihm hielt, denn das hatte sie in dem Augenblick gewusst, als sie in seine frechen, funkelnden Augen gesehen hatte: Er gefiel ihr. Sein Wesen war zurückhaltend und höflich, gleichzeitig schien ihm der Schalk im Nacken zu sitzen. Er verstellte sich nicht und blieb bei der Wahrheit, auch wenn das bedeutete, dass er ihr ehrlich sagte, dass ihre Stickkünste erbärmlich waren.

Während Magdalena sich mit den Blättern der Rose abmühte, dachte sie darüber nach, welche Gesprächsthemen es wohl zwischen ihr und Mathias geben könnte.

Sie hatte einige Fragen, doch es wäre vermutlich nicht besonders höflich, ihn auf dem Heimweg ununterbrochen auszuhorchen. Aber vielleicht kam er ja von selbst auf die Idee, ihr mehr über sich zu erzählen. Hatte er Geschwister? Wollte er in die Fußstapfen seines Vaters treten und ebenfalls Handschuhmacher werden? Wo wohnte er überhaupt? Sie hatte ihn vor den Spinnabenden in der Alten Linde noch nie irgendwo gesehen, zumindest nicht bewusst.

»Oh nein«, seufzte Gerda in diesem Augenblick. Zeitgleich beendete Valentin sein Spiel, und es wurde ruhig in der Stube.

»Was ist?«, fragte Magda leise und folgte ihrem Blick.

»Konrad«, antwortete sie und deutete mit dem Kopf in Richtung Tür. »Als er das letzte Mal hier war, musste mein Vater eingreifen und den Abend vorzeitig beenden.«

Magdalena erkannte sofort, wovon Gerda sprach. Konrads Schritte waren schwer, und er schwankte, als er zur Theke ging. Ganz offensichtlich war er angetrunken. Er hatte seinen Freund Jeremias dabei, ein langer, hagerer Bursche mit vernarbter Haut und schütterem Haar.

Magdalena war davon überzeugt, dass Konrad sich ihn nur deshalb als Freund ausgesucht hatte, weil er neben dem unscheinbaren Jeremias besonders gut zur Geltung kam. Der Sohn des Celler Tischlers war kräftig und muskulös, was sicher mit seiner Arbeit zusammenhing. Seine Haare waren schwarz und lockig und gaben ihm etwas Verwegenes. Bei genauerer Betrachtung war jedoch nicht mehr zu übersehen, wie sehr er dem Alkohol zugetan war.

Kaum hatte er die Spinnstube betreten, begannen die Mädchen auch schon zu flüstern und zu kichern, und Konrad sonnte sich in deren Bewunderung. Trotzdem schien er an diesem Abend ein anderes Ziel zu haben. Besorgt erkannte Magdalena, dass sein Interesse ihr galt. Mit vollem Bierkrug und Jeremias im Schlepptau kam er an ihren Tisch und setzte sich, ohne dass sie ihn darum gebeten hätten.

»Das ist ja mal ein Anblick«, lallte er. »Das Fräulein Casparus gibt sich die Ehre. Wo warst du denn in der letzten Woche?«

Magdalena warf Gerda einen kurzen Blick zu und starrte dann wieder konzentriert auf ihren Stickrahmen. Wenn sie ihm antwortete, würde er womöglich wie eine Klette an ihr hängen und ihr den Abend verderben, der dank Mathias gerade begann, interessant zu werden. Nicht zu antworten könnte allerdings dazu führen, dass er ungehalten oder gar wütend wurde.

»Viel los in der Apotheke«, murmelte sie leise und hoffte inständig, dass er das Interesse an ihr verlor. Natürlich erfüllte sich dieser Wunsch nicht. Statt von ihr abzulassen und sich den kichernden Hühnern am Nebentisch zuzuwenden, rückte er mit seinem Stuhl näher an sie heran.

»Eine Mutter wüsste, wie wichtig die Abende in der Spinnstube für junge Frauen im heiratsfähigen Alter sind«, sagte er und blies ihr seinen alkoholschweren Atem ins Gesicht.

Angeekelt wandte sie sich ab. Gleichzeitig spürte sie die Wut, die in ihr hochstieg. Dieser Widerling! Jeder hier in Celle wusste, dass Christiane Casparus die Geburt ihrer Tochter nicht überlebt hatte und Magdalena deshalb bei ihrem Vater aufgewachsen war, der sein Bestes gab.

Wie konnte Konrad Brandmiller es wagen, sie auch nur zu erwähnen und gleichzeitig ihrem Vater damit einen Vorwurf zu machen?

»Ich habe mir sagen lassen, dass ich außer randalierenden Trunkenbolden nichts verpasst hätte«, zischte sie empört zurück. Die Veränderung in Konrads Gesicht folgte sofort, und Magdalena wusste, dass sie sich diese Bemerkung besser hätte schenken sollen.

Der Tischlersohn stand so abrupt auf, dass sein Stuhl umkippte. Mit wutverzerrtem Gesicht starrte er Gerda an. »Der hässliche Krüppel hätte besser das Maul gehalten.«

»Das wäre dann mein Stichwort«, erwiderte Gerda ruhig, erhob sich und wies Konrad die Tür. »Du kennst ja den Weg, Konrad. Den Krug darfst du gern mitnehmen – ich bin da mal nicht so. Und jetzt muss ich dich bitten zu gehen!«

»Ich nehme keine Anweisungen von einer Frau entgegen, schon gar nicht von so einer wie dir!«

Schlagartig wurde es still in der Stube, und es gab niemanden, der nicht gespannt zu ihrem Tisch starrte.

»Was soll das, Konrad? Du bist hier in ihrer Gaststube. Warum benimmst du dich nicht zur Abwechslung mal anständig, trinkst etwas weniger, und alles ist gut«, versuchte Mathias, den Tischlersohn zu besänftigen.

»Halt dich da raus, Grene!«, kam Jeremias seinem betrunkenen Freund zu Hilfe.

Magdalena bemerkte, dass Konrad seine Hände zu Fäusten ballte, und war sicher, dass er jeden Moment zuschlagen würde. Gerda hatte es ebenfalls gesehen. Ruhig stellte sie sich zwischen Konrad und Mathias und sah dem Tischler fest in die Augen.

»Du gehst jetzt«, sagte sie schlicht.

Magda hielt den Atem an. Da Konrad sich nicht von der Stelle rührte, erhob sie sich und stellte sich neben Gerda. Valentin, der Musiker, tat es ihr gleich, wobei er sich vorsichtig von Tisch zu Tisch tastete, und auch Mathias bezog Stellung.

Konrad schien zu erkennen, dass er gegen sie alle wohl kaum etwas ausrichten konnte, doch noch zögerte er, den Raum zu verlassen. Für jemanden von seiner Sorte dürfte es das Schlimmste überhaupt sein, in einer vollen Spinnstube das Gesicht zu verlieren.

Glücklicherweise betrat nun auch Gerdas Mutter den Raum. Die Wirtin hatte genug Erfahrung, um die seltsam angespannte Situation richtig einzuschätzen. Noch im Türrahmen stehend rief Charlotte Jung nach ihrem Mann.

»Brandmiller!«, polterte Gerdas Vater, der sofort herbeieilte. »Machst deinem Namen wieder alle Ehre, was?«

Konrads dümmlicher Gesichtsausdruck zeigte, dass er nicht verstand, dass Hannes Jung mit dieser Bemerkung darauf anspielte, dass er ein Unruhestifter war. Doch immerhin sah der Tischler ein, dass er hier den Kürzeren zog.

Der Wirt schubste Konrad und Jeremias abwechselnd in Richtung Ausgang und warf beide hinaus, dann erklärte er seiner Tochter Gerda, dass sie ihn zukünftig sofort zu rufen hätte, wenn diese beiden Lumpen je wieder einen Fuß in die Alte Linde setzen würden.

Die Anspannung legte sich allmählich, und nachdem Valentin sich schon so mutig und selbstverständlich auf Gerdas Seite geschlagen hatte, bat sie ihn mitsamt seiner Zither an ihren Tisch.

Trotz des unschönen Vorfalls wurde der Abend lustig. Die Mädchen erfuhren, dass Valentin sich erst vor Kurzem einer Musikantengruppe angeschlossen hatte, die eines Tages, nach einer langen und ausschweifenden Hochzeit in Eicklingen, bei der sie aufgespielt hatten, schlicht und einfach vergessen hatte, dass er und seine Zither nun dazugehörten. Als er in den Mittagsstunden endlich erwachte, waren die Musiker fort und Valentin auf sich gestellt gewesen.

Eigentlich war die Geschichte nicht zum Lachen, immerhin hatte er so sein Einkommen verloren, doch er erzählte die Ereignisse auf solch unbekümmerte Art und Weise, dass Magdalena am Ende die Tränen vor Lachen über die Wangen liefen.

»Nun bleibt mir nichts anderes übrig, als neu anzufangen, was nicht einfach werden dürfte, da ich fast blind bin. Aber andererseits bin ich ein sehr zuversichtlicher Mensch. Alles im Leben hat seinen Grund, und es gab sicher auch einen Grund dafür, dass ich ausgerechnet heute diese Spinnstube betreten habe.«

Während er sprach, kniff er die Augen zusammen, als würde er seinen Blick schärfen, und sah Gerda unverwandt an. Sie senkte den Blick und errötete.

Mathias schien nicht zu bemerken, was sich da gerade zwischen Gerda und Valentin abspielte. Völlig ungeniert fragte er: »Wie kannst du die Zither spielen, wenn du fast blind bist?«

»Wie könnte ich nicht? Fast blind dürfte es schwierig werden, ein Dach zu decken, einen Tisch zu zimmern oder einem anderen Handwerk nachzugehen. Ich habe zu spielen begonnen, als meine Sehkraft noch nicht so sehr erschöpft war. Wer sein Instrument beherrscht, kann es auch mit verbundenen Augen spielen. Mir lässt mein nachlassendes Augenlicht ganz einfach keine Wahl, denn mit irgendetwas muss ich meinen Lebensunterhalt ja bestreiten.«

Gerda lächelte ihre Freundin über den Tisch hinweg selig an, und Magdalena wusste genau, was sie dachte: Diesem Musikanten dürften Äußerlichkeiten vollkommen gleichgültig sein.

Nach dem unschönen Vorfall beendete Hannes Jung den Abend in der Spinnstube etwas später als sonst. »Konrad Brandmiller hätte euch und uns fast den Abend verdorben. Da ist es nur gerecht, wenn ihr heute ausnahmsweise eine halbe Stunde länger bleiben dürft.«

Einen Moment lang beobachtete Magda Gerda und Valentin, die sich noch immer angeregt unterhielten und deren Gespräch inzwischen bei Eintopfrezepten angelangt war.

Ihr Blick wanderte zu Mathias, und sein Lächeln verriet ihr, dass er das Gleiche dachte wie sie: Hannes Jung war vermutlich gleichgültig, wie der Tischlersohn sich benommen hatte. Der wahre Grund für die Verlängerung des Abends war seine Frau Charlotte, die sofort bemerkt hatte, dass Gerda sich gut mit dem Musikanten verstand. Sicher hatte sie ihrem Gatten befohlen, den beiden noch etwas mehr Zeit zu geben.

»Ich sollte mich so langsam auf den Heimweg machen«, unterbrach Magdalena das Gespräch der beiden. »Mein Vater macht sich sonst sicher Sorgen.«

Mathias erhob sich sofort. »Darf ich?«, fragte er höflich, griff nach ihrem Cape und half ihr hinein.

Obwohl sie sich fest vorgenommen hatte, Mathias nicht auszufragen, als würde sie eine Kanonensalve abfeuern, tat sie in ihrer Aufregung genau das: Sie fragte und fragte.

»Du bist also der Sohn des Handschuhmachers? Außer den zwei Malen in Gerdas Spinnstube habe ich dich noch nie zuvor in Celle gesehen. Seid ihr erst hergezogen?«

»Wir wohnen in der Blumlage und sind uns schon einige Male über den Weg gelaufen, denn auch wir Handschuhmacher werden bisweilen krank oder verletzen uns und brauchen einen Apotheker. Allerdings muss ich zu meinem Bedauern gestehen, dass du in mir nie mehr als einen Kunden deines Vaters gesehen hast, wenn du mich überhaupt gesehen hast.«

»Dann lebst du schon immer hier?«

»Nein. Meine Eltern sind vor fünf Jahren hierher gezogen, weil neueste Verordnungen aus Celle den Eicklinger Handwerkern das Leben immer schwerer machten. Am Ende durften wir unsere Waren nur noch in unserem Heimatflecken verkaufen. Märkte in umliegenden Städten aufzusuchen, war uns ebenso verboten worden, wie mit der Ware hausieren zu gehen. Die Einnahmen reichten irgendwann nicht mehr zum Überleben.«

»Und heute geht es euch besser?«

»Ja. Danke der Nachfrage.«

Sie liefen eine Weile schweigend nebeneinander her, und Magdalena spürte, dass Mathias sie unverwandt von der Seite ansah.

»Was?«, fragte sie schließlich.

»Diese dumme Bemerkung von Konrad ...«, begann er zögernd.

Magdalena seufzte. »War überflüssig und verletzend. Da hast du recht.«

Sie hatten inzwischen den Marktplatz erreicht. An kalten Herbstabenden war der jedoch mit Einbrechen der Dunkelheit wie ausgestorben, und abgesehen vom fahlen Mondlicht waren die wenigen Laternen, die inzwischen entzündet worden waren, die einzige Beleuchtung.

»Er hätte das nicht sagen dürfen.«

»Konrad Brandmiller hat sich noch nie um die Gefühle anderer gekümmert. Vermutlich wollte er mich absichtlich provozieren. Jeder in Celle weiß, dass Vater durch meine Geburt seine Frau verloren hat. Es waren schlimme Jahre für ihn, trotzdem hat er mich mit Liebe überschüttet. Er hätte wieder heiraten können, doch er wollte nicht. In den vergangenen siebzehn Jahren galt seine ganze Aufmerksamkeit nur mir, und es waren glückliche Jahre.«

Das Feuer war inzwischen heruntergebrannt. Magdalena erhob sich, schob den hölzernen Schemel beiseite und legte einige Scheite nach. Als das Feuer wieder loderte und die Wärme in ihre kleine Wohnstube zurückkehrte, dachte sie daran, wie unvorsichtig und naiv sie damals doch gewesen war. Sie hätte aufmerksamer sein müssen. Sie hätte die Gefahr, die von Konrad Brandmiller ausging, realistischer einschätzen müssen. Doch Mathias hatte sie in seinen Bann gezogen, und sie genoss seine Nähe, statt auf die beiden dunklen Schatten zu achten.

Mathias war in dieser Nacht stehen geblieben, hatte ihr liebevoll in die Augen gesehen und nach ihren Händen gegriffen. Magdalenas Herz raste, und sie hatte das Gefühl, dass ihre Knie in der nächsten Sekunde nachgeben würden.

Dann war der Zauber plötzlich vorbei, denn sie bemerkte die beiden Männer, die hinter Mathias aus einer Seitenstraße kamen.

»Vorsicht!«, rief sie entsetzt.

Mathias sah sie verständnislos an, und sie flüsterte: »Konrad und Jeremias. Hinter dir!«

Er drehte sich um, schob sich schützend vor Magdalena und starrte die beiden an, die torkelnd auf sie zukamen.

»Wenn das nicht die aufgeblasene Casparus ist. Hält sich doch glatt für was Besseres«, lallte Konrad. »Danke, dass du sie hergebracht hast, Grene. Den Rest ihres Weges übernehmen Jeremias und ich.«

»Wohl kaum«, gab Mathias mit eisiger Stimme zurück.

Magdalena flüchtete in einen Hauseingang und wartete bewegungsunfähig darauf, dass Konrad und Jeremias zuschlugen. Doch was auch immer die beiden versuchten – es verlief im Sande, denn ihre Fäuste waren ähnlich schwer wie ihre alkoholvernebelten Schritte. Mathias war wendig und wich ihren Hieben geschickt aus. Er rief den Angreifern zu, dass sie aufhören sollten, da er sie nicht verletzen wollte.

Magdalena beobachtete das unwirkliche Schauspiel atemlos. Immer wieder versuchten Konrad und Jeremias, einen Treffer zu landen oder sich an Mathias vorbeizuschieben, um an sie heranzukommen. Doch je mehr Zeit verstrich, desto klarer wurde, dass sie nicht gegen ihn ankamen.

Der Sohn des Handschuhmachers knöpfte sich erst Jeremias vor. Konrad nutzte die Gelegenheit, schwankte an den beiden vorüber und zerrte Magdalena aus dem Hauseingang.

»Ich werde dich jetzt nach Hause begleiten, kleine Casparus. Und du solltest dankbar sein. Ich bin eine gute Partie, und es ist nicht selbstverständlich, dass jemand wie ich Interesse an einer Halbwaisen hat.«

In Panik schrie Magdalena auf. Mathias sah sich nach ihr um und setzte Jeremias dann mit einem einzigen, gezielten Hieb in die Nieren außer Gefecht. Dann packte er Konrad bei den Schultern und riss ihn herum. Ohne Vorwarnung schlug er zu und flüsterte gefährlich leise: »Du gibst ein schändliches Bild ab, Brandmiller. Du warst ja schon früher ein Scheusal, aber der Schnaps scheint dir auch das letzte bisschen Anstand aus dem Hirn zu brennen!«

»Halt dein Maul, Grene«, gab Konrad lallend zurück. »Überlass mir einfach die kleine Casparus, und unser Problem hat sich erledigt.«

Wortlos schüttelte Mathias den Kopf und rammte dem Tischlersohn seine Faust erst in den Magen, dann ins Gesicht. Konrad kippte zur Seite, und der Spuk war vorüber.

»Der wird einen ziemlichen Brummschädel haben, wenn er aufwacht. Und vermutlich auch ein Veilchen.« Mathias griff nach Magdalenas Hand. »Ich kann nicht glauben, dass er uns wirklich angegriffen hat.«

»Danke«, sagte sie mit zitternder Stimme. »Nicht auszudenken, was passiert wäre, wenn du mich nicht begleitet hättest.«

Mathias nickte und legte behutsam seinen Arm um ihre Schulter. »Nun ist es ja vorbei.«

»Warum hattest du keine Angst vor ihm?«

»Ich kenne Konrad sehr gut. Als wir vor Jahren herzogen, freundeten sich unsere Väter an, und schon damals wollte er sich wieder und wieder mit mir messen. Dass sein eigener Vater ihn dabei einen Nichtsnutz schimpfte, der sich lieber ein Beispiel an mir nehmen sollte, machte uns nicht gerade zu Freunden.«

»Also wollte er nicht mich treffen, sondern eigentlich dir eins auswischen«, stellte Magdalena fest.

Mathias zuckte mit den Schultern. »Oh – du gefällst ihm ganz sicher. Dass du ausgerechnet mit mir gesprochen hast, dürfte seine Wut allerdings ins Unermessliche gesteigert haben.«

»Muss ich mich jetzt vor ihm in Acht nehmen?« Ihr Mund wurde plötzlich trocken, und ihr Puls beschleunigte sich.

»Keine Sorge. Ich werde mit seinem Vater sprechen. Konrad mag ein Trunkenbold sein, doch ich glaube nicht, dass er Hand an eine Frau legen würde.«

Magdalena sah ihn an und schob die Zweifel beiseite, die sich in ihrem Kopf breitmachen wollten.

»Warum kannst du so gut kämpfen?«, fragte sie schließlich und konnte sich dabei ein Grinsen nicht verkneifen.

»Ich bin mit zwei älteren Brüdern aufgewachsen.«

»Und unter Brüdern sind Prügeleien an der Tagesordnung?«, neckte sie ihn.

Sein Gesichtsausdruck veränderte sich, und ein trauriger Zug trat um seinen Mund. »Das waren sie. Ich würde liebend gern jeden Tag Prügel von ihnen einstecken, wenn sie das wiederbringen würde. Sie zogen vor zwei Jahren in den Krieg und kehrten nicht zurück.«

Im Stillen schalt sich Magdalena dafür, das Thema angeschnitten zu haben, denn die Traurigkeit in seinem Gesicht war kaum zu ertragen.

»Bitte entschuldige«, murmelte sie, griff nach seiner Hand und drückte sie. »Dein Verlust tut mir unendlich leid.«

»Du musst dich nicht entschuldigen, Lena. Woher hättest du das wissen sollen?«

»Ich werde deine Brüder in meine Gebete einschließen. Wer weiß, wie das heute ohne deren harte Ausbildung ausgegangen wäre.«

In diesem Moment huschte ein Lächeln über Mathias' Gesicht, und er legte seine Hand gegen Magdalenas kalte Wange.

»Ich hätte dich auch bis zum letzten Atemzug verteidigt, wenn ich keine Brüder gehabt hätte. Und wenn es mein Untergang geworden wäre.«

* * *

Als Konrad Brandmiller erwachte, stand die Sonne bereits hoch am Himmel, ein sicheres Zeichen dafür, dass er sowohl das Frühstück als auch das Sonntagsgebet, auf das vor allem seine Mutter so viel Wert legte, verpasst hatte. Wieder einmal.

Stöhnend wälzte er sich im Bett herum, denn das grelle Sonnenlicht verstärkte seine unerträglichen Kopfschmerzen noch. Er zog sich die Decke bis ans Kinn und starrte die graue Steinwand an, während sich die Geschehnisse der vergangenen Nacht langsam wieder in sein Gedächtnis schlichen – zusammen mit einer unbändigen Wut, die sich zeitgleich in ihm breitmachte.

Magdalena Casparus hatte ihn abgewiesen, und sie und diese verkrüppelte Wirtstochter hatten ihn vor allen Gästen in der Spinnstube bloßgestellt. Und als wäre das nicht Demütigung genug, hatte ausgerechnet der ihm verhasste Grene beschlossen, ihren Beschützer zu spielen.

Zu seiner Schande musste Konrad sich eingestehen, dass seine Versuche, ihm Magdalena abspenstig zu machen, zu keiner Zeit Aussicht auf Erfolg gehabt hatten.

»Das wird sich ändern, Grene«, fauchte Konrad in die Stille seines Zimmers hinein, denn ihm war klar, wie es zu seiner Niederlage gekommen war: Er war betrunken gewesen. So sehr, dass er nicht einmal mehr sagen konnte, wie er nach der Schlägerei auf der Straße überhaupt nach Hause und in sein Bett gelangt war.

Wie so oft in den vergangenen Monaten würde er Jeremias danach fragen müssen, denn die letzten Stunden vor Tagesanbruch waren aus seinem Gedächtnis gelöscht.

Konrad presste seine Handflächen gegen die pochenden Schläfen und setzte sich auf. Die wichtigste Aufgabe für ihn würde heute darin bestehen, seinem Vater aus dem Weg zu gehen, denn er musste verhindern, dass der erfuhr, in welch erbärmlichem Zustand er nach Hause gekommen war.

Mühsam stand er auf und wusch sich mit dem abgestandenen Wasser aus seiner Waschschüssel. Normalerweise würde er das Wasser wechseln, doch der Gang zum Brunnen hinter dem Haus war ihm an diesem Morgen zu heikel. Die Wahrscheinlichkeit, seiner Mutter oder seinem Vater in die Arme zu laufen, war zu groß. Zunächst einmal musste er dafür sorgen, dass ihm zumindest äußerlich nichts mehr anzumerken war.

Er schaffte es gerade noch rechtzeitig, sich nach der Morgenwäsche frisch anzukleiden, als es an seiner Zimmertür klopfte.

»Junge!«

Es war die unbarmherzige Stimme seines Vaters, die durch die geschlossene Tür drang. Wäre es seine Mutter gewesen, hätte er um einen Augenblick Geduld gebeten und wäre dann aus dem Zimmer getreten, doch sein Vater ließ ihm diese Zeit nicht.

Ohne eine Antwort abzuwarten, öffnete Gustav Brandmiller die Tür und betrat sein Schlafzimmer.

»Deine Mutter ist außer sich«, schimpfte er sofort los. »Sie hat mehrfach versucht, dich zu wecken, und war dabei wieder einmal zu nachsichtig. Einen Kübel Wasser hätte sie dir ins Gesicht schütten sollen, du Lümmel. Das ist der dritte Gottesdienst, den du verpasst hast, und ich schwöre beim Allmächtigen, es war der letzte. Wie kannst du deiner Mutter nur solche Schande bereiten? Ganz Celle zerreißt sich inzwischen das Maul über dich.«

Konrad schloss für einen Moment die Augen und atmete durch. »Sollen sie doch!«, murmelte er schließlich. »Sie selbst haben mir beigebracht, mich nicht darum zu scheren, was die Leute reden.«

»Verdreh mir nicht das Wort im Mund, Junge!«

Die Stimme seines Vaters wurde lauter, und Konrad wusste, dass er schleunigst klein beigeben musste. Andernfalls würde sein Vater ihn in einen handfesten Streit verwickeln, und momentan war Konrad weder körperlich noch mental in der Verfassung, ihm die Stirn zu bieten.

»Ich fühle mich nicht wohl, Vater«, log er.

»Sei keine Memme und sieh zu, dass du dich bei deiner Mutter entschuldigst. Ich habe keine Lust, mir das Gejammer über ihren missratenen Sohn noch länger anzuhören!«

Konrad nickte, doch das sah sein Vater nicht mehr. Gustav Brandmiller hatte bereits kehrtgemacht und stürmte aus dem Zimmer.

Konrad fand seine Mutter Helene in der Küche, wo sie das Mittagessen vorbereitete. Er schüttelte den Kopf. Noch immer fiel es ihm schwer zu akzeptieren, dass sich die Dinge geändert hatten und die Brandmillers sich nun nicht einmal mehr eine Köchin leisten konnten.

Früher hatten neben ihnen dreien noch zwei weitere Häuslinge unter dem Dach der Tischlerei gelebt: ein Gehilfe für die Werkstatt und eine Haushälterin. Doch die Zeiten, in denen die Brandmillers zusätzliche Mieter mitversorgen konnten, waren vorbei, selbst wenn diese mit anpackten und für Kost und Logis arbeiteten.

Konrads Vater gab ihm auch dafür die Schuld: Er arbeitete zu langsam und zu schlecht, weswegen Kunden zur Konkurrenz gingen.

Auch deswegen war Konrad in den Sinn gekommen, dass die kleine Casparus genau die richtige Frau für ihn sein könnte. Ihr Vater hatte niemanden als sich selbst und seine Tochter zu versorgen, und die Apotheke lief, so machte es zumindest den Anschein, ganz hervorragend.

»Guten Morgen, liebe Mutter«, säuselte Konrad, nachdem Helene ihn bemerkt hatte.

Sie starrte ihn an, kniff ihre Augen zu engen Schlitzen zusammen und sagte kein Wort. Konrad seufzte. Sie hatte offenbar nicht vor, es ihm leicht zu machen. Vielleicht sollte er gleich schwere Geschütze auffahren. War seine Mutter erst besorgt um ihn, vergaß sie ihre Wut in der Regel sehr schnell.

»Bitte verzeihen Sie mir mein Fernbleiben vom Gottesdienst. Aber ich bin gestern Abend in eine ganz fürchterliche Situation geraten.«

Konrad bemerkte, dass sich das Gesicht seiner Mutter veränderte. Er beschloss in dieser Sekunde, die Geschehnisse der letzten Nacht ein bisschen verdreht wiederzugeben.

»Ich höre!«

»Wir waren schon auf dem Nachhauseweg. Weil er ein wenig zu tief ins Glas geschaut hatte, musste ich Jeremias nach Hause begleiten. Nur um sicherzugehen.« Konrad machte eine kurze Pause. Sein Plan schien aufzugehen, denn seine Mutter nickte verständnisvoll. »Wir hörten plötzlich eine Frau schreien und waren, wie Sie sich sicher denken können, in großer Sorge.«

»Oh nein!«, rief Helene Brandmiller und presste eine Hand vor den Mund. Gleichzeitig beugte sie sich weit nach vorn, um ja nichts von der Geschichte zu verpassen, die ihr Sohn nun erzählen würde.

»Ein betrunkener Bursche hatte Magdalena Casparus in einen Hauseingang gedrängt. Nicht auszudenken, was passiert wäre, wenn wir nicht ihren Weg gekreuzt hätten.«

»Du hast das Mädchen gerettet?« Ein freudiges Funkeln trat in Helenes Augen.

»Selbstverständlich, Mutter. Aber es war nicht einfach. Dieser fremde Bursche war ziemlich gut mit seinen Fäusten. Bevor ich ihn niederstrecken konnte, verpasste er mir einen Schlag gegen die Schläfe. Deswegen konnte ich heute Morgen auch nicht aufstehen. In meinem Kopf glüht noch immer dieser stechende Schmerz.«

Seine Mutter erhob sich von ihrem Stuhl, trat auf ihn zu und legte vorsichtig ihre Handflächen gegen seine Schläfen.

»Und ich dachte, du hättest nur einmal wieder zu viel getrunken. Wie konnte ich nur so dumm sein! Nicht du musst dich entschuldigen, Konrad. Ich bitte dich um Verzeihung. Ich hätte wissen müssen, dass du deiner Mutter nicht absichtlich Kummer bereitest.«

Kopfschüttelnd ging sie zu ihrem Platz zurück und hackte gedankenverloren Lauch und Zwiebeln für die Suppe.

»Da rettet mein Sohn das Fräulein Casparus. Wenn das nicht eine ganz wunderbare Fügung des Schicksals ist«, murmelte sie.

Konrad konnte sich ein Grinsen nicht verkneifen. Schnell drehte er den Kopf zur Seite, um keinen Verdacht zu erregen. Seine Mutter war der gutgläubigste Mensch, der ihm je untergekommen war.

Er hatte sein Ziel erreicht. Sie war nicht nur nicht mehr böse auf ihn. Sie hatte offenbar genau den gleichen Gedanken wie er selbst: Magdalena Casparus würde eine hervorragende Ehefrau für ihn abgeben. Sie war ausgesprochen hübsch, doch das war zweitrangig. Hübsche Mädchen gab es wie Sand am Meer, und er, Konrad Brandmiller, würde die Freuden, die man mit jeder Einzelnen erleben konnte, auch als verheirateter Mann niemals aufgeben. Viel ausschlaggebender war dagegen das Vermögen von Ferdinand Casparus. Eine Apotheke und eine Tischlerei in seinem Besitz würden sicher dafür sorgen, dass er sich in Zukunft um niedere Arbeiten wie das Kochen keine Gedanken mehr machen müsste.

Kapitel 2

Catharine

Mittwoch, 7. April 1779

Ich konnte mich noch genau daran erinnern, wann Johann Benedict mir zum ersten Mal seine Gefühle gestanden hatte.

Ich war neun Jahre alt und er zehn, als er mir in kindlich-besorgtem Überschwang erklärte, dass er mich von nun an und für immer beschützen würde, weil er niemanden auf der Welt so lieb hätte wie mich.

Damals wollten wir auf den Kirschbaum klettern. Doch Benis ältere Schwester Annegret, die uns an diesem sonnigen Nachmittag beaufsichtigen sollte, hatte uns die Kletterei untersagt. Johann Benedict kannte seine Schwester allerdings gut genug. Er wusste, dass sie sich mit ein wenig Bettelei erweichen lassen würde. Irgendwann sagte Anni nicht mehr nein, sondern zuckte gleichgültig mit den Schultern, verzog sich auf die Bank, die seitlich an der Hauswand im Schatten stand, und schloss die Augen.

Wir kletterten, und Beni zog mich währenddessen damit auf, dass ich ein Angsthase wäre und es niemals wagen würde, so hoch zu klettern wie er. Dummerweise ließ ich mich auf seine Provokation ein. Am Ende hing ich bäuchlings und weinend über einem Ast und wusste nicht mehr, wie ich es je von dort herunterschaffen sollte.

Das war der Moment, in dem Beni plötzlich vom Aufschneider zum Beschützer wurde. Er kletterte vom Baum, und als er den Boden erreicht hatte, rief er mir zu, was ich tun sollte.

»Schieb deinen linken Fuß noch ein wenig weiter, Catharine! Dann stehst du auf einer Astgabel und hast sicheren Halt.«

Ich zog schniefend die Nase hoch und versuchte, besagte Astgabel zu erreichen, doch meine Beine waren zu kurz. Mein Blick ging nach unten, und mir wurde erst schwindelig und dann übel. »Ich werde abstürzen!«

»Keine Angst, so hoch ist es gar nicht«, versuchte er, mich zu beruhigen.

Ich erinnere mich noch gut daran, wie sehr meine Hände zitterten, doch irgendetwas musste ich tun, denn ich wollte verhindern, dass Anni uns so sah, sonst würden Beni und ich unweigerlich Ärger bekommen.

Ich schwang das rechte Bein nach oben, und nach einigen missglückten Versuchen schaffte ich es tatsächlich, mein Bein über den Ast zu hieven. Kopfüber hing ich nun an Armen und Beinen am Baum und hangelte mich Stück für Stück näher an den Stamm heran, bis ich endlich die Astgabel erreichte.

Es kostete mich einige Mühen, doch irgendwie schaffte ich es schließlich auch, mich auf die Astgabel zu setzen.

Noch einmal zog ich die Nase hoch und wischte die Tränen weg. Ich atmete tief ein und aus und versuchte, mich zu beruhigen, während Beni pausenlos von unten nach oben quasselte und mir erklärte, wie großartig ich das gemacht hatte.

»Und jetzt springst du, Catharine! Ich fang dich auf«, beendete er seinen Lobgesang auf meine Kletterkünste, streckte seine dünnen Ärmchen weit nach oben und strahlte übers ganze Gesicht.

»Du willst, dass ich springe?«, fragte ich entsetzt, denn die Entfernung zwischen dem Ast, auf dem ich saß, und dem Boden erschien mir aus meiner Perspektive unendlich groß. Zögernd wanderte mein Blick zum Haus der Waldenburgs. Annegret schlug gerade ihre Augen auf und suchte den Garten nach uns ab. Wenn ich Ärger vermeiden wollte, blieb mir nichts weiter übrig, als zu springen.

Mit einem spitzen Schrei fiel ich hinab. Beni behielt recht – so weit oben hatte ich nicht gesessen. Doch der freie Fall reichte aus, um ihn umzuwerfen. Wir kugelten übereinander, und ich schlug mir den Kopf an einer Wurzel an. Genau in diesem Moment stieß Annegret zu uns.

»Was ist passiert?«, rief sie atemlos.

»Ich bin hinuntergesprungen und hab das Gleichgewicht verloren«, log ich und rieb mir den schmerzenden Hinterkopf.

Dann bemerkte ich, dass Beni und Anni mit aufgerissenen Augen und Mündern auf meine Hand starrten. Ich drehte meine Handfläche nach außen. Sie war blutverschmiert. Das war der Moment, in dem auch ich die Fassung verlor und zu schluchzen begann.

Benedict kniete sich neben mich. »Komm auf meinen Rücken. Ich trag dich huckepack ins Haus.«

Doch in dieser Sekunde schaffte ich es nicht mehr, mich auch nur einen Millimeter zu rühren. Starr vor Schreck saß ich unter diesem Baum und sah Beni an.

»Es ist meine Schuld«, flüsterte er so leise, dass seine Schwester ihn nicht hören konnte. »Ich bin der Ältere und hätte auf dich aufpassen müssen. Es wird alles wieder gut, Catharine.« Dann straffte er seine Schultern und sah mich fest an. »Ich sorge dafür. Ich hab dich lieber als alles auf der Welt, hörst du? Ich werde nicht zulassen, dass es dir schlecht geht. Von jetzt an passe ich auf dich auf!«

Wie gern hätte ich ihm damals schon gesagt, dass es mir genauso ging. Doch ich hatte gerade noch meinen Kopf zur Seite drehen können, bevor ich mich übergeben musste.

Die auf den Sturz folgenden Wochen waren in meiner Erinnerung verschwommen. Leopold von Waldenburg, der Vater von Beni und Annegret, hatte einen Arzt rufen lassen, und ich hatte viele Tage im Bett verbracht. Beni hielt in all der Zeit Wort und kümmerte sich um mich – so aufopfernd, dass Mutter irgendwann die Geduld mit ihm verlor.

»Johann Benedict«, tadelte sie ihn. »Warum bist du Tag für Tag an Catharines Bett? Entweder stehst oder sitzt du mir im Weg herum! Und warum machst du dabei ein Gesicht, als hättest du ein schlechtes Gewissen? Man könnte glauben, du hast meine Catharine vom Baum gestoßen.«

»Gar nicht«, verteidigte ich ihn sofort. »Ich bin gesprungen, obwohl er noch gesagt hat, ich sollte das besser lassen.«

Beni lächelte mich dankbar an und drückte gedankenverloren seine kleine Faust gegen die Brust. Und er schlich sich weiterhin täglich in mein Zimmer und las mir vor. Wir lachten und alberten herum, und Beni wiederholte dabei mehr als nur einmal, dass er nie wieder etwas tun würde, was mir schadete.

Weder er noch ich machte sich dabei je Gedanken darum, dass dieses unschuldige Gefühl zwischen uns falsch sein könnte.

Etwa zwei Wochen nach meinem Sturz vom Baum betrat Annegret allerdings genau in dem Augenblick meine Kammer, als Beni mir gerade eröffnete, dass ich das schönste Mädchen auf der Welt sei, weit schöner noch als seine Mutter oder seine Schwester.

»Was faselst du denn da für einen Unsinn?«, unterbrach Annegret seine Schwärmerei.

»Das ist kein Unsinn«, erwiderte Beni sofort. »Wenn ich groß bin, werde ich Catharine heiraten.«

Annegret riss entsetzt die Augen auf, dann begann sie schallend zu lachen. Ein Blick in Benis Gesicht genügte, um zu erkennen, wie sehr ihn die Reaktion seiner Schwester kränkte. »Du wirst schon sehen!«

»Johann«, sagte Annegret mit sanfter Stimme, »du bist der Sohn eines Vogtes, nun gut: eines Untervogtes, und ...«

»Die Großvogtei wurde längst aufgelöst. Das weiß ich von Vater«, widersprach Beni trotzig.

Annegret wischte seinen Einwand einfach fort. »Dann ist unsere Amtsvogtei eben anderen lüneburgischen Ämtern gleichgestellt. Was macht das schon? Unser Vater ist einer der angesehensten Amtmänner Celles. Ganz gleich, ob er nun Amtmann oder Untervogt genannt wird: Du bist sein Sohn. Du kannst Catharine nicht heiraten. Außerdem wirst du noch unzählige Mädchen treffen, die dir den Kopf verdrehen werden. Aber du bist erst zehn. Das verstehst du noch nicht.«

Beni kniff seine Augen zu Schlitzen zusammen und schüttelte so entschlossen den Kopf, dass ihm die blonden

Locken in die Augen fielen. Dann war er türknallend aus dem Zimmer gestürmt.

Es war nicht verwunderlich, dass ich mich genau jetzt an diesen Moment zurückerinnerte. Ich war inzwischen siebzehn, fast doppelt so alt wie damals. Doch entgegen Annis Prophezeiung hatte sich Beni nie für ein anderes Mädchen interessiert.

Längst erwiderte ich seine Gefühle, doch das hatte ich ihm gegenüber natürlich noch nie erwähnt. Womöglich ahnte er es, weil ich oft nicht verbergen konnte, wie wohl ich mich in seiner Nähe fühlte. Nun war ich aber in einem Alter, in dem mir meine gesellschaftliche Stellung schmerzlich bewusst war.

Nicht, dass ich mich beschweren konnte. Sophie von Waldenburg, die Gattin des Vogts, hatte mich und meine Mutter Josefine Zietsch zwar oft von oben herab, aber doch immer anständig behandelt. Jegliche Kommunikation zwischen den Herrschaften und uns erfolgte über die gnädige Frau, der Hausherr Leopold von Waldenburg pflegte Mutter und mich in der Regel zu ignorieren.

Ich war mit den Kindern der von Waldenburgs aufgewachsen als wären wir Geschwister, und die Vogtei war auch zu meinem Zuhause geworden. Wie oft hatten wir uns als Kinder auf den Kornboden unters Dach verzogen oder zwischen Weinkeller, Gemüsekeller und Milchkammer Verstecken gespielt. Einzig die Tatsache, dass die besondere Bindung zwischen mir und Beni Annegret oft eifersüchtig werden ließ, trübte die Stimmung zwischen uns dann und wann.

»Du bist meine beste Freundin«, betonte Anni dann gern. »Ich habe dich gewickelt und gefüttert. Du warst die Schwester, die ich mir immer gewünscht habe.«

Ich hatte mir angewöhnt, Reden dieser Art nur mit einem stillen Lächeln zu quittieren, denn ich wusste, dass sie ihrem Bruder Beni das Gleiche erzählte: Sie wäre seine leibliche Schwester und nichts und niemand dürfte zwischen ihnen stehen – selbst ich nicht, auch wenn wir miteinander aufwuchsen.

Ich griff nach der Kiepe, einem hohen Weidenkorb mit Gurten, die über die Schulter gespannt wurden, und nahm anschließend die zwei Tragekörbe an mich, die mir Mutter bereitgestellt hatte. Dann schüttelte ich die Gedanken an Beni ab. Ich musste damit aufhören, meinen Tagträumen nachzuhängen, schließlich hatte ich an diesem sonnigen Aprilnachmittag noch eine Menge zu erledigen – allem voran den Einkauf, denn heute war Markttag.

Die mir auferlegten Pflichten fielen mir nicht schwer, waren sie doch eine willkommene Abwechslung zu den Vormittagen, die ich zusammen mit Annegret und Beni in der Stube des Schulmeisters Eduard Langenkamp verbrachte, in der er neben uns auch seinen eigenen Sohn und das eine oder andere Kind betuchter Händler unterrichtete.

Als ich acht geworden war, hatte die gnädige Frau mir gestattet, am Unterricht teilzunehmen. So hatte ich lesen und schreiben gelernt, und der Schulmeister hatte mehr als nur einmal betont, wie begabt ich vor allem in der Alchemie und den Naturwissenschaften war.

Mutter wurde indes nicht müde, mir immer wieder einzubläuen, welch ein Privileg es wäre, dass ich als Tochter einer Magd eine Schule besuchen durfte. Abgesehen davon wusste ich natürlich, dass sie sich die Kosten für meinen Schulbesuch vom Munde absparen musste – ein Grund mehr, mich an den Vormittagen in Langenkamps Stube von meiner besten Seite zu zeigen und auch an den

Nachmittagen dafür zu sorgen, dass Sophie von Waldenburg keinen Grund zur Klage hatte und keine der mir aufgetragenen Hausarbeiten je liegen blieb.

Ich warf einen Blick durch das geöffnete Küchenfenster. Der Himmel war wolkenlos, und die strahlende Sonne kündigte den bevorstehenden Sommer an. Die kühle Brise, die hereinwehte, ließ mich frösteln, und so entschied ich mich trotz des schönen Wetters, mein Cape überzuwerfen. Ich wollte gerade zur Tür hinaus, als Beni mir den Weg versperrte.

»Ich begleite dich zum Markt, und wir nehmen den Einspänner«, entschied er, und ich musste zugeben, dass ich erleichtert war, denn es waren einige Dinge, die ich zu besorgen hatte. Es wäre sicher kein Vergnügen geworden, die schweren Körbe heimzuschleppen.

Während Beni das Pferd aus dem Stall holte und den Wagen anspannte, wartete ich im Hof und streckte mein Gesicht in die Sonne. Dann atmete ich tief ein und aus, um mich zu beruhigen, doch das half nichts. In wenigen Augenblicken würde ich neben Beni auf dem Kutschbock sitzen. Nach Wochen, in denen sich keinerlei Gelegenheit ergeben hatte, mit ihm allein zu sein, sah es nun ganz danach aus, als würden wir den Vormittag tatsächlich zu zweit verbringen, ohne dabei ständig von Annegret beobachtet zu werden.

Ich dachte an die hochgewachsene, fast schon hagere Frau, zu der Anni herangewachsen war. In jungen Jahren hatte ich zu ihr aufgeschaut und sie als ältere Freundin verehrt. Doch inzwischen hatte sich das Verhältnis zwischen uns verändert. Immer häufiger bemerkte ich, dass sie mich argwöhnisch musterte und stets dann anwesend zu sein schien, wenn ich mit Beni in ein- und demselben Raum war.

Natürlich wusste ich, dass Annegrets Argwohn vor allem aus einer Sorge heraus entstanden war, die durchaus ihre Berechtigung hatte. Johann Benedicts sonniges Wesen hatte mich verzaubert, solange ich mich zurückerinnern konnte, und aus der einst kindlichen Zuneigung waren längst tiefe Gefühle geworden. Inzwischen schoss mir das Blut ins Gesicht, wenn er mich neckte, mein Herz raste, wenn wir aufeinandertrafen, und Tage, an denen wir uns nicht über den Weg liefen, waren für mich ein wahrer Albtraum. Mir war längst klar, dass Annegret es gut mit uns meinte. Eine Verbindung zwischen dem Sohn des Celler Untervogts und einer Magd war undenkbar. Und doch konnte ich meine Gefühle für ihn nicht unterdrücken, selbst wenn ich es gewollt hätte.

Ich blinzelte gegen die Sonne, hielt meine Hand schützend über die Augen und sah zum Stall hinüber, aus dem Beni gerade den Schimmel führte.

»Ich bin gleich soweit!«, rief er herüber, und ich hörte an seinem Tonfall, dass auch er aufgeregt war.

Als ich über den Hof und auf Beni und die Kutsche zulief, nahm ich im Augenwinkel eine Bewegung wahr, blieb stehen und wandte den Kopf.

Ich hatte mich nicht getäuscht. Hinter dem Fenster stand Annegret und beobachtete mich mit zusammengekniffenen Lippen. Sie hatte den schweren Vorhang zur Seite geschoben, und als sie meinen Blick bemerkte, schüttelte sie ungehalten den Kopf.

Ich tat, als hätte ich ihren Gesichtsausdruck nicht bemerkt, und winkte ihr betont fröhlich zu. Natürlich erwiderte Benis Schwester die Geste nicht. Stattdessen zog sie mit einer wütenden Handbewegung den Vorhang wieder vors Fenster.

»Komm schnell«, bat Beni, der Anni ebenfalls bemerkt haben musste. »Gleich wird meine griesgrämige Schwester im Hof stehen und uns Vorhaltungen machen. Aber ich bin der Meinung, dass es vollkommen ausreicht, wenn wir uns ihre Schimpftirade nach unserem Ausflug anhören.«

Er grinste und zwinkerte mir fröhlich zu. Dann griff er nach meiner Hand und half mir auf den Kutschbock.

Als wir das Hoftor erreichten, sah ich mich noch einmal um. Beni hatte recht behalten: Anni war tatsächlich vor die Tür getreten. Die Hände in die Hüfte gestemmt, stand sie da und warf mir einen finsteren Blick zu.

»Das wird sicher Ärger geben«, seufzte ich.

»Was soll schon passieren?«, fragte Beni unbekümmert. »Anni wird schimpfen wie immer, und sie wird sich beruhigen wie immer.«

»Was, wenn deine Eltern von unserem Ausflug erfahren?«

»Warum sollten sie auch nicht? Da ist nichts, was wir verbergen müssten: Ich wollte bei dem wunderbaren Wetter in die Stadt, und da du Einkäufe zu erledigen hattest, habe ich dir angeboten, dich mitzunehmen. Nicht mehr und nicht weniger.« Grinsend fügte er hinzu: »Nun gut, vielleicht ja doch ein bisschen mehr, aber das muss ja niemand wissen.«

Ich konnte mir ein Lächeln nicht verkneifen, erwiderte jedoch nichts und blickte stumm geradeaus. Wie gern hätte ich in diesem Moment nach Benis Hand gegriffen, doch dazu fehlte mir der Mut. Außerdem hielt er die Zügel. Der Weg war von diversen Frühjahrsschauern noch immer schlammig, und Beni musste sich aufs Lenken konzentrieren.

»Du lächelst«, stellte er fest. »Das hat mir gefehlt. Du hast mir gefehlt.« Ohne Scheu sprach er aus, was er dachte.

»Es gab viel zu tun.« Mein Herzschlag beschleunigte sich, und ich knetete nervös meine Hände.

»Nicht nur das«, stimmte Beni zu. »Anni spielt sich auch neuerdings auf wie eine Anstandsdame.«

»Es ist dir also auch aufgefallen?«

»Natürlich. Wir müssen es irgendwie schaffen, ihr aus dem Weg zu gehen. Du könntest für dein Wohlbefinden regelmäßige Spaziergänge entlang der Aller unternehmen, und ich könnte in dieser Zeit ausreiten. Dann hätten wir eine Gelegenheit ...«

Ein dumpfer Knall ließ Beni verstummen. Unsanft wurde ich in die Höhe und wieder zurück auf den Kutschbock geschleudert. Ich verlor das Gleichgewicht, bekam in letzter Sekunde Benis Arm zu fassen und krallte mich an ihm fest. Hektisch suchte ich auch mit der anderen Hand irgendwo Halt, denn die Kutsche war gefährlich in Schieflage geraten.

Dann bäumte sich auch noch das Pferd auf, und wieder wankte der Einspänner. Beni riss die Arme hoch, zog die Zügel fest an sich, um den Schimmel im Zaum zu halten, und redete beruhigend auf das Tier ein. Ich hingegen verlor endgültig das Gleichgewicht. Während Beni das Pferd wieder unter Kontrolle brachte, rutschte ich vom Kutschbock und fiel genau in die tiefe Pfütze, die unseren Unfall ausgelöst haben musste.

Das matschige Pfützenwasser spritzte mir ins Gesicht und in die Haare. Innerlich fluchte ich und dachte daran, dass es ausgerechnet Beni war, der mich in diesem Zustand sah – genau der Mensch, vor dem ich mich am allerwenigsten blamieren wollte.

Eilig rappelte ich mich wieder hoch, doch es war zu spät. Die Nässe kroch durch meine Kleider, und die rechte Körperhälfte, auf die ich gefallen war, war nicht nur nass, sondern auch über und über mit Schlamm beschmutzt.

»Catharine!«, rief Beni erschrocken. Er sprang von der Kutsche und griff nach meinen Händen. »Bist du verletzt?«

Ich bemerkte die Angst in seinem Gesicht und schüttelte den Kopf. Dann sah ich an mir herunter und konnte nicht mehr an mich halten. Ohne jede Vorwarnung prustete ich los. Beni blickte so verdattert drein, dass ich noch lauter lachen musste. Als er begriff, dass es mir tatsächlich gut ging, fiel er mit ein. Es dauerte einen Augenblick, bis wir uns beruhigt hatten. Dann stellte ich fest: »In deiner Nähe scheine ich tollpatschiger zu sein als unter normalen Umständen.«

»Wie kommst du denn darauf?«, fragte Beni lächelnd. »Ich habe die Kutsche doch in ein Schlammloch gelenkt. Ich habe nicht einmal bemerkt, dass da eine Pfütze war, weil du mich abgelenkt hast.«

»Dann ist der Unfall also meine Schuld?«, fragte ich mit gespielter Empörung.

Beni holte ein besticktes Tuch aus der Tasche. »Natürlich ist es deine Schuld«, sagte er mit ernster Miene. Dann zog er mich an sich und wischte mir die Schlammspritzer aus dem Gesicht.

Seine Nähe und seine sanften Berührungen trieben mir einen Schauer über den Rücken, und ich zog fröstelnd die Schultern hoch. Natürlich bemerkte er diese winzige Regung sofort. Er zog seinen Herrenrock aus und legte ihn mir um.

»Was würdest du nur ohne mich tun?«, fragte er, als wäre er mein Lebensretter.

»Nun«, gab ich zurück und zog die Augenbrauen hoch, »ich würde weder auf Bäume klettern, von denen ich falle, noch in Kutschen fahren, die in Schlammlöchern stecken bleiben.«

Beni stutzte, gab ein überraschtes Grunzen von sich und wurde dann sofort wieder ernst. »Und du hättest Langeweile. Es würde etwas fehlen – oder jemand. Du würdest dich nach etwas sehnen, ohne zu wissen, was es ist.« Er legte den Kopf schief und sah mir in die Augen. »Ist es nicht so?«

Genau das war so ein Moment, in dem mir das Blut ins Gesicht schoss. Ich hatte das Gefühl, der schlammige Boden würde unter meinen Füßen nachgeben. Erwartete er etwa, dass ich diese Frage beantwortete?

Noch bevor ich etwas erwidern konnte, strich er mir eine rote, schlammverklebte Haarsträhne aus dem Gesicht und beantwortete seine Frage selbst. »Genau so ist es. Und mir geht es nicht anders!«

Behutsam fuhr er mit zwei Fingern über meine Wange. Dann wandte er sich abrupt ab und besah sich den Einspänner.

»Das ist vielleicht ein Malheur! Wir müssen nun im wahrsten Sinne des Wortes den Karren aus dem Dreck ziehen.«

»Und wie?« Mein Herz raste noch immer, und ich war heilfroh darüber, dass er das Thema gewechselt hatte. Vermutlich hatte ihm mein Schweigen ohnehin genug verraten. Er schien genau zu wissen, was ich fühlte.

»Du setzt dich auf den Kutschbock und treibst das Tier an. Ich schiebe, so gut es geht. Hoffen wir, dass das reicht.«

Als ich wieder auf die Kutsche stieg, schlug die Celler Stadtkirche St. Marien gerade elf. Beni, ich und das Pferd bemühten uns nach Kräften, doch die Kutsche rührte sich kaum. Erst durch die Hilfe zweier Burschen, die aus der Stadt kamen und in Richtung Alten Celle unterwegs waren, schafften wir es schließlich, den Wagen aus dem Schlamm zu ziehen. Erschöpft und schmutzig erreichten wir den Marktplatz zur Mittagsstunde.

Glücklicherweise verdeckte Benis Herrenrock die Flecken auf meinen Kleidern. Trotzdem war es mir unangenehm, in diesem Aufzug in der Stadt gesehen zu werden. Mit der linken Hand hielt ich den Mantel vor meinem Körper zu, während ich von Stand zu Stand lief. Beni erwies sich dabei als perfekter Helfer. Er trug die schweren Körbe und überließ die Auswahl der Waren mir. Außerdem scherzte er unentwegt mit den Marktfrauen und lenkte so die Aufmerksamkeit auf sich. Am Ende war ich mir nicht einmal mehr sicher, ob überhaupt jemand bemerkt hatte, wie schmutzig ich war.

»Ich weiß gar nicht, wie ich das alles ohne deine Hilfe hätte heimschaffen sollen«, sagte ich, als wir die gut gefüllten Körbe auf den Einspänner hievten. »Danke.«

»Es war mir ein Vergnügen!«

Auf dem Rückweg wandte Beni seine Augen keine Sekunde von der Straße ab, offenbar wollte er nicht riskieren, dass wir ein weiteres Mal stecken blieben.

Trotz des Schweigens zwischen uns genoss ich die Fahrt. Unauffällig beobachtete ich ihn aus dem Augenwinkel. Seine Kieferknochen mahlten, und ich wusste, dass er sich darauf konzentrierte, jeder größeren Pfütze auszuweichen. Es war genau wie damals, als ich vom Baum gefallen war: Wenn Beni erst erkannt hatte, was alles passieren konnte, wurde er übervorsichtig und brachte mich liebevoll in Sicherheit.

Als wir den Hof erreichten, machte sich Traurigkeit in mir breit. Ich wusste zwar, dass Beni und ich uns Tag für Tag sahen, doch dabei waren wir nie allein. Der heutige Tag mit ihm war viel zu schnell vergangen.

Im Hof der von Waldenburgs sprang Beni vom Kutschbock, lief um das Gefährt und streckte mir die Hand entgegen.

»Wenn ich der Dame behilflich sein dürfte«, scherzte er und deutete eine alberne Verbeugung an.

»Nun«, antwortete ich und reckte die Nase vornehm in die Höhe, »das ist das Mindeste, was Sie tun sollten, nachdem Sie mich in ein tiefes Loch haben stürzen lassen.«

Ich kicherte, während Beni anscheinend schwer getroffen das Gesicht verzog. Statt mir die Hand zu reichen, umfasste er meine Taille und hob mich von der Kutsche, als wäre ich eine Puppe. Behutsam stellte er mich auf die Füße und zog mich ganz nah an sich heran.

»Dieser Tag war seit Langem der schönste, den ich erlebt habe«, flüsterte er. »Wirst du über die Spaziergänge an der Aller nachdenken?«

Ich wollte gerade antworten, doch in diesem Moment trat Anni auf den Hof hinaus. Ein Blick in ihr Gesicht genügte, um zu erkennen, dass Beni und ich für ihren Geschmack zu nah beieinander standen. Ihre Lippen wurden schmal, und sie kniff die Augen zusammen.

»Was tut ihr hier?«, fragte sie spitz.

»Einkäufe abladen«, antwortete Beni.

Hektisch trat ich einen Schritt zurück, um Abstand zwischen ihn und mich zu bringen, doch es war zu spät. Anni holte tief Luft und fauchte ihren Bruder an, ohne mich auch nur eines Blickes zu würdigen.

»Was fällt dir ein, einfach so vom Hof zu verschwinden. Hast du Vater oder Mutter um Erlaubnis gebeten?

Wie seht ihr überhaupt aus? Man könnte meinen, ihr wärt überfallen worden!«

Annegret sah von Beni zu mir, und ihr tadelnder Blick ließ keinen Zweifel daran, was sie vom Verhalten ihres Bruders hielt.

»Danke der Nachfrage, geliebte Schwester. Wir hatten einen Unfall mit der Kutsche. Und nein, es ist niemand zu Schaden gekommen.«

Er kehrte ihr den Rücken zu und lud die gut gefüllten Körbe ab. »Nun erkläre mir doch einmal, wie Catharine all das hätte allein heimtragen sollen!«, forderte er sie auf.

»Seit wann interessieren wir uns dafür, wie unsere Häuslinge ihre Arbeit verrichten?«

Ich konnte kaum glauben, was Anni da von sich gab. Entsetzt riss ich die Augen auf und sah zwischen Beni und seiner Schwester hin und her. Noch nie, so lange ich denken konnte, hatte sie so herablassend über mich oder meine Mutter gesprochen. Sie musste außer sich sein vor Wut, um Worte wie diese auszusprechen. Doch Beni ließ sich von ihrer Gemeinheit nicht aus der Ruhe bringen.

»Mich hat das schon immer interessiert, falls dir das entgangen sein sollte. Und es gab einmal eine Zeit, in der du Catharine sogar als deine kleine Schwester ausgegeben hast, zumindest vor Fremden. Regelrecht angegeben hast du mit ihr. Und nun bringt ein Nachmittag, an dem ich ihr helfe, dich dazu, sie derart zu demütigen?«

»Lass gut sein«, flüsterte ich ihm leise zu, denn ich erkannte, dass er dabei war, sich in Rage zu reden. Vorsichtig legte ich meine Hand auf seinen Oberarm, um ihn zu beruhigen. Doch genau diese Geste war offenbar zu viel für Annegret. Schnaubend und mit vor Wut funkelnden Augen zerrte sie ihren Bruder von mir weg und stellte sich demonstrativ zwischen uns.

»Ich habe niemals behauptet, sie sei meine Schwester!«, rief sie mit bebender Stimme. Beni zog überrascht die Augenbrauen hoch, doch das hielt Anni nicht davon ab weiterzusprechen. »Catharine ist niemandes Schwester. Ebenso wie sie niemandes Tochter ist!«

»Was redest du denn da?«, unterbrach Beni sie und packte seine Schwester an den Schultern. »Sie lebt mit ihrer Mutter Josefine Zietsch unter unserem Dach!«

»Ach ja?« Annis Stimme wurde zu einem leisen Zischen.

Ein eiskalter Schauer lief mir über den Rücken, und ich zog die Schultern hoch. Worum ging es hier gerade? Ich ballte meine Hände zu Fäusten und hielt den Atem an. Dann schluckte ich mehrfach, um die aufsteigende Wut zu unterdrücken, doch es misslang.

Noch nie war Annegret dermaßen grausam gewesen. Ich hatte weder Bruder noch Schwester, das stimmte. Doch warum behauptete sie, ich wäre mutterlos? War es ihr so zuwider, dass Beni und ich Zeit miteinander verbrachten, dass sie mich absichtlich verletzen wollte?

»Was weißt denn du schon?«, fauchte Anni. »Sie ist nicht gut genug für dich! Sie ist ja noch nicht einmal ein echtes Dienstmädchen.« In diesem Moment wandte sie sich um, und obwohl sie mir direkt in die Augen sah, schien sie durch mich hindurch zu blicken. Dann zog sie ihre Schultern mit einem schnellen Ruck zurück und sagte: »Du bist ein Nichts. Ein Niemand. Ein Findelkind, das keiner wollte!«

Regungslos starrte ich sie an. Ich wollte schreien, doch kein Laut kam über meine Lippen. Dann gaben meine Knie nach, und ich sackte zusammen.

Kapitel 3

Magdalena

Freitag, 23. Oktober 1761

Auch nach all den Jahren, die inzwischen vergangen waren, erinnerte sich Magdalena noch gut daran, wie bedrückt sie in den Tagen und Wochen danach gewesen war. Nach dem Abend in der Spinnstube und dem unschönen Vorfall mit Konrad und Jeremias auf dem Nachhauseweg hatte sich Mathias zwar mit strahlenden Augen und Handkuss von ihr verabschiedet, doch mit keinem Wort erwähnt, ob und wann sie sich wiedersehen würden, und ihr hatte der Mut gefehlt, ihn danach zu fragen.

Ihr war nichts weiter übrig geblieben, als auf einen weiteren Abend in Gerdas Spinnstube zu hoffen, doch bis dahin musste sie sich in Geduld üben. Offenbar waren Gerdas Eltern nun, da der Musiker Valentin vorübergehend in einem ihrer Fremdenzimmer lebte, nicht mehr so erpicht darauf, die gesamte Celler Jugend in der Linde zu versammeln. Der eigentliche Zweck, zu dem sie die Spinnstube überhaupt erst eingerichtet hatten, hatte sich erfüllt: Tochter Gerda hatte einen netten Burschen kennengelernt.

Zu Magdas Glück fand ihr Vater stets neue Beschäftigungen für sie, die sie von ihrer Sehnsucht nach Mathias ablenkten. Schon im Frühjahr hatte er sie darauf hingewiesen, dass es an der Zeit wäre, ein eigenes Herbarium anzulegen. Das ganze Jahr über hatte er sie wieder und wieder hinausgeschickt, um auf Wiesen und in umliegenden Waldgebieten nach Heilkräutern der jeweiligen Jahreszeit zu suchen. Diese hatte sie getrocknet und gepresst und anschließend mit Namen versehen in ein Buch geklebt. Doch sie war noch längst nicht damit fertig, die medizinische Wirkung all dieser Kräuter niederzuschreiben.

Der Schreibtisch, an dem sie saß, stand im hinteren Teil der Offizin, wie der Hauptraum der Apotheke genannt wurde, auf einer kleinen Empore, die über fünf Stufen zu erreichen war und gerade genug Platz für Tisch und Stuhl bot. Licht fiel durch ein Fenster links vom Schreibtisch, und so mancher Kunde ließ sich seine Arznei über dieses Fenster ausgeben, statt in die Apotheke zu kommen und im Vorraum in der bequemen Sitzecke auf die Herausgabe zu warten.

Eine der wichtigsten Regeln, die Ferdinand Casparus seiner Tochter beigebracht hatte, war, dass nie, wirklich niemals, Kunden die Apothekenoffizin betreten durften, denn sie war die fast schon heilige Wirkungsstätte eines jeden Apothekers.

»Wir können es uns nicht leisten, verunreinigte Arznei auszugeben. Kunden haben nichts an Schubladen und Regalen und schon gar nichts am Rezepturtisch verloren. Wir reinigen die Gerätschaften und Gefäße schließlich nicht umsonst so penibel«, hatte ihr Vater immer wieder gebetsmühlenartig erklärt, bis ihr auch diese Vorschrift in Fleisch und Blut übergegangen war.

Magdalenas Blick schweifte durch den Raum und blieb an dem überdimensionalen Rezepturtisch mit wunderschöner Nussbaumplatte hängen, an dem ihr Vater stand.

Mit geübten Fingern griff er unter die Tischplatte und zog zwischen all den vielen Schubladen genau diejenige auf, die die benötigten Kräuter enthielt.

Lächelnd dachte sie daran zurück, wie sie im Alter von etwa acht Jahren – er hatte ihr gerade erst die letzten Buchstaben des Alphabets beigebracht – tagelang damit beschäftigt gewesen war, die Schubladen und ihre Inhalte alphabetisch zu ordnen, um anschließend deren Lage unter dem Rezepturtisch auswendig zu lernen.

Sie müsse die Kräuter auch mit geschlossenen Augen noch finden, hatte ihr der Vater erklärt. Schließlich wäre es möglich, dass irgendwann einmal weder Kienspan noch Kerze zur Hand waren und ein armer Kranker sie des Nachts aufsuchte.

Bisher war dieser Fall zwar noch nicht eingetreten, doch allein die Tatsache, dass sie ihrem Vater damit eine Freude zu machen schien, hatte sie als Kind dazu veranlasst, seinem Wunsch nachzukommen. Heute fand sie sich zwischen all den Schachteln, Gefäßen, Regalen und Schubladen mindestens genauso gut zurecht wie er – und das galt nicht nur für die Offizin, sondern auch für das Laboratorium im Keller und die Trockenkammer unter dem Dach der Apotheke.

Magdalena beobachtete ihren Vater dabei, wie er getrocknete Salbeiblätter in die Waagschale aus Messing legte und die winzigen Gegengewichte in die zweite Schale gab. Nachdem er die richtige Menge abgewogen hatte, trat er einen Schritt nach links und zerrieb die Blätter mit Mörser und Stößel. Sie wusste längst, dass Salbei nicht nur als harntreibendes Mittel eingesetzt wurde, sondern auch als juckreizstillende Salbe gegen Hautausschläge half. Wenn die Kräuter so klein zerstoßen wurden, rührte ihr Vater in der Regel eine Salbe an.

»Und jetzt?«, fragte er, ohne aufzusehen.

»Jetzt kommen die Kräuter ins Fett.«

»Genauer!«, rief er, und Magdalena wusste, dass er nicht zufrieden sein würde, bevor sie ihm die Arbeitsschritte haarklein dargelegt hatte.

»Das Fett wird im Wasserbad erwärmt, damit es geschmeidig ist und sich gut mit den Kräutern vermischen lässt.«

»Hm«, knurrte Ferdinand Casparus.

»Das Anmischen braucht Zeit, Geduld und Sorgfalt«, schob Magdalena eilig einen seiner Lieblingssätze hinterher. »Dann nimmt man den Holzspatel und füllt die Salbe in den Glastiegel. Dabei muss man darauf achten, die Finger aus der Arznei herauszuhalten. Das kleine Stückchen Leder am oberen Tischende dient als Verschluss. Es wird über den Tiegel gespannt und der Bindfaden darum geschnürt.«

»Und?«, bohrte er weiter und zog das U dabei in die Länge.

Magdalena überlegte einen Augenblick, bevor ihr einfiel, worauf er hinauswollte. »Und dann wird noch die Anbindesignatur mit der genauen Beschreibung befestigt, wie und wofür die Salbe zu verwenden ist.«

»Genau.« Der Apotheker nickte zufrieden. »Wir wollen ja schließlich nicht, dass sich der Patient die Wundsalbe versehentlich in die Augen schmiert.«.

Ferdinand Casparus stellte die fertige Salbe ins Regal am Ausgabefenster, in dem bereits zwei kleine Flaschen mit dünnem Hals standen, die auch Nönnchen genannt wurden. Sie waren jeweils mit einem Korken verschlossen und würden noch vor heute Abend von einem der Celler Bäcker abgeholt werden, dessen Frau ein schmerzhaftes Rückenleiden hatte.

Magdalena wandte sich wieder ihrem Herbarium zu, doch sie war nicht bei der Sache.

»Immer noch gelb?«, sagte ihr Vater unvermittelt, und sie schreckte hoch.

»Was?«, fragte sie verständnislos.

»Die Pflanze vor deiner Nase. Du sitzt noch immer vor der Arnika. Woran auch immer du denkst, das Herbarium ist es nicht.«

Magdalena schoss das Blut in die Wangen, und sie senkte den Blick. Doch das stille Lächeln ihres Vaters zeigte deutlich, dass sie sich verraten hatte.

»Deine Tagträume haben nicht zufällig etwas mit dem jungen Mann zu tun, der heute Vormittag bei mir in der Apotheke war?«

Aus aufgerissenen Augen sah Magdalena ihren Vater an, dann fing sie sich wieder und fragte betont ruhig: »Von wem sprichst du?«

»Mathias Grene.« Ferdinand Casparus ließ seine Tochter keine Sekunde aus den Augen. »Der junge Mann hat mir erklärt, er hätte es bisher versäumt, sich offiziell vorzustellen, und wolle das nun nachholen, da er dich – und ich wähle nun seine Worte – endlich auch persönlich gesprochen hat und vor einigen Wochen in Gerdas Spinnstube kennenlernen durfte.«

Magdalena schwieg und starrte angestrengt auf die kleinen gelben Blütenblätter in ihrem aufgeschlagenen Herbarium. Ihr Eindruck hatte sie nicht getäuscht: Mathias Grene trug sein Herz auf der Zunge, und es machte ihm augenscheinlich auch nichts aus, ihrem Vater gegenüber zuzugeben, dass er Gefallen an ihr gefunden hatte.

»Möchtest du darauf nichts sagen?«, fragte ihr Vater und setzte sich zu ihr an den Tisch.

Magdalena seufzte und hob den Blick. Überrascht stellte sie fest, dass ein sanftes Lächeln seine Lippen umspielte.

»Was willst du denn wissen?«

»Vielleicht erzählst du mir von besagtem Abend in Gerdas Stube?«

»Der war sehr aufschlussreich«, antwortete Magdalena, die in diesem Augenblick beschlossen hatte, ihren Vater noch ein wenig im Ungewissen zu lassen.

Ferdinand Casparus zog fragend seine Augenbrauen zusammen und trommelte ungeduldig mit den Fingern auf dem Tisch.

»Inwiefern«, schob er hinterher, als ihm aufging, dass seine Tochter sein Gebaren ignorierte.

»In vielerlei Hinsicht. Zunächst einmal sind meine Handarbeitsfähigkeiten grauenvoll. Ich glaube nicht, dass es in meinem Haushalt, sollte ich je einen eigenen haben, von mir bestickte Tisch- oder Bettwäsche geben wird.«

Magdalena holte tief Luft, während ihr Vater den Kopf in den Nacken warf und ein kehliges Lachen ausstieß.

»Nun gut, das war zu erwarten. Was noch?«

»Gerda ist überzeugt, dass ihre Mutter die Spinnstube nur eröffnet hat, um sie zu verheiraten.«

»Auch das ist nicht neu. Ganz Celle weiß das«, brummte Ferdinand Casparus.

»Was noch nicht jeder weiß, ist, dass Charlotte Jung damit möglicherweise erfolgreich war.«

Neugierig lehnte Ferdinand sich nach vorn und hörte aufmerksam zu, was Magdalena von Valentin, dem Musiker, zu erzählen wusste. Doch ihre Hoffnung, ihren Vater damit vom Thema abzubringen, erfüllte sich nicht.

»Schön. Nun bin ich also über Gerda im Bilde. Und wie steht es um dich und den Sohn des Handschuhmachers?«

»Da gibt es nicht viel Erzählenswertes. Wir haben uns nett unterhalten, und er bot mir an, mich nach Hause zu begleiten.« Murmelnd fügte sie hinzu: »Was sich im Nachhinein als glückliche Fügung herausstellte.«

Ferdinand Casparus schien die Veränderung in Magdalenas Stimme nicht entgangen zu sein. Ruckartig setzte er sich kerzengerade auf, und das Lächeln verschwand aus seinem Gesicht. »Ich höre!«

Stockend berichtete sie, dass Konrad und Jeremias so betrunken gewesen waren, dass Hannes Jung sie aus der Alten Linde werfen musste und dass die beiden Männer ihr und Mathias auf dem Nachhauseweg wieder begegnet waren. Nachdem sie geendet hatte, schwieg ihr Vater. Der harte Ausdruck in seinem Gesicht erschreckte Magdalena.

»Dann muss ich dem jungen Handschuhmacher wohl dankbar sein«, presste er schließlich hervor.

»Mach dir keine Sorgen, Vater. Dank Mathias war ich zu keiner Sekunde in Gefahr.«

»Das mag ja sein. Aber was, wenn er nicht da gewesen wäre?«

Magdalena biss sich auf die Unterlippe und schwieg. Sie hatte diesen Gedanken selbst schon gehabt. Im Gegensatz zu Mathias ging sie nämlich davon aus, dass Konrad, wäre sie allein unterwegs gewesen, durchaus zudringlich geworden wäre.

»Allein wirst du mir nicht mehr in die Linde gehen«, entschied ihr Vater, und seine Miene ließ keinen Zweifel daran, dass er nicht von dieser Entscheidung abrücken würde. Sie versuchte trotzdem, ihn umzustimmen.

»Aber damit strafst du mich! Gerda ist seit Kindertagen meine engste Vertraute. Willst du, dass ich von nun an Abend für Abend bei dir in der Stube sitze?«

»Besser so, als dass dieser Brandmiller dich in die Finger bekommt. Ich werde mit seinem Vater sprechen. Im Gegensatz zu Konrad hat der noch alle Sinne beisammen.«

Magdalena presste ihre Lippen fest aufeinander. Sie musste sich zusammenreißen, um der Wut, die gerade in ihr aufstieg, nicht freien Lauf zu lassen. Was war sie nur für eine Närrin! Sie hätte einfach schweigen sollen. Was hatte sie sich dabei gedacht, ihrem Vater von dieser Nacht zu erzählen? Es mochte ja sein, dass ihr Verhältnis zueinander innig war und dass sie ihm bisher all ihre Gedanken und Sorgen anvertraut hatte. Doch nun wurde sie zur Frau, und es war an der Zeit, besondere Momente für sich zu behalten – vor allem, wenn Reden am Ende dazu führte, dass sie diejenige war, die bestraft wurde.

»Dieser Grene scheint ein anständiger Bursche zu sein«, sagte Ferdinand Casparus im Hinausgehen. »Bei der nächsten Gelegenheit muss ich ihm meinen Dank aussprechen.«

Magdalenas Wut legte sich langsam, und sie lächelte ihm hinterher. Zwar hatte sie im Moment keine Ahnung, ob und wo sie Mathias ohne die Abende in Gerdas Spinnstube wiedersehen würde, doch immerhin schien ihr Vater von seinem Verhalten angetan zu sein. Vielleicht ließ er sich ja doch noch erweichen, wenn Mathias sie zukünftig am Ende des Spinnlaufens nach Hause begleiten würde?

Nach einem gemeinsamen Mittagessen bat Ferdinand Casparus seine Tochter darum, in der Apotheke die Stellung zu halten. Ohne sich groß zu erklären, murmelte er etwas von Wegen, die er zu erledigen hätte.

Magdalena war froh über diese Abwechslung, hatte sie doch den gesamten Vormittag vor ihrem Herbarium zugebracht, ohne wirklich voranzukommen. Immer wieder schweiften ihre Gedanken zu Mathias, weswegen ihr ein paar freundliche Gespräche mit Kunden sicher guttun würden.

Seit ihrem achten Lebensjahr hatte ihr Vater sie immer wieder stundenweise in der Apotheke helfen lassen, sobald sie das ihr auferlegte Lernpensum hinter sich gebracht hatte. Inzwischen wusste sie genau, in welchen Schubfächern welche Arzneien zu finden waren und wogegen sie halfen. Auch die Kunden kannten sie gut und wussten längst, dass sie mit ihren kleinen und großen Wehwehchen auch bei ihr in guten Händen waren.

Magdalena hatte Frau von Waldenburg, der Gattin des Amtsvogtes, gerade ihren Schlaftrunk ausgehändigt, den diese nach der Geburt ihres zweiten Kindes regelmäßig benötigte, als ein Blick aus dem Ladenfenster ihren Puls in die Höhe trieb.

Mathias Grene schlenderte seelenruhig am Schaufenster der gegenüberliegenden Backstube vorbei. Eilig trat Magdalena aus der Offizin und beeilte sich, Frau von Waldenburg die Ladentür aufzuhalten und sie mit einem extra lauten »Beehren Sie uns bald wieder« zu verabschieden.

Ihre laute Stimme zeigte Wirkung. Mathias hatte sie gehört. Er wandte sich um, erkannte sie und strahlte übers ganze Gesicht, als hätte jemand eine Kerze angezündet. Grüßend hob er die Hand, wartete die Droschke ab, die in diesem Augenblick vorüberfuhr, und lief beschwingten Schrittes auf sie zu.

»Nun, das ist aber eine Überraschung«, sagte Magdalena schnell und hoffte, dass er die Aufregung in ihrer Stimme nicht bemerkte.

»Nicht wirklich«, gab Mathias zurück.

Erschrocken riss sie die Augen auf. Hatte er gerade gesagt, dass er nicht überrascht war? Hieß das, er freute sich nicht, sie zu sehen?

Mathias musste ihre Gedanken erraten haben, denn er griff lächelnd nach ihrer Hand, deutete einen Handkuss an und erklärte dann: »Natürlich freue ich mich, dich zu sehen. Aber eine echte Überraschung war es nicht. Wenn ich ehrlich bin, drücke ich mich schon eine ganze Weile vor der Apotheke herum.«

»Tust du das?«, fragte Magdalena ehrlich erstaunt, denn bis gerade eben hatte sie ihn nicht bemerkt.

»Dein Vater ist vor einiger Zeit an unserer Werkstatt vorübergeeilt, und ich dachte mir, dass ich dich dann womöglich allein in der Apotheke antreffen würde.«

Magdalena konnte sich ein Lächeln nicht verkneifen. Sie hielt Mathias die Tür auf und bat ihn herein. Sie mussten ja nicht gleich hier und jetzt für Gesprächsstoff unter den Nachbarn sorgen.

»Also bist du ein zweites Mal hergekommen?«

Magdalena, die vorausgegangen war, wandte sich nun zu Mathias um und sah überrascht, dass eine leichte Röte seine Wangen überzog.

»Du weißt von heute Vormittag?«

»Ja, mein Vater hat erwähnt, dass du dich ihm vorgestellt hast.«

»Nun ja. Eigentlich hatte ich ja gehofft, dich anzutreffen.«

Er sah sie abwartend an, und Magdalena ahnte, dass sie ihn fragen sollte, warum er sie treffen wollte. Doch die Nähe zwischen ihnen und die Tatsache, dass er nun tatsächlich vor ihr stand, nachdem sie den ganzen Morgen an niemanden anderen hatte denken können, machte sie so nervös, dass sie kein Wort mehr herausbrachte.

»Nachdem du am Samstag vor zwei Wochen im Haus deines Vaters verschwunden warst, hätte ich mich ohrfeigen können. Ich hatte vergessen, dich um ein Wiedersehen zu bitten.«

Magdalena senkte den Kopf, denn sie befürchtete, dass das Lächeln, das sie sich nun nicht mehr verkneifen konnte, sie verraten würde. Doch statt diese Geste zu respektieren, beugte er sich leicht nach unten, um ihren Gesichtsausdruck zu sehen. Dann griff er vorsichtig unter ihr Kinn und hob ihren Kopf an.

»Lachst du mich etwa aus?«, fragte er und zog mit gespielter Strenge die Augenbrauen hoch.

»So etwas würde ich nie wagen, verehrter Herr Grene«, gab sie zurück und deutete einen Knicks an. Dann hielt sie es nicht mehr aus und gab zu, was ihr im Kopf herumgegangen war. »Ich hatte genau die gleichen Fragen im Kopf. Wie und wo sehen wir uns nur wieder?«

»Nun, das Naheliegendste wäre wohl gewesen, die Wochen abzuwarten und wieder in die Alte Linde zu gehen, sobald die Spinnstube öffnet, doch die Zeit erschien mir endlos, und nichts deutete auf einen nächsten Spinnabend hin.«

Noch immer hielt er ihre Hand fest, und es sah nicht danach aus, als würde er sie loslassen wollen. Magdalenas Herz raste, seine Berührung ließ sie fahrig werden.

»Würdest du?«, fragte sie und deutete auf ihre Hand.

Mathias zog einen Schmollmund. »Unter Protest, aber gut.«

»In Gerdas Spinnstube hättest du mich nicht angetroffen, selbst wenn sie wieder geöffnet worden wäre«, sagte sie bedauernd. Dann erklärte sie ihm, wie ihr Vater auf die Geschehnisse der Nacht reagiert hatte. »Er hat nicht vor, mich wieder allein ausgehen zu lassen.«

»Aber das geht doch nicht!«, rief Mathias aufgebracht. »Ich werde deinem Vater sagen, dass ich dich keinen Moment aus den Augen lassen und selbstverständlich wieder sicher nach Hause bringen werde.«

»Den Gedanken hatte ich auch schon. Ob sich Vater darauf einlassen wird, kann ich allerdings nicht sagen.«

»Wir müssen es versuchen. Ansonsten muss ich einen anderen Weg finden, um mit dir Zeit zu verbringen. Ich könnte jeden Tag hier vorbeischauen, bis dein Vater sich erbarmt.«

Magdalena lachte auf. Sie war sich sicher, dass Mathias genau das tun würde, sollte ihr Vater ihr die Abende in der Spinnstube verwehren.

* * *

Konrad hatte den Morgen wie üblich in der Werkstatt seines Vaters zugebracht. Da dieser auswärts beschäftigt gewesen war, hatte er sich Zeit gelassen mit seiner Arbeit. Die kleineren Reparaturen von Möbelstücken, die sein Vater ihm aufgetragen hatte, waren in weniger als zwei Stunden erledigt gewesen, und Konrad dachte nicht daran, sich freiwillig noch mehr Arbeit aufzuhalsen.

Er wusste selbstverständlich, was es noch zu tun gab, doch er hatte sich angewöhnt, die Anweisungen seines Vaters sehr genau zu nehmen. Wenn der ihn behandelte wie einen dummen Jungen, brauchte er sich auch nicht wundern, dass eben dieser dumme Junge ohne Anweisung keinen Finger rührte. Am Ende würde er doch nur wieder etwas falsch machen und sich damit Ärger einhandeln.

Um die Mittagsstunde zog er sich in sein Zimmer zurück, wusch sich und ruhte sich auf seinem Bett aus, während er darauf wartete, dass seine Mutter zum Essen rief.

Konrad musste eingedöst sein, denn der Türklopfer im Erdgeschoss ließ ihn hochschrecken. Er öffnete seine Zimmertür, trat leise auf den Flur hinaus und lauschte nach unten. Zunächst glaubte er, sein Vater wäre zum Essen zurückgekehrt, doch die aufgeregte Stimme seiner Mutter ließ ihn schnell erkennen, dass es ein Gast sein musste, der soeben ihr Haus betreten hatte.

Missmutig schüttelte er den Kopf. Er hasste den unterwürfigen Ton, den seine Mutter anschlug, wenn sie Besuch empfing. Er empfand es als Demütigung, dass sie sich bei den Leuten einzuschmeicheln versuchte, denn immerhin waren sie ja nicht irgendwer! Es müsste umgekehrt sein: Den Bürgern Celles sollte daran gelegen sein, dass sie von den Brandmillers gemocht wurden.

Bevor er weiter darüber nachdenken konnte, dass er sich, wäre er erst Herr im Haus, niemals so anbiedern würde, ging die Tür erneut, und sein Vater kam zurück. Konrad drückte sich gegen die Wand, um zu verhindern, dass er ihn beim Lauschen erwischte.

Er hörte, dass auch sein Vater den Gast überschwänglich begrüßte. Dann wurde das Gespräch plötzlich leiser, und Konrad verstand kein Wort mehr. Mit jeder Sekunde, die verging, wurde seine Wut größer. Seine Mutter wusste, dass er hier oben darauf wartete, dass sie zum Essen rief. Außerdem gehörte es sich doch wohl, dass auch er als Sohn gerufen wurde, wenn Gäste das Haus betraten.

Konrad straffte die Schultern, atmete tief ein und aus und beschloss, dass er sich diese Behandlung nicht gefallen lassen würde. Er würde nach unten gehen, den Besuch höflich begrüßen und sich an dem Gespräch beteiligen.

Doch noch bevor er die Treppe zur Hälfte hinuntergestiegen war, öffnete sich die Wohnzimmertür wieder. Obwohl der Gast, der sich soeben von seinen Eltern verabschiedete, mit dem Rücken zu ihm stand, erkannte Konrad ihn sofort, und für einen Moment schien sein Herz stehen zu bleiben.

»Wir werden uns um diese Angelegenheit kümmern, Herr Casparus. Mein Wort darauf!«

Gustav Brandmiller gab dem Apotheker die Hand. Dann ging sein Blick nach oben. Im Gegensatz zu ihrem Gast hatte sein Vater sehr wohl bemerkt, dass Konrad auf halbem Weg nach unten wie angewurzelt stehen geblieben war. Aus zusammengekniffenen Augen sah er nun seinen Sohn an und schüttelte kaum merklich den Kopf, um zu verhindern, dass Konrad Ferdinand Casparus unter die Augen trat.

Doch das hatte er ohnehin nicht vor. Seine Adern pulsierten, und er verspürte plötzlich den Drang, ein Glas Branntwein hinunterzustürzen.

Natürlich ahnte er, warum Magdalenas Vater seine Eltern aufgesucht hatte. Sein Lügengebilde war zusammengebrochen, und diesmal würde ihm auch seine Mutter nicht beistehen. Helene Brandmiller mochte eine sensationsgierige Frau sein, die sich und andere gern mit Klatsch und Tratsch versorgte. Sie mochte auch in der Vergangenheit immer wieder wie eine Glucke über ihren Sohn gewacht und ihn vor dem cholerischen Vater in Schutz genommen haben.

Doch sie war auch eine fromme Frau. Nun zu erfahren, dass sich der eigene Sohn ausgerechnet der Frau gegenüber unanständig verhalten hatte, die sie für die perfekte

Partie hielt, würde Helene Brandmiller ihm wohl niemals verzeihen.

Abrupt drehte Konrad sich um und hastete zurück in sein Zimmer. Er griff unters Bett und zog den Krug hervor, den ausgerechnet Gerda ihm überlassen hatte und den er seit dem Abend in der Spinnstube schon mehrfach mit Branntwein aus der Vorratskammer aufgefüllt hatte. Noch bevor er den ersten Schluck getrunken hatte, hörte er, wie die Haustür zuschlug. Der Apotheker war fort, und augenblicklich hallte Gustavs zornige Stimme durchs Haus.

»Junge, in meine Schreibstube. Sofort!«

Langsam ließ Konrad die Luft durch die gespitzten Lippen entweichen. Dann setzte er den Krug an und trank ihn halb leer. Die Schimpftirade seines Vaters würde so um einiges leichter zu ertragen sein, überlegte er, denn er hatte eine ungefähre Vorstellung davon, was ihn nun erwartete. Sein Vater hatte noch nie eine Gelegenheit ausgelassen, um ihm seine tief empfundene Abscheu entgegenzuschleudern, ganz gleich, ob er nun vier Jahre alt war und beim Sturz in einen Tümpel fast ertrank oder ob ihm als erwachsenem Mann in einem schwachen Moment ein kleiner Fehler unterlief – ein Fehler wohlgemerkt, an den er sich kaum noch erinnern konnte und der wohl eher einer verdienten Lektion gleichkam, wenn man bedachte, wie arrogant sich die kleine Casparus ihm gegenüber verhalten hatte.

Diese Gedanken würde er seinem Vater gegenüber natürlich niemals laut aussprechen. Konrad wusste sehr gut, was er nun zu tun hatte. Er nahm einen letzten Schluck und schob den Krug wieder unter sein Bett. Dann machte er sich schweren Schrittes auf den Weg in das Zimmer, in dem er sich schon als kleiner Junge seine Standpauken abzuholen hatte.

Sein Vater hatte sich vor seinem Schreibtisch aufgebaut und starrte ihn regungslos an. Konrad spürte die Kälte, die ihm den Rücken hinaufkroch, und zog instinktiv die Schultern hoch. Um den Blicken seines Vaters auszuweichen, sah er sich um und stellte fest, dass diesmal auch seine Mutter anwesend war. Sie würden also zusammen auf ihn losgehen.

Konrad seufzte und ließ die Schultern wieder fallen. Er hätte den Krug zur Gänze leeren sollen.

»Es stört dich doch sicher nicht, dass deine Mutter anwesend ist?«, begann Gustav Brandmiller mit schneidender Stimme. »Sie wollte die Geschichte deiner glorreichen Heldentat so gern noch einmal hören.«

Konrad schluckte und schwieg.

»Und ich, mein lieber Sohn, weiß ja noch gar nichts! Wie kannst du eine so ehrenhafte Tat vor mir verheimlichen? Da rettest du Magdalena Casparus vor einem übergriffigen Trinker und erzählst mir nichts davon?«

Verachtung und Spott schlugen Konrad mit jedem einzelnen Wort entgegen. Und als wäre das nicht schon genug, mischte sich nun auch noch seine Mutter ein.

»Du bist eine Schande, Konrad, und ich schäme mich dafür, deine Mutter zu sein. Wie viele Male habe ich dich in Schutz genommen, deinem Vater erklärt, du wärst ein guter Junge. Nun muss ich erkennen, dass ich all die Jahre falsch lag.«

Konrad warf seiner Mutter einen flehenden Blick zu. Als Vierjähriger, der in letzter Sekunde aus dem Wasser gezogen wurde, hatte ihn solch ein hilfloser Blick vor den Schlägen des Vaters bewahrt. Doch natürlich lagen die Dinge heute ein wenig anders. Er war längst nicht mehr der unschuldige Junge von damals. Er war ein Mann, der, sobald er das Elternhaus verlassen hatte, zu tun pflegte, wonach ihm der Sinn stand.

Irgendwo in seinem Inneren wusste Konrad sehr wohl zwischen richtig und falsch zu unterscheiden. Doch darum scherte er sich längst nicht mehr. Er hatte bei seinem Vater gelernt, jedes Mitleid für seine Mitmenschen auszuschalten und sich rücksichtslos zu nehmen, was er wollte.

Warum er es allerdings bis heute nicht geschafft hatte, Gustav Brandmiller die Stirn zu bieten, wusste er selbst nicht. Seit er ihm über den Kopf gewachsen war, wagte sein Vater es zwar nicht mehr, die Hand gegen ihn zu erheben, doch seine seelischen Grausamkeiten ihm gegenüber waren nicht weniger geworden.

Konrads Herzschlag beschleunigte sich. Was, wenn er diesen Tag zu seinem Tag machen würde? Wenn er sich endlich gegen seinen Vater zur Wehr setzen würde?

Vor Aufregung stellten sich seine Nackenhaare auf. An diesem heutigen Tag würde er sich endlich von seinem Vater freimachen. Was auch immer er versucht hatte, um seine Achtung zu gewinnen, war fehlgeschlagen.

Körperlich war er dem alten Mann längst überlegen. Es war nichts weiter nötig, als ihm die Stirn zu bieten und sich ihm entgegenzustellen. Was konnte ihm schon passieren? Er war der einzige Sohn der Brandmillers, und entgegen seiner Aussagen war einem Gustav Brandmiller sehr wohl wichtig, was die Celler Bürger von ihm dachten. Nie würden er oder seine Mutter zulassen, dass ihre Familienkonflikte nach außen drangen.

Konrads Nervosität verflog von einer Sekunde auf die andere, und er lächelte.

Als Gustav das bemerkte, schien die Zeit in diesem Raum stillzustehen. Konrad sah, wie das Gesicht seines Vaters dunkelrot anlief, und er musste sich zusammenreißen, um ihn nicht einfach auszulachen.

»Du lachst«, stellte Gustav gefährlich leise fest.

»So ist es.« Konrad hob das Kinn. »Und was willst du dagegen tun, Vater?«, setzte er nach und sah, dass seinem Vater ob der respektlosen Anrede der Mund offen stehen blieb. »Ich bin keine Vier mehr. Du kannst mich nicht mehr in den Teich werfen wie damals, als du mir meine Angst vor dem Wasser austreiben wolltest.«

Er verschränkte die Arme vor der Brust. Dann wandte er sich seiner Mutter zu, die in diesem Augenblick vor Empörung nach Luft schnappte.

»Was redest du da, du missratener Bengel?«

Konrad gab einen schnaubenden Lacher von sich. »Hat er dir wohl nicht erzählt, dass er es war, der mich fast ersäuft hätte?«

»So etwas würde dein Vater nie tun!«

»Doch, würde er. Und du weißt das.«

Konrad genoss den Augenblick. Er sah dabei zu, wie seine Eltern Blicke tauschten, und erkannte das Entsetzen im Gesicht seiner Mutter.

»Er hat mich zu dem gemacht, was ich heute bin, Mutter.« Konrad machte eine kurze Pause und beschloss, von diesem Tag an auch seiner Mutter die respektvolle Anrede vorzuenthalten und zum Du überzugehen.

»So sehr du mit deiner Fürsorge auch dagegensteuern wolltest, es hat nicht ausgereicht. Nun bin ich das, was dein geliebter Gemahl mir vorgelebt hat: ein skrupelloser Mensch, der vor allem auf seinen eigenen Vorteil bedacht ist.«

Gustav Brandmiller stieß sich vom Schreibtisch ab, an dem er noch immer lehnte, und ging einen Schritt auf Konrad zu. Seine Hände waren zu Fäusten geballt.

Konrad deutete darauf und hob amüsiert eine Augenbraue.

»Wie kannst du es wagen, solche Lügen über mich zu verbreiten? Das wirst du büßen. Ich werde ...«

»Was?«, unterbrach ihn Konrad. »Was wirst du, Vater?«

Abwartend blickte er zwischen seinen Eltern hin und her, und die plötzliche Stille machte unwiderruflich klar, dass er gewonnen hatte. Sein Vater hatte keine Macht mehr über ihn, und jeder in diesem Raum wusste das.

Konrad sah zu seiner Mutter. »Ich war betrunken, als ich in der Alten Linde ankam. Dort hatte ausgerechnet Mathias Grene ein Auge auf die kleine Casparus geworfen. Sie ließ sich von ihm nach Hause bringen, wohingegen sie mich ignorierte. Als wir uns später in der Nähe des Marktplatzes wiedertrafen, gerieten wir in Streit. Das ist alles.«

»Du wirst dich in der Linde nicht mehr blicken lassen. Und von Fräulein Casparus hältst du dich in Zukunft fern!«

Konrad lachte auf. »Sonst was? Vielleicht hast du es noch nicht bemerkt, Vater. Aber ich brauche deine Erlaubnis nicht mehr. Die Zeit, in der du mich unter Kontrolle hattest, ist vorbei. Ich habe ein Ziel vor Augen: Ich werde Magdalena Casparus heiraten. Dafür werde ich ihr selbstverständlich wieder über den Weg laufen müssen. Und es gibt nichts, was du dagegen tun könntest.«

In diesem Augenblick kam ihm die Idee, zumindest den Versuch zu wagen, Helene Brandmiller auf seine Seite zu ziehen. Er ging auf sie zu und griff nach ihren Händen.

»Du findest doch auch, dass Magdalena eine gute Partie für mich wäre, Mutter.« Er drückte ihre Hände und streichelte mit den Daumen vorsichtig über ihre Handrücken. »Diese Nacht war so nicht geplant. Ich werde das wieder in Ordnung bringen. Das verspreche ich dir, Mutter. Ich werde dir nie wieder einen Grund geben, dich meiner zu schämen.«

Konrad sah sie fest an und bemerkte das kurze Flattern ihrer Augenlider. Für den Moment reichte ihm diese Geste, denn er erwartete nicht, dass sie sich hier und heute offen gegen ihren Mann stellte.

»Geh mir aus den Augen!«, brüllte sein Vater plötzlich, und seine Mutter sah ihn flehend an.

Konrad nickte ihr beruhigend zu. Wenn er nicht wollte, dass die Situation weiter eskalierte und Gustav seine Frau dazu zwang, sich augenblicklich gegen den eigenen Sohn zu stellen, war es besser, wenn er für eine Weile das Haus verließ.

»Schon gut. Ich gehe«, sagte er laut und an seine Mutter gewandt: »Mach dir keine Sorgen. Vor Einbruch der Dunkelheit bin ich zurück.«

Im Hinausgehen hörte er das leise Zischen seines Vaters. Es klang wie »Das werden wir noch sehen«, doch Konrad nahm sein wütendes Gestammel nicht mehr ernst.

Kapitel 4

Catharine

Donnerstag, 8. April 1779

Es musste inzwischen Nacht sein, denn als ich wieder zu mir kam, schien der Mond durch das milchige Glas meines Fensters und verwandelte die Gegenstände um mich herum in graue Schatten.

Ich wollte mich gerade aufsetzen, doch ein leises Flüstern ließ mich innehalten. Langsam wandte ich den Kopf, damit nicht auffiel, dass ich wach war. Außer mir war niemand im Raum, doch die Tür stand offen, und ich erkannte zwei Silhouetten davor.

»Du sitzt schon die halbe Nacht hier. Ruh dich aus, ich halte Wache«, hörte ich Mutters Stimme oder besser gesagt, die Stimme, von der ich ein Leben lang dachte, dass sie meiner Mutter gehören würde.

Wie durch eine Nebelbank, die sich langsam lichtete, kamen die Bilder zurück, und Annis Worte fielen mir wieder ein. Ich war ein Niemand. Ich hatte keine Mutter. Wer immer die Frau da draußen im Korridor war, sie war nicht diejenige, die mich zur Welt gebracht hatte.

»Ich will bleiben«, antwortete Beni leise.

»Ab in dein Bett!«

Josefines Tonfall ließ keine Widerrede zu, und während Beni sich über die schmale Holzstiege nach unten begab, kamen ihre unverkennbaren Trippelschritte auf mich zu. Kurz darauf spürte ich, wie sie sich auf meine Bettkante setzte.

»Oh Trine«, seufzte sie leise und strich mir behutsam über die Haare. »Das war nicht richtig. Das war ganz und gar nicht richtig.«

Die liebevolle Geste und das Mitgefühl in ihrer Stimme öffneten bei mir alle Schleusen. Ich presste meine Hand vor den Mund, um mein Schluchzen zu unterdrücken, doch es war zwecklos. Die halbwegs heile Welt, in der ich bis gestern noch gelebt hatte, gab es nicht mehr.

Josefine, die inzwischen längst bemerkt hatte, dass ich nicht mehr schlief, zog mich in ihre Arme und wiegte mich sanft hin und her. Alles war genau so, wie ich es aus Kindertagen kannte, und doch lagen die Dinge nun völlig anders.

Ich wusste nicht, wer sie war, und ich wusste auch nicht mehr, wer ich war. Dabei war mir ihre Umarmung ebenso vertraut wie der Duft ihrer Haut und das leise Flüstern, mit dem sie auf mich einredete.

»Beruhige dich doch, Trine.«

Eine Weile lang lullten mich ihre Worte ein, und ich dachte daran, wie sehr ich mich als junges Mädchen darüber geärgert hatte, dass sie Trine zu mir sagte. Ich musste etwa vierzehn gewesen sein, als ich ihr das Versprechen abnahm, mich wenigstens nur noch unter vier Augen so zu nennen, denn diesen Kosenamen für mich abzulegen, hatte sie rundweg abgelehnt.

»Es wird alles gut. Du wirst schon sehen«, unterbrach sie meine Gedanken.

Wie gern hätte ich ihr geglaubt, doch ich konnte es nicht. Ich bog mein Kreuz durch, wand mich aus ihren

Armen und lehnte mich gegen die kalte Steinwand, vor der mein Bett stand.

»Wie sollte es je wieder gut werden?«, fragte ich leise und zog geräuschvoll die Nase hoch. »Anni hat doch nicht gelogen, oder?« Ich konnte nicht verhindern, dass plötzlich Hoffnung in mir aufkeimte. Was, wenn es nur ihre Eifersucht gewesen war, die sie zu ihrer Aussage getrieben hatte? Was, wenn sie mich damit nur hatte kränken wollen?

»Nein.«

Es war dieses eine winzige Wort, das meine Hoffnung augenblicklich zunichtemachte. Ich schlug die Hand vors Gesicht und ließ meinen Tränen freien Lauf.

»Ich verstehe das nicht«, presste ich irgendwann atemlos hervor. »Wer ist denn dann meine Mutter?«

Diese Frage laut auszusprechen und dabei meine eigene Verzweiflung zu hören, verursachte einen stechenden Schmerz in meinem Innern. Ich ließ mich zur Seite fallen und zog die Knie an. Gedanken jagten durch meinen Kopf, doch ich war nicht mehr in der Lage, sie in Worte zu fassen.

Josefine schien zu erahnen, was in mir vorging. Sie griff nach meiner Hand und streichelte vorsichtig über meinen Handrücken, während sie mit fester Stimme zu erzählen begann.

»Ich bin deine Mutter, Trine. Ich habe dich nicht zur Welt gebracht, aber du warst das Kind, das ich mir mein Leben lang gewünscht habe. Sophie von Waldenburg hat mich vor Jahren nicht als Dienstmagd in ihr Haus geholt, sondern als Amme. Der kleine Beni war fast zeitgleich mit meiner Tochter auf die Welt gekommen. Doch im Gegensatz zu ihr hat er die Geburt ohne weitere Komplikationen überstanden. Meine Tochter hingegen überlebte die erste Nacht auf Erden nicht. Sophie von Waldenburg verfiel nach der Geburt in eine tiefe Schwermut, und so wurde ich zu Benis Säugamme. Und gerade, als die Herrschaften verfügten, dass Beni genug gestillt worden war, kamst du.«

»Woher?«, fragte ich zwischen zwei Schluchzern.

»So gern ich dir diese Frage beantworten würde – ich weiß es nicht. Von einem Tag auf den anderen warst du plötzlich da, und als ich gebeten wurde, für dich zu sorgen, war meine Welt auf einmal nicht mehr ganz so düster.«

Josefines Worte sollten Trost spenden, doch in diesem Augenblick fühlte ich nichts als Leere in mir. All die Eigenschaften, von denen ich bis gestern noch dachte, ich hätte sie meiner Mutter zu verdanken, schienen nun nicht mehr zu mir zu gehören, weil auch ich nicht wirklich zu ihr gehörte.

Und dann machte sich ein weiterer, unerträglicher Gedanke in mir breit: Konnte es sein, dass jeder Einzelne in diesem Haus das traurige Geheimnis um meine ungeklärte Herkunft kannte und vor mir geheim gehalten hatte?

Mein Herz begann zu rasen, und ich verbarg mein Gesicht unter der Bettdecke, doch alles Verstecken half nichts. Immer wieder hämmerte der Name des Menschen in meinem Kopf, dem ich über all die Jahre am meisten vertraut hatte.

Johann Benedict.

Hatte er gewusst, dass ich ein elternloses Findelkind war? Er hatte empört gewirkt, nachdem Annegret mir die Wahrheit über meine Herkunft ins Gesicht geschleudert hatte. Doch konnte ich ihm trauen?

Meine Gedanken überschlugen sich. Wut und Enttäuschung vermischten sich mit der unwirklichen Hoffnung, dass Beni nichts davon geahnt hatte. Es musste einfach so sein. Einen solchen Vertrauensbruch hätte er mir doch niemals angetan!

Die plötzliche Angst davor, dass er mich bewusst belogen haben könnte, bereitete mir eine solche Übelkeit, dass ich hektisch die Bettdecke von mir warf und in Richtung Aborterker stürmte. Ich schaffte es nicht mehr, die knarrende Holztür hinter mir zuzuziehen, und übergab mich mit geschlossenen Augen.

Als ich in mein Zimmer zurückkehrte, war Josefine fort. Sie hatte mein Kissen noch einmal aufgeschüttelt und die Bettdecke so zurückgeschlagen, dass ich nur noch hineinschlüpfen musste. Der Gedanke an ihre Fürsorge beruhigte mich so lange, bis ich endlich einschlafen konnte.

Am nächsten Tag weckte Josefine mich unsanft. Ohne anzuklopfen trat sie in meine Kammer, riss die schweren Vorhänge zur Seite und öffnete das schmale Dachfenster. Der Himmel war strahlend blau. Entsetzt sprang ich aus dem Bett, denn ich hatte weit länger geschlafen, als es mir unter normalen Umständen gestattet war.

»Die gnädige Frau hat dir ein wenig mehr Schlafenszeit gegönnt, wünscht aber, dass du ansonsten wie gewohnt deinen Pflichten nachkommst. Dem Unterricht bei Meister Langenkamp darfst du heute noch einmal fernbleiben. Stattdessen wirst du die Wäsche inventarisieren, bevor die Waschmägde kommen. Am Abend wirst du zusätzlich noch das Essen auftragen. Sie hofft, dass du auf diese Weise nicht in noch tiefere Trübsal verfällst.«

Seufzend stand ich auf und trat an den Waschtisch.

»Danke«, sagte ich leise und deutete auf das frische Wasser, das Josefine aufgefüllt haben musste. Nach der Morgentoilette streifte ich mein dunkelgraues Dienstbotenkleid über, steckte mein Haar unter der Haube fest und griff nach meiner Schürze. Dann eilte ich die Stiege hinab.

Die Türen zu Benis und Annegrets Kammern standen offen. Sicher brüteten beide längst in Langenkamps Schulstube über Büchern und Rechentafeln.

In diesem Augenblick war ich froh darüber, dass ich Anni nach dem gestrigen Vorfall noch nicht unter die Augen treten musste. Stattdessen bestand mein Vormittag nun daraus, sämtliche Wäsche im Hause der von Waldenburgs, bestehend aus Kleidern, Bett- und Tischwäsche, zu zählen und die Stückzahlen sorgfältig festzuhalten.

Die gnädige Frau hatte wohl schlechte Erfahrungen mit Waschmägden gemacht, die das eine oder andere Tischtuch hatten mitgehen lassen. Heute legte Sophie von Waldenburg größten Wert darauf, dass vor den Waschtagen, von denen sie sich immerhin vier im Jahr leisten konnte, ihr gesamter Wäschebestand gezählt wurde.

Die Bettwäsche, die die gnädige Frau in der Fremdenkammer im Obergeschoss aufbewahrte, hatte ich bereits gezählt und die entsprechende Stückzahl notiert. Als ich anschließend die Tischwäsche aus dem Schrank zog, fiel ein kleines Büchlein zu Boden, das jemand eilig unter die Wäsche geschoben haben musste. Ich griff danach und versuchte, die Schrift auf dem Einband zu entziffern, doch in der Kammer, die nur über ein schmales Fenster verfügte, war es zu dunkel. Ich wollte gerade in den Lichtkegel treten, als die gnädige Frau im Türrahmen erschien.

»Kommst du voran?«, fragte sie knapp, und ich spürte, dass ich rot anlief.

Warum musste sie mich genau in dem Moment kontrollieren, in dem ich meine Nase in fremde Angelegenheiten steckte?

»Ja«, beeilte ich mich zu sagen. »Ich habe das hier unter der Wäsche gefunden«, fügte ich hinzu und reichte es ihr. Die gnädige Frau griff danach, betrachtete es kurz und hob dann erstaunt ihre Augenbrauen.

»Oh«, sagte sie leise und strich mit der flachen Hand darüber. »Von diesem Büchlein wusste ich nichts. Ich denke, das muss einer früheren Dienstmagd gehört haben, die es hier vermutlich vor uns verstecken wollte. Und es ist dir zuvor noch nie aufgefallen?«

Ich schüttelte den Kopf. »Bisher hat immer meine Mu... Frau Zietsch die Wäsche inventarisiert.«

Frau von Waldenburg nickte, legte den Zeigefinger an den Mund und klopfte mehrfach gegen ihre Unterlippe.

»Weißt du was?«, sagte sie dann, und ihre Stimme hatte plötzlich einen energischen Ton. »Du kannst es behalten! Johann Benedict hat mehrfach erwähnt, dass du Interesse an den Naturwissenschaften hast. Da wird dir dieses Büchlein sicher gefallen.«

»Was ist es denn?«, wagte ich zu fragen, doch Frau von Waldenburg winkte ab.

»Das wirst du selbst herausfinden. Aber nicht jetzt, Catharine. Du hast hier noch einiges zu tun, und deine Neugier wird warten müssen, bis dein Tagwerk getan ist.«

Gehorsam legte ich das Büchlein auf die Kommode, senkte den Blick und deutete einen Knicks an. Meinen Dank für das unerwartete Geschenk hörte die gnädige Frau bereits nicht mehr, die nun schnellen Schrittes die Fremdenkammer verließ und in ihr Schlafgemach eilte.

Ich beendete meine Arbeit und brachte das Buch in meine Kammer, wo ich es zu meinen Schulbüchern legte.

Vorsichtig strich ich über den Einband. Ich war neugierig, musste mich jedoch gedulden, da Arbeit auf mich wartete. Auch am Abend würde ich es nicht lesen können, dazu waren die wenigen Kerzenstummel, die mir die gnädige Frau überließ, zu wertvoll. Stattdessen würde ich das Buch mit in Meister Langenkamps Schulstube nehmen und es dort in Ruhe betrachten.

Um die Mittagszeit machte ich mich auf den Weg in die Küche, die im Untergeschoss des Hauses lag. Dort wartete Esmeralda bereits ungeduldig auf mich und deutete mit zusammengezogenen Augenbrauen und spitzen Lippen auf das Gemüse, das ich für die Suppe putzen und schneiden sollte, während sie die Klöße für den Hauptgang zubereitete.

Ich hatte die Köchin, die spanische Wurzeln haben musste, noch nie sprechen gehört. Es wurde aber gemunkelt, dass sie dem gnädigen Herrn bei einer seiner Reisen begegnet war. Angeblich hatte er sie aus reiner Begeisterung über ihre Kochkünste eingestellt. Beim letzten Waschtag vor Weihnachten hatten die Mägde allerdings darüber getuschelt, dass Esmeralda weit mehr war als nur eine Köchin. Natürlich hatte ich diese Andeutung verstanden und daraufhin genau beobachtet, wie Leopold von Waldenburg mit ihr umzugehen pflegte. Und tatsächlich: Die Blicke, die der gnädige Herr der Köchin zuwarf, waren weit intensiver als die, die er mit seiner Gemahlin tauschte. Dass Esmeralda stumm war, schien ihm dabei nicht das Geringste auszumachen, denn sein Gesichtsausdruck war fast schon verklärt, sobald sie den Raum betrat.

Pünktlich zum fünften Glockenschlag bedeutete mir Esmeralda, die Speisen aufzutragen. Der Moment war gekommen, in dem ich den von Waldenburgs wieder unter die Augen treten musste. Meine Nervosität stieg, und meine Hände zitterten so sehr, dass ich die Schüsseln noch einmal abstellen musste, um durchzuatmen.

Ich starrte auf die Tischplatte, auf die ich meine Hände gestützt hatte, und wartete darauf, dass sich mein Puls wieder beruhigte.

Plötzlich spürte ich zwei Hände an meinen Oberarmen, die mich herumdrehten. Dann sah ich in die sanftmütigen dunklen Augen der Köchin. Mit strengem Blick begutachtete sie mich und steckte dann mit geschickten Handgriffen die Haarsträhne wieder unter meiner Haube fest, die herausgerutscht war. Dann nickte sie mir aufmunternd zu, reckte das Kinn und zog stolz ihre Augenbrauen nach oben.

Ich ahnte, was sie mir zu verstehen geben wollte, doch von einem Selbstbewusstsein, wie sie es offenbar hatte, war ich weit entfernt.

»Danke, Esmeralda«, flüsterte ich trotzdem und versuchte ein Lächeln.

Die Stimmen, die ich noch vom Flur aus hören konnte, verstummten sofort, als ich das Speisezimmer betrat. Ich versuchte, die Augenpaare zu ignorieren, die mich anstarrten, und schaffte es, die Suppenschüssel in der Mitte des Tisches zu platzieren. Wie erwartet, deutete ich einen Knicks an und entfernte mich wieder. Kaum hatte ich den Raum verlassen, wurden die Gespräche wieder aufgenommen, und ich konnte nicht verhindern, dass ich einzelne Gesprächsfetzen aufschnappte.

Erstaunt erkannte ich, dass die gnädige Frau offenbar sehr aufgebracht war, während Anni sich mit fast schon überschlagender Stimme zu verteidigen versuchte.

»Bitte übernimm du den Rest!«, bat ich Esmeralda, als ich die Küche wieder betrat, doch sie schüttelte energisch den Kopf, drückte mir die Schüssel mit Knödeln in die Hand und schob mich wieder zur Tür hinaus.

Diesmal erstarb das Gespräch nicht, als ich den Raum betrat.

»Das wird auf jeden Fall ein Nachspiel haben, Annegret!«, sagte Frau von Waldenburg.

»Sie wollen mich bestrafen?«, keifte Anni zurück. Dann warf sie mir einen wütenden Blick zu und erhob sich geräuschvoll. »Ich habe mir nichts vorzuwerfen, Mutter.«

Sie deutete mit dem Finger auf mich und fuhr mit schneidender Stimme fort: »Es ist die Wahrheit. Sie ist ein Findelkind. Und es wurde Zeit, dass jemand diese Tatsache ausspricht, bevor mein trotteliger Bruder sich der närrischen Idee hingibt, dass er mit ihr eine gemeinsame Zukunft haben könnten. Fast geküsst hätte der Johann sie, wenn ich nicht dazwischengegangen wäre!«

Ich wollte gerade nach der leeren Suppenschüssel greifen, hielt jedoch wie erstarrt inne. Die einsetzende Stille war unerträglich und schien endlos. Dann ließ Leopold von Waldenburg seine Faust donnernd auf den Tisch krachen und starrte zwischen seinem Sohn und mir hin und her, als wollte er die Wahrheit in unseren Gesichtern ergründen.

»Annegret von Waldenburg!«, hob die gnädige Frau an, »untersteh dich, noch einmal solch ungebührliche Gerüchte in die Welt zu setzen! Dein Bruder hegt für das Dienstmädchen allenfalls solche Gefühle, die er auch für dich als seine Schwester empfindet. Ihr seid zusammen aufgewachsen, du hast Catharine ihr Leben lang beschützt. Wie kannst du nun dererlei Dinge behaupten? Hast du mit deiner schonungslosen Offenheit nicht schon genug angerichtet? Musst du das arme Ding nun auch noch durch den Schmutz ziehen?«

Sie sprachen miteinander, als wäre ich nicht anwesend, und ich war entsetzt über die Art und Weise, in der die gnädige Frau mit ihrer Tochter sprach und mich vor allen in Schutz nahm. Ich war ein Findelkind. Ein Nichts. Und doch schlug sich ausgerechnet die Herrin des Hauses auf meine Seite. Was stimmte hier nicht, und wie konnte es sein, dass die Herrschaften über jemanden so Unbedeutendes wie mich so sehr in Streit gerieten?

Mein Puls raste. Ich griff hinter mich und suchte Halt an der Kommode. Das Zittern meiner Hände war zurück, und ich spürte, dass mein Mund trocken wurde.

Wie durch einen Nebelschleier nahm ich wahr, dass Beni von seinem Stuhl aufsprang und um den Tisch herum zu mir eilte.

»Sie ist kreidebleich. Wie kannst du nur, Anni. Seit wann bist du ein solches Scheusal?«

Dann griff er nach meinem Arm und führte mich aus dem Speisezimmer. Im Hinausgehen hörte ich noch, wie Annegret genau diese Reaktion ihres Bruders zum Anlass nahm, um ihrem Vater zu erklären, dass sie recht hätte.

In der Küche schob Beni mich sanft auf einen Schemel, der am geöffneten Fenster stand. Dann drückte er mir einen Becher Dünnbier in die Hand, den ich in langsamen Schlucken leerte.

»Es tut mir so leid, Catharine«, flüsterte er, kniete sich vor mich und griff nach meinen Händen. »Ich weiß beim besten Willen nicht, warum Annegret dir das angetan hat.«

»Wusstest du es?«, fragte ich matt, ohne auf seine Worte einzugehen. Als er nicht gleich reagierte, setzte ich mich aufrecht hin und sah ihm fest in die Augen. »Ich muss das wissen, Beni. Hast du gewusst, dass Josefine nicht meine Mutter ist?«

Er kam nicht mehr dazu, diese Frage zu beantworten, denn in diesem Augenblick kam die gnädige Frau in die Küche, schob ihren Sohn beiseite und zog mich auf die Füße.

»Ich bin dir eine Erklärung schuldig, Catharine. Aber zuerst musst du mir glauben, dass es mir unendlich leidtut, dass du es auf diese Weise erfahren hast. Ja, es stimmt. Josefine ist nicht deine leibliche Mutter. Ich sehe die unzähligen Fragen in deinem Gesicht, doch ich kann sie dir nicht beantworten. Niemand weiß, wer deine Eltern waren. Eines Nachts erwachten wir, weil Annegret durchs Haus schlich. Wenn ich mich recht entsinne, war es die Nikolausnacht des Jahres 1762. Wir hörten Geräusche, und als mein Gatte die Tür öffnete, fanden wir dich in einem Körbchen auf der Schwelle. Annegret sagte immer, wenn sie nicht gewesen wäre, wärst du erfroren, denn sie war es, die in dieser kalten Nacht einen Schatten ums Haus hatte schleichen sehen. Sie war es auch, die dein Wimmern hörte. Leopold und ich wären vermutlich einfach wieder zu Bett gegangen. Monatelang hat sie jedem erzählt, dass sie dich gerettet hätte und dass du nun ihre Schwester wärst. Wir wollten nie, dass du diese Wahrheit erfährst. Du warst doch all die Jahre glücklich bei uns und deiner Ziehmutter.«

Ich hörte Frau von Waldenburgs tröstende Worte, und doch erreichten sie mein Herz nicht. Zorn kochte in mir hoch, und es war mir gleichgültig, dass alle in diesem Hause nur mein Bestes gewollt hatten.

Ich sah zu Beni, der meinem Blick auswich, und in diesem Moment war ich davon überzeugt, dass auch er von meiner Herkunft gewusst haben musste.

Der Mensch, dem ich am meisten vertraut hatte, den ich von Kindesbeinen an geliebt hatte und den ich auch jetzt liebte, war ein Lügner. Wie ein Blitz schoss dieser Gedanke erst durch meinen Kopf und traf mich dann mitten ins Herz. In diesem Augenblick spürte ich, wie es in mir zerbrach.

Am nächsten Morgen quälte mich eine solche Übelkeit, dass ich den Haferbrei, den Josefine mir wie üblich in der Küche bereitgestellt hatte, nicht anrührte. Wie gern wäre ich wieder in meine Kammer verschwunden, hätte mich unter der Bettdecke vergraben und die Welt draußen vergessen.

»Du siehst furchtbar aus«, bemerkte Josefine. »Meister Langenkamp bringt dich auf andere Gedanken, du wirst sehen.«

Ich nickte matt. Was blieb mir auch anderes übrig? Weder Josefine noch die von Waldenburgs würden mir gestatten, meine Pflichten zu vernachlässigen oder dem Unterricht einen weiteren Tag fern zu bleiben.

Anders als sonst machte ich mich an diesem zweiten Freitag im April allein auf den Weg, denn die Vorstellung, mit Beni und Annegret durch den Ort zu laufen und so zu tun, als wäre alles in bester Ordnung, schnürte mir die Kehle zu, und ich wusste beim besten Willen nicht, wie sich das je wieder ändern sollte.

Das Haus des Präzeptors Eduard Langenkamp lag vor dem Hehlentor nordwestlich des Celler Stadtkerns. Gemeinsam mit Beni und Annegret hatten wir dort zunächst die einklassige Hehlentor Landschule besucht, bevor wir in Langenkamps Haus, das in unmittelbarer Nähe zur alten Schule lag, gemäß dem Lehrplan höherer Lateinschulen und Gymnasien privat unterrichtet wurden.

Normalerweise machte mir der Schulweg nichts aus, ging ich ihn doch für gewöhnlich schwatzend und scherzend mit Beni und Anni. Doch um vor allem Annis Gesellschaft zu entgehen, hatte ich das Haus der Waldenburgs lange vor dem achten Glockenschlag verlassen und war nun die Erste.

Der Unterricht fand in Langenkamps Wohnstube statt, die der Schulmeister den Anforderungen entsprechend umgestaltet hatte. Sechs Holztische standen in Zweierreihen seinem Lehrerpult gegenüber, hinter dem er eine abgenutzte Tafel aufgestellt hatte.

In der Hoffnung, mit niemandem reden zu müssen, setzte ich mich in die letzte Bank, zog das kleine Büchlein hervor, das ich in der Wäschekammer gefunden und das mir die gnädige Frau überlassen hatte, und blätterte darin, ohne wirklich etwas wahrzunehmen.

»Man könnte auf den Gedanken kommen, Sie hätten das Lesen verlernt, Fräulein Zietsch«, riss mich der Präzeptor aus meinen Gedanken.

Ich musste ihn ziemlich verständnislos angesehen haben, denn im nächsten Augenblick warf er seinen weißhaarigen Kopf in den Nacken und lachte.

»Nun«, erklärte er, »was immer Sie da zu lesen gedenken: Es wäre einfacher, wenn Sie das Buch richtig herum hielten.«

Ich spürte, wie mir das Blut in die Wangen schoss, und drehte das Buch herum. Erst in diesem Moment erkannte ich, dass ich eine Art handgeschriebenes Herbarium in den Händen hielt. Fein säuberlich waren getrocknete und gepresste Pflanzen eingeklebt. Wo die Pflanze selbst fehlte, war eine exakte Zeichnung angefertigt worden. Die Namen der Pflanzen und eine genaue Beschreibung dessen, was sie bewirkten und wie sie heilend verwendet werden konnten, waren jeweils detailliert dazugeschrieben worden.

Beeindruckt fuhr ich über die geschwungenen Buchstaben. Als ich wieder aufblickte, stand Eduard Langenkamp direkt neben mir.

»Darf ich?«

Ich nickte und übergab ihm das Herbarium. Er blätterte eine Weile darin und gab dann ein anerkennendes Pfeifen von sich.

»Wo haben Sie denn dieses kleine Schätzchen her?«, fragte er, und ich erklärte mit kurzen Worten, wie ich zu dem Buch gekommen war.

»Darauf sollten Sie gut achtgeben!«, riet er mir. Dann tätschelte er väterlich meine Schulter, ging neben mir in die Knie und sah mich direkt an.

Plötzlich änderte sich sein Gesichtsausdruck. Er kniff die Augen zusammen, als würde er seinen Blick schärfen.

»Sie haben Kummer«, stellte er fest, zog sich einen Stuhl heran und setzte sich.

Ich nickte seufzend, denn es war sinnlos, ihm etwas vorzumachen. Der Präzeptor kannte mich zu lange und zu gut. Er hatte mich ins Herz geschlossen, seit ich vor Jahren zum ersten Mal seine Stube betreten hatte, und mehr als nur einmal betont, dass ich in ihm gern den Vater sehen dürfte, den ich nie hatte.

Noch bevor Langenkamp mich ausfragen konnte, kündigten polternde Schritte an, dass wir nicht länger allein waren. Nacheinander betraten sein Sohn Anton, zwei Kinder gut situierter Händlerfamilien und schließlich auch Beni und Annegret den Raum. Kurz darauf folgten die Sprösslinge weiterer ortsansässiger Handwerker.

»Nach dem Unterricht erwarte ich Sie zu einem kurzen Gespräch unter vier Augen, Fräulein Zietsch«, flüsterte Langenkamp, doch offensichtlich waren seine Worte nicht leise genug gewesen. Als ich aufblickte, sah ich in Annis funkelnde Augen.

»Da hat unser Findelkind Ihnen also schon ihr tragisches Schicksal gebeichtet?«, giftete sie.

Entsetzt riss ich die Augen auf und stammelte: »Kein Wort habe ich gesagt.«

Mein Puls raste, und ich schlug die Hände vors Gesicht, um niemanden ansehen zu müssen. Zunächst herrschte völlige Stille im Raum, doch schon nach wenigen Sekunden ließ mich ein lauter Knall zusammenzucken. Mit der flachen Hand hatte Eduard Langenkamp gegen die Tafel geschlagen, und seine Mimik verriet, was er von Annegrets Bemerkung hielt.

»Fräulein von Waldenburg«, säuselte er zuckersüß, »Sie werden uns nun die Bedeutung des Wortes Nächstenliebe erklären. Eine Wiederholung der Tugenden wird sicher nicht schaden.«

»Was?« Annegret errötete, und ich konnte nicht sagen, ob aus Scham oder vor Zorn. »Ich habe nichts gesagt, was nicht der Wahrheit entspricht.«

»Halt den Mund!«, fuhr Benedict seine Schwester an.

Natürlich bemerkte ich den entschuldigenden Blick, den er mir zuwarf, doch ich schaffte es nicht, darauf zu reagieren. Stattdessen starrte ich in meine Bibel und schwieg.

Der Vormittag zog sich endlos, und am Ende vermochte ich nicht zu sagen, worüber wir in den Stunden gesprochen hatten. Als der Präzeptor den Unterricht beendete, rauschte Annegret hinaus. Durch die geöffnete Tür sah ich, dass sie sich nach Beni umwandte, der ihr nicht wie üblich gefolgt war, sondern jetzt neben meinem Tisch in die Knie ging.

»Ich habe es erst erfahren, als wir vom Markt kamen«, sagte er und griff nach meinen Händen. »Bitte! Du musst mir glauben. Ich war genauso entsetzt wie du, als Annegret diese Behauptung aussprach. Nachdem du wieder in deiner Kammer warst und ich dich in Josefines Händen in Sicherheit wusste, habe ich meine Schwester zur Rede gestellt. Ich wusste von nichts, das schwöre ich. Nie und nimmer hätte ich dieses Wissen für mich behalten. Und wer immer auch deine Eltern sind: Du bist und bleibst meine Catharine. Das Mädchen, das ich beschütze, seit wir Kinder waren. Die Frau, ohne die ich …«

»Pst«, unterbrach ich ihn und blickte hektisch nach vorn. Doch meine Sorge war unbegründet. Anni hatte das Haus längst verlassen, und Eduard Langenkamp war damit beschäftigt, ausgiebig die Tafel zu putzen. Vorsichtig lächelte ich Beni an, während er behutsam meine Hände streichelte und darauf wartete, dass ich etwas sagte.

»Ich glaube dir«, gab ich schließlich zurück, und das entsprach der Wahrheit. Ich ließ die Schultern sinken und spürte unendliche Erleichterung. Benedict hatte mich nicht hintergangen. Meine unbekannte Herkunft hatte ihn genauso überrascht wie mich, und das Allerwichtigste: Sie war ihm gleichgültig. Während Anni sie neuerdings zum Anlass nahm, mich zu demütigen, spielte es für ihn keine Rolle, wer mich zur Welt gebracht hatte. Stattdessen sah er mich mit der gleichen Zärtlichkeit und Verbundenheit an, die schon immer zwischen uns geherrscht hatte.

Wenn seine Schwester neben der Kränkung, die sie mir zugefügt hatte, auch einen Keil zwischen uns treiben wollte, so war ihr dies nicht gelungen. Im Gegenteil.

»Nichts wird je zwischen uns stehen. Das verspreche ich dir«, flüsterte Beni und drückte noch einmal meine

Hand, bevor er sich erhob und mit einem kurzen Nicken in Meister Langenkamps Richtung den Raum verließ.

Der hatte nur darauf gewartet, mich allein zu sprechen. Seinem gutherzigen Wesen entsprechend konfrontierte er mich nicht sofort mit den traurigen Tatsachen. Stattdessen zog er mich vom Stuhl, legte beide Hände auf meine Schultern und sah mich eindringlich an.

»Ich wünschte, es wärst nicht ausgerechnet du, die das alles durchmachen muss«, sagte er ruhig und wechselte dabei ganz selbstverständlich zum vertraulichen Du. Er blieb vor mir stehen, und als er bemerkte, dass mir die Tränen über die Wangen liefen, reichte er mir ein besticktes Stofftuch.

»Danke.«

»Was weißt du?«, fragte er, nachdem ich mir die Tränen abgewischt hatte.

»Nur das, was Sophie von Waldenburg mir erzählt hat.« Ich erklärte in kurzen Worten, was ich erfahren hatte.

Der Schulmeister zog die Augenbrauen hoch und nickte bedächtig. »So so«, murmelte er. »Und wann genau war das?«

»Die gnädige Frau meinte, es muss die Nikolausnacht des Jahres 1762 gewesen sein.«

Von einem Moment auf den Nächsten hatte ich plötzlich das Gefühl, als hätte sich die Mimik des Mannes verändert. Ich legte den Kopf schief und wartete darauf, dass Langenkamp etwas sagte, doch er schwieg und sah gedankenverloren aus dem Fenster.

»Ist alles in Ordnung?«, fragte ich schließlich besorgt.

»Selbstverständlich.« Er lächelte mich an, als wäre er aus einem Tagtraum aufgewacht. »1762 war ein ganz hervorragendes Jahr, um geboren zu werden.« Er ließ einen grunzenden Lacher hören und tätschelte meinen Rücken.

»Warum das?«

Er öffnete den Mund, schloss ihn aber gleich wieder, als hätte er es sich anders überlegt. Dann sagte er: »Nun, es war das Jahr deiner Geburt, nicht wahr?«

Kapitel 5

Magdalena

Freitag, 18. Dezember 1761 bis Weihnachten

Als sich Helene Brandmiller an diesem Morgen auf den Weg zu ihrem Bruder machte, war sie außer sich. Ihr Gatte Gustav hatte ihr angeboten, sie mit dem Einspänner zu fahren, doch sie hatte mit den Worten abgelehnt, dass ihr der Spaziergang nach der Aufregung sicher guttäte. Außerdem war sie durchaus in der Lage, das Gefährt selbst zu lenken.

Konrad und Gustav waren in den vergangenen Tagen immer wieder in Streit geraten, und für sie als Mutter des einen und Ehefrau des anderen war das Leben in diesem Haus zur Zumutung geworden. Sie wusste, dass ihr Gatte erwartete, dass sie sich auf seine Seite schlug, doch das würde bedeuten, ihren einzigen Sohn zu verstoßen.

Noch hatte Gustav Brandmiller kein endgültiges Machtwort gesprochen, und Helene hoffte, dass sich die Gemüter der Streithähne wieder beruhigen und auch ihr eigener Zorn irgendwann verrauchen würde.

Dabei war sie nicht nur auf ihren Sohn wütend, sondern auch auf ihren Ehemann. Sie glaubte Konrad die Geschichte vom väterlichen Stoß in den Teich. Warum sollte der Junge vorgeben, sein Vater hätte ihn hineingeworfen, wenn dem nicht so war? Sie wusste sehr genau, wie grausam ihr Ehemann sein konnte, wenn er in Rage geriet, und sie erinnerte sich noch gut daran, wie wütend er vor all den Jahren gewesen war, weil der verweichlichte Sohn, wie er ihn genannt hatte, sich nicht einen Fuß weit ins Wasser wagte.

Helene Brandmiller schob das Bild ihres im Teich panisch strampelnden Sohnes beiseite und schüttelte sich. Sie durfte nicht zulassen, dass die grausamen Erinnerungen sie erneut quälten. Damals hatte sie um das Leben ihres Sohnes gebangt und wollte die negativen Gefühle nicht wieder durchleben müssen.

Als sie vor die Tür trat, schlug ihr eisige Kälte entgegen. Sie zog die Kapuze ihres Capes über die sorgfältig gesteckte Hochfrisur und hielt sie unter dem Kinn zusammen. Einen Moment lang überlegte sie, ob es nicht doch besser wäre, sich von ihrem Gatten begleiten zu lassen, aber sie verwarf diesen Gedanken gleich wieder. Käme er mit, würde er nur erfahren, dass sie nicht daran dachte, ihren Sohn Konrad aufzugeben, auch nicht, nachdem er sich der jungen Casparus gegenüber so schändlich verhalten hatte.

Er war ein Draufgänger, aber so waren die jungen Männer eben. Wäre er erst mit ihr verheiratet, würde er sich schon zu benehmen wissen. Außerdem war niemand wirklich zu Schaden gekommen. Mit einer aufrichtigen Entschuldigung sollte diese unangenehme Sache wohl aus der Welt zu schaffen sein. Mochte ja sein, dass Konrad so manches Mal über die Stränge schlug, aber ein Feigling war er weiß Gott nicht. Er hatte ihr versprochen, die Sache persönlich wieder in Ordnung zu bringen, und Helene war überzeugt, dass er dieses Versprechen auch halten würde.

Sie lenkte den Einspänner an der Celler Stadtkirche St. Marien vorüber und weiter in Richtung Westen, ließ Schlossanlage, Viehtrift und Zuchthaus hinter sich und gelangte schließlich nach Neustadt vor dem Westceller Tore, wo sich der Hof ihres Bruders befand, den sie kurz nach dem elften Glockenschlag erreichte.

Der Amtshof der von Waldenburgs konnte sich sehen lassen. Leopold hatte es zwar nicht bis zum Großvogt gebracht, doch wenn man den stattlichen Hof betrachtete, der im Stil eines klassischen Bauernhauses erbaut war, konnte ein solcher Eindruck durchaus entstehen. Der Hof diente nicht nur als Wohnraum, sondern war gleichzeitig auch Verwaltungs- und Gerichtsbarkeitsstandort, verfügte über große Stallungen, ein eigenes Backhaus und die Wohnung für den Gerichtsdiener. Und natürlich war es Aufgabe ihres Bruders, nach Verkündung eines Urteils die Schurken auch hinter Schloss und Riegel zu bringen. Das dafür nötige Gefängnis gehörte ebenfalls zum Amtssitz, weswegen die Alteingesessenen ihren Bruder gern auch Sluter oder Schließer nannten.

Josefine Zietsch, Säugamme ihres Neffen Johann Benedict, öffnete ihr die Tür und bat sie ins Haus.

»Sie haben Glück. Der gnädige Herr ist noch im Haus. Ich werde Sie augenblicklich ankündigen.«

»Danke, Josefine. Und wenn ich um einen gut gesüßten Tee bitten dürfte!«

Helene wusste um die Leidenschaft ihres Bruders, der sich regelmäßig grünen Tee, teure Gewürze und Rohrzucker aus Hannover bringen ließ.

»Meine liebe Schwester! Was führt dich zu mir?«, begrüßte Leopold von Waldenburg sie überschwänglich, griff mit beiden Händen nach ihren Oberarmen und drückte sie kurz an sich.

Helene hasste diese Art von Nähe, und obwohl Leopold um ihre Abneigung wusste, ließ er es sich nicht nehmen, sie auf diese aufdringliche Weise zu herzen.

»Ihr Tee«, unterbrach Josefine leise, huschte zum Tisch, stellte ein Tablett mit Kanne, Teeservice, Zuckerdose und einer wohlduftenden Gewürzmischung ab und entfernte sich eilig wieder.

»Wie geht es dir, mein lieber Bruder, und wie steht es um den Gemütszustand der Frau Gemahlin?«, begann Helene, die nicht daran dachte, sofort mit ihrem eigentlichen Anliegen herauszuplatzen.

»Nun, Sophies Stimmungen schwanken, aber ich bilde mir ein, dass es ihr langsam besser geht. Es hilft, dass der kleine Johann weniger schreit und länger durchschläft.«

»Das sind erfreuliche Nachrichten«, gab Helene zurück, rührte Zucker in ihren Tee und blies in die dampfende Tasse.

»Danke. Aber du hast den Weg durch die winterliche Kälte doch sicher nicht nur auf dich genommen, um nach Weib und Kindern zu fragen.«

»Du kennst mich zu gut, Leopold«, schmeichelte Helene lächelnd. »Natürlich nicht. Es geht um meinen Konrad.«

Der Gesichtsausdruck ihres Bruders veränderte sich. Helene bemerkte, dass er die Augenbrauen nach oben zog und sie abwartend ansah.

»Es sieht ganz danach aus, als hätte er eine Braut gefunden«, erklärte sie.

»Verstehe. Wer ist die Glückliche, und wann soll die Trauung stattfinden?«

Helene gab sich alle Mühe, ein unbekümmertes Lächeln aufzusetzen. »Es ist die Tochter des Apothekers, Magdalena Casparus. Ein wirklich tüchtiges Ding und sehr hübsch noch dazu.«

»Meine Frau spricht nur Gutes vom Fräulein Casparus. Sie mischt ihr regelmäßig ihren Schlaftrunk. Und das Mädchen hat eingewilligt, deinen Sohn zu heiraten?«

Helene horchte auf. Hatte die Stimme ihres Bruders etwa gerade einen ungläubigen Ton angenommen? Sie legte den Kopf schief und sah Leopold aufmerksam an, doch es gelang ihr nicht, hinter seine verschlossene Fassade zu blicken.

»Natürlich hat mein Sohn gefragt«, log Helene ohne jede Gefühlsregung, »und anständig, wie sie ist, hat sie sich Bedenkzeit erbeten. Aber das ist ein gutes Zeichen, nicht wahr? Welcher Bräutigam will schon eine Gemahlin, die sich ihm an den Hals wirft?«, fügte sie eilig hinzu.

Ein Blick in das Gesicht ihres Bruders zeigte, dass Leopold alles andere als überzeugt war. »Oder sie will ihn gar nicht«, sagte er mit einem provokanten Unterton in der Stimme.

Helene sah ihren Bruder fragend an. »Welchen Grund sollte diese arme Halbwaise haben, meinen Sohn nicht zu wollen? Er ist fleißig, stattlich anzusehen und ein angesehener Bürger noch dazu.«

Leopold lachte auf. »Was man so hört, ist er nicht gerade der freundlichste aller Zeitgenossen. Vor allem dann nicht, wenn er aus dem Wirtshaus kommt.«

Empört schnappte Helene nach Luft. Wie konnte ihr Bruder es wagen, so über ihren Sohn zu sprechen? Wut stieg in ihr hoch, und als sie nach der Teetasse griff, um sich in Ruhe ihre nächsten Worte zurechtlegen zu können, bemerkte sie, dass ihre Hand zitterte.

Leopold sah ihre Unsicherheit ebenfalls, doch er dachte offenkundig nicht daran, die Situation für sie erträglicher zu machen.

»Ich kenne deinen Jungen, Helene. Ich selbst habe ihn in meinem Hause randalierend erlebt, nachdem er, trotz Bitte um Zurückhaltung, zu tief ins Glas geschaut hat. Ohne von dem Mädchen selbst gehört zu haben, dass sie einverstanden ist, werde ich dieser Ehe nicht zustimmen. Das verstehst du doch sicher. Ich muss meiner Verantwortung als Vogt ...«

»Untervogt! Und wer weiß, wie lange noch«, unterbrach ihn Helene giftig, doch Leopold überhörte es.

»Meiner Verantwortung als Vogt gerecht werden«, fuhr er unbeirrt fort. »Solange ich nicht sicher bin, dass dein Sohn das Fräulein Casparus anständig behandelt ...«

»Selbstverständlich wird er sie anständig behandeln«, rief Helene aufgebracht. Sie erhob sich und lief im Zimmer auf und ab. Die Blicke ihres Bruders folgten ihr, und als sie sich ihm zuwandte, sah sie ein ironisches Grinsen in seinem Gesicht, das ihren Puls noch weiter in die Höhe trieb. Wie so häufig, wenn sie nicht einer Meinung waren, genoss er es, sie zu provozieren.

Leopold war schon immer ein anstrengender jüngerer Bruder gewesen, und es sah ganz danach aus, als würde sich das nie ändern. Doch diesmal durfte Helene nicht klein beigeben. Es ging um die Zukunft ihres Sohnes – und nicht nur das. Die Geschäfte ihres Mannes warfen längst nicht mehr genug ab, um ihnen ein sorgloses Leben zu ermöglichen. Die Heirat würde nicht nur bedeuten, dass das unstete Leben ihres Sohnes endlich ein Ende hatte. Sie bedeutete auch finanzielle Absicherung für die gesamte Familie.

Natürlich war es eine Schande, dass sie zur Bittstellerin geworden war, denn einst hatte auch sie über eine nicht ganz unbedeutende Summe aus dem elterlichen Erbe verfügt. Ihr Vater Gerhard von Waldenburg war zeitlebens Jurist gewesen und hatte sich bis zum geheimen Justizrat hochgearbeitet. Im Gegensatz zu ihrem Bruder, der es immerhin bis zum Celler Untervogt gebracht hatte, war ihr als Frau eine solche Laufbahn natürlich verschlossen geblieben. Stattdessen hatte sie den vor Jahren hoch angesehenen Tischlermeister Gustav Brandmiller geheiratet und war davon ausgegangen, an seiner Seite ein gutes Auskommen zu haben. Doch die Zeiten hatten sich geändert, und das Geld ihres Vaters war längst aufgebraucht.

Helene straffte die Schultern und atmete mehrfach ein und aus. Dann wusste sie, wie sie ihrem Bruder beikommen konnte.

»Dass du nicht viel von meinem Sohn hältst, ist nicht neu. Aber gerade weil dem so ist, solltest du diese Ehe als das sehen, was sie ist: eine Möglichkeit, die Familie deiner Schwester und damit den ungeliebten Neffen nicht auf Dauer durchbringen zu müssen.«

»Warum sollte es meine Aufgabe sein, ihn durchzubringen? Du hast es soeben selbst angedeutet. Wir wissen nicht, was die Zukunft bringen wird. Es ist in aller Munde, dass die Großvogtei schon bald aufgehoben werden könnte. Dann werde ich nicht mehr sein als ein einfacher Amtmann. Womöglich muss ich den Hof sogar verlassen. Also noch einmal: Aus welchem Grund sollte ich euch unter die Arme greifen?«

Helene beantwortete ihrem Bruder die Frage nicht, sondern sah ihn stattdessen ruhig an. Es dauerte einen Augenblick, doch schließlich kam Leopold von Waldenburg selbst dahinter.

»Es steht also nicht gut um die Tischlerei?«

Helene senkte den Blick und schwieg einen Augenblick, um den folgenden Worten mehr Bedeutung zu verleihen.

»Die Konkurrenz macht uns zu schaffen. Sie schnappen uns nicht nur wichtige Kunden weg, sondern schrecken auch vor übler Nachrede nicht zurück.«

Sie machte eine Pause und dachte daran, wie der letzte Kunde ihres Mannes, ausgerechnet Gemeindepfarrer Gottfried Wilpert, in die Welt hinausposaunt hatte, dass ihrem Konrad ein Fehler unterlaufen sei, der dazu geführt hatte, dass die großen, schweren Holztüren der Pfarrei ein zweites Mal neu gezimmert werden mussten. Konrad hatte sich beim Maßnehmen vertan, das konnte dem besten Tischler einmal passieren! Am Ende passten die neu gefertigten Türen nicht in den Rahmen, und Pfarrer Wilpert war außer sich gewesen vor Zorn.

»Wenn es so weiter geht, werden wir dich um finanzielle Unterstützung bitten müssen«, erklärte Helene.

Diese Worte verfehlten ihre Wirkung nicht. Leopold von Waldenburg schüttelte missbilligend den Kopf, und es war offensichtlich, dass ihm die Vorstellung nicht gefiel, neben der eigenen auch noch die Familie seiner Schwester unterhalten zu müssen.

»Danke für die Warnung, geliebte Schwester«, säuselte er ironisch. »Sollte dein Sohn den Weg in mein Haus finden, werde ich einer Eheschließung nicht widersprechen.«

»Und du wirst jedem anderen, der um die Hand der kleinen Casparus anhält, deine Erlaubnis verwehren?«, hakte sie sicherheitshalber noch einmal nach, da ihr nicht entfallen war, dass Konrad den Sohn des Handschuhmachers erwähnt hatte.

Das Brummen ihres Bruders deutete Helene als Zustimmung. Zufrieden lenkte sie das Gespräch auf unverfängliche Themen und verabschiedete sich schon bald darauf.

* * *

Die sonst grauen und trüben Novembertage vergingen ebenso schnell wie die Tage vor Weihnachten, und Magdalena wusste genau, woran das lag: Mathias.

In den Jahren zuvor hatte es um diese Zeit in der Apotheke nie viel zu tun gegeben. Die Celler Bürger blieben zu Hause, wenn man von den Kirchgängen absah, die in der Vorweihnachtszeit üblich waren.

Doch in diesem Jahr liefen die Dinge dank Mathias völlig anders als sonst. Vor allem die Nachmittagsstunden konnte sie kaum erwarten, denn der Handschuhmacher hatte sich angewöhnt, sie regelmäßig zu Spaziergängen abzuholen. Anfangs war er zurückhaltend gewesen, doch inzwischen griff er immer öfter nach ihrer Hand, wenn sie durch die menschenleeren Straßen liefen.

Einige Zunftstuben und Geschäfte, zu denen auch die Casparus-Apotheke gehörte, konnten sich sogar einen eigenen Weihnachtsbaum leisten, und Magdalena genoss es, in die erleuchteten Fenster zu schauen und die mit Äpfeln, Nüssen, Zuckerwerk, Rosen und Hostien geschmückten Bäume zu betrachten.

»Lass uns zur Werkstatt meines Vaters laufen«, schlug Mathias ausgerechnet beim Spaziergang am Heiligen Abend vor. »Und keine Sorge, zu Christvesper und Krippenspiel sind wir zurück.« Er nahm Magdalenas Hand und schob sie zusammen mit seiner in den wärmenden Muff. Dann strahlte er sie liebevoll an. »Ich muss deinem

Vater dankbar sein. Das hier ist so viel besser als ein Treffen unter zig neugierigen Augen in der Alten Linde.«

Magdalena nickte, und ein glückliches Lächeln huschte über ihr Gesicht. Er hatte recht. Ihre Spaziergänge hatten etwas Magisches. Schnee hatte Straßen, Häuser und Gärten der Stadt in eine weiß gepuderte Winterlandschaft verwandelt und dämpfte ihre Schritte und Worte. Es schien, als wäre Celle mit all seinen Bewohnern in einen tiefen Winterschlaf gefallen, der dafür sorgte, dass sie ihre Zweisamkeit weitestgehend ohne lästige Zeugen genießen konnten. Sie liefen die Aller entlang in Richtung Osten und erreichten den Celler Stadtteil Blumlage, in dem die Werkstatt des Handschuhmachers lag.

Das Bild, das sich Magdalena bot, verschlug ihr für einen Moment die Sprache. Mathias' Vater, Franz Grene, hatte einen Buchsbaum ins Fenster gestellt, der neben dem üblichen Baumschmuck auch noch mit brennenden Kerzen bestückt war. Tanzende Flammen tauchten die Werkstatt und den Platz davor in warmes, romantisches Licht.

Voller Begeisterung presste Magdalena ihre Hände gegen die Brust. »Ihr schmückt euren Baum mit Kerzen?«, fragte sie andächtig.

»Mein Vater sah das einst so bei einem Krippenspiel in Hannover. In diesem Jahr hat er regelmäßig Geld zur Seite gelegt, um sich die Kerzen leisten zu können.«

Magdalena lächelte und schwieg. Es gefiel ihr, dass im Hause Grene auf dererlei Dinge wert gelegt wurde. Noch während sie darüber nachdachte, ob und wie sie ihren Vater von dieser Art Baumschmuck begeistern konnte, trat Mathias plötzlich dicht hinter sie.

Magdalenas Puls beschleunigte sich, und sie stand ganz still, während er seine Arme um ihre Taille legte und sie fest an sich zog.

»Dieser Moment soll sich für immer in mein Gedächtnis einbrennen«, flüsterte er ihr von hinten ins Ohr, und sein warmer Atem jagte ihr einen wohligen Schauer über den Rücken. Vorsichtig drehte er Magdalena zu sich herum und strich ihr liebevoll die Haare aus dem Gesicht.

»Hast du eine Ahnung, wie wunderschön du in diesem Licht bist, Lena?«, raunte er ihr zu.

Magdalena wagte kaum zu atmen. Die Gedanken, die ihr in diesem Augenblick durch den Kopf schossen, trieben ihr die Röte ins Gesicht, und sie konnte nur von Glück reden, dass die Kälte ihre Hautfarbe ohnehin schon fest im Griff hatte. Sie hoffte, dass nun passieren würde, wonach sie sich schon seit Tagen sehnte: der allererste Kuss in ihrem Leben.

Mathias legte seine kalten Hände an ihre Wangen und ließ seine Finger sanft darübergleiten. Aus Angst, den Augenblick zu zerstören, blieb Magdalena völlig regungslos. Er stand mit dem Rücken zum erleuchteten Fenster, weswegen ihr seine sonst dunkelgrünen Augen fast schwarz erschienen.

Sie spürte ein sanftes Ziehen in der Magengegend und konnte keinen klaren Gedanken mehr fassen. Alles, wonach sie sich sehnte, war, seine Lippen auf ihren zu spüren. Und als sich sein Gesicht dem ihren endlich bis auf wenige Millimeter näherte, wich sie nicht zurück. Stattdessen griff sie nach seinen Händen, die noch immer auf ihren Wangen lagen, drückte sie liebevoll, und er verstand dieses winzige Signal.

Mit halb geöffneten Lippen empfing Magdalena ihren ersten Kuss. Es war nur eine winzige Berührung, doch sie hinterließ ein Kribbeln auf ihrem Mund und verstärkte das Ziehen in ihrem Bauch. Immer wieder legte Mathias seine Lippen auf ihre, und mit jeder Berührung wurde ihr Verlangen größer.

Sie spürte einen sanften Ruck, als er sie noch fester an sich presste, und im nächsten Moment schob sich seine Zunge gierig in ihren Mund. Erschrocken zuckte Magdalena zurück und sah ihn aus großen Augen an.

»Was machst du da?«, fragte sie atemlos.

»Gefällt es dir denn nicht?«

Sie dachte einen Augenblick über seine Frage nach, bevor sie antwortete. »Es fühlt sich seltsam an«, sagte sie ehrlich, denn sie hatte noch nie zuvor einen Menschen auf diese Weise geküsst.

»Seltsam gut oder seltsam schlecht?«

»Ich weiß nicht«, gab sie zurück, und als sie Mathias' entsetztes Gesicht sah, lächelte sie verschmitzt. »Vielleicht könntest du noch mal ...?«

Er atmete erleichtert aus, verwehrte ihr den Kuss jedoch. Stattdessen zog er sie zur Eingangstür der Werkstatt und kramte einen Schlüssel aus der Tasche.

Magdalenas Herz schlug so laut, dass sie für einen Moment befürchtete, er könnte es hören. »Was hast du vor?«

»Wir sollten vielleicht nicht vor dem hell erleuchteten Fenster stehen.« Er schloss die Tür zur Werkstatt auf und erklärte weiter: »Vater und Mutter dürften noch bei den Nachbarn sein. Die Frau des Schneiders ist niedergekommen. Ausgerechnet am heutigen Tage. Mutter hilft bei der Geburt, gemeinsam mit einer Hebamme. Mein Vater gibt sich indes alle Mühe, den werdenden Papa zu beruhigen.«

»Also sind wir allein?«

»Ich denke schon. Aber ganz sicher weiß ich es nicht.«

Sie betraten die Werkstatt. Mathias schien ebenso nervös zu sein wie sie, denn er begann, die Möbel und Gerätschaften zu erklären, während er nach links und rechts deutete. Er erläuterte die Funktionsweise des Wirkstuhls und zeigte ihr Nähmaschine, Spulrad sowie allerlei Garn und Seide, die für die Fertigung eines Handschuhs benötigt wurden.

Doch so sehr sich Magdalena auch für ihn und sein Handwerk interessierte – sie war nicht bei der Sache. Statt ihm zuzuhören, lehnte sie sich gegen die geschlossene Holztür und sah ihn abwartend an.

»Hörst du mir überhaupt zu?«, fragte er mit gespielter Empörung, als er endlich bemerkte, dass sie noch immer an der Tür stand.

»Ich kann nicht. Tut mir leid. Die Sache mit dem Kuss. Solange ich nicht weiß, ob es mir gefällt oder nicht, kann ich an nichts anderes denken.«

Jetzt erkannte Mathias, dass sie ihn neckte. Langsam schritt er auf sie zu, ohne sie aus den Augen zu lassen. Sie wollte ihm einen Schritt entgegengehen, doch im nächsten Moment hatte er sie erreicht, schob sie gegen die Holztür und presste sich eng an sie. Trotz des warmen Winterkleides und des Capes, das sie darüber trug, spürte sie seinen angespannten Körper.

Magdalena legte ihre Hände an sein Gesicht und strich vorsichtig mit der Daumenspitze über seine vollen Lippen. Sie fühlte, wie er unter ihrer Berührung zusammenzuckte, und dann endlich küsste er sie. Ihre Zungen fanden sich. Ihr Kuss wurde tiefer und ihr Verlangen von Sekunde zu Sekunde größer. Seufzend gab sie sich seinem zärtlichen Spiel hin.

Ihre Gefühle überwältigten sie, denn es waren längst nicht nur seine Lippen und seine Zunge, die ihr den Verstand raubten. Obwohl er nichts weiter tat, als sie zu küssen, spürte sie das Pulsieren ihres Schosses. Was immer dieser Mann mit ihr machte: Sie wollte, dass es nie endete, und sie wollte mehr davon. Ihr Herz raste, ihre Hände wanderten wie von selbst über seine Brust, und sie hatte plötzlich Sehnsucht nach etwas, von dem sie nicht zu sagen wusste, was es war.

Plötzlich trat Mathias einen Schritt zurück und sah sie an. Die Gier in seinem Blick erregte Magdalena, und sie wollte ihn wieder an sich ziehen. Doch er hielt sie auf Abstand.

»Was ist?«, fragte sie atemlos.

»Immer noch seltsam?«, fragte er mit kratziger Stimme.

Sie schüttelte den Kopf. »Küss mich noch einmal und hör nie wieder damit auf«, flüsterte sie.

* * *

Nach Wochen des Streits und der Auseinandersetzungen hatten sowohl Konrad als auch sein Vater Helene Brandmiller versprechen müssen, am Heiligen Abend Ruhe zu geben. Nichts schien für Konrads Mutter wichtiger zu sein als das Bild, das die Familie nach außen abgab.

Beim Christvesper in der Stadtkirche erwartete Helene Brandmiller gottesfürchtiges Betragen und ein andächtiges Lächeln in den Gesichtern von Sohn und Ehemann.

Konrad wusste, dass er seine Mutter nach der Sache mit Magdalena nicht noch weiter verärgern durfte, und so gab er sich alle Mühe, ihrem Wunsch zu entsprechen. Schon tagsüber hielt er sich mit Branntwein und Bier zurück, um bei Sinnen zu bleiben. Er kleidete sich frisch ein und stand pünktlich bereit, um Vater und Mutter zum Gottesdienst zu begleiten.

Wie zu erwarten, war die Kirche bereits gut gefüllt, und die Brandmillers hatten Mühe, eine Sitzbank auszumachen, die noch Platz für sie drei bot. Sie fanden eine freie Reihe auf der Empore. Konrad ließ Vater und Mutter den Vortritt und nahm selbst am äußersten Rand der Bank Platz. Es war noch etwas Zeit, und wie üblich begann seine Mutter damit, sich umzusehen und alle möglichen Bekannten wild winkend zu begrüßen.

Auch Konrad sah sich um. Weder beim Hereinkommen noch beim Blick hinunter von der Empore hatte er Magdalena entdeckt. Für gewöhnlich saß sie neben ihrem Vater, den Konrad nun in einer der hinteren Reihen erkannte und der seiner Tochter einen Platz freizuhalten schien. Zunächst redete er sich ein, dass sie sicher nur irgendwo aufgehalten worden war. Es war ausgerechnet seine eigene Mutter, die ihn auf einen Umstand aufmerksam machte, der ihm gewaltig auf den Magen schlug.

»Seltsam«, zischte Helene ihrem Sohn zu. »Die kleine Casparus scheint noch nicht da zu sein – ebenso wie Mathias Grene.«

Konrad schluckte und sah, dass seine Mutter vorwurfsvoll die Augenbrauen hob. Gab sie etwa ihm die Schuld dafür? Er warf seinem Vater einen kurzen Blick zu, der jedoch nichts von ihrer Unterhaltung mitzubekommen schien.

»Wie ich das sehe«, gab Konrad zurück, »fehlt die gesamte Familie Grene. Es ist wohl davon auszugehen, dass sie beisammen sind und durch irgendetwas aufgehalten wurden. Ich kann mir nicht vorstellen, dass Mathias seine Familie an diesem Abend allein lassen würde, um mit ...«

Weiter kam Konrad nicht, denn in diesem Moment stieß seine Mutter ihm ihren Ellbogen in die Rippen und deutete auf das Kirchenportal.

»Da! Von wegen, er würde nicht. Er würde sehr wohl. Er ist dir weit voraus, Junge. Sieh dir nur an, wie gerötet ihre Wangen sind!«

Konrad wusste genau, worauf seine Mutter anspielte. Zwar betraten Magdalena und Mathias die Kirche in gebührlichem Abstand voneinander, doch er bemerkte sofort, dass sie sich immer wieder heimliche Blicke zuwarfen.

Der Anblick der kleinen Casparus verschlug Konrad den Atem. Heute schien es ihm, als würde sie von innen leuchten. Ihre sonst so blasse Haut war von einem zarten Rosa überzogen, das ihre blaugrauen Augen noch mehr zum Strahlen brachte. Ihre dunkelbraunen Haare lagen in weichen Wellen über ihrem Wintercape, einige Strähnen waren durch den Schnee nass geworden und hingen ihr nun verwegen im Gesicht.

Konrad konnte seinen Blick nicht von ihr wenden. In der Hoffnung, ihre Aufmerksamkeit auf sich zu lenken, begann auch er, wie zuvor schon seine Mutter, andere Menschen in der Kirche mit Handzeichen zu grüßen. Doch so sehr er sich auch bemühte – Magdalena nahm keinerlei Notiz von ihm. Sie setzte sich an die Seite ihres Vaters, und als Mathias Grene keinen Platz zu finden schien, war es ausgerechnet Ferdinand Casparus, der den Handschuhmacher zu sich in die Kirchbank winkte.

»Du kannst aufhören mit deinem albernen Getue«, fauchte seine Mutter schließlich. »Sie hat nur Augen für diesen armen Schlucker.«

Die Tatsache, dass auch seine Mutter bemerkte, was sich direkt vor ihnen abspielte, machte Konrad noch wütender, als er ohnehin schon war.

»Ich werde …«, hob er an, doch bevor er sein wütendes Gestammel beenden konnte, läuteten die Glocken.

Den gesamten Gottesdienst über war er nicht bei der Sache. Seine Mutter musste ihn mehr als nur einmal darauf hinweisen, sich zu erheben oder die Hände zum Gebet zu falten.

Jedes Lächeln, das Magdalena, immerhin das Mädchen, das er zur Frau haben wollte, diesem Grene schenkte, trieb seinen Puls weiter in die Höhe. Er hätte die vergangenen Tage nicht einfach so verstreichen lassen dürfen. Er hätte sich längst bei ihr und ihrem Vater entschuldigen müssen, wie er es seiner Mutter versprochen hatte. Doch er war zu feige gewesen, und immer, wenn der Zeitpunkt günstig gewesen wäre, war ihm irgendeine fadenscheinige Ausrede eingefallen, die ihn daran hinderte, der Casparus-Apotheke einen Besuch abzustatten.

Sein Widersacher und Erzfeind hatte die Zeit, in der er gezögert hatte, ganz offensichtlich genutzt, und es machte Konrad rasend, dass Mathias es sogar geschafft hatte, den Apotheker für sich zu gewinnen.

Wie sollte er Magdalena nun noch zu einer Ehe mit ihm bewegen? Im schlimmsten Fall hatte Mathias Grene längst bei Magdalenas Vater vorgesprochen und offiziell um ihre Hand angehalten.

Konrad stieß auf, und der Geschmack des Dünnbiers, das er zum Essen getrunken hatte, kam ihm wieder hoch. Er ballte seine Hände zu Fäusten und musste sich zusammenreißen, um nicht die Fassung zu verlieren.

Als würde er gerade erst zu sich kommen, nahm er die Stimme von Pfarrer Wilpert wahr, der in diesem Moment von tiefer Liebe sprach. Und als wäre er direkt angesprochen worden, erwachte Konrads Kampfgeist.

Die kleine Casparus war seine Liebe! Natürlich nicht im gefühlsduseligen Sinn. Aber sie war die Frau, die er erwählt hatte, und er würde nicht zulassen, dass ihm ein anderer Mann zuvorkam. Sie gehörte ihm. Ihr Vermögen gehörte ihm.

Konrad würde zunächst bei seinem Onkel vorstellig werden, obwohl er wusste, dass dieser nicht gut auf ihn zu sprechen war. Sollte der nicht in der Lage sein, ihm die Casparus als Eheweib zu verschaffen, müsste er einen anderen Weg finden.

Er beobachtete, wie Pfarrer Wilpert eine Kerze entzündete, und plötzlich wusste er, wie er Magdalena zur Hochzeit zwingen konnte. Der Einfall war hinterhältig und grausam. Doch sollte man ihm keine andere Wahl lassen, würde er ihn in die Tat umsetzen. Am Ende würde Magdalena Casparus dankbar sein, dass er sich ihrer erbarmte.

Aus dem Augenwinkel bemerkte er, dass seine Mutter ihn anstarrte.

»Du grinst?«, flüsterte sie ungehalten. »Findest du etwa komisch, was hier passiert?«

»Natürlich nicht, Mutter«, erwiderte er hastig und verkniff sich das siegesgewisse Lachen. »Aber du machst dir unnötig Sorgen. Alles wird gut, du wirst schon sehen.«

Er griff nach ihrer Hand und drückte sie kurz. Dann endlich entspannte sich ihre Miene wieder, und sie nickte zufrieden.

Kapitel 6

Catharine

Samstag, 25. April 1779

In den nächsten Tagen und Wochen setzte ich alles daran, mich im Hause der von Waldenburgs unsichtbar zu machen, und war stets darauf bedacht, weder Annegret noch Beni allein zu begegnen.

Doch mit jedem Tag, der verging, wurde meine Stimmung miserabler. So sehr ich mir auch einzureden versuchte, dass Abstand zwischen mir und Beni unvermeidlich war, wenn ich nicht Annis Zorn auf mich ziehen wollte, ich musste mir eingestehen, dass ich ihn vermisste.

Am letzten Samstag im April hatte mir Esmeralda auf ihre sehr spezielle Art zu verstehen gegeben, dass sie meine Trübseligkeit nicht mehr ertrug. Nachdem ich das Wasser zum Kochen aus dem Brunnen geholt und auf der Anrichte abgestellt hatte, griff sie nach meinem Arm und bedeutete mir, stehen zu bleiben. Sie zeigte auf ihr Gesicht, lächelte und strich mit der Hand darüber, als würde sie sich eben dieses Lächeln aus dem Gesicht wischen. Dann sah sie mich traurig an und schüttelte den Kopf.

»Ich versuche es doch, Esmeralda. Aber nach all dem, was ich nun über meine eigene Vergangenheit weiß, ist mir nicht mehr nach Lachen zumute.«

Esmeralda warf ihren Kopf in den Nacken und gab ein ungeduldiges »Pff« von sich. Dann malte sie ein Herz in die Luft und tat so, als würde sie es mit beiden Händen in Stücke reißen. Anschließend tippte sie mir grob mit dem Zeigefinger gegen das Brustbein.

Ich nickte seufzend. Natürlich hatte sie recht. Dass mich das Wissen, ein Findelkind zu sein, traurig machte, war nur die halbe Wahrheit. Beni aus dem Weg gehen zu müssen, traf mich im Moment weitaus schlimmer.

»Was soll's!«, sagte ich betont fröhlich, goss Wasser in einen gusseisernen Topf und hängte ihn über die Feuerstelle. Als ich mich anschließend umsah, war Esmeralda aus der Küche verschwunden, und so machte ich mich daran, Spargel zu schälen.

Als ich kurz darauf Schritte vernahm, plapperte ich hektisch drauf los, damit meine Gefühlslage nicht erneut zum Gesprächsthema wurde.

»Ich bin hier gleich fertig, dann kannst du übernehmen. Die gnädige Frau wünscht, dass ich noch heute Nachmittag die Fenster ...«

»Gute Idee.«

Mein Herzschlag schien für einen Moment auszusetzen, als ich die Stimme hörte. Es war nicht die Köchin, die soeben den Raum betreten hatte, sondern Johann Benedict.

»Fang doch bitte in meinem Zimmer an. Ich möchte dich endlich wieder in meiner Nähe haben.«

»Ich ...«, hob ich an, wusste allerdings nicht, wie ich den Satz beenden sollte. Ich konnte mich schlecht damit herausreden, dass ich in der Küche noch nicht fertig war, wo ich doch gerade genau das Gegenteil laut ausgesprochen hatte.

»Bitte, Catharine. Ich halte das Schweigen zwischen uns nicht mehr aus. Meine Mutter hat dir aufgetragen,

Fenster zu putzen. Was spricht dagegen, in meiner Kammer damit zu beginnen?«

Mein Magen rebellierte bei der Vorstellung, mit ihm in einem Raum zu sein. Natürlich waren wir auch früher schon allein gewesen, doch das waren Zeiten, in denen wir in kindliche Spiele versunken gewesen waren und keinen Gedanken daran verschwendet hatten, ob sich die Nähe zwischen uns gehörte oder nicht.

Heute war Johann Benedict der Mensch, an den ich beim Erwachen als Erstes und vor dem Einschlafen als Letztes dachte. Er war derjenige, nachdem ich vom Fenster aus Ausschau hielt, wenn er nicht zu Hause war, und es waren seine Schritte, nach denen ich lauschte, wenn ich über die im Halbdunkeln liegenden Flure der Vogtei lief.

Zögernd legte ich das Messer aus der Hand, wischte mir die Hände an der Schürze ab und sah ihn an. So verlockend der Gedanke auch war, ich konnte mich nicht dazu durchringen, seinem Wunsch zu folgen.

Beni schien zu ahnen, was in mir vorging, denn noch bevor ich etwas erwidern konnte, griff er nach meiner Hand und zog mich wortlos hinter sich her. An der Küchentür blieb er stehen und lauschte in den Flur hinein.

»Niemand zu hören«, flüsterte er. Dann legte er seinen Zeigefinger an die Lippen und grinste mich fröhlich an. Wie so oft war seine Unbekümmertheit ansteckend, und ich spürte die gleiche Aufregung, die mich erfasst hatte, als er mich vor einigen Wochen mit der Kutsche zum Markt begleitet hatte.

Mit schnellen Schritten liefen wir die Diele entlang. Abgesehen von meiner und Josefines Kammer, die im Haupthaus unter dem Dach lagen, befanden sich sämtliche andere Gesindestuben im seitlichen Anbau des

Haupthauses. Küche, Wohnstube, Schreibstube und die Kinderkammern lagen im Untergeschoss, die herrschaftlichen Schlafkammern, Vorsaal und Saal hingegen im Obergeschoss. Vor der Treppe hielt Beni inne und bedeutete mir, ebenfalls stehen zu bleiben. Er lauschte erst nach oben, klopfte dann kurz und kräftig gegen Annis Zimmertür, trat ein und atmete anschließend hörbar aus.

»Wie erwartet. Sie ist mit Mutter in die Stadt gefahren.«

»Und wenn sie plötzlich wieder auftauchen?«

»Du tust nichts weiter, als Mutters Wunsch nachzukommen, schon vergessen?«, beruhigte er mich.

Schweigend sahen wir uns an, und es dauerte nur wenige Herzschläge, bis ich mich von seiner Freude anstecken ließ.

»Na endlich!«, rief Beni, machte einen Schritt auf mich zu und griff nach meinen Händen. »Du lächelst. Versprich mir, dass du mir nie wieder so lange aus dem Weg gehst.«

»Wie soll das gehen? Annegret wacht über jeden meiner Schritte.«

Theatralisch riss Beni seine Augenbrauen hoch und schüttelte den Kopf, als hätte ich etwas ausgefressen.

»Du hast es also wirklich vergessen«, stellte er fest.

Meine Verständnislosigkeit musste sich in meinem Gesicht widerspiegeln, denn er fuhr fort: »Die Aller und unsere geplant-zufälligen Begegnungen. Weißt du nicht mehr?«

»Doch, natürlich«, gab ich leise zurück.

»Ich habe jeden Tag auf dich gewartet.«

Ich horchte auf, konnte allerdings weder in seiner Stimme noch in seiner Miene einen Vorwurf erkennen. Er hatte wohl schlichtweg ausgesprochen, womit er die vergangenen Tage zugebracht hatte.

»Es tut mir leid«, sagte ich, doch Beni hob sofort abwehrend die Hände.

»Das muss es nicht. Du warst mit deinen Gedanken sicher ganz woanders.«

Ohne etwas zu erwidern, senkte ich den Blick. Es war nicht nur die körperliche Nähe, die mich nervös machte und dazu brachte, ihm auszuweichen. Es war auch die Tatsache, dass er mit seiner Vermutung völlig falsch lag. Ich hatte mitnichten andere Gedanken im Kopf gehabt, und mehr als einmal hatte ich durch die Gardinen beobachtet, wie er das Haus verließ und in Richtung Fluss lief. Und ich sah ihn zurückkommen. Mit hängenden Schultern und verkniffenen Lippen. Ich wusste, dass er darauf gehofft hatte, mich zu sehen, und ich wusste, dass ich ihn enttäuscht hatte.

In dieser Sekunde erkannte ich, dass Beni die Wahrheit verdient hatte. Ich straffte die Schultern und sah ihm fest in die Augen. »Das stimmt so nicht. Ich war mit meinen Gedanken jeden Tag bei dir. Und natürlich habe ich auch bemerkt, dass du zur Aller gelaufen bist …«

»Bemerkt?«, feixte er. »Du hast mir hinterherspioniert.« Doch ich ging nicht auf seine Neckerei ein.

»Du musst mir glauben, Beni!«, stieß ich aufgebracht hervor. »Es gab nichts, was ich lieber getan hätte, als mit dir spazieren zu gehen und über all die Dinge zu sprechen, die mich bewegen. Aber die Angst davor, meine Stellung und mein Zuhause zu verlieren, war und ist größer. Ich stehe unter Dauerbeobachtung, und der kleinste Fehler reicht aus, um Anni gegen mich aufzubringen. Denke den Weg zu Ende, Beni. Deine Eltern werden zu ihrem Kind halten, denn Blut ist immer dicker als Wasser.«

Benedict nickte bedächtig, und ich fürchtete schon, dass ich ihn dazu gebracht hatte, sich von mir fernzuhalten. Doch dann passierte etwas, womit ich nicht gerechnet hatte. Ohne auf meinen Ausbruch zu reagieren, ließ er meine Hände los, trat noch näher an mich heran und legte seine Arme fest um mich.

Schweigend und ohne uns zu rühren, standen wir beieinander. Ich schloss meine Augen, atmete durch die Nase ein und aus und ließ zu, dass er mich hielt. Ich nahm seinen vertrauten Geruch wahr, und für den Bruchteil einer Sekunde war ich glücklich. Seine Hände strichen behutsam über meinen Rücken, und ich hörte sein leises Flüstern.

»Hab keine Angst, Catharine. Nicht vor meiner Schwester. Ich würde nie zulassen, dass du dein Zuhause verlierst.«

Seine liebevollen Worte und die Sanftheit, mit der er meinen Körper in seinem Arm hin und her wiegte, hüllten mich ein, und ich spürte eine Geborgenheit, die ich noch nie zuvor empfunden hatte. Mein eben noch vor Angst rasender Puls beruhigte sich. Ich glaubte ihm! In diesem Moment, in diesem Zimmer war mein Vertrauen in Johann Benedict grenzenlos.

Ich hätte mich weniger von seinen Worten einlullen lassen und mehr auf die Geräusche im Haus achten sollen. Ich hätte bei meinem Vorsatz, ihm besser aus dem Weg zu gehen, bleiben sollen. Doch als die Tür aufgerissen wurde, war es für all das »Hätte« zu spät.

Noch ehe Beni oder ich reagieren konnten, stand Annegret im Zimmer. Doch weit schlimmer als seine vor Wut nach Luft schnappende Schwester war das verkniffene

Gesicht von Leopold von Waldenburg, das hinter ihr zum Vorschein kam.

»Vater«, ergriff Beni das Wort, »Mutter hat Catharine aufgetragen, die Fenster zu putzen. Wir haben uns doch nur unterhalten. Sie war so traurig, und um sie zu trösten, habe ich sie in den Arm genommen. Es ist nichts ...«

»Hinaus!«, unterbrach Leopold von Waldenburg seinen Sohn und sah mich aus zusammengekniffenen Augen an. »In meine Schreibstube, sofort!«

Ohne Beni oder Annegret noch einmal anzusehen, verließ ich das Zimmer. Im Hinausgehen hörte ich sie lamentieren, dass ich wohl kaum mit bloßen Händen meine Arbeit verrichten könnte und wo denn Bottich und Lappen wären.

Es war, als hätte ich mir das weiche Federkissen der gnädigen Frau über die Ohren gezogen, denn Annis Worte schienen zu verfliegen, und ich hatte das Gefühl, neben mir herzulaufen und mich dabei zu beobachten, wie ich mit hängenden Schultern dem Befehl des Vogts nachkam.

Sophie von Waldenburg musste die aufgebrachte Stimme ihres Mannes gehört haben. Mit besorgter Miene kam sie herbeigeeilt. »Was ist hier los?«

Doch ihr Mann antwortete nicht. Stattdessen bedeutete er seiner Frau, auf dem Sessel, der rechts unter dem Fenster stand, Platz zu nehmen.

»Catharine Zietsch«, hob der Vogt an, und die Kälte, mit der er meinen Namen aussprach, ließ mich erstarren. »Du hast unser aller Vertrauen schändlich missbraucht. In diesem Haus bist du nicht mehr willkommen. Du wirst augenblicklich deine wenigen Habseligkeiten zusammenpacken und die Vogtei verlassen.«

Ich schaffte es nicht, von Waldenburg anzusehen. Stattdessen sah ich in das entsetzte Gesicht seiner Gattin.

»Aber ...«

»Halt den Mund!«, fuhr der Vogt seine Frau ungehalten an. »Du hast nicht gesehen, was ich gesehen habe. Mit eigenen Augen. Sie lag in den Armen unseres Sohnes, und das hatte nichts mit geschwisterlichen Gefühlen zu tun. Unsere Annegret hatte die ganze Zeit über recht. Ich werde nicht noch einmal zulassen, dass du das Findelkind unserer Tochter vorziehst. Catharine geht. Das ist mein letztes Wort!«

In meinen Ohren rauschte es, und im Hinausgehen vernahm ich nur noch Bruchstücke von dem, was Sophie von Waldenburg zu ihrem Mann sagte.

»Wie kannst du nur? ... Nach allem, was sie durchgemacht hat ... Wo soll sie denn hin? ... Vergiss nicht, dass es auch unsere Schuld ist ...«

Wie betäubt lief ich die Diele entlang, vorbei an den sich lautstark streitenden Geschwistern und ins obere Stockwerk, in dem meine Kammer lag. Ich besaß nur eine winzige Tasche, doch sie reichte aus. Vogt von Waldenburg hatte es ja gesagt: Es waren nur wenige Habseligkeiten, kaum mehr als das, was ich am Leibe trug. Teilnahmslos trug ich meine Tasche wieder hinunter. Ich weinte nicht und fühlte nicht. Mechanisch öffnete ich die Tür der Vogtei. Auf dem Treppenabsatz blieb ich stehen und dachte daran, dass hier alles begonnen hatte. In einem Korb, verlassen von Gott und der Welt, hatte man mich auf eben dieser Stufe ausgesetzt. Damals war ich winzig gewesen. Ein Segen, denn dadurch blieb die Tragödie vor mir verborgen. Heute lagen die Dinge anders. Ich war siebzehn und hatte in dieser Sekunde alles verloren.

Beni konnte sich nicht daran erinnern, wann er das letzte Mal so wütend gewesen war. Catharine hatte fluchtartig sein Zimmer verlassen, sein Vater war ihr mit zornesrotem Kopf gefolgt. Annegret wollte ebenfalls davoneilen, doch Beni hielt sie zurück und zwang sie, ihm in die Augen zu sehen.

Wie zwei Raubtiere, bereit, aufeinander loszugehen, standen sie sich gegenüber und starrten sich an. Schließlich ließ Annegret die gestrafften Schultern nach vorn fallen und senkte ihren Blick.

»Warum?«, fragte Beni, und als sie nicht antwortete, fuhr er sie an: »Du schuldest mir eine Erklärung! Was hat Catharine getan, um das zu verdienen? Du hast ihr Leben zerstört!«

Er schluckte und presste die Lippen fest aufeinander, um die Tränen zurückzuhalten, die in ihm aufsteigen wollten.

Anstelle einer Antwort richtete Anni sich plötzlich wieder auf und schob ihre Nase in die Luft. Er kannte diese Körperhaltung. In der Regel waren es Trotz, Zorn und ein schlechtes Gewissen, die seine Schwester dazu trieben, ihn auf diese Art von oben herab anzusehen.

»Hatte ich etwa nicht recht?«, fragte sie schnippisch. »Vielleicht war sie ja mal ein gutes Mädchen – bevor sie sich dir an den Hals geworfen hat. Man könnte fast meinen, sie wäre eine schmutzige Dirne.«

»Was sagst du da?« Außer sich vor Zorn packte Beni seine Schwester mit der linken Hand am Oberarm und holte mit der rechten Hand aus. Annegret reagierte sofort und riss ihren freien Arm hoch, um sich zu schützen.

Im letzten Moment fing sich Beni wieder. Er ließ die Hand sinken, schloss die Augen und atmete einige Male tief ein und aus. Dann fasste er einen Entschluss.

»Das, was ich dir jetzt sage, wird das Letzte sein, was ich an Worten an dich richten werde.«

Anni gab ein leises »Pff« von sich, und er wusste, dass sie ihn nicht ernst nahm. Noch nicht.

»Ich weiß nicht, wann aus meiner warmherzigen Schwester dieses traurige, missgünstige Weibsbild geworden ist, das du heute bist. Ich vermisse meine Schwester, aber mit diesem Geschöpf«, er deutete mit dem Kopf in ihre Richtung, »will ich nichts mehr zu tun haben. Du hast Catharine ins Unglück gestürzt. Sie hatte niemanden. Ausgerechnet du hast vor Jahren beschlossen, sie aufzunehmen. Sie hat dir vertraut, und nun hast du ihr den Boden unter den Füßen weggerissen. Gnade dir Gott, sollte Vater sie wirklich wegschicken.«

»Pah«, gab Anni noch immer gehässig zurück. »Willst du mir etwa drohen?«

»Ja«, sagte Beni schlicht, und endlich verschwand die Überlegenheit aus dem Gesicht seiner Schwester. »Wenn ich Catharine verliere, werde ich dafür sorgen, dass auch du alles verlierst. Das schwöre ich dir, so wahr ich hier stehe.«

»Ach, und wie willst du das anstellen, kleiner Bruder?« Noch immer hörte er den überheblichen Unterton in der Stimme seiner Schwester, doch er wusste, dass sich das in den nächsten Minuten ändern würde.

»Mutter und Vater werden nicht ewig leben, Annegret. Dann werde ich den Hof übernehmen. Du bist nur eine Frau, und es sieht nicht danach aus, als würdest du je einen Mann finden, der in deinen Augen gut genug für dich ist. Ich hasse dich dafür, dass du mich dazu bringst, diese Worte auszusprechen. Aber: Du hast Catharine das einzige Zuhause genommen, das sie je hatte. Sie hat sich nie, zu keiner Sekunde, etwas zuschulden kommen lassen, und das, obwohl sie um meine Gefühle weiß. Sollte ich sie durch deine Niedertracht verloren haben, werde ich dafür sorgen, dass auch du dein Zuhause verlierst. Vielleicht nicht heute und auch nicht morgen. Aber das vergesse ich dir nicht. Niemals.«

Beni sah, wie die Farbe aus dem Gesicht seiner Schwester wich, wie sie den Mund öffnete, ihn jedoch wieder schloss. Sie schien nach Worten zu suchen.

»Aber ich bin deine Schwester«, stammelte sie schließlich leise, und Beni sah, dass sie hinter sich griff und an der Kommode Halt suchte, die seitlich neben der Tür stand.

Endlich war jede Arroganz aus ihrem Gesicht gewichen, und er sah das Flehen in ihren Augen. Doch in diesem Moment brachte er es nicht mehr fertig, einen Schritt auf sie zuzugehen. Gnadenlos schüttelte er den Kopf. »Nicht mehr.« Dann wies er ihr die Tür.

Nachdem seine Schwester das Zimmer verlassen hatte, ließ Johann Benedict sich erschöpft aufs Bett fallen. Er lehnte sich gegen die Wand, zog die Knie an und legte den Kopf auf die darauf gekreuzten Arme. Er konzentrierte sich auf seine Atmung und schaffte es schließlich, dass sich sein Puls wieder beruhigte. Den Gedanken an das entsetzte Gesicht seiner Schwester schob er beiseite. Stattdessen grübelte er darüber nach, wie es Catharine wohl ging. Vermutlich stand sie genau jetzt seinem Vater gegenüber und nahm eine seiner endlosen Standpauken entgegen. Bisher war nur er, in ganz besonderen Ausnahmefällen auch einmal seine Schwester Annegret, in den zweifelhaften Genuss seiner Strafpredigten gekommen. Die Vorstellung, dass sein Vater, der für gewöhnlich kaum ein Wort mit Catharine oder ihrer Ziehmutter wechselte, sie nun zurechtwies wie ein kleines Kind, trieb seinen Herzschlag sofort wieder in die Höhe.

Hastig sprang Beni auf und lief die wenigen Schritte über den Flur, an dessen Ende sich Leopolds Schreibstube befand. Zu seiner Überraschung drang kein einziger Laut zu ihm hinaus. Hatte sich sein Vater womöglich wieder beruhigt und erkannt, dass nichts an der Umarmung zwischen Catharine und ihm in irgendeiner Weise anzüglich gewesen war?

Zaghaft klopfte er an die schwere Holztür.

»Ja«, hörte er Leopolds Stimme.

»Darf ich eintreten?«

»Wenn es sein muss.«

Die kühlen Worte ließen ihn zusammenzucken, doch er durfte sich jetzt nicht einschüchtern lassen. Noch nie hatte Catharine ihn dringender gebraucht als in diesem Augenblick. Er musste einen Weg finden, um die Frau, die er seit Kindertagen liebte, vor dem Zorn seines Vaters zu beschützen.

»Vater, ich möchte Ihnen versichern, dass nichts an dieser Umarmung ...«

»Spar dir deine Worte, Johann«, unterbrach Leopold von Waldenburg ihn barsch. »Das Mädchen ist fort, und sie wird dieses Haus nie wieder betreten.«

Beni starrte ihn an und brachte kein Wort heraus. Ein Blick in sein verbissenes Gesicht reichte, um das Unvermeidbare zu erkennen: Er kam zu spät.

Sie war fort und hatte sich nicht einmal von ihm verabschieden können. Doch das Schlimmste war, dass er keine Ahnung hatte, wo Catharine jetzt war und wann und wo er sie wiedersehen würde.

Bis zum Abendessen hatte Beni einen Entschluss gefasst. Obwohl er sich damit der Anweisung des Vaters widersetzte, würde er sich noch heute aufmachen, um Catharine zu suchen. Noch bevor er sich die Worte zurechtlegen konnte, mit denen er seine Eltern über sein Vorhaben in Kenntnis setzen würde, ertönte das helle Glöckchen, mit dem Sophie von Waldenburg die Köchin wissen ließ, dass sie das Abendessen auftragen sollte.

Er war der Letzte, der das Speisezimmer betrat, und ihm fiel sofort auf, wie angespannt die Stimmung war. Niemand sprach auch nur ein Wort. Annegret hielt den Blick gesenkt. Sie musste spüren, dass ihre Mutter Augenkontakt zu ihr suchte, und es wunderte Beni mitnichten, dass sie ihr auszuweichen versuchte.

Nachdem Esmeralda den Hauptgang aufgetragen und jeder am Tisch mit dem eigenen Essen beschäftigt war, ergriff Beni das Wort. »Ich werde mich noch heute auf die Suche nach Catharine machen.«

Leopold von Waldenburg ließ seinen Löffel scheppernd in den Suppenteller fallen und sah Beni aus zusammengekniffenen Augen an.

»Ich verbiete es«, sagte er schlicht.

»Und ich ignoriere Ihr Verbot«, gab Beni zurück.

Er sah, wie seine Mutter entsetzt die Augen aufriss und die Hand vor den Mund presste. Leopold von Waldenburg griff nach seinem bestickten Mundtuch, tupfte sich in aller Ruhe die Lippen damit ab und warf es dann neben seinen Teller.

»Du missachtest meine Entscheidung?«, fragte der Vogt mit schneidender Stimme.

»Ja und nein«, gab Beni zurück und versuchte, möglichst unbekümmert zu klingen. »Sie haben Catharine des Hofes verwiesen, aus einem Grund, den außer Ihrer Tochter niemand versteht. Das muss ich wohl respektieren, denn es ist Ihr Haus. Das heißt aber nicht, dass ich mich als mitfühlender Mensch nicht davon überzeugen darf, dass sie zumindest ein Dach über dem Kopf hat und nicht dank der niederträchtigen Gerüchte die Nacht in der Gosse verbringen muss.«

Er bemerkte, dass Annegrets Hände zitterten, und er musste sich zusammenreißen, um nicht auf sie loszugehen, sondern sie stattdessen gänzlich zu ignorieren.

»Das ist eine großartige Idee«, mischte sich Sophie von Waldenburg in das Gespräch ein.

Überrascht sah Beni seine Mutter an, und auch Annegret blickte zum ersten Mal von ihrem Teller auf.

Noch bevor Leopold seine Frau zurechtweisen konnte, fuhr sie fort: »Du hast von deinem Hausrecht gebraucht gemacht – gegen meinen Willen. Das respektiere ich, auch wenn ich es nicht gutheiße. Aber du bist auch immer noch ein Celler Amtmann. Du trägst Verantwortung für das Leben der Bürger. Es ist deine Pflicht, dich auch um die – angeblich «, bei diesem Wort warf Sophie ihrer Tochter einen vernichtenden Blick zu, »gefallenen Kinder dieser Stadt zu kümmern.« Sie griff nun ebenfalls nach ihrer Serviette, wischte sich behutsam über den Mund und erhob sich dann.

»Nimm den Einspänner, Beni. Während du anspannst, hole ich dir etwas Geld. Bitte sorge dafür, dass das arme Kind zumindest so lange in einem unserer Wirtshäuser unterkommt, bis wir eine Lösung für sie gefunden haben.«

»Du wagst es?«, rief der Vogt aufgebracht.

»Ich wage es«, gab Sophie zurück. Auf ihrem Gesicht zeichneten sich inzwischen hektische rote Flecken ab, doch sie dachte offenbar nicht daran, ihrem Gatten zu gehorchen. »Ich muss dich wohl kaum daran erinnern, welche Schuld ...«

Bevor sie weitersprechen konnte, schnitt der Vogt ihr das Wort ab. »Genug!« Dann wandte er sich Beni zu. »Du darfst sie suchen und vorerst in einer Herberge unterbringen.«

Beni kniff die Augen zusammen und sah zwischen Vater und Mutter hin und her. Irgendetwas stimmte hier ganz und gar nicht, doch es war nicht der richtige Moment, um sich darüber Gedanken zu machen, warum Leopold von Waldenburg so plötzlich nachgab. Jetzt musste er Catharine finden und dafür sorgen, dass sie noch vor Einbruch der Dunkelheit ein Dach über dem Kopf hatte.

»War es das, was du wolltest, geliebte Schwester?«, zischte er Annegret traurig zu, während er sich erhob.

Mit Erstaunen bemerkte er, dass sie Tränen in den Augen hatte.

Kapitel 7

Magdalena

Jahreswechsel 1761–1762

Magdalena konnte sich nicht daran erinnern, dass sie je zuvor einen so zauberhaften Jahreswechsel erlebt hatte. Seit dem Christvesper und dem anschließenden Spaziergang, bei dem Mathias sie im Beisein ihres Vaters nach Hause begleitet hatte, schienen die ihr wichtigsten Männer ein Herz und eine Seele zu sein.

Zu keiner Sekunde herrschte bedrückende Stille zwischen ihnen, im Gegenteil. Mathias und Ferdinand Casparus fanden immer wieder neue Themen, über die sie diskutieren oder scherzen konnten. Ihr Vater interessierte sich gleichermaßen für die Familie, der Mathias Grene entstammte, wie für das Handwerk, das er in dritter Generation ausübte. Umgekehrt ließ sich Mathias nicht nur die verschiedensten Rezepte und Tinkturen erklären, die der Apotheker herstellte, sondern bat auch darum, in den Räumlichkeiten, die von Kindesbeinen an Magdalenas Zuhause waren, herumgeführt zu werden.

Und als Mathias am Morgen des Jahreswechsels unter dem Vorwand, einen magenschonenden Tee für seine Mutter zu benötigen, in die Apotheke kam, ließ Ferdinand Casparus es sich nicht nehmen, den Handschuhmacher einzuladen.

»Es ist bei uns üblich, den Jahreswechsel in großer Runde zu feiern. Es wird gegessen. Viel gegessen. Und vermutlich noch mehr getrunken. Einige enge Freunde und Nachbarn werden zugegen sein, und es wäre mir eine Freude, Sie und Ihre Eltern begrüßen zu dürfen, Mathias.«

Magdalena blickte überrascht zwischen den Männern hin und her, die hinter dem Rezepturtisch standen. Sie sah das breite Lächeln, das sich auf Mathias' Gesicht abzeichnete, und ihr Puls beschleunigte sich. Was zunächst nur ihre ureigenste Vermutung gewesen war, bestätigte sich gerade: Ferdinand Casparus mochte Mathias – so sehr, dass er ihn und seine Eltern sogar dazu einlud, den Altjahresabend mit ihnen zu verbringen.

»Es wäre mir eine große Freude, verehrter Herr Casparus«, antwortete Mathias. Magdalena beobachtete ihn dabei, wie er angestrengt versuchte, seine Mimik unter Kontrolle zu bringen, doch er konnte das breite Lächeln nicht unterdrücken.

»Wenn ich allerdings einen Vorschlag machen dürfte«, fuhr er zögernd fort. »Meine Mutter legt großen Wert auf Etikette. Vielleicht wäre es von Vorteil, wenn Sie ...«

»Eine formelle Einladung, selbstverständlich«, unterbrach ihn der Apotheker und wandte sich anschließend an Magdalena.

»Du solltest mitgehen und die Einladung persönlich überbringen.«

Ohne eine Antwort abzuwarten, drehte sich der Apotheker um, stieg die fünf Stufen zur Empore hinauf und setzte sich an den Schreibtisch.

Magdalena sah, dass er einen Bogen Papier aus der Schublade zog und zu schreiben begann.

»Pst«, zischte Mathias leise, und sie sah ihn an. »Was sagt man dazu?«, flüsterte er und zog spitzbübisch die Augenbrauen in die Höhe.

Sie schüttelte vorsichtig den Kopf und legte ihren Zeigefinger auf die Lippen. Gleichzeitig presste sie die Handfläche der anderen Hand gegen ihre Brust und lächelte.

Sie wusste, was diese Einladung bedeutete. Ferdinand Casparus war einverstanden. Obwohl weder sie noch Mathias ausgesprochen hatten, wie es zwischen ihnen stand, schien der Apotheker im Bilde zu sein. Und er hatte nicht nur keine Einwände gegen eine Verbindung, er hatte Mathias sogar ganz offensichtlich ins Herz geschlossen.

Aufregung erfasste Magdalena. Ihre Hände wurden feucht, und sie spürte, dass ihre Knie nachgaben. Kurzerhand stützte sie sich auf den Rezepturtisch, holte Schwung und setzte sich darauf, um ihre zittrigen Beine zu entlasten.

Mathias lief um den Tisch und stellte sich so vor sie, dass ihr Körper den Blick auf den Apotheker verstellte. Dann sah er zu ihr auf.

»Unsere Eltern werden sich kennenlernen. Ich meine, sie kommen nicht mehr einfach als Kunden in die Apotheke, sondern als …«

»Ich weiß doch«, unterbrach ihn Magdalena und lächelte.

Mathias griff nach ihren Händen und drückte sie. Dann beugte er sich zur Seite, um nach Ferdinand Casparus zu sehen, der noch immer in seine Schreibarbeit versunken zu sein schien.

»Was?«, fragte sie leise.

Anstelle einer Antwort zog er ihre Hände an die Lippen und küsste sie. »Du machst mich unendlich glücklich, Magdalena Margarethe Casparus«, flüsterte er.

Dann ließ er ihre Hände los und trat einen Schritt zurück.

»So«, begann der Apotheker. »Hier haben Sie eine offizielle Einladung für sich und Ihre Eltern. Vielleicht ...« Er machte eine kurze Pause, während er die Stufen zum Rezepturtisch hinabstieg. »Vielleicht sollten Sie Ihre werten Eltern auf die, nun, besonderen Umstände vorbereiten.«

»Vater«, begann Magdalena. Sie wäre ihm am liebsten um den Hals gefallen und hätte sich bedankt, doch in diesem Moment brachte sie vor Rührung keinen Ton mehr heraus.

»Vielleicht ahnen die Eheleute Grene es ja bereits. Wer euch beide ansieht, muss schon blind sein, um die Zeichen zu übersehen. Doch Mathias, für den Fall, dass sie ahnungslos sind, solltest du sie vorbereiten.«

Magdalena horchte auf. Ihr Vater hatte von einer Sekunde zur nächsten die höfliche Anrede weggelassen und war zum vertrauten Du übergegangen. Noch immer hatten weder er noch Mathias oder sie irgendetwas ausgesprochen. Und doch wusste jeder hier im Raum, dass ihre Beziehung eine neue Ebene erreicht hatte: Ferdinand Casparus befürwortete die Verbindung zwischen Magdalena und dem Handschuhmacher, und er gab ihm zu verstehen, dass er zustimmen würde, wenn Mathias den nächsten Schritt wagen und offiziell um Magdalena werben würde.

Magdalena gab sich keine Mühe mehr, ihre Gefühle zu verstecken. Mit der Einladung ihres Vaters in der Manteltasche verließ sie gemeinsam mit Mathias die Apotheke, und als er auf offener Straße nach ihrer Hand griff, zog sie sie nicht mehr zurück.

Sie erreichten die Werkstatt des Handschuhmachers zur Mittagsstunde. Herr Grene saß am Wirkstuhl, während seine Frau Garn aufspulte. Beide unterbrachen ihre Arbeit, als sie bemerkten, dass ihr Sohn einen Gast mitgebracht hatte.

»Guten Tag, Fräulein Casparus. Das ist aber eine Überraschung!« Dorothea Grene erhob sich und reichte Magdalena die Hand. Mit der anderen wedelte sie vor ihrem Körper herum und bedeutete ihrem Gatten so, den Gast ebenfalls zu begrüßen.

»Fräulein Casparus«, brummte der alte Handschuhmacher knapp.

»Guten Tag«, antwortete Magdalena höflich und deutete einen Knicks an.

Noch ehe sie sich ihre Worte zurechtlegen konnte, platzte Mathias mit der Neuigkeit heraus. »Vater, Mutter, dieses Neujahrsfest wird ein wenig anders ablaufen als in der Vergangenheit. Der werte Herr Casparus hat uns eingeladen, mit ihm, seiner Tochter und einigen Freunden ins neue Jahr zu feiern.«

Ungläubig riss Dorothea Grene die Augen auf, während Franz Grene seinen Sohn fragend ansah.

»Hier«, Magdalena zog das Schreiben ihres Vaters aus der Manteltasche. »Meinem Vater wäre es eine Freude, wenn Sie es einrichten könnten.« Sie machte eine kurze Pause und schob dann ein leises »Und mir natürlich auch« hinterher.

»Verstehe, verstehe«, murmelte Franz Grene und suchte den Blick seiner Frau. Magdalena bemerkte die Warmherzigkeit, die in den Gesichtern der Grenes lag, und wusste plötzlich, dass auch in diesem Hause weitere Erklärungen nicht nötig waren.

»Darf ich?«, fragte Dorothea Grene, öffnete ihre Arme und trat einen Schritt auf Magdalena zu.

»Gern«, gab sie lächelnd zurück und ließ zu, dass die runde Frau sie behutsam in ihre Arme zog.

»Welch eine Freude«, sagte sie laut und fügte leise hinzu: »Mein geliebter Mann und ich haben die Veränderung unseres Sohnes bemerkt. Ich hätte mir kein besseres Mädchen für ihn wünschen können.«

Magdalena schluckte und schwieg gerührt. Mathias und sie waren in den vergangenen Wochen und Monaten um Diskretion bemüht gewesen, doch seinen Eltern und ihrem Vater war offenbar nicht das kleinste Detail entgangen.

»Wir kommen natürlich gern. So ein freudiger Anlass«, sagte Franz Grene und trat ebenfalls auf Magdalena zu. Er blieb jedoch etwas zurückhaltender als seine Frau und drückte ihr lediglich kurz und kräftig die Hand.

Eine Bewegung vor dem Fenster lenkte Magdalena einen Moment lang ab. Sie sah an dem alten Handschuhmacher vorbei und erschrak. Konrad Brandmiller stand auf der anderen Straßenseite und starrte sie an. Seine Augen waren zu Schlitzen verengt, und er hatte seine Lippen fest aufeinandergepresst. Magdalena hatte plötzlich das Gefühl, keine Luft mehr zu bekommen, und ein kalter Schauer lief ihr über den Rücken. Obwohl es keinen Grund dafür gab, immerhin war sie in offizieller Sache im Hause Grene, fühlte sie sich ertappt, als hätte sie etwas Verbotenes getan.

Noch ehe sie überlegen konnte, wie sie auf diesen ungewöhnlichen Zwischenfall reagieren sollte, machte der Tischlersohn kehrt und verschwand. Außer ihr schien niemand bemerkt zu haben, dass sie beobachtet worden waren, und weil sie den Handschuhmacher und seine

Frau nicht beunruhigen wollte, erzählte sie Mathias erst auf dem Heimweg, was sie gesehen hatte.

Er schien nicht sonderlich besorgt. »Nun, da unsere Eltern eingeweiht und einverstanden sind, wird auch Konrad unsere Verbindung akzeptieren müssen. Sind wir erst offiziell verlobt, wird sich das herumsprechen, und früher oder später wird auch er davon erfahren.«

Beim Wort verlobt schien Magdalenas Herz für einen Moment auszusetzen, denn bisher hatten weder sie noch er das Wort in den Mund genommen. Sie hatten sich geküsst, ja. Und sie wussten voneinander, wie sehr sie sich mochten. Nun, zumindest wusste sie es, denn Mathias ließ keine Gelegenheit aus, ihr zu sagen, wie wundervoll sie in seinen Augen war. Sie hingegen hatte sich bisher mit Äußerungen dieser Art zurückgehalten, obwohl sie längst sicher war, dass sie aus tiefstem Herzen in den jungen Handschuhmacher verliebt war. Er hatte sich im Laufe der Herbst- und Wintermonate, in denen sie fast täglich Zeit miteinander verbracht hatten, in ihr Herz geschlichen, und sie ahnte instinktiv, dass er es schaffen würde, sie glücklich zu machen.

Trotzdem! Er hatte sie bisher noch nicht gefragt, ob sie sich ein Leben mit ihm überhaupt vorstellen könnte.

»Hast du nicht eine Kleinigkeit vergessen?«, wollte sie deswegen von Mathias wissen und rammte ihm behutsam ihren Ellbogen in die Seite.

Er zischte theatralisch, rieb sich ebenso übertrieben die Seite und stöhnte, bevor er fragte: »Was sollte ich vergessen haben?«

»Falls es dir entgangen sein sollte: Mein Vater hat mich schon von Kindesbeinen dazu angehalten, eigene Entscheidungen zu treffen.«

»Pff.« Mathias verdrehte die Augen zum Himmel. Das freche Grinsen in seinem Gesicht verriet ihr allerdings, dass er sehr wohl wusste, worauf sie hinauswollte.

Sie hatten die Blumlage inzwischen hinter sich gelassen und den Celler Stadtkern erreicht. Sie bogen in die Steckelbahn ein, und als sie auf Höhe der Stadtkirche waren, lief Mathias plötzlich einige Schritte voraus, drehte sich dann zu ihr um und tänzelte vor ihren Füßen hin und her.

»Und weiter?«, fragte er und blieb dann so abrupt stehen, dass sie in ihn hineinlief. Blitzschnell griff er nach ihrer Taille, nur um sich dann als ihr Lebensretter aufzuplustern. »Nicht so stürmisch, junge Dame. Wie gut, dass ich so schnell reagiert habe. Nicht auszudenken, wenn Sie gestürzt wären!«

Magdalena sah in sein lachendes Gesicht. Er hob zweimal kurz nacheinander die Augenbrauen, zog sie noch fester an sich und sah sie abwartend an.

Ihre Nasenspitzen berührten sich fast, und Magdalenas Herz schlug so heftig, dass sie davon überzeugt war, dass er das Wummern hören oder zumindest spüren konnte. »Ich sage dir, was weiter.« Sie legte ihre Hände behutsam um seinen Hals und sah ihn an. »Du hast vergessen, mich zu fragen, ob ich dich will.«

»Wart's nur ab, Lena.« Sein Gesicht wurde erst ernst, dann huschte ein geheimnisvolles Lächeln darüber, doch bevor sie weiter nachfragen konnte, hatte er ihre Lippen mit einem Kuss verschlossen.

»Nicht doch.« Sie wollte ihn von sich drücken, doch er hielt sie so fest, dass sie sich nicht aus seiner Umarmung herauswinden konnte.

»Warum denn nicht?«, fragte er trotzig. »Wir gehören zusammen, und das sollen ruhig alle wissen.«

Den letzten Satz hatte er absichtlich laut gesprochen, obwohl auf dem ehemaligen Turnierplatz, auf dem sie nun standen, weit und breit niemand zu sehen war, der ihn hätte hören oder sie beide hätte sehen können.

»Also gut, dann werde ich mich eben benehmen, mein allergnädigstes Fräulein Casparus.«

»Danke der Herr. Zu gütig.« Sie drückte kurz und fest seine Hand und hakte sich bei ihm unter.

Als sie die Apotheke erreichten, bat Mathias ihren Vater um ein Gespräch unter vier Augen, das ihm der Apotheker gewährte. Magdalena verabschiedete sich in ihr Zimmer, um sich vor dem Silvesterabend noch ein wenig auszuruhen.

* * *

Konrad hatte die Blumlage nicht verlassen, sondern sich lediglich in einiger Entfernung versteckt gehalten, um auf einen günstigen Moment zu warten. So richtig wusste er noch nicht, wie er es anstellen sollte, doch er musste einen Weg finden, um in Erfahrung zu bringen, was da gerade in der Werkstatt des Handschuhmachers passiert war.

Dass die für seinen Geschmack viel zu rund geratene Frau des Handschuhmachers Magdalena so herzlich umarmt hatte, und das auch noch im Beisein von Sohn und Ehemann, konnte eigentlich nur eins bedeuten.

Konrad spuckte neben sich auf die Straße und versuchte, seine beißende Wut in den Griff zu bekommen. Wie gern wäre er in diesem Augenblick mit Mathias Grene allein gewesen. Noch war er nicht völlig betrunken und so außer sich, dass er sicher unbändige Kräfte entwickeln konnte und seinem Erzrivalen in dieser Sekunde nicht mehr unterlegen wäre.

Konrad ballte die Hände zu Fäusten und atmete ein und aus. Dann setzte er sein charmantestes Lächeln auf und betrat die Werkstatt der Grenes unter dem Vorwand, ein neues Paar Handschuhe zu benötigen.

»Oh, Herr Brandmiller, natürlich sehr gern«, antwortete Dorothea Grene. »Doch wenn Sie sich wohl noch bis übermorgen gedulden könnten?«

»Warum das?« Konrad bemühte sich darum, seine Frage möglichst harmlos klingen zu lassen.

»Ganz einfach«, mischte sich Franz Grene in das Gespräch ein, »wir werden den Altjahresabend bei Freunden ...«

»Bald Familie«, unterbrach Frau Grene kichernd.

»Bei Freunden verbringen«, beendete Franz Grene den Satz und sah seine geschwätzige Frau mahnend an, »und sollten uns für die Feierlichkeiten noch ein wenig vorbereiten. Wenn Sie uns übermorgen wieder beehren würden, Herr Brandmiller?«

»Verstehe. Selbstverständlich«, presste Konrad hervor und verabschiedete sich eilig.

Unruhig lief er durch die Straßen. Er musste nicht lange darüber nachdenken, was die Szene, die er beobachtet hatte, und die Bemerkung von Frau Grene zu bedeuten hatten. Wie er das sah, waren der Handschuhmacher und seine Frau inzwischen ebenso in die Beziehung von Magdalena und Mathias eingeweiht wie der Apotheker, schließlich hatten die Grenes davon gesprochen, dass sie Silvester mit jemandem feiern würden, der bald zur Familie gehörte.

Konrad leckte sich über die Lippen. Mund und Kehle waren trocken. Wie gern würde er jetzt im nächsten

Wirtshaus einkehren und sich um den Verstand trinken! Doch er musste bei Sinnen bleiben. Natürlich hatte er gehofft, dass er seinen Plan nicht in die Tat umsetzen würde müssen, doch so, wie die Dinge lagen, war es allerhöchste Zeit, dass er handelte. Die heutige Nacht war perfekt dafür, denn all diejenigen, die seinen Plänen im Weg standen, würden im Haus des Apothekers versammelt sein.

Seit ihn Pfarrer Wilpert bei der Weihnachtsandacht auf die Idee gebracht hatte, war kein Tag vergangen, an dem Konrad nicht darüber nachdachte, wie er es anstellen wollte. Inzwischen hatte sich ein perfekt ausgeklügelter Plan in seinem Hirn eingebrannt.

Konrad lachte auf. Eingebrannt – welch passende Metapher für das, was er vorhatte! In diesem Augenblick beschloss er, dass er nicht mehr bei seinem Onkel vorstellig werden würde. Was brachte es noch, Leopold von Waldenburg zu bitten, die Verbindung zwischen Magdalena und Mathias zu untersagen? Die Apothekertochter hatte ihr Herz an den armen Schlucker verloren, und daran würde auch das Einschreiten des Vogts nichts mehr ändern. Überhaupt konnte von Waldenburg eine Heirat nur untersagen, wenn zu vermuten war, dass die Eheleute verarmten und damit dem Staatssäckel auf der Tasche lagen. Genau das war aber nicht zu vermuten, immerhin lief die Casparus-Apotheke ganz hervorragend, und da sie die einzige ihrer Art war, würde sich das auch so schnell nicht ändern.

Es gab nur einen Ausweg, und Konrad wusste, dass die Neujahrsnacht der richtige Moment war, seine Pläne in die Tat umzusetzen.

Kapitel 8

Catharine

Sonntag, 25. April 1779

Beni begann seine Suche am Südufer der Aller. Vielleicht erinnerte sich Catharine ja an seine Idee, den Fluss zu ihrem Begegnungsort zu machen. Nach einer halbstündigen Fahrt musste er jedoch einsehen, dass seine Hoffnung sich nicht erfüllte. Also setzte er seine Suche am Hehlen Tore fort und fuhr Straße für Straße und Gasse für Gasse ab. Seine Hoffnung, dass sie sich womöglich im Hof der alten Landschule aufhielt, die am nördlichen Allerufer lag, erfüllte sich ebenfalls nicht.

Die Sonne sank inzwischen, und mit jeder Minute, die verstrich, wuchs Benis Sorge. Was, wenn er sie nicht rechtzeitig fand? Es war Ende April, und die Nächte waren noch immer nicht frostfrei. Unter freiem Himmel war sie in großer Gefahr. Sie könnte krank werden, oder Landstreicher könnten über sie herfallen.

Die Panik, die in diesem Moment in ihm aufstieg, nahm ihm für einen Moment den Atem. Was, wenn er sie nicht fand? Wenn sie für immer und auf nimmer Wiedersehen aus seinem Leben verschwunden war? Hektisch griff er sich an den Mantelkragen und zog daran, um sich Luft zu verschaffen. Obwohl die Temperatur inzwischen erheblich gesunken war, begann er zu schwitzen.

Beni schüttelte die dunklen Gedanken ab und sprach sich selbst Mut zu. Er würde sie finden, und wenn er die ganze Nacht dazu brauchte! Er lenkte den Einspänner Richtung Blumlage und von dort aus weiter bis nach Alten Celle, doch auch hier hatte er kein Glück.

Unverrichteter Dinge fuhr er zurück. Diesmal nahm er jedoch nicht die Straße am Flussufer, sondern hielt sich weiter südlich. Inzwischen war es dunkel, doch er setzte seinen Weg unbeirrt fort.

Die Glocke der Celler Stadtkirche schlug gerade neun, als er Catharine endlich entdeckte. In sich versunken saß sie am Viehtrift, unweit des neu erbauten Celler Zuchthauses, auf einem Baumstumpf und starrte auf die weidenden Kühe. Die Tasche mit ihren Habseligkeiten hielt sie fest umschlungen, als wäre sie ein Schatz. Im schummrigen Licht des Mondes und der wenigen Laternen, die inzwischen entzündet worden waren, erkannte Johann Benedict, dass ihr Körper bebte. Entweder weinte sie, oder sie fror entsetzlich – oder beides.

Er hielt den Einspänner an und band die Zügel des Pferdes um einen Birkenstamm. Catharine bemerkte ihn erst, als er sich neben sie ins Gras kniete.

Erstaunt sah sie ihn an und schüttelte dann den Kopf.

»Was machst du hier?«, fragte sie müde.

»Nach dir suchen.«

»Und dein Vater hat dich gehen lassen?«

»Nicht ganz freiwillig, aber ja, irgendwie schon. Komm, ich bringe dich in den Braunen Hirsch.«

»Wie stellst du dir das vor? Ich habe keinen einzigen Groschen in der Tasche.«

Beni sah die Tränen in ihren Augen. Sie hier sitzen zu sehen, mit nichts weiter als den Kleidern am Leib und einem kleinen Bündel im Arm, zerriss ihm fast das Herz.

»Mach dir darüber keine Sorgen. Und jetzt komm!«

Wie selbstverständlich griff er nach ihrer Hand und zog sie hoch. Liebevoll strich er über ihren Handrücken, während er ihr die Tasche abnahm.

»Was wird denn nun aus mir?«, fragte Catharine leise, während sie zur Kutsche liefen.

»Im Moment weiß ich das auch nicht«, gab Beni zu. »Aber was immer auch passiert: Ich werde dich nicht allein lassen.«

Beni sah, das Catharine traurig den Kopf schüttelte. Er ahnte, dass sie ihm kein Wort glaubte. Vermutlich ging sie davon aus, dass er sich am Ende dem Willen seines Vaters beugen würde. Jetzt auf sie einzureden, würde nichts nutzen. Stattdessen würde er Taten sprechen lassen. Seit seiner Kindheit liebte er dieses Mädchen, und weder der Zorn seines Vaters noch die unsichtbaren Fesseln der Gesellschaft würden ihn davon abbringen.

»Nun komm. Es ist kalt, und du siehst erschöpft aus.«

Catharine ließ zu, dass er ihr die Tasche abnahm und nach ihrer Hand griff.

»Danke«, flüsterte sie.

Beni lud ihre wenigen Habseligkeiten auf den Einspänner und half ihr auf den Kutschbock. Während er das Gefährt in Richtung Stadtkern lenkte, sah er sie verstohlen von der Seite an. Um ihren Mund hatte sich ein bitterer Zug gelegt, und jede Fröhlichkeit war aus ihrem Gesicht gewichen. So sehr er es auch versuchte, er konnte sich kaum vorstellen, was ihr in diesem Augenblick alles durch den Kopf gehen musste. Sie hatte nicht nur ihr Zuhause verloren, sondern auch ihre Wurzeln. Und wenn man es genau nahm, war es seine Schuld. Er hatte sie bedrängt, hatte sie quasi in sein Zimmer gezogen und ohne jede Sorge um Konsequenzen in den Arm genommen.

»Da wären wir«, erklärte er überflüssigerweise.

Vor der Ausspannwirtschaft stiegen sie aus. Der Stalljunge, der sogleich herbeigeeilt kam, musste neu sein. Seine Frage, ob Beni hier nächtigen wollte, zeigte, dass er nicht wusste, mit wem er es zu tun hatte.

»Nein danke, ich begleite nur das Fräulein Zietsch und möchte sichergehen, dass sie eine angemessene Unterkunft findet. Ich selbst werde im Laufe des Abends wieder fahren.«

Der Stallbursche nickte und entfernte sich wieder.

Gemeinsam betraten sie die Gaststube und Beni verhandelte mit der Wirtin. Seine Mutter hatte ihm genug Geld gegeben, um Catharines Zimmer für einige Tage im Voraus zu bezahlen. Beni sah Wirtin Auguste ihre Neugier an, doch er dachte nicht daran, der geschwätzigen Frau zu erklären, warum er die Tochter ihrer Magd Josefine hier einquartierte. Allerdings beschloss er in dieser Sekunde, der Angelegenheit einen offiziellen Charakter zu geben, um zu verhindern, dass die Wirtin am Ende Gerüchte in die Welt setzte, die Catharine womöglich noch mehr schadeten.

»Vogt von Waldenburg legt größten Wert darauf, dass unser Fräulein Zietsch besonders zuvorkommend behandelt wird. Deswegen übernimmt er selbstverständlich die Kosten, die ich heute schon entrichte. Außerdem möchte ich Sie bitten, für das leibliche Wohl unserer lieben Catharine zu sorgen.«

»Es wird mir ein Vergnügen sein«, gab Wirtin Auguste zurück, und nach einem kurzen Blick in Catharines Gesicht ergänzte sie: »Ich werde persönlich darauf achten, dass sie genug isst, das arme Ding.«

Beni zog die Augenbrauen hoch – eine Geste, die ausreichte, um die unangemessene Vertrautheit, die Auguste plötzlich an den Tag legte, zu unterbinden.

»Danke«, sagte er knapp. »Wenn Sie uns nun bitte den Schlüssel geben würden?«

* * *

Schweigend beobachtete ich, wie Beni der Wirtin Anweisungen gab. Dabei tat ich so, als würde ich nicht hören, worüber die beiden sprachen. Doch natürlich entging mir nicht, dass Auguste mich mit einer Mischung aus Neugier, Geringschätzung und Mitleid ansah. Ich hoffte inständig, dass Benis Aufforderung nicht am Ende dazu führte, dass ich bemuttert, beobachtet und ausgefragt wurde. Ich wollte mich mit niemandem unterhalten müssen. Am liebsten würde ich mich verkriechen und niemanden hören und sehen.

Doch ich kannte Beni. Er würde nicht zulassen, dass ich in Trauer und Hilflosigkeit versank, obwohl mir genau danach der Sinn stand.

Ich folgte ihm die schmale Holzstiege hinauf. Mein Zimmer lag am Ende des Flurs: ein Bett unter dem Fenster, ein Schrank rechts neben der Tür und eine Kommode aus Kirschholz, die, bei genauerem Hinsehen, ein Sekretär war. Eher aus Verlegenheit denn aus Neugier öffnete ich den Pultdeckel. Dahinter befanden sich kleine Schubladen und Aussparungen für Tintenfass, Feder und Papier.

»Sieh nur, hier steht sogar eine Öllampe. Das Zimmer ist fast schöner als ...«, Beni beendete seinen Satz nicht. Er schien erkannt zu haben, wie unpassend seine Bemerkung war. Ich lächelte schweigend, nahm ihm die Tasche ab und stellte sie aufs Bett, um meine Kleidungsstücke in die Kommode zu räumen.

Er machte einen Schritt auf mich zu und griff nach meinen Händen. »Es tut mir so leid«, sagte er und legte behutsam seine Arme um mich.

»Ist schon gut.« Der Versuch, meiner Stimme einen festen Klang zu geben, scheiterte. Seine Nähe macht mich nervös, also redete ich hastig weiter. »Früher oder später musste es so kommen. Anni hätte niemals Ruhe gegeben. Sie weiß, wie wir ...«

Ich brach ab und wich seinem Blick aus, denn mir ging auf, dass ich gerade dabei war, ihm gegenüber zuzugeben, dass unsere Gefühle füreinander der Grund dafür waren, dass der Vogt mich des Hauses verwiesen hatte.

»Ja, sie weiß, wie wir empfinden«, beendete Beni meinen Satz. »Und was immer sie an Gemeinheiten ausheckt: Sie wird es nicht schaffen, einen Keil zwischen uns zu treiben.«

Er griff unter mein Kinn und hob meinen Kopf, sodass ich ihn ansehen musste.

»Mein Herz gehört für immer dir«, sagte er leise.

Sein Gesicht kam näher. Mein Herz raste, und für einen Moment glaubte ich, meine Beine würden wegsacken. Ich wusste genau, was nun passieren würde. So lange hatte ich mich nach diesem Augenblick gesehnt, mir ausgemalt, wie ich mich in seine Arme schmiegte und seinen Kuss erwiderte. Doch jetzt, wo der Moment da war, erstarrte ich und wagte weder zu atmen, noch mich zu rühren.

Behutsam legte Beni seine Lippen auf meine. Es war nicht mehr als ein Hauch, und doch löste es eine Kettenreaktion in mir aus. Mein Körper bebte, und seine Berührung hinterließ ein wohliges Kribbeln auf meiner Haut. In der Hoffnung, er würde mich noch einmal küssen, hielt ich die Augen geschlossen. Ich spürte, wie seine Daumenspitze zärtlich über meine Lippen strich, dann küsste er mich erneut. Doch diesmal packten seine Lippen sanft zu. Seine Hände glitten über meinen Rücken, und er zog mich eng an sich. Die Reaktion meines Körpers überraschte mich. Obwohl seine Hände auf meinem Rücken lagen, schien ich sie überall zu spüren. Ich erzitterte unter seinen Berührungen, und als ich spürte, dass auch sein Körper zitterte, erfasste mich eine nie gekannte Erregung.

Beni öffnete seinen Mund und kitzelte meine Lippen mit seiner Zungenspitze. Ich gab seinem Drängen nach, und obwohl ich nie zuvor geküsst worden war, schien mein Körper zu wissen, was zu tun war. Ich öffnete meinen Mund und seufzte leise, als unsere Zungen sich fanden.

Meine Sorgen und Ängste rückten in weite Ferne. Es gab nur noch Beni und mich. Der Junge, den ich schon als Kind ins Herz geschlossen hatte, war zu einem Mann geworden, und meine einst kindliche Begeisterung für alles, was er tat, war einem Verlangen gewichen, das ich kaum einordnen konnte. Es musste die Art von Gefühlen sein, die in Liedern besungen wurden und von denen die Menschen hinter vorgehaltener Hand sprachen.

Das, was nun zwischen uns stand, hatte nichts mehr gemein mit einem kindlich-harmlosen Gefühl der Verbundenheit. Es war unangebracht. Es gehörte sich nicht, war vielleicht sogar gefährlich. Und doch war es das einzige Gefühl, das mich in diesem Augenblick glücklich machte. Gerade jetzt brauchte ich ihn, wie ein Vogel die Weite brauchte, um sich entfalten zu können.

Als wir uns voneinander lösten, waren seine Wangen gerötet und seine Augen glänzten. »Du weißt, dass das noch längst nicht alles war?«, fragte er mit belegter Stimme.

Ich war mir nicht sicher, worauf er hinauswollte, wagte aber nicht, weiter danach zu fragen. Es war offensichtlich, dass er genauso fühlte wie ich: Ich wollte mehr, ohne zu wissen, was auf mich zukommen würde. Ich sehnte mich danach, seine Hände auf meiner Haut zu spüren und ihn zu küssen, bis uns der Atem wegblieb.

»Seltsam«, unterbrach er meine Gedanken. »Nun hat meine Schwester genau das Gegenteil von dem erreicht, was sie wollte. Statt uns zu entzweien, hat sie uns nur noch näher zusammen geführt.«

Ich nickte schweigend und behielt meine Gedanken für mich. Annegret hatte das Band zwischen uns nicht nur nicht zerrissen. Dass Vogt von Waldenburg mich des Hauses verwiesen hatte, hatte auch bewirkt, dass wir nun plötzlich einen Ort ganz für uns hatten. Doch natürlich hatte ich nicht vor, lange im Braunen Hirsch zu verweilen. Ich musste einen Weg finden, um auf eigenen Füßen zu stehen, auch wenn ich im Moment nicht wusste, wie ich das bewerkstelligen sollte. Was ich aber wusste, war, dass die Wirtin Benis Besuche nicht gutheißen würde. Doch für den Moment hatte ich einen Unterschlupf, und er konnte herkommen, ohne dass wir Angst haben mussten, dass Anni wie eine Furie auf uns losging oder uns beim Vogt anschwärzte. Nahm man es genau, hatte Annegret von Waldenburg uns einen Gefallen getan, auch wenn dies das Allerletzte war, was sie beabsichtigt hatte.

Ich dachte an das zornige Gesicht des Vogts. »Du solltest dich auf den Heimweg machen. Deine Eltern sorgen sich sicher schon um dich.«

»Das ist mir gleich«, gab Beni trotzig zurück. Er griff in die Innentasche seines Wamses, zog eine Geldbörse hervor und reichte sie mir. »Sie hätten dich nicht fortschicken dürfen.«

»Was ist das?«, fragte ich mit Blick auf die Börse.

»Das ist für dich. Ich habe die Unterkunft für einige Tage im Voraus bezahlt, aber trotzdem wirst du Geld brauchen.«

»Das kann ich nicht annehmen.«

»Du musst sogar. Wie solltest du sonst über die Runden kommen?« Beni gab mir einen Kuss auf die Wange.

»Ja dann: danke«, gab ich zurück, nachdem ich erkannt hatte, dass er seine Entscheidung nicht ändern würde. »Du solltest nicht zu lange in meinem Zimmer verweilen. Auguste ist ein Klatschweib. Am Ende verliere ich diese Bleibe auch noch.«

Beni strich mir zärtlich über die Wange, und ich schmiegte mich in seine Hand.

»Ich lasse dich ungern zwischen all den Händlern und Reisenden allein.«

»Du hast die Wirtin extra angewiesen, dass sie ein Auge auf mich haben soll. Mir passiert schon nichts. Und wir sehen uns doch morgen.« Ich sah sein überraschtes Gesicht und ergänzte: »Ich habe nicht vor, Meister Langenkamps Unterricht fernzubleiben. Diesen Triumph werde ich Annegret nicht lassen.«

Nachdem Beni fort war, beruhigte sich mein Puls nur langsam wieder. Doch mit jeder Minute, die verging, verflog auch das Hochgefühl, das ich in seiner Gegenwart verspürt hatte, und ein anderes Gefühl ergriff von mir Besitz: Angst.

Ich hatte keine Ahnung, was nun werden sollte. Wie gern hätte ich jetzt mit Josefine gesprochen und sie um

Rat gefragt, doch auch der Mensch, der mir neben Beni am nächsten stand, war plötzlich nicht mehr greifbar.

Um auf andere Gedanken zu kommen, tat ich, was ich schon zuvor hatte tun wollen. Ich öffnete meine Tasche und ordnete die wenigen Kleider in den Schrank. Dabei fiel mir das Herbarium in die Hände, das mir Sophie von Waldenburg überlassen hatte. Ich schob die Tasche unter das eiserne Bettgestell, entzündete die Öllampe und klappte den Pultdeckel auf. Das Büchlein legte ich darauf ab und begann zu blättern. Die Handschrift, mit der das Herbarium geführt worden war, hatte nichts mit meiner eigenen gemein. Meine Buchstaben standen stets aufrecht und waren völlig schnörkellos. Schrieb ich zu schnell, kam es nicht selten vor, dass ich meine eigene Schrift nicht mehr entziffern konnte. Doch das, was hier vor mir lag, kam einem Kunstwerk gleich. Die Schwünge einzelner Buchstaben gaben den Seiten etwas Zauberhaftes, und die Sorgfalt, mit der gleiche Buchstaben in immer gleicher Weise geschrieben wurden, erstaunte mich. Wer immer dieses Herbarium verfasst hatte, musste die Kunstfertigkeit der Kalligrafie beherrscht haben. Sorgfältig eingeklebte oder gezeichnete Pflanzen und Blüten rundeten das Werk ab.

Es war mir ein Rätsel, wie jemand ein ganzes Buch derart von Hand gestalten konnte, ohne sich auch nur ein einziges Mal zu verschreiben. Auf der Suche nach einem Hinweis darauf, wem das Büchlein gehört haben könnte, schlug ich den Buchdeckel auf und wurde fündig: Angefertigt von Magdalena Margarethe Casparus, Tochter des Apothekers Ferdinand Casparus.

Ich hielt einen Moment inne und sah aus dem Fenster. Es schien mir fast wie ein Wink des Schicksals, dass die Frau, der das Herbarium einst gehört hatte, den gleichen zweiten Vornamen trug wie ich. Es hatte etwas Tröstliches, hier und jetzt dieses Buch in Händen zu halten, denn neben dem Namen teilte ich ganz offensichtlich auch das Interesse an den Naturwissenschaften mit dieser mir unbekannten Frau. Für einen kurzen Moment vergaß ich, in welcher Lage ich mich befand. Ich begann zu lesen und versuchte gleichzeitig, mir Wirkung und Aussehen der einzelnen Heilpflanzen einzuprägen. Und während ich las, reifte ein Entschluss in mir, der mir wieder Auftrieb gab und den ich gleich morgen mit Meister Langenkamp besprechen wollte.

Ich hatte ein Ziel vor Augen, das die Dunkelheit endlich aus meinen Gedanken vertrieb: Ich würde Apothekerin werden, und wenn jemand wusste, wie das gelingen könnte, dann war es der Schulmeister.

Kapitel 9

Magdalena

Jahreswechsel 1761–1762

An Ausruhen war nicht zu denken, und Magdalena gab den Versuch, vor dem großen Abend noch etwas zu schlafen, wieder auf. Stattdessen öffnete sie ihren Kleiderschrank, schob die Bügel von links nach rechts und legte dann ihre zwei schönsten Kleider aufs Bett. Die edlen Stoffe vor sich zu sehen, machte ihr die Entscheidung allerdings nicht leichter.

Unentschlossen lief sie vor ihrem Bett auf und ab. Sie griff nach dem ersten Kleid, nur um es gleich wieder zurückzulegen und das andere vor ihren Körper zu halten. Schließlich öffnete sie das Fenster, als könnte kalte Luft ihr die Entscheidung abnehmen.

Wenn sie weiter so unentschlossen blieb, würde sie am Ende nicht rechtzeitig fertig werden. Dabei war doch gerade der heutige Abend so außerordentlich wichtig. Natürlich wusste sie, dass Mathias' Zuneigung zu ihr nicht von ihrem Kleid abhing, trotzdem wollte sie in dieser Silvesternacht perfekt aussehen.

In ihrer Verzweiflung begann Magdalena, einen Abzählreim aufzusagen und dabei abwechselnd auf die Kleider zu deuten, als ein Klopfen an der Tür sie unterbrach.

»Ja?«, rief sie.

Die Tür flog auf, und Gerda trat mit hochroten Wangen ein. »Du wirst mir sicher erklären, warum mir Mathias gerade beim Hinausgehen die Tür geöffnet hat?«, fragte sie atemlos.

»Guten Tag, Gerda«, gab Magdalena lächelnd zurück.

»Ja, ja. Dir auch einen wunderschönen guten Tag. Und nun raus mit der Sprache: Was ist hier los?«

»Deine Eltern, du und die Familie des Pfarrers werden heute Nacht nicht unsere einzigen Gäste sein.« Magdalena machte eine bedeutsame Pause.

»Nein!« Gerda riss die Augen auf und presste die Hand gegen den Mund, um ihr Kichern zu unterdrücken. »Mathias ist auch eingeladen?«

»Die gesamte Familie Grene wird uns beehren.«

»Das sind ja vielleicht Neuigkeiten!« Gerda ließ sich völlig ungeniert auf die ausgebreiteten Kleider fallen. »Dann gibt es heute Abend wohl etwas mehr zu feiern als nur das neue Jahr«, vermutete sie.

Magdalena zuckte mit den Schultern und gab sich ahnungslos, doch ihr breites Grinsen verriet sie.

Gerda sah auf den geöffneten Kleiderschrank und schien erst jetzt zu bemerken, dass sie gerade dabei war, die Garderobe ihrer Freundin zu zerknittern. Eilig sprang sie wieder auf.

»Du brauchst ganz offensichtlich Hilfe.« Gerda zog die Augenbrauen hoch. Ohne zu zögern, hängte die Wirtstochter eins der Kleider auf den Bügel und zurück in den Schrank.

»Das weinrote also«, murmelte Magdalena.

»Genau. Es bringt deine blaugrauen Augen zum Strahlen und lässt deine dunklen Haare schimmern. Deine Haare wirst du selbstverständlich kunstvoll hochstecken und so deinen hübschen, schlanken Nacken betonen.«

Magdalena sah ihre Freundin an, und als die auch noch bekräftigend nickte, als wären sowohl Garderobe als auch genannte Frisur unumgänglich, nahm sie Gerda lachend in die Arme.

»Danke, du bist genau zur richtigen Zeit aufgetaucht. Warum eigentlich?«, fragte Magdalena, der soeben aufgegangen war, dass es sicher einen anderen Grund für Gerdas Besuch gab als ihre Kleider.

»Ich wollte eigentlich nur fragen, ob es wohl in Ordnung wäre, wenn wir Valentin heute Abend mitbringen.«

Magdalena sah, dass Gerda errötete und ihrem Blick auswich. Die Freundin trat ans Fenster und schloss es wieder, bevor sie weitersprach. »Er ist meinen Eltern inzwischen eine große Hilfe in der Alten Linde.«

»So so«, gab Magdalena grinsend zurück. »Eine große Hilfe also. Und selbstverständlich geht es dabei nur um deine Eltern.«

Gerda stieß ihrer Freundin den Ellbogen in die Seite.

»Halt dein vorlautes Mundwerk«, knurrte sie und zwickte Magda in den Oberarm.

»Autsch. Ich bin ja schon still. Obwohl ...« Sie machte eine Pause, ließ sich aufs Bett plumpsen und zog Gerda neben sich. »Erzähl schon! Wie laufen die Dinge zwischen dir und Valentin?«

Gerda seufzte und verdrehte ihre Augen theatralisch zur Decke. »Ich kann es selbst kaum glauben. Aber er ist weder von mir noch von meinem Anblick angewidert. Im Gegenteil. Er sagt immer wieder, dass er froh wäre, mich getroffen zu haben. Anfangs hat er unsere Gäste nur mit seiner Musik unterhalten. Inzwischen zapft er auch Bier oder nimmt Bestellungen auf. Vater bezahlt ihn sogar für seine Arbeit, das Trinkgeld darf er behalten, und Vater und Mutter lassen ihn auch schon mal stundenweise allein mit den Gästen.«

»Und das schafft er?«, fragte Magdalena erstaunt. Sie erinnerte sich noch gut daran, wie er sich beim ersten Mal in der Alten Linde vorsichtig von Tisch zu Tisch getastet und später bestätigt hatte, dass es nicht sehr gut um seine Sehkraft bestellt war.

»Es hat einige Tage gedauert. Er hat Schritte gezählt und sich eingeprägt, wie viele er von seinem Zimmer bis in die Gaststube braucht oder von der Gaststube bis in den Weinkeller. Er meinte, solange wir nicht umräumen und Möbel aufstellen, wo vorher keine waren, fände er sich zurecht.«

»Er kommt also zusammen mit dir und deinen Eltern?«

Gerda verstand, worauf ihre Freundin hinauswollte, und erhob sich lächelnd. »Tja, meine liebe Magda, sieht ganz so aus, als hätten wir beide unser Glück gefunden.«

»Ich sage meinem Vater, dass ihr zu viert kommt. Ich freue mich sehr für dich!«

»Soll ich dir bei den Haaren helfen?«, wechselte Gerda abrupt das Thema.

Magdalena nickte dankbar. Sie wusste, dass sie sich in Sachen Frisuren genauso ungeschickt anstellte wie bei der Handarbeit.

Gerda ging für einen Augenblick vor die Tür, damit Magda sich am Waschtisch erfrischen und in ein neues Unterkleid schlüpfen konnte. Anschließend rief sie ihre Freundin wieder herein, setzte sich vor ihren Spiegeltisch und bürstete ihre Haare.

Gerda verlor schon bald die Geduld und riss ihr die Bürste aus der Hand. »Lass mich das machen.« Sie kämmte Magdas Haare streng zurück und band sie im Nacken zusammen. Dann begann sie damit, einzelne Haarsträhnen zu flechten, über den Kopf zu legen und kunstvoll festzustecken. Vereinzelte Strähnen, die Gerda seitlich hatte fallen lassen, papillotierte sie, sodass sie Magdalenas Gesicht umrahmten und ihr etwas Verspieltes gaben.

»So«, sagte Gerda zufrieden. »Nun helfe ich dir noch in dein Kleid. Sonst ist die Frisur gleich wieder hinüber.«

»Danke. Wo wäre ich nur ohne dich?«

»Du hast einfach nur Glück. Ich brauche eben nicht so viel Zeit, um mich herauszuputzen. Erstens bin ich ohnehin eine ganz natürliche Schönheit.« Sie gab einen grunzenden Lacher von sich. »Außerdem würde mein Valentin sowieso nicht bemerken, ob und wie meine Frisur sitzt.«

Magdalena konnte sich das Lachen nicht verkneifen und prustete los. Ihre Freundin mochte den Musiker von Herzen, daran bestand kein Zweifel. Dass er eine körperliche Beeinträchtigung hatte, schien für sie nicht nur normal zu sein, sondern es war auch etwas, das sie offen und ehrlich ansprach, wenn nötig mit bissigem Humor. Und vermutlich mochte Valentin sie genau deshalb. Sie schwieg nicht beschämt, wenn es um ihre eigenen Verwachsungen oder um seine nachlassende Sehkraft ging. Sie sprach die Dinge aus, wie sie waren, und nahm ihnen damit den Schrecken.

»Du nun wieder«, kommentierte Magdalena und gab Gerda zum Dank einen Kuss auf die Wange.

»Ich habe doch recht! Natürlich werde ich mich trotzdem herausputzen. Ich will mich ja nicht vor den Gästen deines Vaters blamieren.«

Sie hob die Hand kurz zum Gruß, sagte, dass sie pünktlich zum achten Glockenschlag eintreffen würden, und verschwand.

Kurz vor halb acht betrat Magdalena den kleinen Salon oder besser gesagt den Raum, der ihr und ihrem Vater übers Jahr gleichermaßen als Wohn-, Ess- und Schreibstube diente und den Ferdinand Casparus vor Gästen gern hochtrabend als Salon bezeichnete. Der größte Raum des Hauses erstreckte sich über das gesamte erste Stockwerk und hatte die Ausmaße von Offizin und Verkaufsraum zusammen.

Wie schon in den Jahren zuvor hatten es sich Gerdas Eltern nicht nehmen lassen, bei den Vorbereitungen für das Neujahrsfest zu helfen. Von jeher war Charlotte Jung für die Planung der Speisen verantwortlich, deren Zubereitung die Köchin ihres Gasthofes übernahm. Magdalenas Vater hingegen trug die Kosten für die Getränke, die während des Abends gereicht wurden.

Gemeinsam verwandelten Wirt und Apotheker den Raum in einen Festtagssaal: Mehrere Tische wurden zu einer großen Tafel zusammengeschoben, die Hanna, das Küchenmädchen aus dem Gasthof Zur Alten Linde eindeckte und schmückte. Der große Kronleuchter wurde ebenso entzündet wie die vielen kleineren Kerzenleuchter, die auf den Kommoden verteilt worden waren.

Dank Gerdas Hilfe traf Magdalena überpünktlich im kleinen Salon ein, was ihrer Nervosität nicht gerade zuträglich war. Sie lief auf und ab, rückte Geschirr und Kerzenständer zurecht und strich Tischtücher glatt. Nicht, dass all diese Dinge nötig gewesen wären, hatte doch Hanna sorgfältige Arbeit geleistet. Doch es lenkte Magda ein wenig von dem ab, was ihr bevorstand. Bei der nächsten Runde, die sie durch den Salon drehte, stellte sich ihr Vater ihr in den Weg. Er griff nach ihren Schultern und drückte sie behutsam auf einen Stuhl.

»So, da bleibst du jetzt sitzen, bis du den Türklopfer hörst.« Er zwinkerte ihr zu.

Glücklicherweise ließen die ersten Gäste nicht lange auf sich warten. Gerda, die Eheleute Jung und Valentin trafen zeitgleich mit Pfarrer Wilpert und seiner Frau ein. Diese entschuldigte sich für das Fernbleiben ihrer Tochter Marie, die offenbar unpässlich war.

Als der Türklopfer ein weiteres Mal zu hören war, schoss Magdalenas Puls augenblicklich in die Höhe. »Endlich«, seufzte sie leise, eilte zur Tür und riss sie auf.

Sie hätte sich einige Worte zurechtlegen sollen. Nun stand sie Mathias verlegen gegenüber und wusste nichts zu sagen. Seine Mutter schien davon jedoch nichts zu bemerken. Sie schob ihn beiseite und umarmte sie herzlich.

»Guten Abend, meine Liebe. Welch eine Freude, heute hier sein zu dürfen!«

Magdalena erwiderte die Umarmung und sah Mathias über die Schulter seiner Mutter an. Seine Wangen waren gerötet, und er strahlte übers ganze Gesicht. Nachdem sie auch seinen Vater begrüßt hatte und beide dabei waren, sich den anderen Gästen vorzustellen, hatten Magdalena und Mathias endlich einen kurzen Moment für sich.

Sichtlich ergriffen fasste er ihre Hände und drückte sie behutsam. »Du siehst wunderschön aus heute Abend, Lena.«

»Danke. Du gefällst mir ebenfalls.«

Sie trat beiseite und ließ ihn eintreten. Er wartete, bis sie die Tür geschlossen hatte, und griff dann ganz selbstverständlich nach ihrer Hand. »Wo sitzt du?«

Sie deutete nach rechts. Mathias geleitete sie an ihren Platz, schob ihr den Stuhl zurecht und setzte sich ihr gegenüber.

Wie schon in den Jahren zuvor begrüßte Ferdinand Casparus die Gäste mit einer kurzen, aber herzlichen Ansprache. Dabei ließ er es sich nicht nehmen, auf eine Überraschung hinzuweisen, die dieser Abend noch bereithalten sollte. Dann wurden die Gläser erhoben, und schon bald unterhielten sich Gäste und Gastgeber angeregt miteinander, während die ersten Speisen aufgetragen wurden.

Magdalena versuchte, den Unterhaltungen zu folgen, musste sich aber eingestehen, dass sie an diesem Abend keine aufmerksame Gesprächspartnerin war. Immer wieder sah sie verstohlen zu Mathias. Jede Bewegung, die er machte, ließ ihr Herz höherschlagen, weil sie damit rechnete, dass nun passierte, worauf sie so sehr hoffte. Doch ihre Geduld wurde auf eine harte Probe gestellt. Die große Standuhr zeigte inzwischen zwanzig Minuten nach elf, und außer einem Lächeln hier und da oder einer unauffälligen Berührung war bisher noch nichts passiert.

Sie unterhielt sich gerade mit der Frau des Pfarrers, als Mathias sich schließlich erhob und leise mit dem Löffel gegen sein Glas schlug.

Im Gegensatz zu Magdalena brauchten die anderen Gäste einen Moment, um ihre Gespräche zu unterbrechen. Sie musste sich zusammenreißen, um nicht von ihrem Stuhl aufzuspringen und die Anwesenden um Ruhe zu bitten.

»Wenn ich einen Augenblick um Ihre Aufmerksamkeit bitten dürfte«, begann Mathias.

Seine Stimme hatte einen warmen, festen Klang, und nichts ließ darauf schließen, dass er nervös oder angespannt war. Mit unaufgeregter Geduld sah er von einem zum anderen. Am Ende blieb sein Blick an Magdalena haften, und das Lächeln, das sich in seinem Gesicht ausbreitete, machte die nun folgende Ansprache fast schon überflüssig. Sie war davon überzeugt, dass jeder im Raum ihnen ansah, was nun passieren würde. Die Gefühle, die er für sie hegte, standen ihm ins Gesicht geschrieben, und bei ihr verhielt es sich sicher nicht anders.

Mit bedächtigen Schritten ging Mathias um den Tisch. Magdalena erhob sich, dabei waren ihre Beine so zittrig, dass sie befürchtete, sie würde ins Wanken geraten. Kurz darauf standen sie sich gegenüber, und sie musste sich zusammenreißen, ihm nicht einfach um den Hals zu fallen und Ja zu rufen, bevor er sein Anliegen überhaupt vorgetragen hatte.

Mathias griff nach ihren Händen. »Meine liebe Magdalena«, begann er. »Der Moment, in dem ich dich zum ersten Mal sah, wird mir für immer im Gedächtnis bleiben. Vermutlich erinnerst du dich nicht einmal daran. Doch mir schien es, als wäre ich gleichzeitig vom Donner gerührt und vom Blitz getroffen worden. Dabei hast du nichts weiter getan, als der Frau des Schneiders zu erklären, wie sie ihren Schlaftrunk zubereiten soll. Ich war augenblicklich verzaubert, und das, obwohl ich Arznei für meine Mutter abgeholt habe, die nun wirklich keinerlei romantische Gefühle auslösen dürfte.«

»Aber sie hat geholfen«, warf Dorothea Grene lachend ein. Magdalena wandte sich einen kurzen Moment ab, um ihr Lachen zu unterdrücken. Sie erinnerte sich sehr gut daran, dass sie für die Frau des Handschuhmachers eine Kräutermischung zusammengestellt hatte, die gegen Völlegefühl und Blähungen helfen sollte, doch das gehörte in diesem Moment wohl kaum hierher.

»Nun, lassen wir das«, winkte Mathias ebenfalls lachend ab. »Seit diesem Tag habe ich fast täglich deine

Nähe gesucht, ohne, dass du es bemerkt hast. Leider. Doch dann kam der Abend in der Spinnstube.«

Er unterbrach seine Rede, schenkte Gerda ein Augenzwinkern und wandte sich dann wieder Magdalena zu.

»Und so gern ich auch behaupten würde, ich hätte dich mit irgendeinem sprachgewaltigen oder gewitzten Satz für mich eingenommen, so muss ich doch gestehen, dass es wohl deine gewöhnungsbedürftigen Handarbeitskünste und mein loses Mundwerk waren, die uns schließlich zusammenführten.«

Aus dem anfänglich leisen Kichern, das den Raum noch vor wenigen Minuten erfüllt hatte, wurde herzhaftes Gelächter.

Magdalena liebte Mathias für sein sonniges Wesen. Mit seiner humorvollen Art schaffte er es, selbst ihm völlig fremde Menschen für sich einzunehmen. Sie war sich sicher, dass es den Anwesenden hier genauso ging, wie zuvor schon ihr: Nach der ersten Überlegung, ob die Worte, die er gewählt hatte, nicht eigentlich frech und unangebracht waren, reichte ein Blick in sein fröhliches Gesicht, um zu erkennen, dass er mit keinem seiner Sätze darauf aus war, jemanden zu verletzen. Er hatte vielmehr die Gabe, kleine Schwächen seiner Mitmenschen nicht nur zu sehen, sondern sie als das anzunehmen, was sie waren: einzigartige und zumeist liebenswürdige Charakterzüge.

Magdalena hätte sich gern auf das konzentriert, was nun folgen sollte, doch ihr stieg plötzlich ein beißender Geruch in die Nase. Das Gelächter verebbte, und sie hörte Geräusche, die sie zunächst nicht zuordnen konnte. Während sich die Anwesenden beruhigten, wurde ein anfängliches Knistern zu einem rauschenden Prasseln. Dann folgte ein Krachen, als würde etwas einstürzen.

Magdalena presste die Hand vor den Mund, sah erst in die erschrockenen Gesichter der Anwesenden und dann zur Tür. Der Flur, den sie von ihrer Position aus einsehen konnte, flimmerte orangegelb, und ihr wurde schlagartig klar, was das bedeutete. »Wir müssen hier raus!«, rief sie.

Mathias sah sie überrascht an und wandte sich ebenfalls der Tür zu, die er im Rücken hatte. »Um Gottes willen! Feuer!«, brüllte er.

Er ließ Magdalenas Hände los und eilte zur Tür. Entsetzt schlug er sie zu.

»Der Korridor und ein Teil der Treppe stehen in Flammen.«

Magdalena wandte sich ihrem Vater zu. Er war kreidebleich, und in seinem Gesicht spiegelten sich Verzweiflung, Angst und Entsetzen. Wenn sich das Feuer von unten nach oben fraß, waren Offizin, Verkaufsraum und Labor möglicherweise schon völlig zerstört.

Ferdinand Casparus ließ sich schwer auf einen Stuhl fallen und schien unfähig, sich zu rühren.

»Wir müssen aus dem Haus«, rief Magdalena, packte ihren Vater an den Schultern und schüttelte ihn.

»Und wohin dann?«

»Ganz gleich. Hauptsache weg!« Sie zog ihn auf die Füße. Dann rief sie Gerda und ihren Eltern zu, dass sie Valentin behilflich sein mussten. Gerda nickte mechanisch, lief um den Tisch zu Valentin und griff nach seinem Arm. Zeitgleich rannten Mathias und sein Vater zum Fenster, öffneten es und warfen einen Blick hinaus.

»Es ist zu hoch«, sagte Franz Grene und drehte sich zu seinem Sohn um. »Und die Flammen schlagen unten bereits aus dem Verkaufsraum.«

»Wenn wir die Treppe hinunterkommen, können wir es durch die Hintertür versuchen«, rief Magdalena.

»Schaff sie hier raus!«, rief Franz Grene seinem Sohn zu.

»Was ist mit euch?« Mathias' Stimme bebte.

»Wir folgen euch. Lauft!«

Im Hinauslaufen fiel Magdalenas Blick auf das Regal und ihr darin liegendes Herbarium. Sie hatte es extra in den Salon gebracht, weil die Frau des Pastors um Rat bezüglich einiger Kräuter gebeten hatte. Um es vor den Flammen zu retten, nahm sie es an sich und schob es eilig unter das Oberteil ihres Kleides. Dann griff sie nach Mathias' Hand und rannte mit ihm zum Flur. Die Flammen schlugen ihnen aus dem Treppenhaus entgegen, und ein Teil der hölzernen Stufen brannte bereits.

»Halt dich dicht an der Hauswand«, sagte Mathias.

»Was ist mit den anderen?«

»Sind direkt hinter uns!«

Magdalena zögerte einen Augenblick, doch als Pfarrer Wilpert und seine Frau im Türrahmen erschienen und sie Gerda und Valentin dahinter sah, war sie beruhigt.

Der dunkelgraue beißende Rauch nahm ihr den Atem. Sie wusste, dass sie atmen musste, trotzdem hielt sie die Luft an, während sie die ersten Stufen hinunterlief. Die drei übereinandergelegten Röcke und die verschiedenfarbigen Säume, die ihr Kleid so außergewöhnlich machten, hinderten sie nun am Laufen. Magdalena sah nach unten und erkannte, dass die Flammen ihrem weit schwingenden Rocksaum gefährlich nah kamen, also blieb sie stehen und zerrte ihre Röcke nach oben. Der Rauch war inzwischen so dicht, dass sie kaum mehr als die Hand vor dem Gesicht sehen konnte. In diesem Augenblick fiel ihr ein, was ihr das Atmen erleichtern könnte. Im Laufen zerrte sie ihren Rock nach oben und hielt ihn sich vor Mund und Nase. Dann stolperte sie die Stufen weiter hinunter. Eigentlich kannte sie jeden Winkel in diesem Haus, doch der tosende Lärm des Feuers, der dichte Rauch und die verängstigten Rufe der Menschen, die in diesem Augenblick um ihr Leben rannten, ließen sie die Orientierung verlieren. Ihr wurde übel, und der plötzlich einsetzende Schwindel ließ sie schwanken.

Als würde er ihre Notlage ahnen, rief Mathias in diesem Augenblick ihren Namen.

»Lena?«

»Hier!«

»Die Tür zum Hinterausgang – welche Richtung?«

Magdalena erreichte den unteren Hausflur. Sie sah zurück, doch es war unmöglich, etwas zu erkennen. Sie konnte nur hoffen, dass alle anderen den Weg nach unten fanden. Sie verdrängte ihre Angst und versuchte, sich zu konzentrieren: Vom unteren Treppenabsatz aus lagen Offizin und Verkaufsraum nun linker Hand. Sie sah nach links und gab einen stummen Schrei von sich. Die vordere Hälfte ihres Zuhauses war ein einziges Flammenmeer. Ihre Übelkeit verstärkte sich, und sie hatte das Gefühl, jeden Augenblick das Bewusstsein zu verlieren. »Rechts, bis ans Ende des Flurs. Der Schlüssel hängt auf Augenhöhe rechts neben der Tür«, krächzte sie.

Sie erreichte Mathias und nahm verschwommen wahr, wie er mit zittrigen Händen versuchte, die Tür zu öffnen. Dann wurde alles schwarz, und Magdalena fiel.

* * *

Konrad eilte durch die Nacht. Sein Herz schlug ihm bis zum Hals. Noch bei der Planung war er sich sicher gewesen, dass er diesen Abend bei vollem Bewusstsein erleben wollte. Doch natürlich hatte ihn am Ende der Mut verlassen, und er hatte getrunken, um seine eigene Angst zu unterdrücken. Aber was machte das schon? Der erste, wichtigere Teil seiner Arbeit war getan, und es war leichter gewesen, als er erwartet hatte.

Die Straßen der Celler Innenstadt lagen wie ausgestorben, feierten die Menschen doch für gewöhnlich in ihren warmen Stuben inmitten von Freunden.

Konrad lachte bitter auf. Freunde. So etwas schien in seiner Familie gänzlich unbekannt. Sein Vater umgab sich nur mit Menschen, von denen er sich irgendeinen Vorteil erhoffte, und seine Mutter war ihm zu hörig, um sich zu widersetzen. In der Regel bestand der Jahreswechsel der Brandmillers daraus, dass sich seine Eltern mit Mühe und Not bis zum zwölften Glockenschlag wach halten konnten, dass sie sich pausenlos über den Lärm fröhlicher Nachbarn beschwerten und dann um kurz nach Mitternacht übel gelaunt ins Bett gingen.

Konrad grinste gehässig. Nun, in diesem Jahr lagen die Dinge etwas anders. Im Beisein seines Vaters hatte er seiner Mutter erklärt, dass er den Abend bei Jeremias verbringen würde. Die boshaften Kommentare seines Vaters hatte er ignoriert. Ohne auch nur ein einziges Wort an ihn zu richten, war er in die Küche gegangen, hatte die Utensilien, die er vorbereitet hatte, in einen Korb gepackt und war in Richtung Stechbahn gelaufen.

Die Schatten in den hell erleuchteten Fenstern hatten ihre Wirkung nicht verfehlt. Konrad hatte Magdalena und die krumme Gestalt ihrer hässlichen Freundin erkannt, obwohl er nur deren Umrisse sah. Er hatte beobachtet, wie ein Mädchen das Essen auftrug, und hatte trotz geschlossener Fenster das gedämpfte Gelächter der Menschen gehört, die sich im zur Casparus-Apotheke gehörenden Wohnbereich versammelt hatten.

Nun, das Lachen dürfte ihnen inzwischen vergangen sein, so viel war sicher. Wenn alles nach Plan verlief, endgültig. Konrad hatte einige Minuten abgewartet, um zu sehen, ob die Brandballen auch ihre volle Wirkung entfalteten.

Als er die panischen Schreie aus dem Hause des Apothekers hörte, spürte er tiefe Befriedigung. Nun musste er nur noch zum Haus des Handschuhmachers eilen und auch das in Schutt und Asche legen. Schließlich wären seine Pläne vereitelt, wenn das arrogante Fräulein Casparus nach der Zerstörung der Apotheke einfach im Hause der Grenes Unterschlupf finden würde.

Kapitel 10

Catharine

Montag, 26. April 1779

Nach einer unruhigen Nacht erwachte ich früher als gewöhnlich. Die Geräusche im Haus waren mir völlig unbekannt und erinnerten mich allzu schnell daran, wo ich mich befand und welche Wendung mein Leben genommen hatte.

Mit nackten Füßen tapste ich über den Holzboden und zog die Vorhänge auf. Die Sonne war noch nicht aufgegangen, doch der milchig-gelbe Streifen, der sich gegen den sonst grauen Horizont abhob, zeigte, dass der Tagesanbruch nahte.

Ich legte mich wieder ins Bett und zog mir die grobe Decke bis unters Kinn, fand jedoch nicht in den Schlaf zurück. In Gedanken durchlebte ich den gestrigen Tag und das Wechselbad der Gefühle erneut: Wut, Angst, Trauer, Erregung, Neugier und Hoffnung. An Letzterem würde ich mich festhalten müssen, war es doch das Einzige, was mir neben den Kleidern am Leib geblieben war.

Noch eine Weile wälzte ich mich im Bett hin und her, dann gab ich auf. Ich lief zur Tür, öffnete sie und sah auf den Flur hinaus. Vor den Fremdenzimmern standen bereits Krüge mit frischem Wasser. Es war zwar früh, doch immerhin hatte ich nun eine Beschäftigung. Ich wusch mich sorgfältig, und das kalte Wasser ließ meine Gedanken klarer werden. Ich dachte an Meister Langenkamps wertschätzendes Wesen, und Aufregung erfasste mich. Heute würde sich mir womöglich ein ganz neuer Weg eröffnen. Der Gedanke tröstete mich, und als ich in den stumpfen Spiegel sah, blickte mir statt meines traurigen Ichs ein neugieriges Gesicht entgegen.

Nachdem ich mich angekleidet hatte, lauschte ich auf den Flur hinaus. Die ersten Gäste schienen wach zu sein, und die Schritte verrieten, dass es bereits Frühstück geben musste. Ich lief ebenfalls in den Speiseraum und wurde dort sogleich von Wirtin Auguste in Empfang genommen.

»Guten Morgen, Fräulein Zietsch. Haben Sie wohl geruht?«, säuselte sie anbiedernd.

»Guten Morgen, ja. Danke.«

»Hier entlang, bitte.« Sie wies mir einen Tisch in einer Fensternische zu. »Es gibt Hirsebrei und eine kleine Schüssel Apfelmus. Dazu warmes Brotwasser, das ich Ihnen gern mit einem Löffel Honig versüßen werde, so Sie es wünschen.«

»Gern, zu freundlich.«

Ich sah mich im Speiseraum um. Trotz der frühen Stunde waren viele Tische bereits besetzt. Überraschenderweise war es aufregend, all diese fremden Menschen zu sehen. Während ich aß, dachte ich darüber nach, wie das Leben dieser Leute wohl aussah? Waren sie wohlhabend? Hatten sie Familien, die sie durchbringen mussten? Vermutlich waren die meisten von ihnen Händler, die schon bald aufbrechen und weiterreisen mussten.

Nachdem ich aufgegessen hatte, blieb ich noch eine Weile sitzen. Die Kirchturmglocke hatte gerade sieben geschlagen, es war also noch ein wenig Zeit, bevor ich mich auf den Weg in die Schulstube machen musste. Ein weiterer Händler verließ das Haus. Durchs Fenster beobachtete ich, wie er mithilfe eines Knechts sein Pferd vor den Wagen spannte und davonfuhr.

In einiger Entfernung sah ich eine Frauengestalt, die direkt auf das Wirtshaus zuging. Es dauerte einen Moment, ehe ich sie erkannte. Ich schluckte, mein Herzschlag beschleunigte sich, und Zorn stieg in mir auf. Was wollte Annegret hier? Warum ließ sie mich nicht einfach in Frieden, nachdem sie doch ihr Ziel erreicht hatte?

Ich drückte mich tiefer in die Ecke und hoffte, dass sie mich nicht sah. Sie betrat den Raum und lief zur Wirtin, mit der sie einige Worte wechselte. Dann lachten beide Frauen gehässig auf, und schon kurz darauf verließ Benis Schwester die Gaststube wieder.

Ratlos und mit klopfendem Herzen blieb ich sitzen. Die Tatsache, dass die Wirtin direkt zu mir sah, nachdem Anni fort war, reichte aus. Es war ganz offensichtlich, dass sie über mich gesprochen hatten, denn Auguste konnte meinem Blick nicht standhalten und sah eilig wieder in eine andere Richtung.

Seufzend erhob ich mich. Da Annegret nicht vorhatte, mich in Ruhe zu lassen, beschloss ich, die Wirtin auf den Besuch der Vogttochter anzusprechen. Was hatte ich schon zu verlieren? Ich griff nach dem Geschirr und trug es zum Tresen.

»Was wollte das Fräulein von Waldenburg denn hier?«

Wieder wich die Wirtin meinem Blick aus und nahm mir Teller und Becher ab. »Nichts weiter. Sie fragte nur, ob Sie gut untergebracht wären.«

Noch immer sah Auguste mich nicht direkt an. Es war offensichtlich, dass sie log – ebenso offensichtlich wie die Tatsache, dass sie mir keine weiteren Antworten geben würde.

»Das ist zu gütig von ihr, nicht wahr?«, sagte ich und verließ mit einem kurzen Nicken den Raum.

Die Antwort auf meine Frage nach Annegrets Absichten ließ nicht lange auf sich warten. Als Meister Langenkamp wie üblich gegen halb zehn die erste Pause einberief, kam sie mit energischen Schritten auf mich zu. Beni stellte sich schützend vor mich, sagte jedoch kein Wort.

»Geh mir aus dem Weg, ich muss mit dem Findelkind reden!«

Ich schloss die Augen und versteckte mich hinter Benis Rücken, damit sie nicht sah, wie sehr mich ihre Worte trafen.

»Ach, stimmt ja«, schob Anni gehässig hinterher, »du hast dir ja vorgenommen, nie wieder auch nur ein Wort mit mir zu wechseln. Macht nichts.«

Sie ging wieder zu ihrem Stuhl zurück, als wäre es ihr gleichgültig, dass sie ihr Ziel nicht erreicht hatte. Doch ich sah ihr an, dass dem nicht so war. Immer wieder suchte sie meinen Blick, und ihre zusammengepressten Lippen und die zu Schlitzen verengten Augen waren deutlicher als nötig. Sie war wütend und würde die nächstbeste Gelegenheit dazu nutzen, um ihr Vorhaben, was immer es auch gewesen war, in die Tat umzusetzen.

Ihre Gelegenheit kam schneller, als mir lieb war. Meister Langenkamp war mit seinem Sohn und Beni in ein Gespräch vertieft. Dann unterbrach er, ordnete eine kurze Abortpause an und führte seine Unterhaltung mit den beiden fort. Beni war zu höflich, um den Präzeptor in diesem Moment einfach stehen zu lassen, doch Annegret kam sofort auf mich zu, packte mich am Oberarm und zerrte mich aus vor die Tür.

»Ich will mit dir reden, Findelkind«, zischte sie.

»Mein Name ist Catharine!«, rief ich und wand mich ruckartig aus ihrem Griff. »Fass mich nie wieder an, oder ich vergesse mich!« In diesem Augenblick verdrängte ich, wie weit ich unter der Tochter des Vogts stand. Die Art und Weise, wie sie mich anging und sich dabei weigerte, meinen Namen auszusprechen, machte mich so wütend, dass ich sie am liebsten an Ort und Stelle bei den Haaren gepackt hätte.

Und dann?, fragte mein Kopf allerdings sofort. Es wäre wohl keine gute Idee, als einfache Dienstmagd die Tochter eines angesehenen Vogts zu verdreschen. Außerdem entsprach das nicht meinem Wesen, zumindest nicht dem Teil von mir, den ich kannte.

»Hör mir gut zu«, sagte Annegret, als wir im Flur außer Hörweite der anderen waren, »ich weiß genau Bescheid.« Sie holte Luft, und ich bemerkte das Zittern ihrer Lippen.

»Ja natürlich weißt du das. Du hattest in deiner Bosheit ja auch nichts Besseres zu tun, als im Morgengrauen durch Celle zu schleichen und mir hinterherzuspionieren.«

Ich bemerkte, dass sie eine Augenbraue in die Höhe zog.

»Wie sprichst du denn mit mir?« Sie japste nach Luft und schien außer sich vor Wut. »Wenn das der einzige Weg ist, um meinen dummen Bruder zu beschützen, dann gehe ich ihn. Ich warne dich ein letztes Mal, Findelkind. Du wirst Johann Benedict nicht ins Unglück stürzen. Ich weiß, dass er gestern Abend fast eine Stunde in deinem Zimmer verweilt hat. Was habt ihr da getan? Glaubst wohl, du kannst ihm den Kopf verdrehen, ihm ein Kind unterjubeln und ihn so endgültig an dich binden? Ein solcher Besuch wird nie wieder vorkommen! Dafür werden Auguste und ich sorgen.«

Ich schluckte und trat einen Schritt zurück. Das also hatte sie mit der Wirtin besprochen. Was immer ich auch tat, oder in diesem Fall nicht tat, es half nichts. Annegret war darauf aus, meinen Ruf zu ruinieren. Und mit Auguste auf ihrer Seite würde sich das Gerücht, ich hätte Beni verführt, nun sicher verbreiten wie ein Lauffeuer.

»Wenn du ihn liebst, kannst du nicht wollen, dass er in der Stadt geächtet wird. Er ist zu loyal, um dich fallen zu lassen. Aber auf diese Weise wird er alles verlieren. Das kannst du ihm nicht antun. Und ich werde alles daransetzen, um es zu verhindern.«

Bevor ich etwas erwidern konnte, rauschte sie davon. Mein Herz raste, als hätte ich gerade einen langen Marsch hinter mich gebracht. Ihre Worte hallten in meinem Kopf wider, und so sehr ich mich auch dagegen wehrte: Sie stießen auf Gehör. Tief in mir wusste ich, dass sie recht hatte. Würde Beni den Weg weitergehen, den er eingeschlagen hatte, würde er nicht nur sein Ansehen verlieren, sondern auch seine Zukunft zerstören. Jede Gelegenheit, einmal die Vogtei seines Vaters weiterzuführen, war mit mir an seiner Seite zunichtegemacht.

Was immer ich mir gestern in meinem verliebt-vernebelten Gehirn ausgemalt hatte – ich musste es mir aus dem Kopf schlagen. Beni war zu gutherzig und zu edelmütig, um mich zu verlassen. Wider besseren Wissens würde er versuchen, alle Hindernisse aus dem Weg zu räumen, die unserer gemeinsamen Zukunft im Weg stünden. Und damit würde er erst scheitern und dann untergehen.

In diesem Augenblick, auf dem Flur des Schulmeisters, begriff ich, dass Annegret gewonnen hatte. Und zwar nicht etwa aufgrund ihrer Intrigen oder ihrer Boshaftigkeit, sondern weil sie die unabänderliche Wahrheit viel schneller erkannt hatte als ihr Bruder.

Ich sank in die Hocke und schlug meine Hände vors Gesicht. Es war aus! Was immer ich mir in meinen Träumen für Beni und mich ausgemalt hatte, war nicht mehr als ein kindischer Wunsch, der sich nie erfüllen würde. Er durfte sich nicht erfüllen, wenn ich nicht wollte, dass der Mann, den ich über alles liebte, in sein Verderben lief.

In der nächsten Stunde ignorierte ich seine fragende Blicke. Ich wusste, dass er die Attacke seiner Schwester bemerkt hatte. Sähe er mir jetzt in die Augen, wüsste er sofort, dass sie ihr Ziel erreicht hatte. Angestrengt starrte ich abwechselnd an die wacklige Tafel oder in mein Buch und grübelte darüber nach, wie es weitergehen sollte. Auf keinen Fall wollte ich auch nur eine weitere Nacht im Braunen Hirsch und unter den hinterhältigen Augen der Wirtin zubringen. Doch wo sollte ich hin?

Der einzige Mensch, der mir möglicherweise helfen konnte, war meine Ziehmutter, doch sie lebte in dem Haus, das ich nicht mehr betreten durfte. Markttag war erst am Mittwoch, da würde ich sie sicher in der Stadt antreffen. Doch bis dahin musste ich noch zwei Nächte überstehen.

»Fräulein Zietsch, wo sind Sie heute nur mit Ihren Gedanken?«, hörte ich Meister Langenkamp fragen.

»Ich bitte um Verzeihung«, stammelte ich und versteckte mich hinter meinem Buch.

»Nun, ich sehe es Ihnen nach, meine Liebe. Es scheint mir, als stünden Sie unter großen Druck. Nichts, was ein gutherziger Mensch, wie Sie es sind, verdient hätte.«

Ich hörte das empörte Schnauben von Annegret, die kurz darauf ihre Hand hob, Unpässlichkeit vorgab und dann wortlos die Schulstube verließ.

Nachdem der Unterricht vorüber war, wollte Beni sofort wissen, was seine Schwester gesagt oder getan hätte, doch ich schaffte es nicht, ihm die Wahrheit zu erzählen.

»Nichts als wütendes Schimpfen.«

»Bin ich erst zurück in der Vogtei, werde ich sie mir vorknöpfen«, rief er aufgebracht.

»Bitte nicht!« Ich griff nach seinem Arm und zwang ihn, stehen zu bleiben und mich anzusehen. »Das macht alles nur noch schlimmer. Bitte, lass es einfach gut sein. Versprich es mir. Und du solltest besser gleich nach Hause gehen. Annegret wird sicher hinter der Tür stehen und auf deine Rückkehr warten. Jede Minute, die du dich verspätest, wird sie mir ankreiden.«

Beni seufzte, griff nach meiner Hand und streichelte mit dem Daumen über meinen Handrücken. »In Ordnung. Aber nur, weil ich weiß, dass ich dich später noch sehe.«

Er wandte den Kopf, um sich zu vergewissern, dass wir allein waren. Dann zog er mich an sich und drückte mir einen sanften Kuss auf die Lippen. »Ich kann es kaum erwarten«, raunte er mir ins Ohr.

Das Lächeln, das ich ihm schenkte, kostete mich unendliche Überwindung, wusste ich doch bereits in dieser Sekunde, dass sich sein Wunsch nach einem Wiedersehen nicht mehr erfüllen würde. Als er durch das schmiedeeiserne Tor verschwand, hatte das etwas Endgültiges. Während Beni sich noch einmal zu mir umsah und mir voller Vorfreude auf den vermeintlich bevorstehenden Nachmittag zuwinkte, unterdrückte ich verzweifelt meine Tränen, damit er nicht misstrauisch wurde.

Nachdem er fort war, stand ich noch eine Weile vor der Tür und konzentrierte mich darauf, meine Trauer beiseitezuschieben. Es war das einzig Richtige, ihn gehen zu lassen, denn alles andere würde ihn ins Unglück stürzen. Und so sehr ich Johann Benedict auch liebte – dazu hatte ich einfach nicht das Recht.

Ich lief ich zurück zu Meister Langenkamp, der gerade dabei war, mithilfe seines Sohnes das Klassenzimmer in Ordnung zu bringen.

»Du bist noch da?«, fragte er.

»Ja.« Unschlüssig blieb ich im Türrahmen stehen und wusste nicht, wie ich mein Anliegen vortragen sollte.

»Einfach raus damit«, forderte Eduard Langenkamp mich auf, als hätte er geahnt, was in mir vorging.

»Ich brauche Hilfe, und es gibt niemanden, den ich sonst fragen könnte.«

Langenkamp unterbrach das Tafelputzen und winkte mich zu sich. Anton zog zwei Stühle an das Pult und setzte sich ganz selbstverständlich dazu, was seinen Vater nicht zu stören schien.

»Du hast dein Zuhause verloren, richtig?«, platzte Anton heraus und legte mir tröstend die Hand auf die Schultern.

Ich konnte nicht verhindern, dass mir Tränen in die Augen stiegen. Meine ausweglose Lage und das Mitgefühl dieser beiden Menschen rührten mich zutiefst.

»Ja«, schniefte ich.

»Und wo schläfst du jetzt?«, wollte Langenkamp wissen.

»Im Braunen Hirsch«, brachte ich zwischen zwei Schluchzern hervor.

»Ach herrje.« Langenkamps Miene ließ keinen Zweifel daran, was er davon hielt, doch er wurde noch deutlicher.

»Warum hast du dich denn bei dieser alten Hexe einquartiert?«

»Das war nicht meine Entscheidung. Und nun hat Annegret mir klargemacht, dass ich dort unter genauer Beobachtung stehe. Heute Morgen war sie sogar in der Gaststube und hat die Wirtin angewiesen, mich im Auge zu behalten.«

»Wozu dieser ganze Aufwand?«, wollte Anton wissen. »Sie hat doch erreicht, was sie so unbedingt wollte. Du bist aus dem Hause des Vogts verbannt.«

Ich zögerte mit einer Antwort, denn ich konnte beim besten Willen nicht einschätzen, ob Meister Langenkamp oder Anton Verständnis für die Wahrheit haben würden.

Der Präzeptor stand auf und lief vor dem Pult auf und ab. Dann setzte er sich wieder und griff nach meinen Händen.

»Beni hat dich dort aufgesucht, richtig?«, fragte er ohne Umschweife.

»Er hat mich im Hirsch einquartiert und ist dann noch einen Moment geblieben. Auguste hat Anni wohl genau über die Dauer seines Aufenthaltes in Kenntnis gesetzt.«

»Verstehe. Das heißt ...«

»So wie ich das sehe«, fiel Anton seinem Vater ins Wort, »kannst du da nicht bleiben. Beni wird nicht aufhören, sich um dich zu kümmern. Er würde dich weiter besuchen, ganz gleich, was seine Schwester sagt oder tut. Aber deine Lage würde sich damit nur verschlimmern, und dieses Klatschweib würde die wildesten Gerüchte in die Welt setzen, wenn sie damit der Tochter eines Vogts einen Gefallen tun kann.«

»Gut erkannt, Junge. Deswegen, Catharine, solltest du dein Gepäck holen. Ich würde ja sagen, Anton begleitet dich, aber das könnte dir gleichermaßen angekreidet werden. Jedenfalls haben wir hier genug Platz für dich. Ich werde dir in der Gästekammer ein Bett beziehen. Du kannst bleiben, so lange du willst.«

»Und ich begleite dich selbstverständlich!«, rief Anton und sprang auf. »Ich warte vor dem Wirtshaus und mache mich unsichtbar. Wir können sie doch nicht ihr schweres Gepäck selbst tragen lassen, Vater!«

»Da gibt es wirklich nichts Schweres zu tragen. Aber danke.« Ich zögerte einen Augenblick, bevor ich meine zweite Bitte hervorbrachte, würde sie doch dazu führen, dass ich Beni tagelang nicht zu Gesicht bekam. Doch dann fielen mir Annegrets Worte wieder ein, und ich wusste, dass es keinen anderen Weg gab. Ich straffte meine Schultern und erhob mich ebenfalls von meinem Stuhl.

»Könnte das alles unter uns bleiben? Ich möchte in Ruhe nachdenken, wie es weitergehen soll, und ich glaube, es wäre besser, wenn niemand aus der Familie von Waldenburg weiß, wo ich bin.«

»Das dürfte schwierig werden«, wandte Eduard Langenkamp ein, »immerhin gehen hier einige Menschen täglich ein und aus, wie du weißt.«

Eine Weile herrschte Schweigen. Dann hellte sich Antons Miene auf. »Dann bleibt sie eben ein paar Tage deinen Stunden fern, Vater. Sie könnte ja in ihrer Kammer lernen, dann verpasst sie nichts, und es bemerkt sie niemand.« Anton wandte sich direkt an mich. »So gewinnst du Abstand, und Annegret wird sich dann hoffentlich auch wieder beruhigen.«

Ich lächelte Anton dankbar an. Er schien instinktiv zu wissen, wie er mir helfen konnte, eine Tatsache, die mich für einen kurzen Augenblick irritierte, hatte ich bisher doch kaum mehr in ihm gesehen als den freundlichen und gewitzten Sohn des Schulmeisters.

»Dann ist das abgemacht«, unterbrach Meister Langenkamp meine Gedanken. »Wir gewähren dir ein Quartier, bis wir eine Lösung für dich gefunden haben. Und Anton und ich bewahren Stillschweigen, bis du so weit bist.«

Vater und Sohn griffen gleichzeitig nach meiner Hand und drückten sie. Und ich war ein weiteres Mal unfähig, meine Tränen zurückzuhalten.

* * *

In der Vogtei lief Johann Benedict zunächst seiner Mutter in die Arme. Er sah ihr an, dass sie ihr schlechtes Gewissen plagte. Sie war ein gütiger Mensch, und dass sie ausgerechnet Catharine nicht vor den übereifrigen Entscheidungen ihres Gatten hatte schützen können, setzte ihr offensichtlich zu.

»Wie geht es dem Mädchen?«, fragte sie, bevor sie ihren Sohn überhaupt begrüßt hatte.

»Was glauben Sie denn, Mutter? Sie ist am Boden zerstört. Sie hat ihr Zuhause verloren.« Beni hätte gern hinterhergeschoben, dass Anni sie auch heute nicht in Ruhe gelassen hatte, doch er verkniff es sich, seine Schwester anzuschwärzen, da das seiner Mutter nur noch mehr zusetzen würde.

»Ich hätte das nicht zulassen dürfen«, murmelte Sophie. »Diese Behandlung hat sie wirklich nicht verdient. Konntest du in Erfahrung bringen, wie sie die Nacht überstanden hat?«

»Wirtin Auguste ist nicht gerade diskret, wie Sie wissen. Ich befürchte sogar, sie könnte Gerüchte in die Welt setzen, die Catharine schaden.«

»Vielleicht sollte ich ein Schreiben aufsetzen, einen plausiblen Grund vorgeben und erwähnen, dass wir von ihrer absoluten Diskretion ausgehen?«, überlegte Sophie laut.

Beni lachte resigniert auf. »Das würde sie nur noch mehr davon überzeugen, dass wir irgendetwas verbergen.«

»Vermutlich hast du recht, mein Sohn. Ich sollte mir ein wenig Zerstreuung suchen. Es tut mir nicht gut, so viel über das arme Mädchen nachzugrübeln. Im Übrigen benötigt dein Vater Hilfe.« Sie strich ihrem Sohn kurz über den Arm und verschwand in ihr Zimmer.

Beni seufzte. Er war seinem Vater nicht mehr unter die Augen getreten, seit der Catharine hinausgeworfen hatte, und es war anzunehmen, dass der Nachmittag in seiner Gegenwart unangenehm werden würde. Er atmete tief ein, straffte die Schultern, lief hinauf ins Obergeschoss und klopfte an der Tür zur Arbeitsstube seines Vaters, die im Nordflügel der Vogtei lag. Da keine Reaktion erfolgte, trat er ein, von seinem Vater fehlte jedoch jede Spur. Einen Augenblick stand Beni unschlüssig im Raum und überlegte, ob er warten oder den Vogt besser suchen sollte. Er entschied sich für Ersteres und trat ans Fenster.

Im Hof war Esmeralda gerade dabei, Wasser aus dem Brunnen zu holen, eine Arbeit, bei der sie normalerweise von Catharine unterstützt worden wäre. Johann Benedict schüttelte verständnislos den Kopf. Er konnte einfach nicht begreifen, dass sein Vater so rigoros reagiert hatte. Nicht nur, dass Catharine ihm oder seiner Mutter fehlte. Der Vogt würde schnell feststellen, dass ihre Hand auch im Haus an allen Ecken und Enden fehlen würde. Esmeralda war im Alter seiner Eltern, und es war nicht zu übersehen, wie sehr sie sich mit den schweren Bottichen abmühte.

Dann sah Beni mit an, wie ausgerechnet sein Vater auf den Hof hinaustrat und ihr zur Hand ging. Er kniff die Augen zusammen und trat näher ans Fenster. Der Umgang seines Vaters mit der Köchin wirkte seltsam vertraut: Behutsam legte Leopold seine Hand auf Esmeraldas Schulter, und Beni sah das glückliche Lächeln in ihrem Gesicht, als sie erkannte, wer sie berührte. Noch ehe er die Bilder richtig einordnen konnte, drehte sein Vater sich nach allen Seiten um, und Beni trat vorsichtshalber einen Schritt vom Fenster zurück.

Dann zeigte sich plötzlich, dass die Gerüchte der Waschweiber wahr sein mussten: Leopold von Waldenburg nahm Esmeralda die vollen Wasserbottiche ab und stellte sie auf den Boden. Er führte seine Hand an ihr Haar und strich ihr eine lange dunkle Locke aus dem Gesicht. Ungläubig beobachtete Beni, wie die Köchin ihre Wange in die Hand seines Vaters schmiegte, der sich jetzt erneut umsah.

Hektisch ging er in die Hocke. Sein Puls schoss in die Höhe, als wäre er es gewesen, der gerade etwas Ungehöriges getan hatte. Konnte das wirklich wahr sein? Während sein Vater ihm unter dem Deckmäntelchen gesellschaftlicher Konventionen jedes Glück verwehrte, hinterging er das eigene Eheweib mit der Köchin des Hauses?

Beni erhob sich langsam wieder und lief unruhig im Zimmer auf und ab. Mit jedem Schritt, den er machte, wurde seine Wut größer. Leopold von Waldenburg war ein Heuchler! Er hatte sich stets überkorrekt gegeben, doch all das war nichts weiter als Fassade. Beni fragte sich, ob es wohl seine Aufgabe wäre, seine Mutter über das Gesehene in Kenntnis zu setzen. Doch was dann? Sie würde deswegen die Vogtei nicht verlassen, und das Wissen um Leopolds Geheimnis würde sie womöglich ins Unglück stürzen.

Beni verließ eilig die Schreibstube und lief in die Registratur. Der mit Akten und Urkunden vollgestopfte Raum hatte keine Fenster. Sah sein Vater ihn dort herauskommen, würde er keinen Verdacht schöpfen.

Seine Taktik ging auf. Beni stand in der Tür und tat so, als würde er die Registratur verlassen, als sein Vater die Treppe herauf kam.

»Da sind Sie ja«, sagte er betont unbekümmert. Doch dann kam ihm der Gedanke, dass sein Vater es nicht verdient hatte, geschont zu werden, also schob er »Ich habe Sie schon überall gesucht« hinterher.

Wurde Leopold von Waldenburg tatsächlich gerade rot? Beni sah seinen Vater aufmerksam an. Der wich seinem Blick aus und schüttelte ungehalten den Kopf.

»Was gibt es denn?«

»Mutter sagte, Sie bräuchten meine Hilfe. Da ich Sie in Ihrer Schreibstube nicht fand, habe ich hier nach Ihnen gesucht.«

Beni schloss die Tür der Registratur und folgte seinem Vater in sein Amtszimmer.

»Ich habe im Stall nach dem Rechten gesehen und bin unserer Köchin zur Hand gegangen«, erklärte Leopold und strich sich mit der linken Hand nervös über die Augenbraue.

Fassungslos sah Johann Benedict seinen Vater an. Seine Wangen waren noch immer gerötet, und seine Miene hatte etwas von einem Schuljungen, der bei einem Streich erwischt worden war. Wie konnte es sein, dass ausgerechnet dieser Mann so herzlos war? Beni versuchte erst gar nicht, sich die nächste Bemerkung zu verkneifen.

»Richtig. Ohne Catharines Hilfe wird es sicher schwer für Esmeralda.«

Der Vogt kniff die Lippen fest zusammen und schwieg kurz. Dann nickte er plötzlich. »Das hat die Köchin auch mir gegenüber angemerkt. Gut möglich, dass wir uns nach einer neuen Dienstmagd umsehen müssen.«

Abrupt blieb Johann Benedict stehen. In diesem Moment verlor er Geduld, gutes Benehmen und Verschwiegenheit gleichzeitig.

»Das wäre nicht nötig, wenn Sie nicht so übereilt gehandelt hätten, Vater. Sie haben einem Menschen, dem wir die einzige Familie waren, alles genommen. Grundlos.«

»Grundlos?«, fragte Leopold mit schneidender Stimme.

»Jawohl! Ich versichere Ihnen, es gäbe sicher mehr Grund, die Köchin zu entlassen, als Catharine hinauszuwerfen!«

Die Worte waren aus ihm herausgebrochen, ohne dass er über die Folgen nachgedacht hatte, und er wusste sofort, dass sie ein Fehler gewesen waren. Die Miene seines Vaters wurde undurchdringlich. Seine Augen schienen plötzlich durch ihn hindurchzusehen. Leopold von Waldenburg trat hinter seinen Schreibtisch, stützte die Hände auf die Arbeitsplatte und baute sich vor Beni auf.

»Wie war das bitte?«, zischte er gefährlich leise.

Nun war es ohnehin gleich, also beschloss Beni, ihm die Stirn zu bieten. Immerhin war er alt genug, um für seine Entscheidungen einzutreten, und die Doppelmoral des Vogtes bestärkte ihn nur darin, jede Rücksicht abzulegen.

»Nichts weiter als ein Vergleich, Vater. Ich habe mich gerade nur gefragt, warum Sie der Verbindung von Catharine und mir so viel Gewicht beimessen? Sie ist wohl kaum von anderer Natur als die Verbindung zwischen Ihnen und – sagen wir – unserer Köchin.«

»Da gibt es keine Verbindung!«, rief Leopold von Waldenburg, und die senkrechte Zornesfalte auf seiner Stirn verriet, dass Benis Bemerkung ihn getroffen hatte.

»Ebenso wenig wie bei mir und Catharine«, säuselte Beni mit aufgesetztem Lächeln zurück.

Lauernd standen sich Sohn und Vater gegenüber, und Beni befürchtete schon, dass er im nächsten Augenblick aus der Haut fahren würde. Doch nichts dergleichen geschah. Stattdessen ließ sich Leopold von Waldenburg auf seinem Stuhl nieder und rieb sich scheinbar müde übers Gesicht.

»Nun, das Mädchen steht ja nicht ohne Obdach da. Immerhin zahlen wir ihre Unterkunft. Es gibt keinen Grund, mir ein schlechtes Gewissen einreden zu wollen. Die Nähe zwischen dir und diesem Mädchen darf nicht zum Gespräch werden. Anni hat ganz recht daran getan, mich darauf hinzuweisen.«

Er sah einen Moment schweigend aus dem Fenster. Dann fügte er hinzu: »Solange du dich anständig verhältst und dem Mädchen fernbleibst, werde ich still für ihre Unterkunft aufkommen, bis sie eine neue Anstellung gefunden hat.«

Die Stimme des Vogtes wurde eine Spur kälter. »Sollte mir allerdings zu Ohren kommen, dass du ihre Nähe suchst, werde ich meine Großzügigkeit augenblicklich einstellen. Ich hoffe, wir verstehen uns!«

Diesmal war es Benis Miene, die sich verfinsterte. Er kniff die Augen zusammen und starrte seinen Vater zornig an. »Selbstverständlich verstehen wir uns«, sagte er bemüht ruhig. Sein Innerstes war allerdings in Aufruhr, und in seiner Wut fasste er einen Entschluss: Sollte Leopold von Waldenburg seine Drohung wahr machen, würde Beni auch vor Erpressung nicht zurückschrecken! Warum sollte sein Vater glücklich sein dürfen mit Esmeralda als seiner Geliebten, während ihm jedes Glück verwehrt blieb? Wenn er ihm erklärte, dass er um sein Geheimnis wusste, würde er sich sicher aufgeschlossener zeigen!

Kapitel 11

Magdalena

2. Januar 1762

Magdalena kam in einem Raum wieder zu sich, den sie nicht kannte, und blinzelte gegen das grelle Sonnenlicht, das direkt auf ihr Bett fiel. Der Himmel vor ihrem Fenster war tiefblau, und nur eine einzelne bauschige Wolke hob sich in zartem Weiß davon ab.

Es erschien ihr, als wollte sich der Himmel über sie lustig machen. Wie konnte einfach so ein neuer Tag beginnen, nachdem diese Katastrophe über sie hereingebrochen war?

Sie richtete sich auf und wurde sofort von einem Hustenreiz überfallen, den sie nicht unterdrücken konnte. Innerhalb von Sekunden tränten ihre Augen, ihre Nase lief, und sie hatte das Gefühl zu ersticken. Um das Fenster zu öffnen, schlug sie die Decke zurück. Der Geruch nach verbranntem Holz und kaltem Rauch stieg ihr in die Nase und reizte ihre Atemwege noch mehr, was kein Wunder war, trug sie doch noch immer die Kleider vom Silvesterabend.

Die Erinnerungen an die grauenvolle Nacht ließen sie erschaudern. Magdalena wollte die aufsteigenden Tränen hinunterschlucken, doch es misslang. Still weinend öffnete sie das Fenster. Die kalte Luft nahm ihr für einen

Moment den Atem, und sie legte die Hand vor den Mund, um einen weiteren Hustenanfall zu unterdrücken. Dann sah sie hinaus, um sich zu orientieren. Unter ihrem Fenster befand sich der verwaiste Marktplatz, und als sie aufblickte, erkannte sie direkt gegenüber die Neue Straße und linker Hand die Kanzleistraße. Als sie wieder ins Zimmer zurücktrat, fiel ihr das Herbarium ins Auge, das jemand glatt gestrichen und auf den kleinen Nachthocker gelegt hatte.

Sie musste im Haus des Pastors Unterschlupf gefunden haben, eine Vermutung, die sich im nächsten Augenblick bestätigte: Nach einem behutsamen Klopfen öffnete Pastor Wilpert die Tür und trat ein.

Gottfried Wilpert war ein großgewachsener Mann mit dunklen, lockigen Haaren, buschigen Brauen und einem Wohlstandsbauch, der sich trotz Robe nicht mehr verstecken ließ. Er hatte warme braune Augen, und Magdalena las in ihnen nicht nur Freundlichkeit und Mitgefühl, sondern stets auch unstillbare Neugier.

An diesem Morgen war der Ausdruck im Gesicht des Geistlichen jedoch ein gänzlich anderer. Seine Augen waren verquollen und blutunterlaufen, als hätte er nächtelang nicht geschlafen oder gar geweint. Das und seine sorgenvoll zusammengezogenen Augenbrauen verrieten Magdalena, dass sie das ganze Ausmaß der Katastrophe womöglich noch gar nicht kannte. Ohne zu wissen, welche Nachricht sie erwartete, begann sie zu schluchzen und schlug die Hände vor den Mund.

Pastor Wilpert eilte auf sie zu und legte tröstend den Arm um ihre Schulter. »Na na, meine Liebe. So beruhige dich doch. Hier bist du fürs Erste sicher.«

Hinter dem Gottesmann betrat auch seine Frau Elisabeth den Raum. Sie schloss das Fenster und blieb davor stehen. Eine Weile herrschte Schweigen.

Magdalena schniefte, schluckte und nahm dann all ihren Mut zusammen, um die Eheleute nach der vergangenen Nacht zu fragen. Gottfried Wilpert seufzte, und als sich seine Frau ebenfalls neben Magdalena auf die Bettkante setzte und nach ihren Händen griff, ahnte sie, dass der schlimmste Fall eingetreten und die Apotheke gänzlich zerstört sein musste. Sie wagte nicht zu atmen und schaffte es auch nicht, die Namen der drei Menschen laut auszusprechen, die ihr am meisten am Herzen lagen. Sie wusste, dass sie es nicht verkraften würde, sollte ihrem Vater, Mathias oder Gerda etwas zugestoßen sein. Und doch war ihr in dieser Sekunde klar, dass es nun um genau diese drei gehen musste.

»Es sind bereits anderthalb Tage vergangen seit dem Brand. Wir danken dem lieben Herrgott, dass du erwacht bist. Du musst jetzt sehr tapfer sein, Liebes«, sagte Elisabeth in die Stille hinein und strich ihr tröstend über den Rücken. »Das Feuer in der Apotheke war verheerend. Das Haus deines Vaters ist vollständig abgebrannt, und die Nebengebäude wurden ebenfalls stark beschädigt.«

Magdalena starrte auf den Sessel, der neben dem Fenster stand, und schaffte es nicht, die Fragen zu stellen, die in ihrem Kopf hämmerten.

»Es gibt leider keine Möglichkeit, dir die Ereignisse schonend beizubringen«, setzte die Pastorengattin erneut an. »Es ist etwas passiert, das niemand von uns hätte verhindern können. Mathias und du habt es ebenso wie wir aus den Flammen herausgeschafft. Deine Freundin Gerda hat einige Verbrennungen davongetragen. Sie lebt, ist aber noch nicht bei Bewusstsein und wird immer wieder von Krampfanfällen geplagt. Der junge Musiker Valentin und ihre Eltern sind bei ihr und kümmern sich ganz rührend um das arme Mädchen, und wir hoffen das Beste für sie.«

Magdalena wandte den Kopf und sah den Pastor von der Seite an. Entsetzt erkannte sie, dass der Mann lautlos weinte, und in dieser Sekunde wusste sie, dass das noch nicht alles gewesen sein konnte. Elisabeth hatte die Menschen erwähnt, die das Feuer überlebt hatten, wenn auch nur mit Müh und Not. Der Name ihres Vaters war jedoch bisher nicht gefallen.

»Und ...« Sie vermochte es nicht, das Wort »Vater« laut auszusprechen, doch das war auch nicht nötig.

»Ferdinand hat zu lange gezögert«, sagte Gottfried Wilpert. »Als er das Ausmaß des Feuers erkannte, muss er gewusst haben, dass kein Balken seiner Apotheke übrig bleiben würde. Im Salon war er noch bei uns. Der dichte Rauch versperrte uns auf der Treppe allerdings die Sicht, doch wir waren sicher, er würde uns folgen.«

Pastor Wilpert brach ab, und seine Frau führte zu Ende, was er begonnen hatte. »Wir erreichten die rettende Straße und starrten auf den lodernden Hauseingang. Doch er kam einfach nicht heraus. Wir mussten den jungen Herrn Grene davon abhalten, in das brennende Haus zurückzustürmen. Er wollte Ferdinand aus den Flammen retten, doch das hätte sein Ende bedeutet.«

Magdalena nickte mechanisch. Ihr schien es plötzlich, als würde sie unter der Decke schweben und auf ihre seelenlose Körperhülle herabsehen, die jetzt völlig regungslos auf dem Bett saß. In ihrem Kopf hämmerten immer wieder die gleichen Worte: Dein Vater ist tot. Er ist tot. Tot.

Wie sehr wünschte sie sich in dieser Sekunde, dass ihr Körper einfach nachgeben und sie das Bewusstsein verlieren würde, doch nichts dergleichen geschah. Stattdessen traf sie der Schmerz mit voller Härte. Ihr Magen verkrampfte sich, und der Kloß in ihrem Hals machte nicht nur das Schlucken unmöglich, sondern schien ihr auch gleichzeitig die Luft zu nehmen. Magdalena röchelte, hustete und griff sich an die Kehle, als würde dies das Atmen erleichtern. Dann kam ein Laut über ihre Lippen, den sie an sich selbst noch nie gehört hatte und der sie an die Schreie eines Tieres auf der Schlachtbank erinnerte. Sie hatte ihren Körper nicht mehr unter Kontrolle. Ohne jede Gegenwehr rutschte sie von der Bettkante auf den Boden, zog ihre Knie eng an sich und legte ihren Kopf darauf ab. Sie versuchte, ihre rasenden Gedanken abzustellen, doch auch das wollte nicht gelingen. Die Fragen hämmerten in ihrem Schädel, und sie wusste, dass da niemand war, der ihr je eine Antwort darauf würde geben können.

Wie konnte ihr geliebter Vater einfach tot sein? Ihr gesamtes bisheriges Leben hatte er ihr Halt gegeben und die Zuversicht, dass sich alles zum Guten wenden würde. Doch nun war er fort, und nichts und niemand konnte ihn zurückbringen. Er musste unendlich gelitten haben! Er war bei lebendigem Leibe verbrannt, und Magdalena fragte sich, wie viel Schmerz er hatte ertragen müssen? Wie konnte es sein, dass ein Tag, der einer der schönsten ihres Lebens hätte werden sollen, ein solch entsetzliches Ende genommen hatte? Der Mann, den sie liebte, war dabei gewesen, um ihre Hand anzuhalten. Sie hätten feiern und glücklich sein müssen. Ihre Zukunft war die Apotheke gewesen, doch die war unwiederbringlich zerstört und damit auch jede Möglichkeit, ihren eigenen Lebensunterhalt zu bestreiten.

Ein winziger Lichtblick, sofern es ihn denn in dieser Situation gab, war die Tatsache, dass Mathias am Leben war. Vielleicht würde es ihnen ja gemeinsam gelingen, sich ein neues Leben aufzubauen, denn seine Gefühle für sie würden sich in dieser zerstörerischen Nacht sicher nicht geändert haben. Sie hatten immer noch sich.

»Es gibt noch etwas, Liebes«, hörte Magdalena plötzlich die Stimme der Pastorengattin wie aus weiter Ferne. »Es gab in der Nacht nicht nur diesen einen Brand.«

Magdalena riss die Augen auf und sah Elisabeth von der Seite an. Dann erfuhr sie, dass sie nicht die Einzige war, die alles verloren hatte.

»Nachdem die Grenes heil aus dem brennenden Haus gelangt waren und dich bei uns in Sicherheit wussten, nahmen sie eine Droschke zurück in die Blumlage und mussten dort zusehen, wie auch ihre Werkstatt bis auf die Grundmauern abbrannte.«

Fassungslos starrte Magdalena die Frau an. Hatte sie gerade tatsächlich gesagt, dass auch Mathias und seine Eltern ihr Heim verloren hatten?

»Aber ...«, stammelte sie, ohne wirklich zu wissen, was sie sagen wollte. Das alles musste ein böser Traum sein, aus dem sie sicher gleich erwachen würde. Ihr Atem wurde flacher, und sie spürte Übelkeit aufsteigen.

»Du solltest dich besser wieder hinlegen. Komm, ich helfe dir auf.« Pastor Wilpert griff ihr unter den Arm, und seine Frau tat es ihm gleich. Gemeinsam halfen sie Magdalena wieder aufs Bett, und als ihre Knie wegzusacken drohten, griffen sie beherzt zu. Sie rollte sich auf die Seite und starrte in Richtung Tür, ohne wirklich etwas zu sehen.

»Hörst du mich, Liebes?« Elisabeth tippte ihr vorsichtig an die Schulter, und sie nickte wortlos.

»Ich muss es einfach fragen.«

»Nicht doch!«, unterbrach Pastor Wilpert seine Frau. »Das ist sicher nicht der richtige Moment!«

»Also gut. Wir lassen dich einen Augenblick allein. Ich werde dir einen Tee aufbrühen, der dich beruhigt. Dann bleibe ich bei dir, bis du eingeschlafen bist.«

Magdalena wurde von einem Weinkrampf geschüttelt, als sie an den Tee dachte, den Elisabeth ihr bringen wollte, denn sicher war es eine Mischung, die ihr Vater zubereitet hatte. Elisabeth Wilpert strich ihr noch einmal behutsam über den Rücken, dann verließ sie gemeinsam mit ihrem Gatten das Zimmer.

Magdalena weinte lautlos. Ihre Hoffnung, an Mathias' Seite ein neues Zuhause zu finden, hatte sich ein für alle Mal zerschlagen. Es gab nichts mehr, worauf sie hoffen, und nichts mehr, worauf sie sich freuen konnte. Sie war nun eine Waise, und all ihre Träume waren im wahrsten Sinne des Wortes in Rauch aufgegangen.

Erst nachdem sie einige Schlucke von dem Tee getrunken hatte, den Elisabeth ihr gebracht hatte, wurden ihre Gedanken wieder klarer, und ihre Tränen versiegten. Sie fühlte sich leer und ausgebrannt – was für ein Gedanke! Das Feuer hatte sie nicht vernichtet, und doch fühlte es sich genau so an.

Sie dachte darüber nach, was die Pastorengattin sie wohl hatte fragen wollen. Es musste etwas mit dem Brand in der Werkstatt des Handschuhmachers zu tun haben.

Sie grübelte kurz, dann wurde ihr schlagartig klar, worum es der Frau gegangen sein musste. Frau Wilpert war eine kluge Person, sie konnte eins und eins zusammenzählen: Just in der Nacht, in der die Verlobung mit Mathias stattfinden sollte, brach noch vor der großen Entscheidung ein Feuer aus. Und als wäre das nicht schon Katastrophe genug, brannte anschließend auch das Haus des angehenden Bräutigams nieder.

Magdalena setzte sich abrupt in ihrem Bett auf. Ihr fiel nur ein einziger Mensch ein, der etwas gegen ihre Verbindung mit Mathias haben könnte: Konrad Brandmiller!

Fast schon panisch schüttelte sie den Kopf, als könnte das die grausamen Gedanken vertreiben. Es war eine ungeheuerliche Unterstellung, die sich da in ihrem Kopf zusammengebraut hatte. Konrad Brandmiller war mitnichten ein netter Mensch. Aber er würde doch niemals so weit gehen! Es ging immerhin nicht nur um Besitz, sondern um Menschenleben, die ausgelöscht worden waren. Kein Mensch, der bei klarem Verstand war, würde so etwas Abscheuliches tun. Nicht einmal ein Konrad Brandmiller. Er war ein Schwerenöter und Trinker, aber ein gemeiner Mörder? Diesen Gedanken konnte und wollte sie nicht zulassen, denn das würde bedeuten, dass die schreckliche Katastrophe nicht einfach ein trauriges Schicksal war. Den Gedanken zuzulassen, würde bedeuten, dass all das, was vor zwei Nächten passiert war, planvoll und hinterrücks geschehen war, und das wiederum hieß, dass sie womöglich das eigentliche Ziel gewesen war und damit in Lebensgefahr schwebte.

* * *

In den ersten Tagen des Jahres 1762 gab es im Hause Brandmiller kein wichtigeres Gesprächsthema als die schrecklichen Brände von Celle. Das Inferno, wie sie Konrads Mutter gern nannte, hatte es unter eben diesem Namen nicht nur in die Zeitung Cellische Gelehrte Anmerkungen, sondern sogar bis in die Hildesheimer Allgemeine Zeitung geschafft.

Konrad genoss es, sich mit seiner Mutter über das Ereignis auszutauschen. Es erheiterte ihn, darüber zu spekulieren, was wohl zu der Katastrophe geführt hatte, wohlwissend, dass niemand anderer als er selbst der Grund dafür war. Doch das behielt er natürlich für sich.

Stattdessen beteiligte er sich an all den Gerüchten, die unter Celler Bürgern hinter vorgehaltener Hand ausgetauscht, aber auch in den Tagblättern breitgetreten wurden. Gegner moderner Medizin sprachen von der Rache Gottes, die die Apotheke getroffen hatte. Andere wollten den Fürsten der Finsternis persönlich dabei beobachtet haben, wie er seinen feuerspeienden Dreizack auf die Apotheke richtete. Konrad nickte in solchen Momenten bedächtig und gab hier und da einen unbedeutenden Kommentar von sich, um den Eindruck zu erwecken, als wäre auch er zutiefst erschüttert.

Die Neugier seiner Mutter hatte dazu geführt, dass er alle Entwicklungen in dieser Sache kannte: Der angesehene Apotheker Ferdinand Casparus war in den Flammen umgekommen, und einige Celler Bürger gingen davon aus, dass er aus freien Stücken in seinem Haus geblieben war, obwohl alle anderen Gäste seiner Feier es rechtzeitig aus den Flammen geschafft hatten. Konrad hätte gern behauptet, dass ihn der Tod des Apothekers grämte, doch dem war nicht so. Immerhin hätte ihm Magdalenas liebender Vater einen Strich durch die Rechnung machen können, weil er ihn, wovon Konrad stets ausging, für nicht gut genug für seine Tochter hielt. Mit seinem Tod war ein mögliches Hindernis beseitigt.

Neben diesem ach so beklagenswerten Todesfall war die Apotheke vollständig niedergebrannt. Das hochnäsige

Fräulein Casparus hatte keinen Grund mehr für ihre Eitelkeit. Sie war jetzt ein mittelloses Ding ohne Obdach und nicht mehr die gute Partie von einst. Natürlich bedauerte er diese Tatsache auch ein wenig, immerhin hätte die Apotheke ein finanzielles Ruhepolster sein können. Doch er machte sich nichts vor. Mit Vater, gut gehender Apotheke und diesem hinterhältigen Grene im Rücken hätte er sein Ziel, Magdalena zu ehelichen, nie erreicht.

Konrad gab ein schnaubendes »Pf« von sich, während er mit stoischer Gleichmäßigkeit die alte Tischplatte des Schusters abhobelte. Der Gedanke an Mathias Grene machte ihn wütend, wie üblich.

Wer war dieser Grene schon? Ein Nichts! Er gehörte zu den Maschern, dem armseligen Gesindel aus der Blumlage, das den eigenen Schimpfnamen der heruntergekommenen Masch Straße zu verdanken hatten. Es war ein elender Vorort zwischen Aller und Fuhse, in dem faule Arbeiter, untalentierte Handwerker, gierige Juden, Huren und liederliche Weibsbilder lebten, die noch nicht einmal das Bürgerrecht erhielten, weil sie es eben nicht wert waren. Kein Wunder war der Brand in der Werkstatt des Handschuhmachers in keiner einzigen Zeitung erwähnt worden. Wer zu den Maschern gehörte, war eben ein Niemand.

Ein lüsternes Grinsen huschte über Konrads Gesicht. Es gab einen einzigen Ort in der Blumlage, den er inzwischen ganz gern aufsuchte, und das war das Bordell. Er hatte eben Bedürfnisse. Das bedeutete noch lange nicht, dass er zu diesem Blumlager Abschaum gehörte. Mathias war allerdings sehr wohl ein Teil davon, und das machte ihn in Konrads Augen zu einem Menschen zweiter Klasse. Kein Mascher hatte so ein hübsches Ding wie Magdalena verdient!

»Du wirst es nicht glauben, Junge!«

Konrad hatte gar nicht bemerkt, dass seine Mutter in die Werkstatt getreten war. Er blickte auf und war dankbar, dass Helene Brandmiller ihm etwas Abwechslung verschaffte.

»Was gibt es, Mutter?«

»Den alten Grene hat's dahingerafft. Das Herz, heißt es.«

Konrad gab sich ahnungslos. »War er denn bettlägerig?«

»Nein.« Helene Brandmiller trat einen Schritt auf ihn zu und legte ihre Hand verschwörerisch auf seinen Arm, während sie ihn mit weit aufgerissenen Augen fixierte. »Ach, womöglich weißt du es noch gar nicht.« Sie atmete hörbar ein und aus und machte eine bedeutsame Pause.

»Mach es nicht so spannend, Mutter.«

»Es hat nicht nur die Apotheke getroffen.«

Konrad riss die Augenbrauen in die Höhe und gab ein theatralisches »Nein!«, von sich.

»Aber wenn ich es dir doch sage. Auch von der Werkstatt des Handschuhmachers ist nichts als Schutt und Asche geblieben.« Helene Brandmiller gluckste leise vor sich hin, presste dann eilig ihre Hand vor den Mund und hatte sich sofort wieder unter Kontrolle.

»Tragische Geschichte. Da entkommt er der Flammenhölle in der Apotheke, dort war er nämlich zum Neujahrsfest geladen, nur um dann das eigene Heim ebenfalls an die Flammen zu verlieren.«

»Wirklich äußerst tragisch«, pflichtete Konrad ihr bei.

»Trauer und Gram haben ihn dahingerafft. Was hätte nun auch noch aus ihm und seiner Familie werden sollen?«

Konrad hörte die Schadenfreude seiner Mutter deutlich heraus. Er kannte sie gut genug und wusste, dass sie seit dem Christvesper Mathias Grene als Konkurrent ihres Sohnes sah. Allerdings dürfte sie nun, da Magdalena mittellos war, nicht mehr so viel Wert auf sie als Schwiegertochter legen.

»Ja, so muss er das Elend, in das Sohn und Eheweib nun stürzen werden, wenigstens nicht mit ansehen. Vielleicht ist es ja ein Segen, dass er verschieden ist.« Sie legte ihren Kopf schief und kniff die Augen zusammen. Dann lächelte sie völlig unerwartet. »Ich muss dir nichts vormachen, Junge. Ich halte es für eine Fügung des Schicksals, dass es ausgerechnet dieses Haus getroffen hat. Nun sollte deiner Hochzeit mit Magdalena Casparus nichts mehr im Wege stehen.«

»Du hältst sie nicht für meiner unwürdig?«, fragte Konrad lauernd.

Seine Mutter dachte einen Moment über seine Frage nach. Dann schüttelte sie energisch den Kopf. »Natürlich nicht. Die Apotheke hätte sie ohne ihren Vater ohnehin nicht allein führen dürfen. Und das arme Ding kann ja nun nichts für ihr schweres Schicksal. Sie hat zwar keine finanziellen Mittel mehr, aber sie ist tüchtig. Sie hat ihren Vater stets unterstützt und wird dir in der Tischlerei bestimmt ebenso zur Hand gehen. Zudem ist sie bildhübsch, es hätte schlimmer kommen können.«

Konrad nickte erfreut. Es wäre sehr ärgerlich gewesen, wenn ausgerechnet seine Mutter sich am Ende seiner Brautwahl entgegengestellt hätte, doch diese Sorge war offensichtlich unbegründet. Vermutlich war es Helene einerlei, welche Wahl er getroffen hatte, solange er nur endlich heiratete.

Während seine Mutter in der Werkstatt auf und ab lief und hier und da ein Werkzeug von links nach rechts schob, widmete sich Konrad wieder seiner Arbeit.

Ihre schrille Stimme ließ ihn zusammenzucken, und noch bevor sie irgendetwas sagte, wusste er, was jetzt passieren würde. Helene Brandmiller hatte den Korb entdeckt, den er am Neujahrsmorgen einfach achtlos unter die Werkbank geschoben hatte und in dem sich noch zwei ungenutzte Brandballen befanden. Er hatte sie loswerden wollen, jedoch befürchtet, er würde auf der Straße gesehen werden. Also hatte er ein wenig Zeit verstreichen lassen wollen, bevor er sich den Resten gewidmet hätte. Nie hätte er damit gerechnet, dass seine Mutter mit dem, was sich darin befand, etwas anzufangen wusste. Einmal mehr hatte er sie unterschätzt.

»Ist es das, was ich denke?«, fragte sie schneidend.

»Was denkst du denn?«, gab Konrad sich unbekümmert. Sein Herz raste, für einen kurzen Augenblick wurde ihm schwarz vor Augen, und er krallte sich an der Tischplatte fest.

»Halte mich ja nicht zum Narren, Junge!«, antwortete sie. »Was hast du angerichtet?«

Konrad legte sein Werkzeug aus der Hand und drehte sich zu seiner Mutter. Diesmal war das Entsetzen in ihrem Gesicht nicht gespielt. Es mochte ja sein, dass sie das Gerede über die Tragödie bis zu diesem Moment unterhaltsam gefunden hatte, doch nun las Konrad blanke Angst in ihren Augen.

»Du steckst hinter all dem«, flüsterte sie leise. Sie presste ihre Hand vor den Mund und sah ihn mit weit aufgerissenen Augen an. »Du?«

Es war nur dieses eine Wort, doch in ihm lagen all die negativen Empfindungen, die sonst nur Konrads Vater für ihn übrig hatte: Scham, Trauer, Wut, Enttäuschung, Entsetzen und blanke Angst. Er hätte sich gern eingeredet, dass seine Mutter sich davor fürchtete, dass die Wahrheit irgendwann ans Licht kam. Doch ihre Augen sagten ihm, dass das noch längst nicht alles war. Sie hatte weniger Angst vor der Wahrheit. Nun, da sie wusste, wozu er imstande war, hatte sie Angst vor ihm.

* * *

Nachdem Helene die Brandballen bei ihrem Sohn entdeckt hatte, war sie kopflos aus der Werkstatt gestürzt und hatte es gerade noch zurück in die Küche geschafft. Dort lehnte sie sich gegen die Tür und schloss die Augen. Ihr Atem rasselte, und einen Moment lang befürchtete sie, ihr Herz würde ihr den Dienst versagen.

In den vergangenen zwanzig Jahren hatte sie alles versucht, um ihren Sohn zu einem guten Menschen zu machen. Natürlich wusste sie um den Charakter ihres Mannes, und schon in jungen Jahren hatte sie an Konrad beängstigend ähnliche Züge erkannt. Doch sie hatte mit all ihrer Liebe und mit noch mehr Geduld versucht, dagegen zu steuern. Seine Zudringlichkeit gegenüber dem Fräulein Casparus und die Prügelei mit dem jungen Grene vor wenigen Wochen hatte sie zum ersten Mal in ihrer Loyalität zu ihrem Sohn wanken lassen. Doch nun war sie endgültig erwacht, Konrad hatte ihr auch keine andere Wahl gelassen.

Panisch sah sie sich in der Küche um. Dann griff sie nach dem Krug, der auf der Anrichte am Fenster stand, und stürzte das abgestandene Dünnbier in einem Zug hinunter.

Sie durfte jetzt auf keinen Fall die Nerven verlieren. Kam heraus, dass ihr Sohn die Brände gelegt hatte, wäre ihre Familie für immer verloren. Viel zu viele Celler Bürger hatten inzwischen ein Urteil über ihren Mann und ihren Sohn gefällt. Beiden wurde nicht nur fehlende Arbeitsmoral, sondern auch mangelnde Sorgfalt und Freundlichkeit nachgesagt. Helene wusste genau, dass all die genannten Eigenschaften auf die beiden Männer in ihrem Leben zutrafen. Hätte sie in jungen Jahren auf ihre Mutter gehört, wäre sie jetzt mit einem langweiligen, aber herzensguten Steinmetz verheiratet. Doch sie hatte ja gegen die herrschsüchtige Frau rebellieren müssen. Als sie selbst nicht allzu lange nach ihrer Familie das wahre Gesicht von Gustav endlich durchschaut hatte, war sie bereits schwanger, und an einen Neubeginn war nicht mehr zu denken. Sie hatte sich in der Hochzeitsnacht geschworen, dass sie niemals zulassen würde, dass ihr Ungeborenes nach ihrem Gatten kam, doch sie hatte versagt.

Unruhig lief Helene in der Küche auf und ab und dachte darüber nach, was nun zu tun war. Ihre Liebe zu Konrad hatte nichts bewirkt, nun musste sie mit dem leben, was aus ihm geworden war. Und sie musste dafür sorgen, dass er sie nicht mit ins Verderben riss.

Sie war praktisch veranlagt, gab es ein Problem, fand sie eine Lösung. Ihr Sohn war zu einem Feuerteufel geworden und hatte zwei Menschenleben auf dem Gewissen, ein weiteres würde möglicherweise folgen, falls die Tochter der Wirtsleute Jung nicht mehr erwachte. Es war eigentlich ganz einfach: Sie musste einen Weg finden, Konrad aus der Stadt zu schaffen, ehe seine Tat ans Licht kam.

Helene lief in den Flur und zog ihren warmen Wintermantel an. Gustav würde noch eine Weile beim Schuster beschäftigt sein, der ihn nach langer Zeit ohne größere Aufträge nun damit betraut hatte, neue Schränke für seine Werkstatt zu zimmern. »Kommt mir gerade recht«, murmelte sie vor sich hin, während sie ihre Kapuze über den Kopf zog und das Haus verließ. So würde ihr Gatte schon keine neugierigen Fragen stellen. Sie wusste beim besten Willen nicht zu sagen, wie Gustav auf diese Nachricht reagieren würde, doch sie traute ihm zu, dass er ihren Jungen an den Großvogt ausliefern oder gar eigenhändig umbringen würde.

Sie schüttelte die grausamen Gedanken ab und machte sich auf den Weg zur Vogtei. Obwohl sie auf dem Kutschbock saß, raste ihr Herz. Sie wusste genau, was dieser Puls bedeutete: Nervosität und sicher auch eine gehörige Portion Scham. Doch davon durfte sie sich nicht abhalten lassen. Nun ging es nur noch darum, dass sie die Schande und die Gräuel ihres eigenen Sohnes heil überstand.

Haushälterin Josefine führte Helene in den Vorsaal im Obergeschoss und bat sie, einen Augenblick Platz zu nehmen.

»Was verschafft mir die Ehre?«, hörte sie ihren Bruder schon fragen, noch bevor er ins Zimmer trat.

»Bitte schließe die Tür«, sagte Helene anstelle einer Antwort.

»Heute also geheimnisvoll?«, zog Leopold sie auf.

»Mir ist nicht nach Scherzen zumute!«

Sie blickte ihrem Bruder fest ins Gesicht, und an der Art, wie er die Augenbrauen zusammenzog, erkannte sie, dass er den Ernst der Lage bemerkt hatte – zumindest wusste er, dass sie etwas wirklich Wichtiges auf dem Herzen haben musste.

»Ich höre?« Er bedeutete ihr, sich zu setzen.

Helene kam seiner Aufforderung nach, und während ihr Bruder irgendeinen Obstbrand in Gläser füllte, dachte sie absurderweise daran, wie überflüssig dieser Vorsaal doch eigentlich war. Die Vogtei verfügte neben Wohn-, Schreib- und Arbeitsstube über einen großen Saal. Welchen Zweck dieser Raum nun erfüllte, erschloss sich ihr nicht.

»Nun?«, holte Leopold sie zurück ins Hier und Jetzt.

Helene griff nach dem Glas und kippte den Inhalt hinunter. Dann atmete sie zischend ein und begann zu husten.

Leopold lachte. »Er brennt, aber er löst auch die Zunge.«

»Du hattest all die Jahre recht«, begann sie leise.

»Ich wusste es zwar immer, aber noch weiß ich nicht, wovon genau du sprichst.«

»Ich spreche von meinem Sohn.«

»Oh.«

»Es ist viel schlimmer als oh. Diesmal brauche ich deine Hilfe wirklich, und dabei geht es nicht nur um irgendwelche finanziellen Dinge. Unser beider Leben wird nicht mehr das sein, was es einmal war, wenn du mir nicht beistehst.«

Helene seufzte und strich sich verstohlen eine Träne aus dem Augenwinkel. »Ach, was rede ich. Unser beider Leben ist beendet, wenn wir jetzt nicht zusammenhalten.«

»Rede!«

Leopold sagte nur dieses eine Wort. Doch ein Blick in sein Gesicht reichte Helene, um Vertrauen zu fassen. Ihr Bruder sah ihr konzentriert in die Augen, und nichts darin deutete auf Schadenfreude oder Hinterhältigkeit hin. Er hatte offenbar in dieser Sekunde erkannt, dass jede Plänkelei fehl am Platz war.

Und dann begann sie zu erzählen. Davon, dass Konrad sich die Tochter des Apothekers als Braut auserwählt hatte, sie jedoch den Sohn des Handschuhmachers bevorzugte.

An dieser Stelle gab Leopold erneut ein leises »Verstehe« von sich. Vermutlich ahnte er bereits, welche Zusammenhänge Helene ihm gleich offenbaren würde. Trotzdem erzählte sie weiter: Davon, dass die Grenes das Neujahrsfest im Hause des Apothekers verbracht und dass Nachbarn bereits von einer bevorstehenden Verlobung gemunkelt hatten. Sie berichtete, wie Konrad sich sogar an den Mutmaßungen möglicher Brandursachen beteiligt hatte. Dann fuhr sie sich verzweifelt durch die sorgfältig drapierten Haare und seufzte. Sie schlug ihre Hände vors Gesicht und konnte die Tränen nicht mehr zurückhalten.

»Konrad war der Brandstifter«, sagte sie schließlich.

Sie erwartete eine Tirade aus Spott und Häme, doch überraschenderweise schwieg ihr Bruder eine ganze Weile. Dann griff er plötzlich nach ihren Händen und drückte sie.

»Das hast du nicht verdient«, presste er hervor. Und obwohl die Wut in seiner Stimme nicht zu überhören war, erkannte Helene doch auch noch etwas anderes: Mitgefühl.

Sie öffnete den Mund und schloss ihn gleich wieder. Nach all den Jahren, in denen Neid und Spott und Missgunst zwischen ihnen geherrscht hatten, war da nun eine plötzliche Nähe zu ihrem Bruder, die sie lange nicht mehr gefühlt hatte. Fragend sah sie Leopold an, denn noch traute sie ihrem Gefühl nicht.

»Ich meine das ernst, Helene. Das hast du nicht verdient! Ich weiß ja, dass ich mich immer nur über deinen Gatten und deinen Sohn lustig gemacht habe und so manches Mal sogar fast schon erfreut war, weil deren Verhalten bestätigte, was ich und Mutter dir immer gepredigt hatten.«

Helene schloss die Augen und atmete resigniert aus.

»Aber ich weiß auch, dass du stets versucht hast, deinem Sohn Güte, Anstand und Mitgefühl beizubringen. Und ich meine es von Herzen: Es tut mir leid, dass du damit gescheitert bist. Um deinetwillen hätte ich es dir gewünscht.«

»Danke«, flüsterte Helene unter Tränen.

Leopold nickte und erhob sich. Innerhalb weniger Sekunden war das Mitgefühl aus seinem Gesicht gewichen, und die geschäftige Härte des Vogtes trat wieder hervor. »Für das, was er getan hat, gebührt ihm der Galgen«, sagte er kalt.

Helene nickte zunächst, doch dann hielt sie ihrem Bruder vor Augen, was das für ihre Familie bedeuten würde.

»Unser aller Ruf wäre zerstört, Leopold. Nicht nur Gustav und ich wären ruiniert, sondern auch du. Niemand wird dir und deinen Entscheidungen mehr über den Weg trauen. Du wirst dich vor dem Großvogt, wenn nicht gar vor dem König selbst, verantworten müssen. Dein eigener Neffe hat absichtlich ein Feuer gelegt, das nicht nur Zerstörung und Verwüstung angerichtet, sondern auch Menschenleben ausgelöscht hat. Das ist keine Lappalie mehr. Da kannst nicht einmal du dich mehr herausreden.«

Mit ruhigen Schritten lief Leopold von Waldenburg in dem kleinen Saal auf und ab. Sekunden verstrichen und wurden zu Minuten, doch Helene wagte es nicht, ihren Bruder in seinen Gedanken zu unterbrechen. Sie wusste, dass er ihr zustimmte, sonst hätte er längst widersprochen.

Nach endlos erscheinenden Minuten blieb der Vogt abrupt stehen. »Er muss Celle verlassen. Eine andere Wahl haben wir nicht. Du weißt inzwischen selbst, dass er zur Trinkerei neigt. In seiner Dummheit prahlt er womöglich irgendwann volltrunken mit seiner Tat. Das müssen wir verhindern.«

»Ich werde ihn kaum dazu bewegen können, seine Heimat zu verlassen. Er hat sich in den Kopf gesetzt, dass er nun, da Magdalena Casparus eine arme Waise ist, ihr Ehemann werden wird.«

»Das zeigt nur, wie benebelt seine Gedanken bereits sein müssen. Er kann doch nicht ernsthaft denken, dass er mit der Frau, deren Vater er auf dem Gewissen hat, ein glückliches Leben führen würde?«

»Ich weiß schon lange nicht mehr, was Konrad denkt«, gab Helene erschöpft zurück.

»Er wird einberufen«, erklärte Leopold plötzlich. »So etwas braucht keinerlei Erklärung. Niemand wird dahinter eine Vertuschung vermuten, nicht einmal Konrad selbst, wenn wir es geschickt anstellen.«

»Du willst ihn in den Krieg schicken?« Helenes Furcht hätte eigentlich verschwinden müssen, war doch die Gefahr, dass die Tat ihres Sohnes aufgedeckt wurde, gebannt. Doch dem war nicht so. Statt erleichtert zu sein, beherrschte sie nun ein anderer Gedanke: Sie könnte ihren Jungen verlieren, endgültig und für immer. Doch sie wusste auch, dass es keinen anderen Weg gab. Bliebe Konrad in Celle, würde er sich irgendwann selbst verraten und sie damit alle in den Abgrund reißen.

Sie würde ihre Liebe zu ihm in ihrem Herz verschließen müssen. Im Moment konnte sie ihm nicht einmal mehr in die Augen sehen. Doch sie wusste, dass ihr Mutterherz immer für ihn schlagen würde, ganz gleich, wessen er sich schuldig gemacht hatte oder noch machen würde. Aber diese Gefühle würde sie von nun an für sich behalten müssen.

Helene dachte an Mathias Grene. Doch statt Mitleid mit ihm zu haben, immerhin hatte Konrad ihm den Vater und das Zuhause genommen, wurde sie wütend. Ihr Kopf sagte ihr, dass das aufkommende Gefühl in ihr gänzlich falsch war, trotzdem ließ sie es zu. Ab diesem Moment hasste sie Mathias Grene aus tiefstem Herzen! Magdalena hätte sich ohne ihn ganz sicher für Konrad entschieden, und es wäre nie zu den schrecklichen Bränden gekommen.

»Einen letzten Wunsch musst du mir erfüllen«, sagte Helene und schluckte schwer. Bevor sie erklären konnte, was sie wollte, öffnete Sophie von Waldenburg die Tür.

»Da bist du ja! Ich habe dich schon überall gesucht. Oh, Helene. So eine Überraschung.« Sie wandte sich ihrem Mann zu. »Warum lässt du mich nicht rufen, wenn deine Schwester zu Besuch kommt?«, fragte sie vorwurfsvoll und sah zwischen den beiden hin und her. Dann endlich schien ihr aufzugehen, dass sie in ein ernstes Gespräch geplatzt war. »Es ist doch alles in Ordnung?«

»Aber ja«, gab Helene zurück. Dann sah sie ihren Bruder an. »Sollte Mathias Grene bei dir eine Heiratserlaubnis für sich und Fräulein Casparus einholen, musst du ihm die verwehren. Womöglich wäre ja auch hier eine Einberufung die richtige Antwort.«

»Aber ...«

»Kein Aber. Ohne ihn wäre das Unglück nicht geschehen. Erfülle mir diesen Wunsch. Ich flehe dich an!«

Leopold nickte, und Helene atmete erleichtert aus. Sie sah den missbilligenden Ausdruck im Gesicht ihrer Schwägerin, doch das war ihr gleichgültig. Der Vogt würde ihren Wunsch erfüllen, und das reichte ihr als Antwort.

Kapitel 12

Catharine

15. Mai 1779

In den vergangenen zwei Wochen war Beni zu einem Schatten seiner Selbst geworden. Er aß und schlief kaum noch, und die Nähe seiner Familie, allen voran Annegret, ertrug er nicht mehr.

Es verging kein Tag, an dem er in Gedanken nicht den Moment noch einmal durchspielte, in dem er Catharine das letzte Mal gesehen hatte. Sie war traurig gewesen nach dem Gespräch mit Annegret, ja. Aber sie hatte gefasst gewirkt. Beni hatte keine Sekunde daran gezweifelt, dass sie sich noch am gleichen Abend sehen und in Ruhe besprechen würden, was zwischen ihr und Anni vorgefallen war.

Doch es war ganz anders gekommen.

Als Beni am frühen Abend des 26. April im Braunen Hirsch eintraf, war Catharine fort gewesen. Er hatte zunächst gedacht, dass Wirtin Auguste ihn anlog. Im Verlauf eines hitzigen Gesprächs mit der Frau hatte er sie irgendwann einfach beiseitegeschoben und war die Treppe hinauf zu dem Zimmer gelaufen, in dem Catharine am Tag davor noch gewohnt und für das er im Voraus eine nicht unerhebliche Mietsumme bezahlt hatte.

Die Tür stand sperrangelweit offen, und ein Mädchen war gerade dabei, das Bett frisch zu beziehen und durchzukehren. Von Catharine fehlte jede Spur.

»Sie sagen mir sofort, wo sie ist!«, brüllte Beni die Wirtin ungehalten an.

»Beruhigen Sie sich doch bitte, gnädiger Herr.« Augustes Stimme nahm einen unterwürfigen Ton an, der Beni nur noch mehr reizte. Er wusste genau, dass die alte Hexe mit seiner Schwester unter einer Decke steckte und dass sie sich vermutlich gerade darüber freute, ihn so verzweifelt zu sehen.

»So gern ich Ihnen helfen würde, ich kann Ihnen nicht sagen, wohin das Fräulein Zietsch gegangen ist. Sie hat sich weder verabschiedet, noch habe ich bemerkt, dass sie mitsamt ihren Sachen meinen Gasthof verließ.«

In seiner Wut hatte Beni nicht einmal mehr darauf bestanden, dass die Frau ihm das überflüssigerweise gezahlte Geld zurückerstattete. Kopflos war er aus dem Braunen Hirsch gestürmt, um sich Annegret vorzuknöpfen. Doch auch das war ergebnislos geblieben, denn seine boshafte Schwester hatte ihm nicht sagen können, wo Catharine war.

In den folgenden Tagen hatte er noch darauf gehofft, sie in der Schulstube zu sehen. Als sie dort nicht auftauchte, hatte er damit begonnen, sie in Celle und Umgebung zu suchen. Aber wo er auch suchte und wen er auch fragte: Catharine Zietsch blieb wie vom Erdboden verschluckt, und Beni zog sich gänzlich zurück.

Anfangs stichelte Annegret noch gegen ihn und auch sein Vater machte die eine oder andere abfällige Bemerkung über das frühere Dienstmädchen. Doch je mehr sich Beni zurückzog, desto ruhiger wurden sie.

Irgendwann schlug ihr Schweigen in Besorgnis um. Alle im Hause der von Waldenburgs, ganz gleich ob Familienmitglied oder Personal, versuchten, ihn aufzuheitern und zumindest zum Essen zu überreden. Doch Beni dachte nicht daran, einfach klein beizugeben und so zu tun, als wäre alles in bester Ordnung. Er hatte Catharine verloren. Das Mädchen, das er liebte, das für ihn Zeit seines Lebens Vergangenheit, Gegenwart und Zukunft gewesen war. Wie konnte er da einfach weitermachen, als wäre nichts?

Auch an diesem Samstag Mitte Mai hatte er sich wieder in seinem Zimmer vergraben, und als es leise an der Tür klopfte, gab er lediglich ein grantiges »Nein« zurück.

»Ich bin es, Josefine. Darf ich eintreten?«

Beni überlegte einen Moment und entschloss sich dann, seine ehemalige Amme einzulassen. Womöglich hatte sie ja Neuigkeiten von Catharine? Sicher vermisste sie sie ebenso sehr wie er.

Josefine kam gleich zur Sache. »Sie müssen sie finden«, sagte sie, noch bevor sie die Tür wieder geschlossen hatte.

Enttäuscht ließ Beni die Schultern sinken. »Also hast du nichts von ihr gehört?«

»Kein Wort«, sagte Josefine und fuhr sich hektisch durch die Haare. »Sie ist doch mein Kind! Ich war mir sicher, ich würde innerhalb weniger Tage von ihr hören oder sie würde meinen üblichen Marktgang abwarten, um mit mir zu sprechen. Aber niemand hat sie gesehen oder kann mir sagen, wo sie sein könnte. Ich habe jeden gefragt, den ich kenne. Niemand weiß etwas von ihr oder hat davon gehört, dass ein Mädchen in der Umgebung nach einer Anstellung gefragt hat.«

Erschöpft setzte sie sich, und als Beni ihr jetzt ins Gesicht sah, entdeckte er Tränen in ihren Augenwinkeln.

»Sie ist doch alles, was ich an Familie habe«, flüsterte sie.

Beni trat auf sie zu und legte seine Hand auf ihre Schultern. Josefines Bitte, sie zu finden, gab ihm plötzlich Auftrieb. Natürlich musste er sie finden! Was half es schon, sich in seinem Zimmer zu verkriechen? Davon würde Catharine nicht zurückkommen. Er musste sie suchen. Und wenn es Monate dauerte und den Bruch mit seiner Familie bedeutete, dann war es eben so. Sie war ihm so viel wichtiger als all die anderen Menschen in diesem Haus. Er empfand herzliche Zuneigung zu seiner früheren Amme und wusste auch um die ehrliche Liebe, die seine Mutter ihm entgegenbrachte. Doch während er die Zuneigung zu Josefine teilte, empfand er nichts als Enttäuschung, wenn er an seine Mutter dachte. Sie hatte sich ihrem Gatten nicht entgegengestellt, hatte zugelassen, dass er Catharine verjagte, und schien auch nun, da sie verschwunden war, nicht sonderlich beunruhigt. Vermutlich war sie sogar froh, Catharine nicht mehr begegnen zu müssen, erinnerte sie sie doch an das Unrecht, das sie dem Mädchen zugefügt hatten.

»Ich werde nicht eher ruhen, bis ich sie gefunden habe und in Sicherheit weiß«, sagte Beni fest. Er drückte die Hand von Catharines Ziehmutter und sah ihr fest in die Augen. »Ich verspreche es.«

* * *

Schon mit den ersten Sonnenstrahlen wusste ich, dass ich an diesem sonnigen Maitag endlich wieder das Haus verlassen würde. Ich musste einfach, denn ich hielt es drinnen nicht mehr aus. Inzwischen waren über zwei Wochen vergangen, seit ich die Vogtei verlassen musste. Ich hatte weder dem üblichen Unterricht beigewohnt, noch kurze Spaziergänge unternommen, da meine Angst, auf einen der von Waldenburgs zu treffen, viel zu groß war. Noch immer waren meine Tage von Trauer und Ratlosigkeit geprägt, und ich wüsste nicht, wie es mir heute gehen würde, gäbe es Anton nicht.

Der Sohn des Schulmeisters hatte Nachmittag um Nachmittag damit zugebracht, mich aufzuheitern und zu beschäftigen. Geduldig hatte er mir erklärt, welchen Stoff sein Vater am Vormittag durchgenommen hatte. Außerdem erzählte er mir in allen Einzelheiten sämtliche Neuigkeiten, die er während des Vormittags von den anderen Schülern zu hören bekommen hatte.

Ich spürte, dass ich Anton von Tag zu Tag mehr ins Herz schloss. Der junge Mann, mit dem ich in den vergangenen Jahren nie mehr als ein paar wenige höfliche Worte gewechselt hatte, wurde zu meinem täglichen Lichtblick. Was immer es an Gehässigkeiten über Annegret zu berichten gab, schmückte er in so übertriebener Weise aus, dass wir oft minutenlang lachten. Ohne es groß zu erklären, hatte er die Tochter des Vogts zu seiner Feindin erklärt, vermutlich nur, um mir damit eine Freude zu machen.

In seiner Nähe vergaß ich Kummer und Verzweiflung und so manches Mal erwischte ich mich dabei, dass ich wach lag und an seine wässrig-blauen Augen dachte, aus denen Schalk und Fröhlichkeit, aber auch Fürsorge und Herzlichkeit sprachen.

Ich wusste meine Gefühle für Anton Langenkamp nicht einzuordnen. Der Gedanke an ihn jagte mir keinen Schauer über den Rücken, wie es bei Beni der Fall war. Ich sehnte mich auch nicht danach, ihn zu küssen oder zu berühren. Doch die Wärme und Nähe zwischen uns war greifbar, und ich musste mir eingestehen, dass sie mich verwirrten. Hatte ich mir meine Verliebtheit in Beni etwa nur eingebildet? War womöglich das, was ich für Anton empfand, viel größer, weil es sich vertrauter anfühlte und weniger bedrohlich war? Ich konnte es nicht sagen. Unglücklicherweise ließen mir die langen Vormittage, die ich allein verbrachte, genug Zeit um mir das Hirn zu zermartern. Zu einem Ergebnis hatte mich diese Grübelei allerdings bis heute nicht gebracht.

Während ich also jeden Morgen ungeduldig hinter dem Vorhang stand, um zumindest einen verstohlenen Blick auf Beni zu erhaschen, konnte ich es nach Beendigung der letzten Schulstunde kaum erwarten, dass Anton die Treppe hinaufgestürmt kam.

In den letzten Jahren war ich davon überzeugt gewesen, dass es nie jemand anderen für mich geben könnte als Johann Benedict. Doch die Dinge hatten sich geändert, und ich spürte, dass es in meinem Herzen plötzlich auch Platz gab für den Sohn des Schulmeisters.

Auf der einen Seite genoss ich Antons Nähe, andererseits vermisste ich Beni. Ich bildete mir ein, ihm seine Traurigkeit anzusehen. Sein Gang hatte die mir so vertraute Lebendigkeit verloren. Seine Schritte waren langsam, sein Oberkörper leicht nach vorn gebeugt, und er hielt den Blick gesenkt.

Ich ahnte, wie es in ihm aussehen musste. Ohne ein Wort des Abschieds hatte ich den Braunen Hirsch verlassen, und wenn Anton und Meister Langenkamp Wort hielten, wovon ich ausging, wusste er bis heute nicht, wo ich steckte.

Jeden Tag war ich aufs Neue kurz davor, die Treppen hinunter und ihm in die Arme zu eilen. Doch ich wusste, dass er dann wieder Hoffnung schöpfen und sich für mich einsetzen würde.

Nein, ich durfte ihn nicht mehr sehen. Am besten nie mehr, auch wenn nie eine überaus lange Zeit war und ich mir nicht vorstellen konnte, wie mein Leben ohne ihn aussehen würde. Aber dieser schwere Schritt war der einzige Weg, damit er mich vergaß. War das erst geschafft, würde er auch wieder glücklich sein und sich in ein Mädchen verlieben können, das seinem Stand entsprach.

Der Gedanke daran, dass Johann Benedict für eine andere Frau empfinden könnte, was er für mich empfand, versetzte mir einen schmerzhaften Stich, und ich presste meine Hände gegen den Bauch, um die aufsteigende Übelkeit zu unterdrücken. Meine verwirrenden Gefühle nahmen inzwischen viel zu viel Raum ein.

Josefines Rat könnte helfen. Unter normalen Umständen hätte sie mir längst angesehen, dass ich etwas auf dem Herzen hatte. Sie hätte mich sanft aber bestimmt zu einem Gespräch gezwungen, das mir Klarheit verschafft und die Sorgen vertrieben hätte, zumindest zeitweise.

Auch das lastete schwer auf meiner Seele. Ich vermisste meine Mutter. Oder sollte ich Ziehmutter sagen? Kopfschüttelnd griff ich nach der Haarbürste und begann, mich zu kämmen. Der Gedanke war albern. Im Herzen war und blieb sie meine Mutter, und ich liebte sie. Ich würde sie in Gedanken weiter Mutter nennen, ganz gleich, wer sie wirklich war. Und ich nahm mir vor, mich von ihr zu verabschieden, sobald ich Celle verließ. Vielleicht nicht persönlich, um ihren und meinen Schmerz nicht unnötig zu vergrößern, aber doch wenigstens mit ein paar liebevollen Zeilen.

Ich lief zum Waschtisch, schöpfte das kalte Wasser mit beiden Händen und wusch mein Gesicht. Es war an der

Zeit, dass ich einen Weg aus Trübsal und Lethargie herausfand, und der heutige Tag sollte der Anfang sein. Ich wollte beim Frühstück endlich die Pläne besprechen, die ich mit mir herumtrug, seit ich das Herbarium gefunden und genauer studiert hatte. In der Zwischenzeit kannte ich die meisten Heilkräuter, die meine Namensvetterin darin vermerkt hatte, ihrem Aussehen und ihrer Wirkung nach. Doch mir war klar, dass das nichts weiter als Theorie war. Wollte ich wirklich Apothekerin sein, würde es nicht reichen, Heilkräuter anhand von Zeichnungen zu erkennen.

Zwei Stufen auf einmal nehmend, sprang ich die Treppe hinunter und lief über den Flur in die gemütliche Wohnküche. Beim Frühstück wollte ich Meister Langenkamp fragen, was er von meiner verwegenen Idee hielt, die erste weibliche Apothekerin des Kurfürstentums Braunschweig-Lüneburg zu werden. Sicher würde er mich in meinem Vorhaben bestärken und mir alle möglichen Wege aufzeigen, wie das gelingen konnte.

Doch als ich die Wohnküche betrat, fand ich nur Anton beim Frühstück.

»Guten Morgen«, sagte ich.

»Oh, doch so erfreut, mich zu sehen?«, gab er zurück, und mir ging auf, dass meine Stimme wohl ziemlich enttäuscht geklungen haben musste.

»Entschuldige bitte, Anton. Ich war nur in Gedanken bei einer sehr wichtigen Sache, die ich mit deinem Vater bereden wollte.«

»Da wirst du dich noch bis heute Abend gedulden müssen. Vater wird nicht vor dem späten Nachmittag zurück sein. Es gibt Schwierigkeiten.«

Ich erschrak. »Was ist passiert?«

»Die alljährlichen Scherereien ums Schulgeld. Einige Eltern tolerieren oder fördern gar das Fernbleiben ihrer Kinder vom Unterricht. Noch immer fehlt in vielen Familien die Einsicht, dass der Schulbesuch wichtig sein könnte. Nur haben diese Familien ihre Kinder angemeldet, und wir sind auf deren Schulgeld angewiesen. Bleiben sie weg, fehlen dem Vater die Einnahmen.«

Ich schwieg und dachte über Antons Worte nach. Ich war so mit meinen eigenen Sorgen beschäftigt gewesen, dass mir nicht aufgefallen war, dass der Schulmeister, der mich so selbstverständlich und großzügig aufgenommen hatte, selbst in Not sein könnte. Natürlich hatte ich bemerkt, dass immer wieder Kinder, vor allem die der Handwerker, dem Unterricht fernblieben, doch ich hatte nie weiter darüber nachgedacht. Dass dies finanzielle Einbußen für den Präzeptor bedeuten könnte, war mir nicht in den Sinn gekommen.

»Und nun?«

»Vater wird von Haus zu Haus gehen, höflich, aber sehr bestimmt an die geschlossenen Schulverträge erinnern und darauf hoffen, dass die Eltern ihre säumigen Kinder wieder zu ihm schicken.«

Ich bestrich mein Brot dünn mit Butter und biss hinein. Das, was ich gerade von Anton erfahren hatte, bestärkte mich nur noch mehr darin, schon bald meiner eigenen Wege zu gehen. Ich konnte es Meister Langenkamp nicht zumuten, mich noch weiter durchzufüttern.

»Zerbrich dir bloß nicht deinen hübschen Kopf«, sagte Anton, als hätte er meine Gedanken geahnt. »Du isst wie ein Spatz, und das Zimmer, das du bewohnst, wird nicht gebraucht. Deine Anwesenheit ist sicher nicht unser Ruin.«

Er griff sich an den Hals und verdrehte die Augen, als würde ihn jemand würgen. Ich prustete und musste meinen Blick abwenden, wenn ich nicht das Brot in meinem Mund quer über den Frühstückstisch spucken wollte. Es erstaunte mich, dass der Sohn des Schulmeisters es immer wieder schaffte, mich zum Lachen zu bringen.

»Du wirst also das Schneckenhaus endlich verlassen und die Welt da draußen wieder betreten?«

»Wie machst du das nur?«, fragte ich ehrlich überrascht. »Was hat mich verraten?«

Anton lachte. »Ich bin ein weiser Hexenmeister und lese es in deinen Augen!« Theatralisch riss er die Brauen hoch und ließ die flachen Hände über dem Tisch kreisen, als würde er einen Zauber heraufbeschwören.

Ich starrte ihn an und wusste nicht, was ich darauf erwidern sollte. Anton brach in schallendes Gelächter aus.

»Solltest du wirklich so leichtgläubig sein?«, sagte er mehr zu sich selbst als zu mir. »Keine Sorge, das war nicht schwer zu erraten. Du hast dein Sonntagskleid an – zumindest vermute ich das, denn ich habe dieses Kleid bisher noch nie an dir gesehen.«

Ich lachte erleichtert und trank einige Schlucke von meinem Malzkaffee. Er war ein aufmerksamer Beobachter. Ich besaß ganze drei Kleider: mein altes Dienstbotenkleid, ein schlichtes Tageskleid und das gute Sonntagskleid, das ich für den heutigen Tag ausgewählt hatte.

»Du hast recht, es ist mein Sonntagskleid. Ich muss endlich wieder hinaus. Der Tag ist wunderschön, und ich halte es nicht mehr länger aus. Es wird bestimmt gut gehen. Wie groß ist die Wahrscheinlichkeit schon, dass einer der von Waldenburgs ausgerechnet heute Vormittag in der Stadt unterwegs sein wird?«

»Das kann ich nicht beurteilen«, gab Anton zurück. »Aber ich kann dich begleiten. Vier Augen sehen mehr als zwei, und sollte ich sie wirklich irgendwo entdecken, könnte ich dich warnen.«

»Und wenn du sie nicht entdeckst?«, fragte ich lachend, denn ich wusste beim besten Willen nicht, wie Antons Begleitung dazu führen sollte, dass ich unentdeckt blieb.

»Dann kann ich dich ritterlich beschützen!«

»Also gut. Dann gehen wir zusammen.«

Ich sah Anton an und musste zugeben, dass mich seine Fürsorge rührte. Doch es war nicht nur das. Es freute mich auch ganz einfach, dass er an meiner Seite sein würde. Mit ihm gab es immer etwas zu lachen und immer etwas zu reden. Zwischen uns herrschte eine unerklärliche Verbundenheit und ich war unendlich dankbar, dass er da war.

Wir verließen das Haus des Schulmeisters und schlenderten in Richtung Markt. Das bunte Treiben im Herzen Celles ließ mich aufatmen. Die Enge in meiner Brust löste sich langsam auf, während ich mich mit der Menge von Stand zu Stand treiben ließ. Gut gefüllte Körbe standen am Straßenrand, Bauern boten frisches Gemüse feil, und die teuren Geschäfte, die den Markt säumten, waren allesamt geöffnet. Neugierig sah ich in die Schaufenster. Vor dem Geschäft für Damen- und Mägdeleingarderobe verharrte ich einen Moment, denn das Kleid, das dort ausgestellt war, übertraf all meine Wünsche und Vorstellungen.

»Ein zauberhaftes Kleid. Das würde an dir sicher ganz besonders hübsch aussehen«, hörte ich Anton sagen.

Ich lächelte still. Irgendwann, so schwor ich mir, würde ich mir ein ebensolches Kleid leisten können. Und wenn es nur das eine war – doch es würde meine Garderobe krönen. War ich erst Apothekerin, würde ich in Läden wie diesem eine angesehene Kundin sein.

Die kleine Glocke über der Eingangstür riss mich aus meinen Träumen. Zu spät bemerkte ich, wer da vor mir stand. Anton reagierte schnell und schob mich hinter sich, doch es war zu spät.

»Das ist kein Geschäft für dich, Findelkind«, giftete Annegret, die sich hochnäsig vor mir aufbaute. »Dann sind wir also doch nicht verschollen.« Geringschätzig sah sie zwischen mir und Anton hin und her und nickte einmal kräftig. »Nun, dann kann ich meinem liebeskranken Bruder ja ausrichten, dass du sehr zügig einen Ersatzverehrer gefunden hast.«

»Annegret von Waldenburg«, fuhr Anton sie hitzig an, »du bist das abscheulichste Wesen, das mir je untergekommen ist. Der einzige Mensch, der hier böse und zweideutige Gedanken hat, bist du. Kannst es wohl einfach nicht ertragen, dass Catharine von allen gemocht wird, während man dir nur mit geducktem Kopf aus dem Weg geht!«

An der Art, wie Anni ihre Augenbrauen zusammenzog und die Lippen aufeinanderpresste, erkannte ich, dass seine Worte sie getroffen hatten. Doch innerhalb kürzester Zeit hatte sie sich wieder im Griff. Das gehässige Lächeln verwandelte ihr Gesicht einmal mehr in eine Fratze. Sie gab ein desinteressiertes »Pf« von sich und rauschte davon.

»Danke«, sagte ich zu Anton. Meine Stimme zitterte, und für einen Moment ärgerte es mich, dass ich mir ausgerechnet den heutigen Tag für einen Stadtbummel ausgesucht hatte.

»Von dieser Schnepfe wirst du dir doch nicht deine Laune verderben lassen?« Anton sah mich aufmerksam an.

»Du hast recht. Ihre Gemeinheiten sollten mich nicht mehr kümmern.«

»Das ist die einzig richtige Einstellung!« Anton reichte mir den Arm, damit ich mich unterhaken konnte, und lenkte mich in Richtung Schuhstraße. Von dort aus bogen wir links in die Wallstraße und liefen schweigend in Richtung Neumarkt. So sehr ich mich auch bemühte, Antons Ausführungen über die Befestigungsanlage zu folgen – meine Gedanken schweiften immer wieder zu Annegret und ihrer Drohung, ihrem Bruder zu berichten, dass sie mich an Antons Seite gesehen hatte. Ich war mir sicher, dass sie ihre Erzählungen so ausschmücken würde, sodass Beni am Ende den Eindruck haben musste, ich hätte ihn längst vergessen und mich einem anderen an den Hals geworfen.

Doch vielleicht war das ja gar nicht so verkehrt? Ich war mir doch sicher, dass ich Beni für immer aus meinen Gedanken und aus meinem Herzen verbannen musste. Der Glaube, ich hätte mich für einen anderen Mann entschieden, würde zwar schmerzhaft sein, aber er gab unserer Geschichte auch etwas Endgültiges. Ein Ende, an dem nicht mehr zu rütteln war. Johann Benedict würde erst leiden, mich dann vergessen und schließlich ein neues Leben beginnen.

Als Anton und ich zurückkehrten, saß der Schulmeister in dem kleinen Garten, der an den Vormittagen zur Erholung in den Pausen diente und ansonsten vom Schulmeister und seinem Sohn als Gemüsegarten und Stätte der Ruhe, wie Langenkamp gern sagte, genutzt wurde.

»Wie waren deine Unterredungen?«, fragte Anton ohne jede Vorrede.

»Abgesehen vom Sohn des Leinenwebers sollten in der nächsten Woche wieder alle da sein.«

»Das sind großartige Neuigkeiten«, rief ich ehrlich erfreut. Dann beschloss ich, die Gunst der Stunde zu nutzen und Eduard Langenkamp endlich von meinem sehnlichsten Wunsch zu erzählen.

»Ich brauche Ihren Rat«, begann ich betont ruhig.

»Jetzt bin ich aber gespannt«, platzte Anton dazwischen, und als sein Vater ihn mit hochgezogenen Augenbrauen ansah, ergänzte er: »Unsere Catharine wollte schon heute Morgen mit dir sprechen, also dürfte es wichtig sein.«

Grinsend sah er zwischen mir und seinem Vater hin und her und wartete darauf, dass ich weitersprach.

»Ich weiß nun, was ich mit meinem Leben anfangen möchte.« Ich merkte selbst, wie dramatisch dieser Satz klang, und die Gänsehaut, die mir in diesem Augenblick über Arme und Nacken kroch, unterstrich diesen Eindruck noch weiter.

»Erinnern Sie sich an das Herbarium? Mein Interesse an den Naturwissenschaften war von jeher besonders groß. Es fühlte sich an wie ein Wink des Schicksals. Ich verliere mein Zuhause, fast zeitgleich fällt mir dieses umfangreiche Buch mit all den Kräutern und Heilpflanzen in die Hände.«

Ich holte tief Luft und schloss für eine Sekunde die Augen, um mich für den folgenden Satz zu wappnen.

»Du willst doch nicht Apothekerin werden?«

Wieder war es Anton, der geradewegs aussprach, wofür ich so viel Mut zusammennehmen musste. Eigentlich hätte ich böse auf ihn sein müssen – immerhin hatte er mir die Möglichkeit genommen, meinen größten Wunsch selbst zu verkünden. Doch ich war viel zu erstaunt, dass er mich ein weiteres Mal so schnell durchschaut hatte. Ich fühlte mich zwar überrumpelt, war aber zugleich geschmeichelt, dass er mich offenbar so gut einschätzen konnte.

»Ja!«, sagte ich mit Nachdruck. »Ich möchte die erste Apothekerin werden, die die Welt je gesehen hat.«

Gespannt ruhte mein Blick auf dem Präzeptor, doch entgegen meiner Annahme, dass er sich für meinen Einfall begeistern würde, schwieg er. Meine Aufregung wandelte sich in Nervosität, und ich rutschte auf dem schmiedeeisernen Gartenstuhl hin und her.

Als Eduard Langenkamp endlich antwortete, trafen mich seine Worte weit mehr als jede einzelne von Annis Gehässigkeiten. »Das geht nicht, Catharine.«

Der Schulmeister sah mich ruhig an. Ich hoffte, er würde seine Worte zurücknehmen, doch das tat er nicht.

»Warum nicht?«, fragte ich schließlich und musste all meine Kraft darauf verwenden, nicht an Ort und Stelle in Tränen auszubrechen.

»Ich fürchte, die Welt ist noch nicht bereit dafür. Du darfst meine Ehrlichkeit nicht falsch verstehen, Mädchen. Wenn es nach mir ginge, solltest du sofort mit der Ausbildung beginnen und schon morgen deine eigene Apotheke eröffnen. Aber die Vorschriften lassen nicht zu, dass Frauen Apothekerinnen werden. Wärst du ein Bursche, wäre der Zeitpunkt nicht besser gewählt. Gerade erst las ich davon, dass ein Johann Christian Wiegleb eine praktisch-chemische Lehranstalt in Langensalza gegründet hat. Doch dort werden, wie auch überall sonst, nur Männer ausgebildet.«

Catharine schluckte ihre Enttäuschung herunter. Natürlich hatte sie darauf gehofft, dass Meister Langenkamp sie und ihren Wunsch unterstützen würde. Dass er das nun nicht tat, sondern ihr stattdessen schonungslos ehrlich die Tatsachen darlegte, verstärkte ihren Wunsch nur noch mehr. Dann würde sie sich eben als Junge in eine dieser Lehranstalten einschleichen. Allerdings behielt sie diesen Gedanken für sich. In der Hoffnung, Meister Langenkamp würde noch einige Informationen mehr preisgeben, gab Catharine sich aufgebracht. »Aber eine solche Lehre würde ich doch sicher ebenso gut schaffen!«

»Selbstverständlich würdest du das«, bekräftigte der Präzeptor. »Vermutlich wärst du dabei tüchtiger und gelehriger als so mancher Bursche. Womit ich nicht sagen will, dass die Lehre ein Zuckerschlecken ist. Zwei oder drei Jahre niedere Arbeit sind das Mindeste, bevor ein Lehrling überhaupt pharmazeutische Arbeiten verrichten darf.«

»Und dann?«, fragte ich atemlos, und das aufgeregte Kribbeln, das sich in mir ausbreitete, ließ keinen Platz mehr für die anfängliche Enttäuschung.

»Bis ein Lehrling auch nur an eine Prüfung denken kann, vergehen fünf bis sieben Jahre, nicht zu vergessen: Am Ende dieser Zeit muss der Examinand ein Meisterstück ablegen.«

»Ein Meisterstück?«

»Ja. Eine Salbe vielleicht oder ein selbst gefertigtes Pflaster. Und dann folgt die womöglich schwerste Zeit überhaupt: die Gesellenjahre auf Wanderschaft.«

Ich hörte überrascht auf. Von einer solchen Wanderschaft hatte ich bisher noch nie gehört. Aber wer hätte mir auch davon erzählen sollen? Mein Leben hatte sich bisher nur auf dem Hof der von Waldenburgs abgespielt.

Eduard Langenkamp sah mich fest an, und für einen Moment machte es den Eindruck, als huschte ein winziges Lächeln über sein Gesicht. Fragend zog ich die Augenbrauen zusammen, doch dann war der Moment auch schon wieder vorüber, und er sah an mir vorbei, als wäre nichts gewesen. Mir kam der Gedanke, dass der Präzeptor womöglich längst ahnte, was ich mir in den Kopf gesetzt hatte.

»Sind diese langen Jahre der Entbehrungen überstanden, ist der Geselle mitnichten sein eigener Herr. Mit ganz viel Glück findet er eine Apotheke, die er übernehmen kann. Doch dazu braucht es neben besagtem Glück auch die finanziellen Mittel. Kein überalterter Apotheker wird sein Lebenswerk für einen Hungerlohn hergeben. Doch woher sollte ein bettelarmer Geselle dieses Geld nehmen?«

Ich musste mir eingestehen, dass die Worte des Präzeptors nicht gerade ermutigend waren. Andererseits hatte ich nichts zu verlieren und war harte Arbeit gewöhnt. Entschlossen presste ich meine Lippen aufeinander und starrte schweigend aus dem Fenster, um meine Gedanken zu sortieren.

»Wenn du mich fragst, Vater«, ergriff Anton das Wort, »hast du das Gegenteil von dem erreicht, was du eigentlich wolltest.«

»Wie meinst du das, Junge?«

»Sieh in ihr Gesicht! Was erkennst du?«

Der Schulmeister schüttelte langsam den Kopf und lächelte nachsichtig. »Wilde Entschlossenheit. Du hast recht, Anton. Vielleicht hätte ich einfach den Mund halten sollen.«

»Ich hätte nicht so viel fragen dürfen. Ich bitte um Verzeihung«, versuchte ich, vom Thema abzulenken.

»Du musst dich nicht entschuldigen, liebes Kind. Aber es gibt da vielleicht einen Weg, der deinem Wunsch sehr ähnelt und der Frauen offen steht.«

»Und was für ein Weg wäre das?«

»Die Entbindungsanstalt in Göttingen. Du könntest dich dort zur Hebamme ausbilden lassen. Damit würdest du deinen Neigungen und Fähigkeiten doch sehr nahekommen, findest du nicht?«

Ich sah zu Anton. Er nickte mir aufmunternd zu, als wollte er mir sagen, dass er das für einen großartigen Einfall hielt. Mein Gefühl sagte mir, dass es an der Zeit war, die Unterhaltung auf unverfänglichere Themen zu lenken, also lächelte ich. »Hm«, gab ich mich grübelnd. »Das wäre wohl eine Überlegung wert. Ich werde darüber nachdenken.«

Meister Langenkamp und Anton sahen sich an und atmeten zeitgleich hörbar aus, als wären sie erleichtert. Vermutlich gingen sie davon aus, dass ich meinen aberwitzigen Gedanken in diesem Moment aus meinem Kopf verbannen würde, doch da irrten sie sich.

Kapitel 13

Magdalena

Donnerstag, 28. Januar 1762

Die Tage nach dem Brand waren in Magdalenas Kopf zu einer endlosen Zeit aus Tränen, Verzweiflung, unruhigem Schlaf und Albträumen verschwommen. Einziger Lichtblick in diesen Tagen war Mathias, der sie fast täglich am Krankenbett im Hause der Wilperts besuchte und ihr immer wieder versicherte, dass nichts und niemand je seine Gefühle für sie ändern konnte. Sie versuchten, sich gegenseitig Halt zu geben in ihrer Trauer um die geliebten Väter.

Unter vier Augen hatte Mathias ihr schließlich die Frage gestellt, zu der er in der Neujahrsnacht nicht mehr gekommen war. Überglücklich, aber doch unter Tränen hatte Magdalena eingewilligt. Nun wartete sie ungeduldig auf seine Rückkehr, denn da sie beide kein Zuhause mehr hatten, blieb ihnen nichts anderes übrig, als bei Vogt von Waldenburg vorstellig zu werden, um eine Heiratserlaubnis einzuholen.

Ruhelos stand Magdalena am Fenster und starrte auf den weiß gepuderten Marktplatz. Das Schneetreiben war in der letzten Stunde stärker geworden, und die Menschen, die in der Kälte Wege zu erledigen hatten, eilten mit eingezogenen Köpfen und hochgeschlagenen Mäntelkragen hin und her.

Ihr Herzschlag schien einen Moment auszusetzen, als sie ihn in der Ferne schließlich erkannte. Auch er hielt den Kopf gesenkt, eine Tatsache, die Magdalena trotz des Wetters beunruhigte. Sollte er nicht lächelnd ihren Blick suchen? Er wusste doch sicher, dass sie hinter dem Fenster stand und seine Rückkehr kaum erwarten konnte. Als er auch vor dem Haus nicht zu ihr heraufsah, überkam sie eine schreckliche Vorahnung.

Noch bevor Mathias klopfen konnte, riss sie die Tür auf. Ein Blick in sein Gesicht reichte aus, um zu wissen, dass etwas schiefgegangen sein musste. Er hatte die Lippen fest aufeinandergepresst und schaffte es nicht, ihr in die Augen zu sehen.

»Was ist passiert?« Magdalena half ihm aus dem nassen Mantel.

Mathias setzte sich auf die Bettkante und sah verzweifelt zu ihr auf. »Wir dürfen nicht«, sagte er leise.

Sie schlug die Hand vor den Mund und starrte ihn wortlos an. Es dauerte einen Augenblick, doch dann begann er zu berichten, was vorgefallen war.

»Der Vogt schien erst so freundlich. Er sprach mir sein Beileid aus und erklärte, dass er sich persönlich um eine vorübergehende Bleibe für Mutter und mich kümmern würde, wenn es keinen Ort gäbe, an dem wir unterkämen.«

»Aber das ist doch sehr nett«, unterbrach ihn Magdalena.

»So wirkte es, ja. Ich sagte ihm, dass meine Tante uns aufgenommen hat. Dann brachte ich mein eigentliches Anliegen hervor und bat darum, dich heiraten zu dürfen.«

Mathias schwieg und knetete nervös seine Hände.

»Und?«

»Und er hat abgelehnt«, rief er verzweifelt. »Dabei gab er sich überaus fürsorglich, lächelte mich voller Mitleid an, als hätte er größtes Verständnis für meine Situation. Aber er wäre auch der Vogt und hätte damit Verantwortung. Einer Ehe, so sähen es die Regularien vor, dürfe er nur zustimmen, wenn nicht davon auszugehen sei, dass die Eheleute verarmten und der Armenkasse auf der Tasche liegen. Da wir beide in dieser unsäglichen Nacht alles verloren hätten, sei aber genau dies zu befürchten. Es täte ihm ja auch unendlich leid, aber er dürfe der Ehe erst zustimmen, wenn ich in der Lage wäre, dich als mein Weib und mich zu versorgen.«

»Nun, dann gedulden wir uns eben.« Magdalena griff nach seinen Händen und drückte sie voller Zuversicht. »Ich werde mir eine Anstellung suchen. Die Celler kennen mich und wissen, dass ich tüchtig bin. Und du kannst dich nach neuen Räumen für eine Werkstatt umsehen. Vielleicht kannst du dich auch erst für einige Monate bei einem Handschuhmacher außerhalb Celles verdingen. Wir legen Geld beiseite und fangen von vorn an.« Sie spürte, dass ihre Wangen glühten. »Wir dürfen doch jetzt nicht aufgeben.«

Doch statt sich von ihrem Eifer anstecken zu lassen, sank Mathias nur noch weiter in sich zusammen.

»Wenn das nur schon alles wäre«, murmelte er.

»Was denn noch?«

»Eine neue Werkstatt aufzubauen kostet Geld. Erinnerst du dich an all die Werkzeuge und Apparaturen, die ich dir gezeigt habe? Nichts davon ist mehr übrig.« Er stockte, lief zum Fenster und starrte hinaus. »Aber die Werkstatt ist zu diesem Zeitpunkt ohnehin nicht mehr von Bedeutung.«

»Was willst du denn damit sagen? Du machst mir Angst«, flüsterte Magdalena und spürte, dass ihr Tränen über die Wange liefen. »Nichts ist von größerer Bedeutung, wenn wir unser Leben gemeinsam gestalten wollen.«

Der Mann, den sie so sehr liebte, schüttelte den Kopf. »Vogt von Waldenburg hat erklärt, dass ich dem Militär beitreten müsse, um für König und Vaterland zu kämpfen. Von meinem Sold könnte ich etwas beiseitelegen. Wäre der Krieg erst vorüber, stünde einer Heirat nichts mehr im Weg, denn mit der ersparten Summe wäre die Anschaffung neuer Werkzeuge sicher möglich.«

»Aber er kann dich doch nicht zwingen!«, rief Magdalena aufgebracht, und nicht nur ihre Stimme, sondern auch ihr ganzer Körper bebte vor Angst.

Mathias seufzte schwer. »Mag sein, dass angesehene Bürger und Kaufleute vom Militärdienst verschont bleiben. Aber ich bin nun weder das eine noch das andere. Als Soldat hätte ich immerhin ein Auskommen und eine Aufgabe.«

»Du hast doch nein gesagt?«, fragte Magdalena atemlos.

Mathias schüttelte betrübt den Kopf. »Das kann ich nicht. Es gibt einen Einberufungsbefehl, dem ich Folge zu leisten habe. In unserem Königreich gilt das Kantonreglement, das mich zum Dienst verpflichtet. Zwar bleiben Bürger oftmals davon verschont, doch das gilt nur, wenn ihre Arbeitskraft unabdingbar für die heimische Wirtschaft ist. Eine solche Arbeitskraft habe ich nicht zu bieten, und das gibt ihnen das Recht, mich auch gegen meinen Willen einzuziehen. Weigere ich mich, gilt das als Landesverrat, und ich werde verhaftet.«

Mathias sprach weiter, doch seine Worte erreichten Magda nicht mehr. Kraftlos sank sie aufs Bett und schloss die Augen. Der Raum um sie herum schien sich zu drehen und dabei von Sekunde zu Sekunde schneller zu werden. Sie rollte sich auf die Seite und starrte ins Leere.

In den vergangenen Wochen hatte sie Tag für Tag dafür gekämpft, ins Leben zurückzufinden. Und nun, da sie endlich wieder zuversichtlich in die Zukunft geblickt hatte, wurde ihr ein weiteres Mal der Boden unter den Füßen weggezogen.

Sie hätte damit leben können, vorerst nicht zu heiraten. Das hatte keine Eile, waren sie sich beide ihrer Gefühle füreinander doch sicher. Aber womit sie nicht leben konnte, war ein weiterer Verlust. Und sie war sich sicher, dass die Einberufung genau das bedeuten würde: Sie würde Mathias verlieren.

»Was wird jetzt nur aus uns?«, schluchzte sie leise vor sich hin. Wie sie es auch drehte und wendete: Es gab keinen Ausweg für sie, keinen Hoffnungsschimmer am Horizont.

»Wann?«, fragte sie matt.

Mathias lachte bitter auf. »Da hat sich der Vogt selbst übertroffen. Gönnerhaft hat er erklärt, er hätte beim Großvogt um Aufschub gebeten. Aufgrund meiner tragischen Geschichte wurde mir eine Woche gewährt, damit ich zumindest der Beerdigung meines Vaters beiwohnen kann.«

In diesem Augenblick fiel Magdalena etwas ein. Sie setzte sich kerzengerade auf, wischte sich die Tränen aus dem Gesicht und straffte entschlossen ihre Schultern.

»Ich weiß, was wir tun werden! Gib mir Zeit bis morgen, dann erkläre ich dir alles.«

Mathias zuckte resigniert mit den Schultern. Dann machte er einen Schritt auf sie zu und zog sie in seine Arme. Trotz der verzweifelten Traurigkeit spürte sie auch seine Stärke. Seine Arme waren muskulös, und obwohl auch ihm Tränen über die Wangen liefen, bebte sein Körper nicht. Er war warm und ruhig und strahlte eine Geborgenheit aus, die sich sofort auf sie übertrug.

»Ich liebe dich, Lena«, flüsterte er ihr ins Ohr, und der kratzige Klang seiner Stimme trieb ihr eine wohlige Gänsehaut über Nacken und Arme.

»Und ich liebe dich«, antwortete sie.

Sie küssten sich, und die sanfte Berührung seiner Lippen trug sie für einen Moment fort aus dem Elend. Sie öffnete ihren Mund und ließ das Spiel seiner Zunge zu, während sie ihre Arme um seine Taille schlang.

Obwohl es ihr unendlich schwerfiel, schob sie ihn kurz darauf wieder von sich.

»Komm morgen um die gleiche Zeit«, bat sie und lächelte ihm aufmunternd zu.

Nachdem Mathias das Haus des Pastors verlassen hatte, begab sich Magdalena hinunter in die Küche, wo Elisabeth und Gottfried Wilpert bei einem Krug Bier beisammensaßen und sich leise unterhielten. Aus den Wortfetzen schloss Magda, dass es um die Beerdigung ihres und von Mathias' Vater ging. Der Pastor las offenbar aus der Trauerrede, die er vorbereitet hatte. Elisabeth Wilpert wischte sich verstohlen über die Augen.

Magdalena machte sich mit einem Räuspern bemerkbar, und der Pastor gab ihr mit einer einladenden Handbewegung zu verstehen, dass sie sich setzen sollte.

»Was können wir für dich tun, Liebes?«, fragte Elisabeth.

Magdalena hatte sich auf dem Weg von ihrem Zimmer bis hierher einige Worte zurechtgelegt, doch die waren nun aus ihrem Gedächtnis verschwunden, und sie wusste nicht mehr, wie sie beginnen sollte.

»Nur keine Scheu«, ermutigte Pastor Wilpert sie.

»Erinnern Sie sich daran, dass sich mich am Tag meines Erwachens etwas fragen wollten?«, begann sie.

»Ja natürlich.« Elisabeth warf ihrem Mann einen fragenden Blick zu, doch diesmal hatte er nichts mehr gegen diese Art der Unterhaltung einzuwenden.

»Ich habe überlegt, dass es doch ein recht seltsamer Zufall war, dass ausgerechnet am Tag eurer Verlobung eure beiden Elternhäuser niederbrannten, und ich wollte dich fragen, ob es jemanden gibt, der möglicherweise etwas gegen diese Verbindung haben könnte.«

Magdalena räusperte sich und nickte. Stockend begann sie zu erzählen, wie aufdringlich sich Konrad Brandmiller ihr gegenüber verhalten hatte und wie gefährlich die Situation womöglich geworden wäre, wenn Mathias sie nicht nach Hause begleitet hätte.

»An dem Abend, als ich den Grenes die Einladung meines Vaters überbrachte, stand er gegenüber der Handschuhmacherei auf der anderen Straßenseite und hat uns beobachtet. Als er merkte, dass ich ihn gesehen hatte, verschwand er mit finsterer Miene in der Dunkelheit. Ich weiß nicht, ob das bedeutet, dass er ...«

Magdalena schaffte es nicht einmal, ihren Satz zu beenden, so abwegig war für sie der Gedanke, dass ein Mensch absichtlich solches Unglück über andere brachte.

»Ich weiß nicht«, nahm sie einen weiteren Anlauf, »ob Konrad so weit gehen würde. Aber ich bin mir sicher, dass er hinter der Ablehnung unserer Trauung steckt.«

Und dann berichtete sie, dass es ihr und Mathias untersagt worden war, sich das Jawort zu geben, und dass ihr Verlobter stattdessen in nicht weniger als einer Woche in den Krieg ziehen würde.

Als sie geendet hatte, schlug Pastor Wilpert mit der flachen Hand auf den Tisch. Magdalena und Elisabeth zuckten zusammen und sahen erschrocken zum Pastor.

»So weit sind wir also schon!«, rief er empört. »Nie hätte ich für möglich gehalten, dass unser Vogt das niederträchtige Verhalten seines Neffen auch noch deckt. Weiß Vogt von Waldenburg davon, dass Konrad fast übergriffig geworden wäre?«

»Nein.«

»Verstehe. Und nun möchte er also dafür sorgen, dass sein abscheulicher Neffe die Braut bekommt, die er sich auf so egoistische Weise nehmen wollte. Aber das werde ich zu verhindern wissen!«

Ein nervöses Kribbeln breitete sich in Magdalenas Händen aus. Sie legte ihre Handflächen aufeinander, kreuzte die Finger und öffnete sie sogleich wieder. Das Kribbeln blieb, als würden ihre Hände in der nächsten Minute einschlafen.

»Hat dir Mathias die Frage inzwischen gestellt, zu der er in der Neujahrsnacht nicht mehr kam?«, fragte Elisabeth.

»Ja.«

»Und deine Antwort?«, hakte Pastor Wilpert nach.

»Ja, natürlich!«

Magdalena bemerkte, dass der Pastor und seine Frau einen vielsagenden Blick wechselten. Sie nickte ihm zu, und Pastor Wilpert erhob sich.

»Nun, wenn es euer Wunsch ist, werde ich euch im Geheimen trauen. Es wäre nicht die erste Ehe dieser Art.

Das Wissen, dass sein Eheweib in der Heimat auf ihn wartet, wird Mathias in der schweren Zeit die Stärke verleihen, die er braucht, um wieder zu dir zurückzukehren. Außerdem werden wir nicht tatenlos dabei zusehen, wie du nach dieser Tragödie auch noch einem solchen Scheusal ausgeliefert bist. Kommt er dir wieder zu nahe, kannst du ihm sagen, dass seine Avancen umsonst sind, weil du bereits geehelicht wurdest. Wann wird Mathias dich wieder besuchen?«

»Morgen«, antwortete Magdalena. Mit offenem Mund stand sie vor dem Pastor und wusste nicht, wie sie ihm danken sollte. Es war nicht einmal nötig gewesen, ihn um eine heimliche Vermählung zu bitten. Er war ganz von selbst darauf gekommen, dass dies der einzige Weg war, um die Verbindung zwischen ihr und Mathias zu legitimieren und ihnen so zumindest ein kleines bisschen Glück zu gönnen.

»Danke«, presste Magdalena hervor. »Dieses einfache Wort ist nicht genug! Ich weiß nicht, wie ich Ihnen das je danken kann.«

»Das ist gar nicht nötig«, erklärte Pastor Wilpert. »Wir kennen die Brandmillers nur zu gut. Nicht auszudenken, wenn ein herzensguter Mensch wie du in eine solche Familie verheiratet würde. Mag ja sein, dass dein Vater nicht mehr da ist, um dich zu beschützen. Aber wir sind es. Dein Vater und ich waren befreundet, seit wir uns als Buben einmal so richtig prügelten. Wir waren gleich stark, jeder von uns trug ein blaues Auge davon.« Er lachte auf und schüttelte nachdenklich den Kopf. »Eine Weile mieden wir uns, doch irgendwann merkten wir, dass wir uns nicht nur in körperlicher Stärke glichen, sondern auch in unseren Interessen. Wir wurden Freunde, und das ist so geblieben.«

»Was mein Mann mit dieser endlos langen Geschichte eigentlich sagen will«, unterbrach Elisabeth ihren Gatten, »ist, dass wir auf dich Acht geben werden, Liebes. Und wenn dir die Ehe mit Mathias Grene dabei hilft, wieder glücklich zu werden, dann soll es so sein.« Sie klatschte in die Hände und lachte verschmitzt. »Eine heimliche Eheschließung. Wenn das nicht aufregend ist! Aber es ist recht so, Mädchen. Der Herr will keine Lügen. Er sieht, wie rein dein Herz ist und das des jungen Handschuhmachers. Ich bin mir sicher, dass eure Ehe gesegnet sein wird.«

Gerührt sah Magdalena zwischen den Pastorsleuten hin und her. Sie wusste wohl von ihrem Vater, dass er schon lange mit Gottfried befreundet gewesen war. Doch Ferdinand Casparus hatte nie ein Wort darüber verloren, dass sie sich erst prügeln mussten, bevor sie ihre Zuneigung füreinander erkannten. Das Bild zweier Buben, die sich in zerrissenen Hosen rauften, zauberte ein winziges Lächeln in Magdalenas Gesicht.

Der Tag hatte nicht den Ausgang genommen, den sie sich gewünscht hätte. Trotzdem ging sie an diesem Abend besänftigt zu Bett. Allen Widrigkeiten zum Trotz würde sie Mathias heiraten. Sie würde vor Gott geloben, ihn zu lieben und zu ehren, bis der Tod sie schied. Sie würde ihm Kraft geben, solange er fern der Heimat war, und sehnsüchtig auf ihn warten. War er erst zurück, konnten sie eine Familie gründen.

Beim Gedanken an die körperliche Nähe, die dafür nötig war, begannen ihre Wangen zu glühen, und ihr Magen zog sich zusammen. Schon seine Küsse hatten ausgereicht, um ihre Fantasie anzuregen. Die Vorstellung, endlich weitergehen zu dürfen, als sich nur verstohlen zu küssen, ließ sie nach langen traurigen Wochen endlich wieder mit einem Lächeln im Gesicht einschlafen.

* * *

Konrad war außer sich vor Wut. Er sollte in den Krieg ziehen? Als Sohn eines angesehenen Tischlers und Neffe eines Vogts? Er war kein dahergelaufener Bettler oder Dieb, den man einfach zwangsrekrutieren konnte. Noch heute würde er sich auf den Weg zur Vogtei machen. Und wenn sein Onkel sich auf den Kopf stellte: Nichts und niemand würde ihn dazu bringen, Celle zu verlassen. Er würde Magdalena Casparus heiraten und ein sorgenfreies Leben führen, genauso, wie er es verdient hatte!

Wie gern hätte er sich bei seiner Mutter über das Schreiben beschwert, das ihn erreicht hatte. Doch seit sie wusste, dass er die Celler Brände gelegt hatte, ging sie ihm aus dem Weg. Er würde sich dieser Sache also selbst annehmen müssen.

Bedauerlicherweise hatte sein Vater den Einspänner genommen, weswegen ihm nun ein beachtlicher Fußmarsch bevorstand. Doch der kam ihm nicht ungelegen. Er hatte sich schon am Vormittag ein oder zwei winzige Gläser Weinbrand genehmigt, und die frische Luft würde ihm sicher guttun.

Als er den Amtshof erreichte, war er noch immer so außer sich, dass er die Hausmagd einfach beiseiteschob und sich ohne jede Erklärung Zutritt verschaffte. Er ging zunächst ins Untergeschoss, wo sich eine der Schreibstuben befand. Da er Leopold von Waldenburg dort nicht antraf, lief er hinauf ins Obergeschoss und in die Registratur. Der Vogt saß dort an einem alten Sekretär über irgendwelchen Namenslisten.

»Konrad, ich habe dich nicht erwartet.«

»Das kann ich mir vorstellen«, giftete Konrad zurück und setzte sich seinem Onkel gegenüber, ohne dazu aufgefordert worden zu sein.

Leopolds hochschnellende Augenbraue zeigte sein Missgefallen über diese Frechheit deutlich, doch das war Konrad gleichgültig. Er wollte ihn in den Krieg, ja womöglich in den Tod schicken, da kam es wohl nicht mehr auf irgendwelche Höflichkeiten an.

»Dachten Sie, ich würde still und leise verschwinden?«, fragte er hitzig. »Wer gibt Ihnen das Recht, mich in den Krieg zu schicken?«

»Wie kommst du darauf, dass ich Einfluss auf derlei Entscheidungen hätte?«

Sein Onkel verschränkte die Arme vor der Brust und starrte Konrad von oben herab an.

»Sie sind der Vogt, wer sonst sollte diese Entscheidung treffen?«

»Der Untervogt, wenn ich dich berichtigen darf«, erklärte Leopold. Dabei sprach er extra langsam, als hätte er einen minderbemittelten Dummkopf vor sich. Konrad wusste, dass sein Onkel ihn provozieren wollte, und er musste zugeben, dass ihm das auch gelang. Er spürte das Pulsieren seiner Schläfen und wusste, dass er in den nächsten Sekunden vermutlich puterrot anlaufen würde.

»Siehst du das hier?«, fragte von Waldenburg und deutete auf die Listen vor sich. »Angesehene Bürger. Gute und brave Männer, die unter Herzog Ferdinand kämpften, als Celle angegriffen wurde.«

»Das liegt inzwischen fünf Jahre zurück und tut nichts mehr zur Sache!«, rief Konrad aufgebracht.

Einen Moment herrschte Schweigen zwischen den Männern. Konrad versuchte, dem Blick seines Onkels standzuhalten, doch es misslang.

Leopold von Waldenburg schob schließlich seine Unterlagen zusammen und erhob sich. »Nun gut. Du hast recht. Es gibt keine offizielle Einberufung.«

Konrad wollte gerade aufatmen und einen selbstgefälligen Kommentar abgeben, doch sein Onkel schnitt ihm mit einer einzigen Handbewegung das Wort ab.

»Aber wie du dir sicher denken kannst, gibt es zwingende Gründe für dich, die Stadt zu verlassen.«

Konrad erschrak und starrte den Vogt an. Er versuchte, in dessen Gesicht zu lesen, und als der Mann nickte, ging ihm endlich auf, dass seine Mutter ihn verraten haben musste. Es ging hier nicht um verpflichtende Kriegsdienste. Es ging vielmehr darum, ihn aus dem Weg zu schaffen.

»Sie können mich nicht zwingen«, presste er hasserfüllt hervor.

»Möchtest du es darauf ankommen lassen, Junge?«, fragte Leopold überheblich. »Wohl kaum. Du hast die Möglichkeit, deine abscheuliche Tat wiedergutzumachen, indem du für dein Vaterland kämpfst. Du weißt selbst, wie es um die Tischlerei deines Vaters bestellt ist. Sie wird dir zukünftig kaum mehr ein sorgenfreies Leben ermöglichen, denn deine Arbeit ist stümperhaft, dein Ruf längst ruiniert. In der Armee kannst du dir hingegen einen Ruf erarbeiten. Du kannst beweisen, dass du noch etwas anderes kannst, als Leid verursachen. Wäre es nach mir gegangen, würdest du längst in einer Zelle sitzen, doch um nicht das Herz meiner lieben Schwester zu brechen, habe ich eingewilligt, dir diese letzte Gelegenheit zur Besserung zu geben. Nutze sie und wasche dich rein.

Nutze sie nicht, und ende am Galgen wegen Brandstiftung und Mord, mir ist es gleich. Die Wahl liegt bei dir.«

Nachdem Leopold geendet hatte, blieb er mit verschränkten Armen vor Konrad stehen und sah mit angewiderter Miene auf ihn herab. Es hatte ihn schon immer geärgert, dass sein Onkel größer geraten war als er selbst. Einmal mehr fühlte er sich dem Vogt ausgeliefert, und ein Blick in dessen Gesicht genügte, um zu wissen, dass weder Betteln und Flehen, doch Toben oder Drohen hier helfen würde. Konrad drehte sich wortlos um und lief zur Tür.

»Deine Antwort?«, ertönte die Stimme des Vogtes.

»Ich gehe«, sagte er und stürmte aus dem Haus.

Konrad spürte weder die Kälte, noch bemerkte er den langen Fußmarsch. Mit vor Wut vernebelten Gedanken eilte er durch die verwaisten Straßen seiner Heimatstadt. Er stellte sich vor, was wohl geschehen würde, wenn er auch den Amtshof seines Onkels in Brand setzte, und die Vorstellung ließ ihn grausam auflachen. Doch natürlich wusste er, dass das nicht ging. Seine Mutter würde wissen, dass er dahinter steckte und ihm sicher keinen Ausweg mehr lassen. Am Ende würde er sie dazu zwingen, ihn zu verraten, und nach heute wusste er, dass sie nicht zögern würde. Und auch wenn ihm der Sinn danach stand: Er konnte nicht die halbe Stadt auslöschen.

Er stürmte an seinem Elternhaus vorbei und schlug den Weg in Richtung Blumlage ein. Er hatte Durst und musste seine Wut an jemandem auslassen. Sein Weg führte ihn an diesem frühen Abend geradewegs ins Hurenhaus.

Kapitel 14

Catharine

15. Mai 1779, nachmittags

Beni lauschte den Worten seiner Schwester fassungslos. Er hatte an ihr vorübergehen wollen, doch sie hatte ihn mit einem einzigen Satz zum Einlenken gebracht.

»Ich weiß, wo das Findelkind steckt«, hatte sie ihm hinterhergerufen, und sein Vorsatz, Annegret zu ignorieren, hatte sich in Luft aufgelöst.

Natürlich hatte sie sofort erkannt, dass sie ihn nun in der Hand hatte. Sie gab sich unbeteiligt und lief in die Küche, als wäre nichts weiter. Beni schluckte seinen Ärger hinunter und folgte ihr.

»Wo?«

Anni ließ sich Zeit. Sie ging zum Küchenfenster, sah gedankenverloren hinaus und seufzte, als kostete sie das, was sie nun sagen müsste, größte Überwindung.

»Sie schlenderte fröhlich über den Marktplatz.«

Beni schluckte und schüttelte dann den Kopf. Er konnte sich einfach nicht vorstellen, dass Catharine noch in der Stadt sein sollte. Wenn dem so wäre, würde sie doch Verbindung zu ihm aufnehmen! In den vergangenen Wochen war er mehr und mehr davon überzeugt gewesen, dass sie womöglich kurzfristig eine Anstellung gefunden hatte, die sie sofort hatte antreten müssen. Täglich hatte er mit einem Schreiben von ihr gerechnet, und auch heute Morgen war er noch davon überzeugt gewesen, dass er früher oder später von ihr hören und sich alles aufklären würde. Nun zu erfahren, dass sie ganz in der Nähe war und ihn trotzdem mied, bestürzte ihn so sehr, dass er sich setzen musste.

»Das ist nicht wahr«, presste er hervor.

Annegret nahm ihm gegenüber am langen Küchentisch Platz, machte ein betretenes Gesicht und griff nach seinen Händen. »Habe ich dich je belogen?«, fragte sie und fügte dann leise hinzu: »Das ist noch nicht alles.«

Wieder seufzte sie. Beni sah sie aufmerksam an und versuchte zu ergründen, ob ihre Leidensmiene aufgesetzt oder ehrlich war, doch er konnte es beim besten Willen nicht sagen. Nachdem er ihr bereits gefolgt war, wollte er sich nun nicht auch noch die Blöße geben und weiter nachfragen, doch seine Schwester dachte nicht daran, weiterzusprechen. Ihm blieb nichts übrig, als sich auf ihr Machtspiel einzulassen und nachzugeben.

»Was denn noch?«

»Sie war nicht allein unterwegs.«

Beni zog die Augenbrauen zusammen. An der Art, wie Anni den Satz betont hatte, erkannte er sofort, um was es hier ging.

»Du möchtest es mir doch unbedingt sagen!«, rief er ungehalten. »Also rede endlich und lass mich dir nicht jedes Wort einzeln aus der Nase ziehen.«

Anni zuckte mit den Schultern. »Verzeih, dass es mir schwerfällt, dir diese Botschaft überbringen zu müssen. Aber wie du willst, ich werde dir auf den Kopf zusagen, was ich gesehen habe. Ich war gerade mit meiner Anprobe fertig, und als ich Müller's Damen- und Mägdeleingarderobe verließ, lief ich ihr quasi in die Arme. Sie stand vor dem Schaufenster.« Annegret schnaubte aufgebracht und schüttelte den Kopf. »Als könnte sich ein Findelkind je derlei Garderobe leisten! Jedenfalls war sie nicht allein. Anton, der Sohn des Schulmeisters, führte sie galant am Arm, und es machte ganz den Anschein, als amüsierten sie sich ganz prächtig.«

Beni stützte die Ellbogen auf den Tisch und legte seinen Kopf in die Hände. Sein Herz raste, und er musste die Lippen fest aufeinanderpressen, um keinen wütenden Schrei von sich zu geben. Er kannte das Gefühl nicht, das da gerade von ihm Besitz ergriff, und doch konnte er es einordnen. Er war eifersüchtig. Am liebsten würde er auf der Stelle aus dem Haus stürzen und das Haus des Schulmeisters aufsuchen. Er wollte Catharine zur Rede stellen und hatte außerdem den unbändigen Drang, Anton zu verprügeln. Langenkamps Sohn wusste ganz genau, wie er zu Catharine stand, und Beni war bisher immer davon ausgegangen, dass er die besondere Beziehung zwischen Catharine und ihm respektierte. Nun zu hören, dass er versucht hatte, seinen Platz einzunehmen, schnürte ihm die Kehle zu.

»Ist das nicht schrecklich?«, unterbrach Annegret seine wutvernebelten Gedanken. »Sie muss doch wissen, wie sehr du leidest. Nicht nur, dass sie dich ohne jede Nachricht zurücklässt – nein. Sie wirft sich auch dem nächstbesten Burschen an den Hals. Sie ist deiner nicht wert, Johann Benedict. Ich habe es immer gewusst. Habe ich dich nicht gewarnt?«

Aufgebracht schüttelte sie den Kopf und steckte sich die Haarsträhne, die sich dabei löste, sogleich wieder fest. »Nun weißt du um den wahren Charakter dieses vermaledeiten Findelkindes und kannst damit beginnen, sie aus deinen Gedanken zu verbannen. Und du kannst endlich damit aufhören, deiner Schwester zu zürnen. Alles, was ich wollte, war, dich zu beschützen. Du hast mich von dir gestoßen, als wäre ich eine üble Krankheit. Dabei bin ich die Einzige, die sich wirklich um dich sorgt!«

Beni starrte schweigend auf die Tischplatte und verkniff sich jeden Kommentar. Natürlich konnte es Anni nicht dabei belassen, ihm ihre Beobachtungen zu schildern. Nein, sie musste ihm auch sofort ein schlechtes Gewissen einreden.

Als er aufblickte, stutzte er. Umspielte da etwa ein Lächeln den Mund seiner Schwester?

»Findest du das etwa lustig?«, fragte er leise, und das Lächeln verschwand sofort aus ihrem Gesicht.

»Natürlich nicht«, sagte sie spitz. »Möchtest du dich nicht bei mir entschuldigen?«

Beni öffnete den Mund und schloss ihn sogleich wieder. Die selbstgefällige Art seiner Schwester machte ihn im wahrsten Sinne des Wortes sprachlos.

»Nein«, sagte er schließlich und straffte die Schultern. Er durfte ihren Worten nicht einfach so vertrauen. Er kannte sie gut genug, um zu wissen, dass sie vermutlich alles sagen würde, um Catharine in ein schlechtes Licht zu rücken und ihn gegen sie aufzubringen. Doch sie war ihm zu wichtig, um den Aussagen seiner eifersüchtigen Schwester ungeprüft Glauben zu schenken.

»Ganz sicher werde ich mich nicht bei dir entschuldigen. Das hier ändert gar nichts zwischen uns!« Er schlug mit der flachen Hand auf die Tischplatte und ignorierte das gekränkte Gesicht seiner Schwester.

Was immer Annegret auch tat oder sagte, und ganz gleich, wie sich Catharine von nun an ihm gegenüber verhielt: Er wollte und konnte seiner Schwester nicht verzeihen, was sie getan hatte. Selbst wenn ihre Worte wahr waren und Catharine in Anton einen neuen Freund oder womöglich mehr gefunden hatte: Es war immer noch die Schuld seiner Schwester, dass es überhaupt so weit gekommen war.

Beni ging aus dem Untergeschoss, in dem sich die Küche befand, nach oben. Auf halber Treppe blieb er stehen, atmete durch und versuchte, sich zu beruhigen. Es gelang ihm nicht. Noch während er die letzten Stufen nahm, wurde ihm klar, was nun zu tun war. Er würde sich noch in dieser Minute auf den Weg machen. Er würde im Haus oder auch vor dem Haus des Schulmeisters warten – so lange, wie es eben nötig war, um Catharine zu einem Gespräch zu zwingen. Er wusste, dass er die Ungewissheit nun, da Anton ihm seinen Platz streitig zu machen schien, nicht mehr aushielt. Er musste auf einem klärenden Gespräch bestehen, ganz gleich, was das am Ende für ihn bedeuten würde.

* * *

Am Nachmittag zog ich mich in den Garten der Langenkamps zurück. Während meines Ausflugs mit Anton hatte ich meine Gefühle verdrängen können, doch nun kamen sie mit ganzer Wucht zurück. Ob Anni ihrem Bruder inzwischen von unserer Begegnung erzählt hatte?

Ich schluckte. Das war wohl anzunehmen. Es würde mich nicht wundern, wenn Beni noch im Laufe des heutigen Tages im Haus des Präzeptors vorstellig werden und nach mir verlangen würde. Erschrocken sprang ich auf und wollte gerade zurück ins Haus laufen, um Anton und Meister Langenkamp darum zu bitten, Beni nicht hereinzulassen, doch das Stimmengewirr im Haus verriet, dass es dafür zu spät war. Regungslos stand ich am Hintereingang des Hauses und lauschte dem lauten Wortwechsel von Beni und Anton. Beni verlangte, mit mir zu sprechen, und seine Andeutungen waren kaum misszuverstehen.

»Du kannst mich nicht aufhalten, Anton. Nie hätte ich gedacht, dass ausgerechnet du mich derart hintergehst.«

»Beruhige dich«, rief Anton, und ich hörte die Nervosität in seiner Stimme. »Ich habe sie nur ein wenig aufgeheitert. Sie ist noch immer am Boden zerstört, wie du dir sicher denken kannst.«

»Und natürlich hattest du nichts Besseres zu tun, als dich sogleich als großer Seelentröster aufzuspielen!« Benis Stimme klang seltsam gepresst. Er war ganz offensichtlich eifersüchtig.

Ich versuchte, das hitzige Gespräch der beiden Männer auszublenden und meine Gedanken zu ordnen, doch es wollte nicht gelingen. Fragen schossen wie kleine Blitze durch meinen Kopf, doch ich fand einfach keine Antworten: Sollte ich ehrlich zu dem Mann sein, den ich so sehr liebte? Sollte ich ihm sagen, dass ich ihn noch immer an jedem einzelnen Tag vermisste? Doch dann wäre der Abstand, den ich in den vergangenen Wochen so schmerzlich zwischen uns aufgebaut hatte, augenblicklich wieder zerstört. Sicher, ich hätte ihn sofort wieder, meinen besten Freund und Beschützer, den Mann, der mir die Welt bedeutete. Doch wir wären noch immer in der gleichen ausweglosen Lage gefangen, die überhaupt erst dazu geführt hatte, dass ich mich beim Schulmeister versteckt hielt.

Es war zwecklos, sich auch nur eine weitere Sekunde einzubilden, es gäbe eine Zukunft für mich und Beni. Es war an der Zeit, dass ich eine Entscheidung traf. Eine, die mein Leben in eine andere Bahn lenken und Beni für immer davon ausschließen würde. Ich stützte meine Hände in die Hüften und bog mein Kreuz durch. Es kostete mich all meine Kraft, doch ich ging mit hoch erhobenem Haupt auf die beiden Männer zu. Demonstrativ stellte ich mich neben Anton und hakte mich bei ihm unter.

»Es tut mir leid, Johann Benedict.« Natürlich bemerkte ich, dass er zusammenzuckte, als ich ihn mit seinem vollständigen Namen ansprach. »Deine Schwester hat die Lage ganz richtig eingeschätzt. Ich habe Anton Langenkamp inzwischen sehr lieb gewonnen. Wenn ich es recht betrachte, war es ein großes Glück, dass dein Vater mich aus dem Haus gejagt hat.«

Ich setzte ein übertriebenes Lächeln auf und strahlte Anton an. Dann sah ich wieder zu Beni und verzog bedauernd die Lippen. Doch natürlich schaffte ich es nicht, seinem Blick standzuhalten. Ich spürte das Zucken meiner Augenlider und wendete meinen Blick ab. Ich starrte an Beni vorbei auf die noch immer offen stehende Eingangstür, als ich die endgültig letzten Worte an den Mann richtete, dessen Liebe ich so schmerzlich erwiderte, die ich jedoch bis in alle Ewigkeit in meinem Herzen würde einschließen müssen.

»Anton und ich stehen uns inzwischen sehr nahe. Wir werden heiraten.«

Obwohl ich ihm nicht ins Gesicht sah, erkannte ich, wie jedes Gefühl in Beni zu zerbrechen schien. Er schien regelrecht zusammenzusacken und von einer Sekunde auf die andere einige Zentimeter an Körpergröße einzubüßen. Mit einer verzweifelten Geste fuhr er sich durch die Haare. Dann machte er einen Schritt auf mich zu und packte mich an den Schultern. »Sieh mich an!«

Ich nahm meine letzte Kraft zusammen, um seiner Bitte nachzukommen. Mein Magen verkrampfte sich, und als ich die Tränen sah, die ihn seinen Augen standen, hatte ich das Gefühl, meine Beine würden jeden Augenblick wegsacken.

»Das ist doch nicht wahr!«

Seine Stimme brach. Seine Lippen zitterten, und ich wusste, dass er darauf wartete, dass ich meine Worte zurücknahm.

Noch nie in meinem Leben hatte ich mich so elend gefühlt. Nicht als ich die Wahrheit über meine ungeklärte Herkunft erfuhr, und auch nicht, als der Vogt mich aus dem Haus warf. Dieser Moment übertraf jeden Schmerz, den ich bisher ertragen musste.

Ich hätte mich und Beni auf der Stelle von diesem Kummer befreien können. Es wäre nichts weiter nötig gewesen, als sich ihm in die Arme zu werfen und alles zurückzunehmen. Doch ich entschied mich dagegen. Behutsam legte ich meine Hand auf seine tränennasse Wange. Erst zuckte er unter meiner Berührung zusammen, dann griff er verzweifelt nach meiner Hand und schmiegte sich dagegen.

Ich hob mein Kinn, zog meine Hand zurück und sagte dann mit Nachdruck: »Es ist wahr, und es tut mir unendlich leid. Anton und ich sind glücklich auf eine Art und Weise, wie ich es noch nie erlebt habe.«

Dann konnte ich die Fassade nicht mehr aufrecht erhalten. Ich wandte mich abrupt ab und zwang mich dazu, mit langsamen Schritten die Treppe hinauf in mein Zimmer zu gehen. Ich hörte, wie die Tür krachend hinter Beni ins Schloss fiel. Der laute Knall ließ mich zusammenzucken. Ich warf mich aufs Bett und konnte meine Tränen nicht länger zurückhalten.

Am Abend nach Benis Besuch schaffte ich es noch immer nicht, das Zimmer zu verlassen. Anton hatte noch zweimal an meiner Tür geklopft und nach meinem Befinden gefragt, doch mehr als eine vage Antwort hatte ich nicht zustandegebracht.

Am Morgen danach lag ich lange vor Sonnenaufgang wach und starrte an die Decke. Was hatte ich nur getan?

Ich hatte Beni endgültig aus meinem Leben vertrieben, und an diesem Morgen hatte ich das Gefühl, dass ich niemals über diesen Schmerz hinwegkommen würde. Annegret und ihr Vater hatten ihr Ziel erreicht. Ich würde für immer aus dem Leben der von Waldenburgs verschwinden, dabei sehnte ich mich so sehr nach Benis Nähe. Doch das war ein für alle Mal vorbei.

Nun stand mir ein weiterer schwerer Gang bevor, denn ich musste Anton wieder unter die Augen treten, der sicher nicht sehr angetan war von der Tatsache, dass ich ihn so schändlich für meine Zwecke missbraucht hatte. Er musste völlig überrumpelt gewesen sein, als ich plötzlich von einer Heirat sprach. In diese Scharade hineingezogen zu werden, hatte er nicht verdient. Immerhin hatte er sich als treuer Freund erwiesen.

Was hatte ich nur für ein Durcheinander angerichtet!

Anton war ein Unbeteiligter, noch dazu war er mit Beni befreundet gewesen. Doch auch diese Freundschaft war nun zerstört, und das war meine Schuld.

Als die Sonne endlich aufging, sprang ich aus dem Bett, wusch mich flüchtig und schlüpfte in das schlichte Tageskleid. Ganz sicher wollte ich nach meinem gestrigen Auftritt heute nicht im Sonntagskleid durchs Haus stolzieren!

Zumindest die Sache mit Anton musste ich noch heute ins Reine bringen! Hastig verließ ich mein Zimmer und lief nach unten in Richtung Küche. In der Mitte des Treppenabsatzes blieb ich abrupt stehen.

Da stimmte etwas nicht. Es waren ganz eindeutig die Stimmen von Eduard Langenkamp und seinem Sohn, doch noch nie zuvor hatte ich sie in einer solchen Lautstärke vernommen. Es war nicht zu überhören, dass Vater und Sohn stritten.

Ich presste meine Hand gegen den Mund und wollte schon wieder nach oben schleichen, um keinen der beiden mit meiner Anwesenheit in Verlegenheit zu bringen. Doch dann fiel mein Name, und ich lauschte mit rasendem Herzen.

»Ich verstehe dich nicht, Vater!« Antons Wut war nicht zu überhören. Worum ging es hier nur?

»Es geht nicht und damit Schluss!«, polterte Eduard Langenkamp.

»Dann hast du also all die Jahre gelogen? Dabei schien es immer so, als wäre Catharine dein Liebling unter all den Schülern.«

»Was hat das denn damit zu tun?«

»Alles!«, schrie Anton nun fast. »Du benimmst dich ja nicht besser als die von Waldenburgs! Teilst du jetzt also die Ansicht des Vogts? Ist ein Findelkind auch für deinen Sohn nicht gut genug?«

»Sie ist ein anständiges, aufgewecktes und kluges Mädchen, und selbstverständlich mag ich sie von Herzen. Doch du kannst sie nicht heiraten. Wie kommst du überhaupt auf diese unsinnige Idee? Wir haben sie aufgenommen, weil sie in Not war. Doch das gibt dir nicht das Recht, sie zu bedrängen.«

»Du glaubst, ich hätte sie dazu gedrängt?«, fragte Anton entsetzt.

»Wie sonst kommst du plötzlich auf die Idee, dass sie deine Frau werden könnte.«

»Sie hat darum gebeten – was sagst du nun?«

»Wann?«

»Gestern. Ich habe Catharine sehr gern. Sie ist tüchtig und, wie du selbst sagst, klug. Warum sollte sie nicht genau die richtige Frau für mich sein?«

»Weil ich es sage. Ich verbiete es dir, auch nur einen weiteren Gedanken an eine Ehe mit diesem Mädchen zu verschwenden, hörst du?«

Ich hatte genug gehört. Leise schluchzend lief ich wieder nach oben in mein Zimmer, schloss die Tür sorgfältig hinter mir ab und warf mich aufs Bett.

So war das also! Ich hatte nie ernsthaft in Betracht gezogen, Anton zu heiraten. Doch das war nun nicht mehr das Entscheidende. Es ging vielmehr um die Vehemenz, mit der der Präzeptor mich als Braut seines Sohnes ausgeschlossen hatte. Die Unterhaltung konnte nur bedeuten, dass Eduard Langenkamp mir all die Monate etwas vorgemacht hatte. Offensichtlich war auch er der Ansicht, dass ich ein schäbiges Findelkind und seines Sohnes nicht würdig war. Ich drehte mich auf die Seite und starrte durchs Fenster in den blauen Himmel.

So fühlte es sich also an, wenn man niemanden mehr hatte. Ich fühlte mich plötzlich so leer, dass nicht einmal mehr Tränen übrig waren. Ich hatte meine vermeintlichen Wurzeln verloren, mein Zuhause, Beni und schließlich auch die zwei Menschen, die mir in meinen schwersten Stunden Halt gegeben hatten. Ich war nicht nur einfach zu einem Findelkind geworden, sondern zu einer Last. Selbst der Präzeptor, den ich über so viele Jahre bewundert und zu dem ich aufgesehen hatte, konnte nicht über meinen Makel hinwegsehen.

In diesem Augenblick fasste ich einen Entschluss. Noch heute Abend würde ich Celle verlassen und erst zurückkehren, wenn ich nicht mehr nur das unerwünschte Findelkind war. Noch heute Nacht würde ich verschwinden, als hätte ich nie existiert.

Kapitel 15

Magdalena

Sonntag, 31. Januar 1762

Die Beerdigung fand am letzten Sonntag im Januar statt. Da Magdalena nicht mehr besaß als das verrußte Kleid, das sie am Tag des Brandes getragen hatte, schenkte ihr die Frau des Pastors großzügigerweise zwei Kleider ihrer Tochter, dazu zwei Garnituren Wäsche, Strümpfe und ein abgetragenes Paar Schuhe.

Magdalena dankte Elisabeth Wilpert gerührt, doch diese winkte lächelnd ab.

»Nicht der Rede wert. Meine Marie trägt die Kleider schon eine ganze Weile nicht mehr. An der Beerdigung deines Vaters solltest du nicht das Kleid des Unglückstages tragen, selbst wenn es gewaschen wäre.«

Sie ging ans Fenster und sah hinaus. Dann drehte sie sich zu Magdalena um und lächelte sorgenvoll.

»Ist alles in Ordnung?«, fragte Magdalena.

»Aber ja, Liebes. Du weißt ja, was wir besprochen haben: Nach der Beerdigung werden wir hierher zurückkehren. Sollte jemand fragen, geben wir vor, den Leichenschmaus für euch auszurichten, damit niemand Verdacht schöpft, dass wir noch am gleichen Tag eure Trauung vornehmen. Die Eheleute Jung werden als Zeugen anwesend sein.«

Magdalena schluckte schwer. Die Erwähnung der Jungs rief ihr einmal mehr in Erinnerung, dass ihre Freundin Gerda noch immer nicht erwacht war und die herbeigerufenen Ärzte bis heute nicht zu sagen wussten, ob sie je wieder genesen würde.

Da Elisabeth Wilpert noch immer unschlüssig im Raum stand, ging Magdalena davon aus, dass sie noch etwas auf dem Herzen hatte und fragte erneut, ob wirklich alles in Ordnung wäre.

Die Pastorenfrau wiegte den Kopf hin und her. »Nun ja, es gibt noch eine Sache, die mir auf der Seele liegt. Ihr werdet am Ende des heutigen Tages verheiratet sein, so viel ist sicher. Allerdings«, sie atmete hörbar aus, »müsst ihr im Anschluss an das bescheidene Festmahl unverzüglich unser Haus verlassen.«

Magdalena sah überrascht auf, denn bisher war davon nie Rede gewesen.

Elisabeth schien zu ahnen, was in ihr vorging. Sie griff nach ihrer Hand und drückte sie. »Wenn es nach mir ginge, könntet ihr bleiben. Aber eine geheime Eheschließung birgt für meinen Mann auch Gefahren. Gottfried kann euch heimlich trauen, euch einen Ort für den eigentlichen Ehevollzug zur Verfügung zu stellen, wäre hingegen zu viel verlangt.«

Magdalena verstand nicht so recht, worauf Frau Wilpert hinauswollte, und sah sie fragend an.

»Es ist so, Liebes.« Elisabeth räusperte sich und eine leichte Röte überzog ihr Gesicht. »Sobald Mathias und du den Beischlaf vollzogen habt, ist die Ehe anerkannt. Eure Trauzeugen stürmen am Morgen in euer Zimmer und bestätigen die gemeinsame Nacht. Ab diesem Moment spielt es keine Rolle mehr, ob die Heirat genehmigt wurde oder nicht – sie gilt. Nur dürfen wir nicht zulassen, dass die

Bezeugung des Beischlafes in unserem Haus erfolgt. Das könnte schlimme Folgen für meinen Mann haben, verstehst du?«

Magdalena sah betreten zu Boden. Sie hatte bisher noch keinen Gedanken daran verschwendet, dass dem Pastor Ärger ins Haus stehen könnte. Nun schalt sie sich selbst ob ihrer Naivität. Natürlich war es ein Risiko, sich der Entscheidung des Vogtes in den Weg zu stellen, zumal sein Neffe sicher einiges Interesse daran haben dürfte, sie für diese Zuwiderhandlung bestraft zu sehen.

»Du kannst ganz unbesorgt sein. Mein Gatte hat gestern ein ähnliches Gespräch mit deinem Bräutigam geführt. Irene Seidel, die Schwester des verstorbenen Herrn Grene, wird auch dich eine Weile beherbergen können.«

Die Pastorengattin lief zur Tür und lächelte endlich auch wieder. »Wenn ich Gottfried richtig verstanden habe, ist euer Brautzimmer bereits hergerichtet.«

»Danke«, sagte Magdalena erleichtert. Dann erhob sie sich ebenfalls und sah Elisabeth Wilpert fest in die Augen. »Für alles. Ich möchte gar nicht daran denken, wo ich ohne Sie heute wäre.«

»Von Herzen gern, Liebes. Ich schicke dir nun meine Marie. Sie wird dir beim Ankleiden helfen und deine Haare hochstecken. Immerhin ist eine Frisur, die gleichzeitig einer Beerdigung und einer Hochzeit angemessen ist, eine kleine Herausforderung.«

Mit einem kurzen Nicken verließ Elisabeth das Zimmer, und Magdalena machte sich daran, ihre Tasche zu packen. Erst in diesem Moment wurde ihr so richtig bewusst, dass es für sie keinen Ort gab, an den sie gehen konnte. Der Pastor hatte ihr Obdach gewährt, und sie würde nun einige Tage im Hause von Mathias' Tante Unterschlupf finden. Doch was sollte aus ihr werden, wenn er erst fort war? Sie konnte der gutmütigen Frau Seidel wohl kaum auf der Tasche liegen, wo sie doch nun auch noch ihre Schwägerin durchzubringen hatte. Das Unwohlsein, das Magda schon den ganzen Morgen begleitete, verstärkte sich. Allerdings war das flaue Gefühl heute Morgen noch ihrer Aufregung geschuldet. Das, was ihr nun durch die Glieder fuhr, war blanke Angst. Sie hatte noch genau eine Woche, in der sich Mathias um ihr Wohl kümmern würde. Danach war sie auf sich gestellt. Sie hatte weder Geld, noch Wertgegenstände, die sie zu Geld machen konnte. Alles, was ihr Vater ihr in der Apotheke beigebracht hatte, war nun unnütz. Es gab keine zweite Apotheke in Celle, in der sie um eine Anstellung hätte bitten können.

Magdalena trat an den Waschschrank und tauchte ihre Hände ins kalte Wasser. Die Verzweiflung trieb ihr die Tränen in die Augen, und sie war erleichtert, dass es ausgerechnet in diesem Moment an der Tür klopfte.

»Ja?«

»Ich bin's, Marie.«

»Komm herein.«

Mit einem zurückhaltenden aber doch freundlichen Lächeln trat Marie Wilpert ins Zimmer. In der linken Hand hielt sie eine verzierte Metalldose, die sie auf dem Waschschrank abstellte.

»Dann wollen wir uns mal um deine Frisur kümmern«, sagte sie, während sie Haarnadeln und Bänder aus der Dose kramte. »Bist du aufgeregt?«

»Ja«, gab Magdalena zu. Sie behielt für sich, dass sie kaum noch in der Lage war, ihre Gefühle zu ordnen. Da war Trauer ob der bevorstehenden Beerdigung, Freude über die anschließende Hochzeit und nackte Angst vor dem, was aus ihr werden würde, wenn Mathias erst fort war.

»Du bist das mutigste Mädchen, das ich je kennengelernt habe«, unterbrach Marie ihre verzweifelten Gedanken.

»Aber nicht doch.« Magdalena lachte müde auf, denn sie fühlte sich ganz und gar nicht mutig. Eher überrannt von dem, was um sie herum geschah.

»Wenn ich es doch sage!«, widersprach Marie. »Du hast so viel durchgemacht und findest trotzdem den Mut, deinem Herzen zu folgen. Du gibst Mathias Halt in dieser schweren Stunde, obwohl du selbst Halt bräuchtest. Ich wäre unter dieser Last längst zusammengebrochen.«

Magdalena murmelte »Danke« und schluckte mehrmals heftig. Sprechen konnte sie nun nicht mehr. Marie meinte ihre Worte sicher gut, doch das Mädchen hatte keine Ahnung davon, wie es in ihrem Innern aussah.

Sie schwiegen, während die Pastorentochter ihr die Haare flocht und hochsteckte und ihr dann in ihr Kleid half.

»Dieses dunkle Blau steht dir so viel besser als mir.« Marie sah zufrieden an Magdalena herunter. »Es bringt deine blau-grauen Augen zum Strahlen. Als wollten sie dem Kleid sagen, dass sie viel mehr funkeln könnten als jeder einzelne Stern am Firmament.« Das Mädchen zeichnete mit ihren flachen Händen zwei Halbkreise vor dem Kopf und ließ dabei ihre Finger tanzen, als wollte sie das Funkeln von Sternen imitieren.

Magdalena bemerkte ihr ernstes Gesicht. Marie meinte offenbar jedes Wort ernst. Die jungen Frauen sahen sich in die Augen, und dann endlich brachen sie in erlösendes Gelächter aus.

In diesem Moment nahm Magdalena sich fest vor, sich ihre Angst nicht anmerken zu lassen. Sicher, sie würde ihre Trauer zeigen, immerhin war es ihr Vater, der neben Herrn Grene zu Grabe getragen wurde. Doch neben Menschen, die ihr am Herzen lagen, würden sicher auch die Brandmillers in der Kirche sein, und um nichts in der Welt wollte sie vor dieser Familie schwach oder gebrochen wirken.

Die Kirche war bereits bis auf wenige Plätze in der ersten Reihe, die für die Angehörigen der Toten freigehalten wurden, voll besetzt.

Magdalena stand vor dem offenen Kirchenportal und spürte, wie ihre Knie weich wurden. Lief sie jetzt durch den Mittelgang zu ihrem Platz, würden die Augen aller Celler Bürger auf ihr ruhen, was ihre Nervosität ins Unermessliche steigerte.

»Lena, warte!«

Erleichtert ließ sie die Schultern sinken. Es gab nur einen Menschen auf der Welt, der sie so nannte.

»Mathias. Gott sei Dank!«, entfuhr es ihr.

»Nimm meinen Arm. Ich stütze dich«, flüsterte er, denn er schien genau zu wissen, was sie am Betreten der Kirche gehindert hatte. Gemeinsam liefen sie zu ihren Plätzen. Anders, als sie gehofft hatte, waren ihnen die Menschen in der Kirche keineswegs nur wohlgesonnen. Sicher, in einigen Gesichtern spiegelte sich Mitgefühl. Doch es gab auch diejenigen, die nur darauf zu lauern schienen, dass sie ins Straucheln geriet oder zusammenbrach. Und es gab solche, die außer sich waren vor Wut darüber, dass ein einfacher Handschuhmacher aus der Blumlage ein Begräbnis in der Celler Stadtkirche erhielt. Diesen missgünstigen Menschen stand die Verachtung ins Gesicht geschrieben. Magdalena warf Mathias einen Seitenblick zu, und an der Art, wie er seine Lippen zusammenpresste, erkannte sie, dass auch er den Ärger dieser Menschen bemerkt hatte. Als sie schließlich auf Höhe der Brandmillers waren, hörte sie, wie Konrad seinem Vater zuflüsterte: »Unfassbar, seit wann werden Blumlager bei uns beigesetzt?«

Magdalena straffte die Schultern und sah dem Tischlersohn fest in die Augen. Dann schüttelte sie ihren Kopf und verzog angewidert die Lippen, um ihm zu zeigen, dass sie ihn nicht nur verstanden hatte, sondern auch zutiefst verabscheute, was er da von sich gab.

Die Trauerrede rührte sie zu Tränen. Sie bemerkte, dass Pastor Wilpert auch seine eigenen Erinnerungen an ihren Vater darin verarbeitet hatte. Dinge, die er aus gemeinsamen Kindertagen oder stürmischen Jugendjahren zum Besten gab, zeichneten genau das Bild von Ferdinand Casparus, das Magdalena ihr Leben lang von ihm gehabt hatte: Er war aufopfernd und herzlich gegenüber den Menschen, die er liebte, und kalt und unnachgiebig gegenüber hinterhältigen und selbstbezogenen Mitmenschen.

Es entging ihr nicht, dass Pastor Wilpert die Brandmillers ausgerechnet in dem Moment ansah, in dem er von eben dieser Hinterhältigkeit gewisser Menschen sprach, die Ferdinand stets gemieden hatte. Dem Tischler selbst fiel das nicht auf, doch Helene Brandmiller schnappte empört nach Luft, und Konrad gab abfälliges Gemurmel von sich, das Magda noch in der ersten Reihe hören konnte.

Auch für Mathias' Vater, Franz Grene, fand der Pastor gütliche Abschiedsworte. Das unwirsche Gemurmel in einigen Bänken überhörte er zunächst. Doch als Stimmen in der Menge laut danach fragten, warum ein Blumlager hier beerdigt würde, sah sich der Pastor gezwungen, die Celler an Tugenden wie Nächstenliebe und Barmherzigkeit zu erinnern.

»In der Zeit der Trauer ist kein Platz für Missgunst und Verachtung. Wir sind alle Kinder Gottes, das sollten wir uns immer wieder demütig vor Augen führen.«

Magdalena schluckte. Sie konnte es kaum noch erwarten, die Kirche zu verlassen, denn sie war sich plötzlich ganz und gar nicht mehr sicher, ob die Menschen um sie herum wirklich ihres Vaters wegen gekommen waren.

Als sich der Trauerzug von der Kirche in Richtung Friedhof in Bewegung setzte, vermied sie es, den Leuten noch einmal ins Gesicht zu sehen. Stattdessen hielt sie die Augen gesenkt, gedachte still ihres Vaters und versuchte, die aufgebrachten Gesichter einzelner Neider und Streithähne auszublenden.

Nachdem die Särge in der Erde versenkt worden waren, atmete Magdalena fast schon erleichtert auf. So bitter die Erkenntnis auch war: Dieser Moment war nicht der richtige, um sich von ihrem Vater zu verabschieden. Die vielen Menschen machten es ihr unmöglich, ihre Gefühle zuzulassen. Sie würde in den nächsten Tagen wiederkommen und sich im Stillen von Ferdinand Casparus verabschieden.

Nach der Beerdigung blieb der Pastor am Friedhofsportal stehen und verabschiedete die meisten Gemeindemitglieder persönlich. Magdalena und Mathias warteten geduldig neben ihm und nahmen Beileidsbekundungen entgegen. Entsetzt erkannte sie, dass sich auch die Brandmillers in die Schlange derer eingereiht hatten, die ihnen kondolieren wollten.

Unbewusst trat sie einen Schritt zurück, eine Geste, die Pastor Wilpert sofort bemerkte. Seine Augen wanderten eilig über die Menschenmenge, und als er sah, was Magdalena so erschreckt hatte, nickte er ihr beruhigend zu.

Als der Tischler schließlich mit seiner Familie an der Reihe war, schob sich Gottfried Wilpert vor Magdalena und Mathias und breitete die Arme links und rechts aus. Es war ganz offensichtlich, dass er den Brandmillers mit dieser Geste untersagte, näher zu treten oder gar Beileid zu heucheln.

Gustav Brandmiller zuckte desinteressiert mit den Schultern und lief wortlos weiter, doch natürlich konnte seine Frau diese Demütigung nicht auf sich beruhen lassen.

»Sind unsere Beileidsbekundungen etwa nicht erwünscht?«, fragte sie spitz.

»Selbstverständlich, Gnädigste«, gab Gottfried Wilpert überfreundlich zurück, ließ sie jedoch trotzdem nicht näher an Magdalena oder Mathias herantreten.

»Nun, wir haben gehört, der Leichenschmaus fände in Ihrem Haus statt, Pastor Wilpert.«

»Richtig.«

»Ist das nicht großzügig, Konrad?«, fragte sie eifrig. »Und wäre es nicht angebracht, uns ebenfalls einzuladen?« Helene Brandmiller machte eine bedeutungsvolle Pause.

»Nein, die Trauerfeier findet in kleinem Kreis statt«, sagte Wilpert.

Magdalena griff nach Mathias' Hand und drückte sie. Einen Moment lang dachte sie darüber nach, ob es richtig war, doch dann siegte Wut über Zurückhaltung. Sie trat hinter dem Pastor hervor und sah Frau Brandmiller fest in die Augen.

»Was immer Sie auch für ein Bild von Ihrem Sohn haben – meines ist ein gänzlich anderes, werte Frau Brandmiller. Niemals«, sie holte tief Luft und verengte ihre Augen zu Schlitzen, »wirklich niemals würde ich zulassen, dass jemand, der so grausam ist wie Konrad, der Trauerfeier meines Vaters beiwohnt. Nicht nach all dem, was meinem Vater widerfahren ist!«

Beim letzten Satz sah sie Konrad an, und diesmal hielt sie seinem Blick stand. Das Zittern seiner Lippen verriet ihr, dass er gerade erkannte, dass sie von seiner abscheulichen Tat wusste.

»Nun, aber das ist doch nicht unsere …«

»Es ist genug, Frau Brandmiller. Ich möchte Sie bitten, jetzt zu gehen. Sie sehen ja, dass das Fräulein Casparus sehr aufgebracht ist.«

Gottfried Wilpert legte seine Hand auf den Rücken der Frau, schob sie bestimmt beiseite und sprach schon mit dem nächsten Trauergast.

Magdalena spürte Mathias' Hand auf ihrer Schulter. Am liebsten hätte sie ihren Kopf darauf abgelegt, doch sie musste Haltung bewahren.

»Ich bin unglaublich stolz auf dich, Lena«, flüsterte er, nachdem auch der letzte Trauergast außer Hörweite war. Magdalena lächelte vorsichtig. Sie musste sich eingestehen, dass sie ebenso empfand. Auch sie war stolz darauf, den Brandmillers die Stirn geboten zu haben. Mochte ja sein, dass sie eine Waise war. Doch das hieß noch lange nicht, dass Konrad Brandmiller damit ein Anrecht auf sie hatte.

Der kurze Spaziergang vom Friedhof zurück zum Haus des Pastors tat Magdalena gut. Trotz winterlicher Temperaturen strahlte die Sonne vom wolkenlosen Himmel, und mit jedem Schritt, den sie sich vom Friedhof und der unschönen Begegnung mit den Brandmillers entfernte, wurde ihr leichter ums Herz.

Mathias und sie gingen hinter dem Pastorenehepaar, den Eheleuten Jung und Valentin, und weil sie sich nun endlich unbeobachtet fühlten, flüsterte Mathias: »Bist du bereit?«

Magdalena antwortete nicht. Stattdessen ergriff sie seine Hand und drückte sie fest. Dann sah sie ihm in die Augen und machte jedes weitere Wort überflüssig.

Sie betraten das Haus, und Magdalena wurde von unbändiger Freude erfasst. Ihr Herz schlug, und sie konnte es kaum noch erwarten, eine Grene zu werden.

Während sie das Haus betraten, setzte Musik ein. Magdalena erkannte Valentins Spiel auf der Zither sofort. Sie schluckte schwer, um Rührung und Bedauern zu unterdrücken. Dass Valentin hier für sie aufspielte, war ein deutliches Zeichen seiner Zuneigung ihr und Mathias gegenüber. Gleichzeitig machte es ihr bewusst, dass ihre beste Freundin an diesem Tag fehlte. Gerda hätte ihr nicht nur bei der Bestattung ihres Vaters Halt gegeben, sie hätte ihr sicher auch die Nervosität vor der nun bevorstehenden Trauung genommen, war sie doch nie um einen erheiternden Spruch verlegen. Magdalena sah Valentin an, und obwohl sie wusste, dass er es vermutlich aus der Entfernung nicht sehen konnte, flüsterte sie ihm ein leises »Danke« zu.

Dann erst sah sie sich in dem Raum um, der dem Pastor eigentlich als Schreibstube diente. Elisabeth hatte es irgendwie geschafft, das Zimmer zu schmücken, ohne dass sie oder Mathias etwas bemerkt hatten. Den Sekretär, an dem der Pastor noch vor wenigen Tagen die Trauerrede für ihre Väter vorbereitet hatte, bedeckte nun ein weißes Leinentuch.

Bevor sie den Raum betraten, übergab Elisabeth ihr eine dicke weiße Traukerze.

»Stell sie dort ab und entzünde sie«, bat sie und deutete auf den bedeckten Sekretär, vor dem ihr Mann nun stand und ihr und Mathias lächelnd entgegensah.

Magdalena tat, wie ihr geheißen, und als sie endlich an Mathias' Seite vor dem Pastor stand, erhob dieser feierlich die Stimme: »Ich bin das Licht der Welt, wer an mich glaubt, wird nicht wandeln in der Finsternis.«

Magdalena hatte bisher nur zwei Hochzeiten miterlebt. Auf einer waren sie und ihr Vater als Gäste geladen gewesen, bei einer weiteren waren sie bei der Trauzeremonie in der Kirche zugegen. Doch obwohl sie nur wenig Erfahrungen mit dem Ablauf hatte, wusste sie, dass das, was sie in diesem Moment erlebte, etwas ganz Besonderes war, denn Pastor Wilpert und seine Frau Elisabeth übernahmen abwechselnd das Wort. Während er ihnen mit gebotenem Ernst erklärte, wie ihr Eheleben aussehen und in welcher Form sie und Mathias füreinander einstehen müssten, übernahm es seine Frau, die Geschichte von Mathias und Magdalena noch einmal zu erzählen. Als Frau Wilpert davon berichtete, wie Gerda sich am Silvesterabend bereit erklärte, ihre Freundin und heutige Braut zu frisieren, stutzte Magdalena.

Mit zusammengezogenen Augenbrauen blickte sie zu Mathias. Er schien in die Worte der Pastorengattin vertieft, also griff sie nach seiner Hand und drückte sie.

»Woher weiß sie das?«, flüsterte sie, doch ihre Stimme war offenbar nicht leise genug.

»Noch nicht«, ermahnte der Pastor und deutete auf Magdas Hand, die nun in der von Mathias lag.

Eilig zog sie ihre Hand zurück, doch als sie in die Gesichter der Anwesenden sah, hatte sie das Gefühl, dass etwas nicht stimmte.

Gottfried Wilpert zwinkerte seiner Frau zu, und in der nächsten Sekunde erhoben sich die Eheleute Jung plötzlich.

»Was ist denn los?«, fragte Magda. Ihre Stimme zitterte. Das Jawort war noch nicht gesprochen. Seit wann verließen Trauzeugen den Raum vor dem Eheversprechen? Mit schnellen Schritten ging sie auf Hannes Jung und seine Frau Charlotte zu.

»Sie dürfen nicht gehen. Bitte«, flehte sie. »Ich brauche doch Trauzeugen und habe niemanden außer Ihnen.«

»Na, wenn das mal kein Irrtum ist!«

Magda entfuhr ein spitzer Schrei. Die Stimme war schwach und kratzig, doch sie hätte sie unter Tausenden erkannt!

»Gerda!«

Von ihren Eltern gestützt betrat ihre Freundin den Raum. Sie war blass und hatte tiefe Ringe unter den Augen. Gerda strahlte übers ganze Gesicht, was Magda jedoch nicht darüber hinwegtäuschen konnte, wie schwer ihr Atem ging.

»Also ist die«, Gerda machte eine kurze Pause und atmete hörbar ein. »Überraschung gelungen?«

»Und wie!«, rief Magdalena und schloss ihre Freundin in die Arme. Sie spürte sofort, dass Gerda abgenommen hatte. Ihr Oberkörper war abgemagert, und ihre Schulterknochen traten trotz ihres Kleides sichtbar spitz hervor.

»Du bist aufgewacht.«

Magdalena hörte ihre eigenen Worte und konnte die Tränen nicht mehr zurückhalten.

»Hatte ein bisschen«, wieder atmete Gerda rasselnd, »Schlaf nachzuholen.« Behutsam wischte sie Magda die Tränen aus dem Gesicht. »Nicht doch! Dafür hattest du ... vorher Zeit.«

»Jetzt setz dich aber«, bat Valentin besorgt und schob Gerda auf einen Stuhl.

»Es tut mir leid«, erklärte sie, »dass ich die Beerdigung verpasst habe ... Aber das war einfach noch zu viel.«

»Dann können wir jetzt wohl endlich zum wichtigsten Teil der Zeremonie kommen«, mischte sich Pastor Wilpert ein und bat das Hochzeitspaar mit einer einladenden Handbewegung, wieder vor ihn zu treten.

So sehr sich Magdalena auch bemühte, den Worten des Pastors aufmerksam zu lauschen – ihre Gedanken schweiften immer wieder ab. Es schien ihr falsch, am Tag der Beerdigung ein solches Gefühl zu verspüren, doch in diesem Augenblick war sie glücklich. Sie wusste, dass ihr Vater diese Verbindung nicht nur gebilligt, sondern sie sich auch von Herzen gewünscht hatte. Das, was sie nun tat, war nicht falsch, auch wenn Vogt von Waldenburg ihnen das einreden wollte. Mathias war ein guter Mensch und sie ebenso. Das bisschen Glück, das ihnen nun widerfuhr, hatten sie mehr als verdient.

Als der Pastor erneut von den Grundpfeilern einer Ehe sprach, wandte sich Magdalena Mathias zu, und er tat es ihr gleich. Sie sah ihm in die Augen und hatte vermutlich ein völlig verklärtes Lächeln im Gesicht.

»Ja, ich will!« Mathias' Stimme hatte einen festen, warmen Klang, und als er »aus tiefstem Herzen« hinterherschob, konnte Magdalena nicht mehr verhindern, dass ihr Tränen über die Wangen liefen.

Ihre Stimme war weit brüchiger, als sie ihm das Jawort gab. Pastor Wilpert erklärte sie zu Mann und Frau, und als Mathias ihr einen zurückhaltenden Kuss auf die Wange gab, jubelten und klatschten die wenigen Anwesenden.

»Ich kann es nicht glauben«, flüsterte er ihr ins Ohr. »Womit habe ich dich nur verdient, Lena?«

»Diese Frage könnte ich auch dir stellen«, antwortete sie und schmiegte sich in seine Arme.

Die Frau des Pastors bat Brautpaar und Gäste schließlich ins Speisezimmer, wo sie den Abend zwischen ausgelassenen Geschichten über heimliche Hochzeiten, die Elisabeth Wilpert zum Besten gab, und melancholischen Erinnerungen an die Verstorbenen ausklingen ließen.

Nachdem sich die letzten Gäste um kurz vor Mitternacht verabschiedet hatten, wurde es auch für Magdalena und Mathias Zeit, das Haus des Pastors zu verlassen. Gottfried Wilpert ließ es sich nicht nehmen, die Frischvermählten selbst zum Haus von Irene Seidel zu fahren, die sie bereits erwartete.

Mathias' Tante führte sie in eine geräumige Kammer unter dem Dach des Hauses. Als sie die Tür aufstieß, schlug Magda überrascht die Hände vor den Mund. Ein Kerzenleuchter stand auf dem Fenstersims. Die Flammen spiegelten sich in den Scheiben und im gegenüberliegenden Spiegel und tauchten das Zimmer in ein sanftes Licht. Die Betten waren frisch bezogen und aufgeschlagen.

Irene Seidel schien nicht zur schüchternen Sorte Mensch zu gehören. Nachdem sie Magda und ihrem Neffen gratuliert hatte, machte sie allerlei schlüpfrige Andeutungen und wies darauf hin, dass sie im Morgengrauen wieder nach ihnen sehen würde und selbstverständlich ein vollkommen zerwühltes Bett erwartete.

»Danke, liebe Tante«, sagte Mathias und schob die Frau lachend aus der Tür.

Und dann endlich war Magdalena mit Mathias allein. Aufregung erfasste sie, und einen Moment lang wusste sie nichts zu sagen.

Er griff nach ihrer Hand und legte sie sich auf die Brust. »Spürst du das?«, fragte er. »Ich würde dich zu gern souverän und selbstsicher verführen, aber ich bin so unglaublich nervös! Ich fürchte, mein Herz wird jeden Moment davongaloppieren, und ich kann nur hinterherstolpern.«

Magdalena konnte nicht anders. Sie lachte lauthals. Das Bild, das Mathias mit seiner Bemerkung in ihrem Kopf hatte entstehen lassen, ließ sie ihre eigene Aufregung vergessen. Sie hatte sich darauf verlassen, dass Mathias wusste, was in einer Hochzeitsnacht zu tun war. Doch nun stellte sich heraus, dass er mindestens genauso aufgewühlt war wie sie.

Dieses Wissen ließ sie mutiger werden. Sie lief durchs Zimmer, setzte sich aufs Bett und sah ihren Gatten erwartungsvoll an. Mathias stand unschlüssig im Raum, und sie streckte die Hand nach ihm aus. Er griff danach, Magdalena zog ihn zu sich heran und legte ihre Stirn gegen seinen Bauch. Eine Weile verharrten sie in dieser Position, dann lehnte sie sich zurück und sah zu ihm auf. Seine eigentlich dunkelgrünen Augen schienen in dem schummrigen Licht schwarz, und in seinem Blick lag ein erwartungsvolles Funkeln.

»Küss mich«, bat sie.

Als hätte er nur auf ein Zeichen von ihr gewartet, griff er nach Magdalenas Hand und zog sie vom Bett. Vor ihm stehend empfing sie ihren ersten stürmischen Kuss als verheiratete Frau. Sie öffnete ihre Lippen und ließ sich auf ein behutsames Spiel ihrer Zungen ein, das von Sekunde zu Sekunde fordernder wurde.

Ihr Herz raste. Sie spürte das wohlige Ziehen ihres Unterleibes. Bestimmt schob sie Mathias eine Armlänge von sich. Ohne den Blick von ihm abzuwenden, löste sie das Band in der Taille ihres Kleides und drehte ihm den Rücken zu.

»Würdest du?«, fragte sie mit einem Blick über die Schulter.

Sie spürte das Zittern seiner Hände, als er die Haken ihres Kleides löste. Kurz darauf lagen seine warmen Hände auf ihren Schultern und schoben das Kleid herunter. Er gab ein bewunderndes Zischen von sich und begann damit, ihre Schultern mit zärtlichen Küssen zu bedecken. Magdalena seufzte wohlig und drehte sich wieder zu ihm um. Langsam schob sie auch die Träger ihres Unterkleides von den Schultern und ließ den weichen Stoff an sich herabgleiten. Mathias schüttelte ungläubig den Kopf, als könnte er nicht fassen, was er gerade sah.

Magdalena trat einen Schritt beiseite und aus ihrem Kleid heraus, während sie die Nadeln aus ihrer Hochsteckfrisur löste und auf den Nachttisch legte. In weichen Wellen fielen ihre dunklen Haare herab und bedeckten ihre nackten Brüste.

Mathias zog erst die Augenbrauen hoch und verzog dann schmollend die Lippen. Sie verstand ihn, obwohl er kein Wort sagte. Mit beiden Händen griff sie in ihre Haare und hielt sie am Oberkopf zusammen. Langsam bog sie ihren Rücken durch und genoss das erstaunte Gesicht ihres Mannes.

»Dieser Anblick«, raunte er. »Er wird für immer in meinem Gedächtnis eingebrannt sein.«

Magdalena drehte sich langsam um die eigene Achse und sonnte sich in seiner Bewunderung. Dann ließ sie ihre Haare über den Rücken fallen, ging einen Schritt auf ihn zu und gab ihm einen sanften Schubs. Er fiel aufs Bett und lachte kehlig. sie lehnte sich gegen den Bettpfosten und zog mit gespielt kritischem Blick ihre Augenbrauen hoch, während sie auf seine Kleider deutete. Er verstand. Mit schnellen Handbewegungen entledigte er sich ihrer, und als Magdalena sah, wie erregt er war, sog sie hörbar die Luft ein und biss sich auf die Unterlippe.

Sie nahm sich Zeit, um ihn anzusehen. Er hatte sich auf seine Unterarme gestützt und sah sie mit schief gelegtem Kopf an. Es schien, als könnte sich keiner von ihnen am anderen sattsehen. Mathias war schlank und muskulös zugleich. Sein Oberkörper hatte die Form eines Dreiecks, und die harten Rundungen an den Oberarmen verrieten seine Stärke. Magdalena wusste, dass dieser Mann sie wirklich und wahrhaftig beschützen konnte, und das erregte sie nur noch mehr. Sie hatte keine Vorstellung davon, was sie in dieser ersten gemeinsamen Nacht erwartete, doch sie verspürte keine Angst mehr. Die Sehnsucht danach, jeden Millimeter seines Körpers zu erkunden und zu erfahren, wie sie selbst auf seine Berührungen reagierte, überwog jede Nervosität. Da war nichts, vor dem sie sich noch fürchtete.

Langsam trat sie ans Bett, ihre Beine links und rechts von seinen. Dann kniete sie sich auf die Matratze und rutschte langsam auf seinen Schoß.

Kapitel 16

Catharine

Sonntag, 16. Mai 1779

Als Anton am Abend zum Essen rief, schützte ich Übelkeit vor. Vermutlich ließ er mir diese Ausrede nur durchgehen, weil er wusste, wie sehr mich die Begegnung mit Annegret aufgewühlt hatte. Wie sollte er auch etwas anderes vermuten? Weder er noch Meister Langenkamp hatten bemerkt, dass ich Zeuge ihrer Unterhaltung gewesen war, eine Unterhaltung, die alles verändert hatte.

»Ich stelle dir eine Kleinigkeit vors Zimmer«, rief Anton durch die geschlossene Tür, und der Gedanke an seine Fürsorge trieb mir augenblicklich wieder die Tränen in die Augen.

»Danke«, rief ich und bemühte mich, möglichst unbekümmert zu klingen. »Vielleicht esse ich ja später noch etwas.«

Seine Schritte entfernten sich, und ich schlug schluchzend die Hände vors Gesicht. Wie sehr ich ihn vermissen würde! Seine ungenierte Art, in jede Unterhaltung seines Vaters hineinzuplatzen, sein fröhliches Lachen und die seltsame Gabe, meine Gefühle zu erahnen oder immer schon im Voraus zu wissen, was ich sagen oder tun wollte. All das hatte ihn zu einem Menschen gemacht, den ich in meinem Leben nicht mehr missen wollte. Doch mir blieb keine Wahl. Sein Vater hatte unmissverständlich klargemacht, wie er wirklich über ein Findelkind wie mich dachte.

Und zum wiederholten Male innerhalb weniger Wochen packte ich meine Tasche. Im Nachhinein war es ein Glücksfall, dass Beni darauf bestanden hatte, mir seine Geldbörse zu überlassen. In der ganzen Zeit, die ich bei den Langenkamps verbracht hatte, hatte ich nicht einmal etwas von dem Geld gebraucht, was nun meine Rettung war. Es würde nicht ewig reichen, aber wenigstens konnte ich mir eine Unterkunft suchen und dann überlegen, wie es weitergehen sollte. Der Präzeptor hatte eine neu gegründete Lehranstalt in Bad Langensalza erwähnt, doch ich wusste beim besten Willen nicht, wie ich dorthin gelangen sollte.

Ich legte mich aufs Bett, starrte an die Decke und wartete darauf, dass die Zeit verstrich. Es wurde dunkel, und schließlich kehrte Ruhe im Haus ein. Wie üblich gingen Anton und sein Vater nacheinander noch einmal hinaus auf den Abort. Dann klappten die Türen, und es herrschte Stille.

Irgendwann schreckte ich hoch. Panisch setzte ich mich auf und starrte aus dem Fenster. Ich musste eingenickt sein! Doch nach der Dunkelheit zu urteilen, die draußen herrschte, lag der Morgen – und damit die Gefahr, entdeckt zu werden – noch in einiger Entfernung.

Hastig griff ich nach meiner Tasche und verließ das Zimmer. In der Tür stolperte ich fast über den Teller, den Anton mir hingestellt hatte. Da ich nicht wusste, wann ich das nächste Mal etwas zu essen bekommen würde, nahm ich Brot und Käse an mich und lief auf Zehenspitzen die Treppe hinunter.

Vor Antons Zimmer verharrte ich. Leise öffnete ich seine Tür und blieb auf der Schwelle stehen. Das Mondlicht tauchte den Raum in silbriges Grau, und da er sich nicht rührte, ging ich davon aus, dass er tief und fest schlief.

Ich wagte kaum zu atmen, als ich seinen Schrank öffnete, um Hose, Hemd und ein paar Schuhe zu entwenden. Sobald er die fehlenden Kleider bemerkte, würde er sicher wissen, in welchem Aufzug ich von nun an unterwegs war. Einen Moment plagte mich das schlechte Gewissen, immerhin stahl ich ausgerechnet von dem Menschen, der mir Zuflucht und Schutz geboten hatte. Ich redete mir ein, dass Anton sicher Verständnis haben und mir vermutlich auch verzeihen würde. Außerdem waren die Kleidungsstücke ja nur geborgt. Sobald ich etwas Geld gespart und mir neue Kleider beschafft hatte, würde ich ihm alles zurückschicken.

Einer Eingebung folgend nahm ich auch die Arbeitskappe an mich, die auf dem Schemel neben dem Bett lag und die Anton immer dann trug, wenn er seinem Vater im Garten zur Hand ging. Als ich den Schrank schloss, knarrte die Tür. Entsetzt erstarrte ich. Anton atmete einige Male hörbar ein und aus und drehte sich auf den Bauch.

Er war nicht erwacht, also schlich ich auf Zehenspitzen aus dem Raum und weiter in die Küche. Dort entwendete ich ein Messer, das ich zum Schneiden meiner Haare brauchen würde. Antons Kleider stopfte ich zu meinen eigenen in die Tasche. Dann verließ ich das Haus des Präzeptors und eilte hinaus.

Ich kannte die Straßen und Gassen der Stadt, doch ich war noch nie um diese Uhrzeit dort unterwegs gewesen. Immer wieder zuckte ich zusammen, weil mich die Geräusche der Nacht erschreckten. Das Kreischen streunender Katzen, die miteinander kämpften, das Klappen von Fensterläden und schließlich zwei streitende Männer, die offenbar angetrunken waren.

Vor allem Letzteres ließ mich erstarren. Mit klopfendem Herzen bog ich in die Kalandgasse ein, drückte ich mich gegen die Wand eines Hauses und wartete darauf, dass sich Schritte und Stimmen der Streithähne entfernten. Nachdem sich mein Puls beruhigt hatte und ich sicher war, dass auch die Trunkenbolde fort waren, setzte ich meinen Weg Richtung Stechbahn fort und bog dann nach rechts in die Poststraße. Noch bevor ich das Ende der Straße erreichte, von wo aus ich zum Großen Plan weiterlaufen wollte, wusste ich plötzlich, wie es weitergehen würde. Warum war ich nicht gleich darauf gekommen? Sobald die Sonne aufging, würde ich mich nach den Abfahrtzeiten der Postkutsche erkundigen. Sicher konnte mir der Kutscher sagen, wie ich von hier nach Langensalza kommen und wie lange ich unterwegs sein würde.

Am Pipenposten auf dem Großen Plan setzte ich mich auf den steinernen Rand und trank einige Schlucke Brunnenwasser. Dann lief ich wieder in einen der schützenden Hauseingänge, denn für das, was ich nun vorhatte, sollte ich nicht inmitten des Platzes sitzen, war doch die Wahrscheinlichkeit durchaus gegeben, hier auch zu dieser späten Stunde noch auf Nachtschwärmer zu treffen.

Im Hauseingang der Schneiderei setzte ich mich auf die Stufen, zog das Messer aus meiner Tasche und legte es neben mich. Ich brauchte einen Moment, um mich mit dem Gedanken an das, was nun folgen würde, anzufreunden. Zunächst löste ich meine Haarklemmen. Dann zog ich meinen dicken, geflochtenen Zopf vor mein Gesicht. Im Grau der ausklingenden Nacht war das warm schimmernde Rot meiner Haare nicht zu erkennen. Ich seufzte und schloss die Augen. Ich liebte meine Haare und hatte sie ein Leben lang mit Stolz besonders lang getragen. Doch ich konnte kaum eine Reise als Frau antreten, wenn ich doch am Ende als junger Mann in Bad Langensalza eintreffen wollte.

Beherzt griff ich zum Messer und schnitt meinen Zopf im Nacken dicht am Haaransatz ab. Ich legte ihn sorgfältig neben mir auf die Stufen. Doch was soll das?, schalt ich mich selbst. Als gäbe es noch irgendeine Verwendung dafür! Hinter einer der Gaststuben würde ich mein Haar im Abfall entsorgen. Noch einmal griff ich zum Messer und kürzte die Seitenpartien so, dass die Ohren nur noch zur Hälfte bedeckt waren. Zu gänzlich kurzem Deckhaar konnte ich mich nicht durchringen. Sollte ich irgendwann zu meinem eigenen Ich zurückkehren, würde es so zumindest nicht allzu lange dauern, um mir wieder eine ansehnliche Haarpracht wachsen zu lassen.

Eine Weile starrte ich gedankenverloren in den Himmel. Die milchig gelben Streifen am Horizont kündigten jetzt den nahenden Sonnenaufgang an. Wenn ich nicht erwischt und erkannt werden wollte, war es allerhöchste Zeit, meine Garderobe zu wechseln. Ich schlüpfte aus meinem Kleid und benutzte das Taillenband, um meine Brüste abzubinden. Anschließend zog ich Hemd, Hose und Schuhe von Anton an. Die Hosenbeine waren viel zu lang, und ich musste sie mehrfach umkrempeln. Und natürlich waren auch seine Schuhe nicht für meinen schmalen Fuß gemacht. Ich musste sie fest schnüren, damit sie mir nicht vom Fuß rutschten. Über meine angewinkelten Beine gebeugt, bildete ich mir für einen Augenblick sogar ein, ihn riechen zu können. Dann schüttelte ich jeden traurigen Gedanken ab, setzte die Arbeitskappe auf und zog sie tief in die Stirn.

Anschließend huschte ich ein letztes Mal durch die engen Gassen, um meinen Zopf loszuwerden, setzte mich wieder in den Hauseingang der Schneiderei und wartete darauf, dass die Sonne aufging und die erste Postkutsche hielt.

Ich hatte keine Vorstellung davon, wie es sein würde, in einer Postkutsche durchs Land zu reisen. Die ersten Stunden waren aufregend gewesen. Ich hatte einen Platz an der Tür ergattert und tat nichts anderes, als durch den Ausguck zu schauen. Doch das Schaukeln des Wagens auf Kopfsteinpflaster ließ mich schnell müde werden. Ich schob mir Antons Mütze über die Augen und schlief schon nach kurzer Zeit ein.

Ich wurde erst wieder wach, als der Postknecht seinen Kopf durchs Fenster steckte und mich wachrüttelte.

»He, du wolltest nach Langensalza? Dann musst du hier raus.«

»Wo sind wir?«, fragte ich benommen, und als ich das überraschte Gesicht des Kutschers bemerkte, fiel mir ein, dass ich unbedingt auf meine Tonlage achten musste. Meine Stimme klang noch viel zu sehr nach mir und überhaupt nicht nach einem jungen Mann.

»Hannover. Von hier aus geht's für dich weiter nach Hildesheim. Und von dort aus, ach, frag dich einfach durch, wenn du da bist. Ich habe einen Fahrplan einzuhalten und kann mich nicht ewig mit dir beschäftigen. Und jetzt raus mit dir!«

Ich nickte. Der Tonfall des Postknechts klang von einer auf die nächste Sekunde ungehalten, und da ich auf keinen Fall auffallen wollte, stieg ich eilig aus und griff nach meiner Reisetasche, die mir der mürrische Mann schon entgegenhielt. Ich streckte mich nach der langen Fahrt und hatte das Gefühl, an diesem ersten Reisetag um Jahre gealtert zu sein. Meine Knochen schmerzten ebenso wie mein Kopf. Einen Moment lang massierte ich meinen Nacken, doch die Verspannung saß zu tief und würde in den nächsten Tagen sicher nicht besser werden.

Ich lief zum Postschalter und löste eine Fahrkarte nach Hildesheim. Der Mann hinter dem Schalter war eindeutig besserer Laune. Er erklärte mir ausführlich, wo ich wann umzusteigen hatte. Dann warnte er mich vor: »Du bist sicher zäh, Bursche. Doch unterschätze die Reise nicht. Vor Ende der Woche wirst du nicht am Ziel sein.«

Ich nickte und bedankte mich. Dann überlegte ich einen Moment, ob ich es mir wohl leisten könnte, meine Reise erst am übernächsten Tag fortzusetzen, um einen Tag auszuruhen. Diesen Gedanken verwarf ich jedoch gleich wieder. Ich musste das wenige Geld, das ich besaß, beisammen halten, wusste ich doch nicht, was mich erwarten würde.

Am nächsten Tag wurde mir klar, wie wenig Sorgfalt ich bei meiner Planung hatte walten lassen. Es begann damit, dass mich ein kleiner Bub, der mit seiner Mutter ebenfalls in der Postkutsche nach Hildesheim saß, nach meinem Namen fragte.

Der erste Name, der mir einfiel, war Beni. Doch ich würde es auf Dauer kaum ertragen, tagtäglich den Namen des Mannes zu hören, den ich so sehr liebte. Schon der kleinste Gedanke an ihn löste unerträgliche Schmerzen in meinem Inneren aus, und ich musste auch jetzt die Erinnerung an ihn verdrängen.

»Hast du deinen Namen vergessen?«, fragte der Bub und zog missbilligend seine Augenbrauen hoch.

»Natürlich nicht«, antwortete ich lachend. Dann endlich fiel mir ein Name ein. »Ich bin Constantin.«

Der Dreikäsehoch war noch nicht zufrieden mit meiner Antwort. Es hatte ihn ganz offensichtlich irritiert, dass ich so lange gebraucht hatte, um meinen Namen preiszugeben. Er stemmte seine kleinen Fäuste in die Hüften, zog die Augenbrauen zusammen und sah mich skeptisch an.

»Und weiter?«

»Nun lass den jungen Mann doch in Ruhe«, ging seine Mutter dazwischen.

Ich winkte freundlich ab, wobei ich mir Mühe gab, meine Bewegungen nicht zu weich wirken zu lassen. »Das macht doch nichts. Neugier soll ja gesund sein, richtig?« Noch einmal wandte ich mich dem kleinen Kerl zu. »Constantin Langenhagen, sehr erfreut«, sagte ich, und für einen Moment dachte ich daran, dass auch der Nachname nicht sonderlich originell war, kam er dem des Präzeptors doch sehr nah. »Und du bist?«

»Paul.«

»Guten Tag, Paul.«

Ich gab dem neugierigen Buben die Hand, was ihn dazu veranlasste, mich augenblicklich zu seinem neuen Freund zu erklären und mich auf Herz und Nieren zu prüfen.

Als die Postkutsche Hildesheim erreichte, war ich nach außen hin ein anderer Mensch, was ich Paul und seinen Fragen zu verdanken hatte. Jetzt hieß ich Constantin Langenhagen und war der Sohn eines angesehenen Advokaten aus Lüneburg. Ich hatte meine kranke Tante in Celle besucht und war nun auf dem Weg nach Bad Langensalza.

Auf Pauls Frage, was ich dort zu tun hätte, antwortete ich ganz wahrheitsgetreu, dass ich darauf hoffte, in der pharmazeutischen Lehranstalt des Johann Christian

Wiegleb aufgenommen zu werden, um mich ausbilden zu lassen.

»Und was machst du, wenn du damit fertig bist?«

»Tut mir sehr leid«, unterbrach Pauls Mutter noch einmal. »Solange Sie immer wieder antworten, wird er weiter fragen.«

»Das macht doch nichts, Gnädigste«, brummte ich mit verstellter Stimme und wandte mich dann wieder Paul zu. »Dann werde ich Apotheker und kann hoffentlich vielen kranken Menschen helfen.«

Paul riss seine schwarzen Knopfaugen auf und sah mich bewundernd an. »Das ist aber eine gute Sache!«, rief er begeistert. »Nicht wahr, Mutter? Das ist eine gute Sache.«

Seine Mutter nickte und verwickelte ihn anschließend in ein Gespräch über alle möglichen Berufe, die mindestens genauso gut wären wie der des Apothekers.

Ich lächelte die Mutter dankbar an, schloss meine Augen und nahm mir vor, bei dieser neuen Geschichte zu bleiben, in der Hoffnung, am Zielort nicht ausgerechnet auf Menschen zu treffen, die aus Lüneburg kamen.

Der freundliche Postbeamte aus Hannover hatte recht behalten. Die Reise nach Langensalza war kräftezehrend und dauerte am Ende sogar ganze acht Tage. Kurz hinter Mühlhausen schlug auch noch das Wetter um, und anhaltender Regen setzte ein.

Der Postknecht hatte längst eine Route eingeschlagen, die von den befestigten Straßen wegführte. Wir kamen nur noch langsam voran. Just in dem Moment, als ich einen Blick aus dem Guckloch in der Tür werfen wollte, blieb die Kutsche stehen, und das lautstarke Fluchen des Kutschers ließ keinen Zweifel daran, was passiert war:

Die Räder des Gefährts steckten tief im Morast und rührten sich keinen Millimeter.

Mit finsterer Miene und nur wenigen Worten forderte uns der Kutscher zum Aussteigen auf.

»Frauen und Kinder auf die Seite, die Männer an die Kutsche!«

Seine Stimme duldete keinen Widerspruch, also beeilte ich mich und stellte mich zu den Frauen, die am Waldrand Schutz vor dem immer stärker werdenden Regen suchten.

»Ein Scherzkeks, was?«, brüllte der Kutscher und gab mir mit einer unfreundlichen Geste zu verstehen, was er davon hielt, dass ich mich vor der Arbeit drückte.

»Sieh zu, dass du anpackst, Bursche!«

Erst in diesem Moment ging mir auf, was ihn so aus der Fassung gebracht hatte. Wieder einmal hatte ich vergessen, dass ich für Außenstehende nicht mehr Catharine war, sondern Constantin.

»Verzeihung«, murmelte ich und eilte an die Rückseite der Kutsche, von wo aus ich gemeinsam mit den anderen Männern versuchte, den Karren, im wahrsten Sinne des Wortes, aus dem Dreck zu ziehen. Nach einer gefühlten Ewigkeit gelang das zwar, doch ich und alle anderen männlichen Fahrgäste waren jetzt beschmutzt und durchnässt. Wir nahmen wieder in der Postkutsche Platz, und innerhalb weniger Minuten war ich völlig durchgefroren. Für Mitte Mai war es recht kühl. Der Fahrtwind blies durch das offene Guckloch in der Tür und fuhr mir unter die nassen Kleider.

»Zart besaitet, was?«, feixte einer der Männer, der mir gegenüber saß. »Na komm, Kleiner. Wir tauschen die Plätze, dann kriegst du den kalten Fahrtwind nicht so ab.«

»Danke«, presste ich schlotternd hervor. Dann schickte ich ein Stoßgebet zum Himmel, dass ich mich nicht erkältete. Welches angesehene Institut wollte schon schmächtige oder kränkelnde Lehrlinge aufnehmen?

* * *

Beni hatte inzwischen seit über einer Woche den Hof seines Vaters nicht mehr verlassen. Er war dabei, ein schweigsamer, missmutiger Geselle zu werden, doch das war ihm gleich. Er lebte in den Tag hinein. Um das Glück von Catharine und Anton nicht sehen zu müssen, blieb er der Schulstube von Meister Langenkamp fern. Nützlich machte er sich nur, wenn er Josefine Zietsch zur Hand gehen konnte. Die versicherte ihm immer wieder, dass Catharine ihre Worte nie und nimmer ernst gemeint haben könnte, doch Beni zuckte darauf nur noch schweigend die Achseln.

Es nützte nichts, sich den Kopf darüber zu zerbrechen, warum und wie sehr Catharine Anton ins Herz geschlossen hatte. Sie hatte keine Gefühle mehr für ihn, nur das zählte. Diese Tatsache war unabänderlich, und damit musste er sich abfinden. Allerdings wusste er beim besten Willen nicht, wie er seine eigenen Gefühle für Catharine je überwinden sollte.

Seine Sehnsucht nach ihr kam in Wellen und überrollte ihn regelrecht, als wäre er ein hilflos schaukelndes Boot in einem tosenden Sturm. Nach einer Weile ließ der Schmerz kurzzeitig nach, kam jedoch bei der kleinsten Erinnerung an eine Geste, ein Wort oder einen Ort, an dem sie gemeinsam verweilt hatten, mit unverminderter Wucht zurück und traf ihn umso härter.

Einige Tage hatten Vater, Mutter und Schwester ihn in Ruhe gelassen. Doch an diesem vorletzten Montag im Mai verlor sein Vater die Geduld. Ohne ein Widerwort zu dulden, hatte er Beni befohlen, Esmeralda und Josefine zu helfen.

»Wenn du der Meinung bist, Meister Langenkamp nicht mehr zu brauchen, dann wirst du dich eben wie ein einfacher Häusling nützlich machen. Du wirst schon noch erkennen, dass solche niederen Arbeiten nicht für unsereins gedacht sind. Über kurz oder lang wirst du zur Vernunft kommen und zu Meister Langenkamp zurückkehren. Als hättest du zu entscheiden, wann es genug ist mit deiner Schulbildung!«

Beni hatte seinem Vater regungslos gegenüber gestanden. Natürlich hatte der Vogt keine Ahnung davon, was ihn wirklich davon abhielt, die Schulstube aufzusuchen, und er hatte nicht vor, seinem Vater seine Beweggründe zu erklären. Dann half er eben in der Küche oder beim Hausputz. Es war ihm gleichgültig. Und würde sein Vater ihn zum Schulbesuch zwingen, würde er eben die Vogtei verlassen und so tun als ob. Annegret würde sicher petzen, das änderte jedoch nichts an der Tatsache, dass ihn niemand ins Haus der Langenkamps hineintragen konnte.

Beni war gerade dabei, das Treppenhaus zu fegen, als es an der Tür klopfte. Da er keine Anstalten machte, die Tür zu öffnen, übernahm es Esmeralda, den Gast hereinzulassen.

»Ich möchte zu Johann Benedict.«

»Augenblick bitte.«

Beni erstarrte und krallte seine Finger so fest um den Stiel des Besens, dass die Knöchel weiß hervortraten.

»Verschwinde, bevor ich mich vergesse«, rief er dem Sohn des Präzeptors vom Treppenabsatz aus zu.

»Nein, das werde ich nicht tun. Ich brauche deine Hilfe.«

»Ich wiederhole mich ein letztes Mal: Verschwinde!«

»Du wirst mich anhören, Johann Benedict. Sie ist nicht an mir interessiert. War es nie. Und wenn du nicht willst, dass das ganze Haus zuhört, kommst du jetzt auf der Stelle die Stufen herunter und unterhältst dich in Ruhe mit mir!«

Beni stutzte und überlegte, ob Antons Worte womöglich nur ein Trick waren, um ihn zu einem Gespräch zu bewegen. Doch worüber sollte er schon mit ihm sprechen wollen? Sollte Catharine Anton heiraten wollen, gäbe es wohl kaum einen Grund für ihn, den Konkurrenten noch einmal aufzusuchen.

»Bitte, gib mir nur eine Minute.«

Antons Stimme klang verzweifelt, und Beni bekam es plötzlich mit der Angst zu tun. »Stimmt etwas nicht mit Catharine?«, fragte er, während er zu Anton hinuntereilte.

Wortlos liefen die beiden jungen Männer aus dem Haus und in Richtung Stallungen, wo sie sich ungestört unterhalten konnten.

»Sie wollte mich nie heiraten. Ich wusste nicht, was sie plante, und ihre Worte haben mich genauso überrascht wie dich. Sie hat mir gegenüber nie auch nur eine Andeutung in diese Richtung gemacht. Ich glaube eher, Catharine wollte, dass du sie vergisst. Weil sie dich liebt und weil sie dich nicht ins Unglück stürzen und gegen deine Familie aufbringen will.«

Benis Herz begann plötzlich zu rasen. Konnte das wirklich wahr sein? Doch warum kam Anton damit erst heute zu ihm? Es war inzwischen eine Woche vergangen. Seine

Worte schon vor einer Woche zu hören, hätte ihm unsäglichen Kummer erspart.

»Lass mich raten: Du hast es dir anders überlegt, willst sie nun doch nicht mehr und möchtest bei mir die Wogen glätten.«

Anton riss entsetzt die Augenbrauen hoch. »Du redest wirres Zeug! Wie lange kennst du mich, Johann? So etwas würde ich nie tun. Ich war genauso entsetzt wie du. Dass ich nicht gleich widersprochen habe, ist meiner guten Erziehung zu verdanken. Ich habe Catharine von Herzen gern und hätte sie niemals vor dir bloßgestellt. Noch am Abend wollte ich sie zur Rede stellen, doch es ging ihr nicht gut. Und dann ...«

Anton machte eine Pause und raufte sich verzweifelt die Haare. »Sie ist weg, Johann. Wie vom Erdboden verschluckt. Ich habe in den vergangenen Tagen die ganze Stadt nach ihr abgesucht. Darauf, dass diese Suche nutzlos war, hätte ich eigentlich gleich kommen müssen. Immerhin fehlt mir das eine oder andere Kleidungsstück und wer, wenn nicht Catharine, hätte es stibitzen sollen?«

Beni presste seine Fäuste gegen die Brust und starrte Anton an. Er wollte ihn fragen, ob das sein Ernst wäre, doch er brachte keinen Ton heraus.

»Mein Vater und ich haben darüber gesprochen, ob Catharine wohl ein Mädchen für die Ehe wäre. Es war mehr ein Gedankenspiel als ein wirklicher Vorsatz. Doch mein Vater war außer sich.«

»Dann wolltest du sie also doch heiraten?«, presste Beni mühsam hervor.

»Nun, ich muss zugeben, dass ich mich im ersten Moment geschmeichelt fühlte. Sie ist wunderschön, blitzgescheit, und ich kann hervorragend mit ihr lachen. Aber das heißt nicht, dass ich sie auf diese Art mag. Ich brauchte allerdings selbst erst einige Zeit, um mir dessen bewusst zu werden. Nun schau nicht so wütend! Ich sage es dir ganz deutlich: Ich habe das Mädchen von Herzen gern, und seltsamerweise scheine ich ihre Gefühle und Gedanken zu verstehen, bevor sie selbst es tut. Aber es ist nicht die Art von Gefühl, die du für sie hegst. Was mich allerdings entsetzt hat ...« Anton holte tief Luft und trat einen Stein beiseite, der vor seinen Füßen lag. »Mein Vater war außer sich, als er von einer Hochzeit hörte. Dabei dachte ich immer, er mag sie. Ich habe mich getäuscht. Regelrecht verboten hat er mir den Kontakt zu ihr.«

Die beiden Männer hatten die Stallungen inzwischen hinter sich gelassen und gingen eine Runde um die dahinter liegende Pferdekoppel.

»Und seit wann ist sie fort?«, fragte Beni.

»Etwas mehr als eine Woche.«

Er blieb abrupt stehen und griff Anton am Oberarm. »Warum bist du nicht früher gekommen?«

»Ich hatte doch nicht damit gerechnet, dass sie gänzlich verschwindet!«, rief er verzweifelt. »Erst dachte ich, sie bräuchte frische Luft und wäre in Kürze zurück. Dann habe ich mir eingeredet, sie hätte sicher ihre Mutter, ich meine Frau Zietsch, aufgesucht. Doch die sah ich wenige Tage später auf dem Markt. Noch bevor ich sie ansprechen konnte, hörte ich, wie sie der Schneiderin erzählte, dass sie nicht wüsste, wo ihr Kind steckte. Also konnte Catharine auch dort nicht sein. Dann bemerkte ich die fehlenden Kleider und Schuhe und begann, Celle nach ihr abzusuchen.«

Beni kam plötzlich ein schrecklicher Gedanke. »Hat sie euch gehört?«, fragte er flüsternd.

»Was meinst du?«

»Den Streit zwischen dir und deinem Vater über eine mögliche Hochzeit. Kann es sein, dass Catharine die strikte Ablehnung deines Vaters gehört hat?«

Anton zog die Augenbrauen zusammen, legte seine Finger vor den Mund und schüttelte dann den Kopf.

»Nein.«

»Sicher?«

»Wie könnte ich sicher sein? Vater und ich haben uns in der Küche unterhalten hinter verschlossener Tür. Doch wenn ich es recht bedenke ... Unsere Unterhaltung wurde schnell hitzig und laut.«

»Sie könnte euch also gehört haben.«

Sie schwiegen einen Moment, bevor Anton schließlich ergänzte: »Jetzt, wo du es sagst, scheint das zusammenzupassen. Sie kam an diesem Abend nicht mehr aus ihrem Zimmer, ich habe ihr einen Teller mit Brot und Käse vor die Tür gestellt. Am nächsten Morgen war sie fort.«

Beni blieb stehen, griff Anton mit beiden Händen an den Oberarmen und schüttelte ihn.

»Weißt du, was das bedeutet?«, rief er aufgebracht und hatte plötzlich das Gefühl, als würden sich unsichtbare Klauen um seinen Hals legen und zudrücken.

»Sie muss sich entsetzlich verlassen fühlen. Von der ganzen Welt im Stich gelassen«, beantwortete Anton seine Frage. »Oh mein Gott, was haben wir diesem armen Mädchen nur angetan?«

Beni horchte auf. Antons Worte klangen ehrlich besorgt. Ebenso wie er selbst war auch der Sohn des Präzeptors voller Mitgefühl, und es fiel Beni schwer, seine Eifersucht zu unterdrücken.

»Wo könnte sie hingegangen sein?«, grübelte er laut. »Hat sie euch gegenüber vielleicht irgendetwas erwähnt?«

»Das Accouchierhaus«, sagte Anton plötzlich.

»Wie bitte?«

Anton erzählte Beni von dem Gespräch, das sein Vater und er kurz vor Catharines Verschwinden mit ihr geführt hatten.

»Sie sprach davon, dass sie die erste Apothekerin der Welt werden wollte, doch Vater erklärte ihr, dass das als Frau nicht möglich wäre.«

Beni musste unwillkürlich schmunzeln. Es sah Catharine ähnlich, solch hochtrabenden Pläne zu schmieden. Sie war eine Träumerin, die sich gleichzeitig ihrer Stärken sehr genau bewusst war.

»Hast du gerade etwas zu tun?«, unterbrach Anton seine Gedanken.

Beni verstand, worauf er hinauswollte, nickte mit Nachdruck und verließ ohne ein Wort der Erklärung gegenüber seinen Eltern zusammen mit Anton die Vogtei.

Kapitel 17

Magdalena

Mitte April 1762

Die Woche nach der Hochzeit erschien Magdalena inzwischen wie eine Szene aus einem wunderschönen, aber weit entfernten Traum. Sie lächelte, wenn sie daran zurückdachte, dass Mathias und sie das Zimmer eine Woche lang nur verlassen hatten, um etwas zu essen, den Abort aufzusuchen oder sich frisch zu machen.

Es war ihr, als hätte diese erste Nacht mit ihrem Ehemann etwas in ihr ausgelöst, was sich wohl am ehesten als Rausch beschreiben ließ und von dem weder sie noch er hatten genug kriegen können.

Doch inzwischen war Mitte April und die glücklichen Momente längst vorüber. Noch immer lebte Magdalena zusammen mit Mathias' Mutter im Hause der Tante, und natürlich war sie dankbar über die Großzügigkeit der Frau.

Die Stimmung war jedoch von einer unerträglichen Trauer geprägt. Die beiden älteren Frauen beweinten den Tod des Handschuhmachers und waren stets in Sorge um Mathias, der nun an irgendeiner Front verweilte – zumindest nahmen sie das an, denn Nachricht hatten sie bisher nicht erhalten.

Magdalena selbst trauerte um ihren Vater und verspürte zur gleichen Zeit unerträgliche Sehnsucht nach Mathias. Hinzu kam das Wissen, dass sie in diesem Haus nun zu einer Last geworden war, geduldet, aber nicht unbedingt erwünscht, da sie Ausgaben verursachte, die sich Irene Seidel nicht leisten konnte. Weder die Witwe des alten Handschuhmachers, noch deren Schwägerin hatten ihr gegenüber je ein Wort darüber verloren. Doch natürlich sah sie, wie bescheiden Mathias' Tante lebte. Sie schaffte es kaum, für sich selbst zu sorgen, und musste nun noch Schwägerin und angeheiratete Nichte durchbringen. Es gab keinen Tag, an dem sich Magda nicht das Hirn darüber zermarterte, wie und vor allem wo es für sie weitergehen könnte. Sie hatte inzwischen in umliegenden Hospitälern, Ausspannwirtschaften und bei ihr bekannten Handwerkern nach einer Anstellung gefragt, war jedoch stets abgelehnt worden. Entweder kannte man ihren Vater und war der Ansicht, dass sich solch niedere Arbeiten für ein Mädchen ihrer Herkunft nicht gehörten, oder aber man hatte schlicht und einfach keine Verwendung für sie. Wenn es so weiterging, würde sie Celle auf der Suche nach einer Anstellung verlassen müssen. Doch wie sollte sie dann von Mathias' Rückkehr aus dem Krieg erfahren?

Magdalena seufzte, während sie mit einem großen Holzstab in der Kochwäsche rührte. Der Gedanke an ihren geliebten Mann ließ sie von Tag zu Tag schwermütiger werden. Noch bei ihrem Abschied waren sie zuversichtlich gewesen. Mathias hatte ihr erklärt, dass er jede Möglichkeit, Feldpost zu schreiben, nutzen würde. Doch nun waren anderthalb Monate vergangen, ohne dass sie auch nur irgendetwas von ihm gehört hatte.

Sie hatte sogar darüber nachgedacht, Vogt von Waldenburg aufzusuchen und sich nach Mathias' Aufenthaltsort oder seinem Befinden zu erkundigen, doch das würde den Mann nur auf den Gedanken bringen, dass sie sich noch immer nahe standen. Womöglich würde er Nachforschungen anstellen, von ihrer heimlichen Hochzeit erfahren und sie dann bestrafen.

Magdalenas Herzschlag beschleunigte sich, und ihre Knie wurden weich. Die Erinnerung an den Vogt und die Brandmillers trieb ihr einmal mehr Wut und Entsetzen in die Glieder – aber gleichzeitig auch Angst. Sie hatte Konrad Brandmiller seit der Beerdigung nicht mehr gesehen, doch das bedeutete mitnichten, dass er seine Pläne, was sie betraf, aufgegeben hatte. Die Angst vor der Gewaltbereitschaft und der lüsternen Gier des Tischlers verursachte ihr eine solche Übelkeit, dass sie den Holzlöffel loslassen musste, um sich auf ihre Atmung zu konzentrieren.

Sie presste die Handfläche gegen die Lippen und schluckte immer wieder. Am Ende half es nichts. Magdalena schaffte es gerade noch rechtzeitig vor die Tür, bevor sie sich übergeben musste.

Sie nahm sich einen Moment Zeit, um durchzuatmen, dann lief sie wieder ins Haus zurück. In der Küche stellte sich ihr Mathias' Tante in den Weg. Sie hatte ihre Hände in die Hüften gestemmt und sah sie kritisch an.

»Wie lange geht das schon?«, wollte sie wissen, doch Magdalena schüttelte nur fragend den Kopf, da sie nicht wusste, worauf die Frau hinauswollte.

»Die Übelkeit«, schob Irene hinterher.

»Kein Grund zur Sorge«, beeilte sich Magda zu erklären, denn sie hatte plötzlich die Befürchtung, dass die Frau sie aus Angst vor einer möglichen Krankheit aus dem Haus jagen könnte. »Mir ist ein wenig übel geworden. Sicher nur der Kreislauf, weil ich so lange bei der

Kochwäsche stand. Hitze und Dämpfe sind mir wohl nicht so recht bekommen.«

Irene Seidel schüttelte ungehalten den Kopf. »Nun, das ist sicher nicht der Grund. Dorothea und ich vermuten es schon länger.« Die Frau seufzte und setzte sich schwerfällig auf den Schemel, der neben der Kochstelle stand.

»Ich bin nicht krank«, versicherte Magdalena eilig.

»Nein, natürlich nicht. Du wirst Mutter«, antwortete Irene schlicht. »Du bist runder geworden, deine Gesichtszüge sind weicher. Ganz offensichtlich ist eure Hochzeitsnacht nicht ohne Folgen geblieben. Ich hatte gehofft, dass es nicht so schnell gehen würde. Deine Schwangerschaft wird sich bald herumsprechen, und wenn diese Nachricht die Brandmillers oder den Vogt erreicht, werde ich in ernsten Schwierigkeiten stecken.«

Magdalena starrte die Frau mit offenem Mund an und wusste nicht, was sie darauf erwidern sollte. In der Hochzeitsnacht war es ihr auf Anraten der Pastorengattin auch darum gegangen, die Ehe zu vollziehen, sodass sie nicht mehr in Konrads Fänge geriet. Danach hatte sie sich von der Leidenschaft und dem Glück, das sie mit Mathias erlebte, treiben lassen, ohne sich über mögliche Konsequenzen Gedanken zu machen. Natürlich war ihr als Tochter eines Apothekers bewusst, was passieren konnte. Andererseits hatte sie den Gedanken an eine mögliche Schwangerschaft sorglos verdrängt, denn die Tatsache, dass kinderlose Frauen immer wieder auch empfängnisfördernde Kräutertinkturen benötigten, um in andere Umstände zu geraten, hatte sie in falscher Sicherheit gewiegt.

Doch all die Gedanken spielten nun keine Rolle mehr. Irene Seidel hatte erkannt, was sie erfolgreich verdrängt hatte: Sie erwartete ein Kind von dem Mann, den sie unerlaubt geheiratet hatte und der nun in weiter Ferne an irgendeiner Front kämpfte, ohne Aussicht auf baldige Heimkehr.

»Und was soll jetzt werden?«, murmelte sie verzweifelt.

»Nun, das ist eine gute Frage.«

Dorothea Grene hatte sich zu ihnen gesellt und ihr reichte offenbar ein einziger Blick in die Gesichter der beiden Frauen, um das Thema der Unterhaltung zu erahnen.

»Also ist es passiert«, stellte sie fest.

»Ich musste mich übergeben«, antwortete Magdalena.

Dorothea sah besorgt zu ihrer Schwägerin. Die erhob sich nun und lief in der winzigen Küche auf und ab.

»Ich wollte dir wirklich gern helfen Mädchen, das musst du mir glauben. Aber ich bin davon ausgegangen, dass du in der Lage sein würdest, eine Anstellung zu finden. Diese Hoffnung ist nun zunichtegemacht, denn niemand wird eine schwangere Frau einstellen. Wir kommen jetzt schon kaum über die Runden.«

»Du könntest bei den Wirtsleuten Jung um eine Unterkunft bitten«, schlug Dorothea vor. Obwohl es niemand aussprach, wusste Magdalena nun endgültig, dass ihre Tage im Hause von Irene Seidel gezählt waren.

»Das habe ich doch längst. Die Alte Linde war mein erster Gedanke. Doch Gerda ist noch immer sehr krank, und all die Arbeit bleibt an den Eheleuten Jung und dem fast blinden Valentin hängen. Ich kann dort nicht bleiben. Sicher würden sie mich aufnehmen, aber am Ende würde ihnen womöglich das Geld fehlen, um den Arzt für Gerda zu bezahlen. Ich wäre nur eine weitere Last für sie, das kann ich ihnen nicht zumuten.«

»Nun, eine oder zwei Wochen schaffen wir sicher noch. Und vielleicht haben wir ja Glück im Unglück, und du bist doch nicht guter Hoffnung.« Irenes Worte klangen nicht sehr überzeugend, doch keine der zwei anderen Frauen widersprach.

Magdalena entschuldigte sich mit einem Kopfnicken und ging zurück in das Zimmer, in dem sie noch vor wenigen Wochen so glückliche Stunden mit Mathias verbracht hatte. Sie öffnete das Fenster, lehnte sich auf den Sims und starrte hinaus, ohne wirklich etwas zu sehen.

Ihre Gedanken drehten sich wieder und wieder im Kreis. Was sollte nur aus ihr werden? Obwohl sie jetzt mit Mathias verheiratet war, gab es hier keinen Platz mehr für sie, und das konnte sie den beiden Frauen nicht einmal verübeln. Das Leben in der Blumlage war ein völlig anderes als das, welches sie vor dem Brand geführt hatte. Ihr Vater und sie hatten ein gutes Auskommen gehabt, und die Vorratskammer war stets gefüllt gewesen.

Hier hingegen gab es Tage, an denen Magdalena nicht mehr als eine wässrige Mehlsuppe zu sich nahm. Hunger war zu ihrem ständigen Begleiter geworden, dabei würde sie gerade jetzt anständige Mahlzeiten brauchen.

Wie sie es auch drehte und wendete, sie konnte nicht in diesem Haus bleiben, und es gab nur einen Ausweg: Sie musste ihren Zustand so lange wie möglich geheimhalten und um jeden Preis Arbeit finden, ganz gleich welcher Art oder wo.

In ihrer Verzweiflung kam ihr ein Gedanke, der einerseits naheliegend, andererseits beängstigend war. Es gab einen Ort, an dem sie noch nicht nach einer Anstellung gefragt hatte und der sicher genug Arbeit abwarf, um auch sie zu beschäftigen: die Vogtei der von Waldenburgs.

Als Magdalena am nächsten Morgen erwachte, wurde sie erneut von Übelkeit geplagt, glücklicherweise musste sie sich jedoch nicht übergeben. Sie erfrischte sich, zog eines der Kleider an, das ihr Marie Wilpert überlassen hatte, und kämmte ihr Haar sorgfältig.

Irene Seidel fiel sofort auf, dass sie etwas Besonderes vorhaben musste. »Du hast dich fein gemacht. Darf man erfahren, zu welchem Zweck?«

»Ich werde den Vogt aufsuchen. Sein Hof ist neben der Werkstatt der Brandmillers der einzige Ort, an dem ich noch nicht um Arbeit gebeten habe. Seine Gattin Sophie war in unserer Apotheke stets eine gern gesehene Kundin. Sie kennt mich gut, und ich glaube, zu wissen, dass sie mich mag. Vielleicht ist ja heute mein Glückstag.«

Irene schüttelte nachdenklich den Kopf. »Ich weiß nicht, Kind. Es war der Vogt, der dir die Ehe untersagt hat. Was wird passieren, wenn er von deiner Schwangerschaft erfährt?«

»Ich werde sie geheimhalten. Noch ist nichts zu sehen, und wenn der Bauch erst wächst, werde ich das mit dem Essen im Hause des Vogts rechtfertigen. Fünf, vielleicht sogar sechs Monate könnte das doch gut gehen. Wenn ich sparsam bin und meinen Lohn beisammen halte, reicht es, um eine Hebamme zu bezahlen. Ist das Kind erst da, könnte ich mich anschließend als Amme verdingen. Aber vielleicht ist Mathias ja bis dahin auch wieder zurück.«

Irene zog die Augenbrauen hoch und wiegte ihren Kopf hin und her. Es sah ganz danach aus, als befürwortete sie ihr Vorhaben, sei es nun aus Überzeugung oder aus Eigennutz.

»Versuche es, Mädchen.«

Magdalena nickte erleichtert und machte sich dann mit klopfendem Herzen auf den Weg zur Vogtei, die sie kurz vor der Mittagsstunde erreichte. Vor der Eingangstür verharrte sie einige Minuten, um zu verschnaufen. Dann zupfte sie ihr Kleid zurecht, was überflüssig und nur ihrer Nervosität zuzuschreiben war, denn natürlich sah man ihr ihren Zustand noch nicht an.

Es war die Vogtgattin selbst, die ihr die Tür öffnete und sie mit wohlwollendem Lächeln hineinbat.

»Das ist ja eine Überraschung«, begann Sophie von Waldenburg und führte ihren Gast in den Vorsaal. »Setzen Sie sich doch bitte, Fräulein Casparus. Darf ich Ihnen etwas anbieten?«

Magdalena zögerte einen Augenblick. Der Fußmarsch aus der Blumlage hierher hatte sie durstig werden lassen. Trotzdem wagte sie es nicht, um etwas zu bitten.

»Nein danke«, sagte sie stattdessen leise.

Doch die Dame des Hauses hatte offenbar ein sehr gutes Gespür. »Sie sind doch sicher gelaufen. Ich werde Ihnen etwas von dieser köstlichen Limonade einschenken. Das Rezept haben Sie mir selbst empfohlen, Fräulein Casparus: erkalteter Sud der Zitronenmelisse, gesüßt mit Honig. Ganz wie Sie es vorhergesagt haben, schmeckt es ganz herrlich und erfrischt noch obendrein.«

Magdalena nickte dankbar und spürte, dass ihre Kräfte zurückkehrten, nachdem sie einige Schlucke getrunken hatte.

»Was kann ich für Sie tun, Fräulein Casparus?«

Magda wandte ihren Blick ab und starrte auf ihre Hände. Auf dem Weg hierher hatte sie sich ihre Worte überlegt, doch nun, da sie vor der Frau des Vogts saß, kam es ihr plötzlich unverschämt vor, um einen solch großen Gefallen zu bitten.

Sie atmete durch und mahnte sich innerlich zu mehr Mut. Sie war in einer ausweglosen Lage und konnte es sich schlicht und einfach nicht mehr leisten, schamhaft zu sein.

»Sie wissen vielleicht, dass ich nach dem großen Brand zunächst einige Tage beim Pastor Unterschlupf fand«, begann sie und als Sophie von Waldenburg ihr aufmunternd zunickte, sprach sie eilig weiter. »Danach war eine Dame aus der Blumlage so freundlich, mich aufzunehmen. Sie verlor ihren Bruder, den Handschuhmacher, beim zweiten Brand.«

Magdalena machte eine kurze Pause und nippte an ihrer Limonade. Dann fuhr sie fort. »Allerdings hat Frau Seidel selbst nur das Nötigste, um über die Runden zu kommen, und sie beherbergt bereits die Witwe des Handschuhmachers.«

Sophie von Waldenburg nickte, verzog mitfühlend ihre Lippen und griff dann nach Magdalenas Händen.

»Und nun kann sie für dich nicht mehr aufkommen?«

Magda seufzte und schüttelte den Kopf. »Ich habe wirklich alles versucht, gnädige Frau. Aber entweder, die Celler Bürger befanden, ich wäre zu gut für niedere Arbeiten, oder sie hatten schlichtweg nichts zu tun. Dabei muss ich doch meinen Lebensunterhalt bestreiten. Ich bin tüchtig und ...«

»Und da kommst du zu mir«, unterbrach Sophie, die offenbar gar nicht bemerkte, dass sie zum vertrauensvollen Du übergegangen war.

»Das ist die einzig richtige Entscheidung«, sagte sie und klatschte tatkräftig in die Hände. »Ich könnte dringend ein Mädchen gebrauchen, denn in den nächsten Wochen werde ich mich schonen müssen.«

Sophie von Waldenburg strich lächelnd über ihren Bauch und erst in diesem Moment fiel Magdalena auf, wie weit die Schwangerschaft der Vogtgattin inzwischen fortgeschritten war. Vor dem großen Brand hatte sie in der Apotheke bereits davon berichtet und nach einem verträglichen Schlaftrunk gefragt. In der Aufregung hatte Magdalena daran nur nicht mehr gedacht.

»Du kommst gerade recht. Wir können uns gegenseitig helfen, richtig? Du hättest wieder eine Bleibe, die du nicht wieder verlassen musst. Und wir würden dir einen angemessenen Obolus für deine Dienste zahlen, sodass du ein bescheidenes Auskommen hättest.«

Magdalenas Puls beschleunigte sich, und sie musste sich zusammenreißen, um nicht vor Erleichterung in Tränen auszubrechen.

»Du kannst sofort beginnen.«

»Wer kann sofort womit beginnen?«, polterte eine Stimme von draußen. Im nächsten Augenblick stand Leopold von Waldenburg im Raum und sah seine Frau fragend an.

»Ich biete dem guten Fräulein Casparus eine Stellung in unserem Hause an.«

Magdalena bemerkte die Veränderung im Gesicht des Vogtes sofort. Der Mann war offenbar ungehalten über die Worte seiner Frau. »Wie kommst du dazu? Wir haben nichts dergleichen besprochen.«

Eilig senkte Magda den Blick. Am liebsten wäre sie aufgesprungen und aus dem Haus gelaufen, so unangenehm war es ihr, den Streit der Eheleute mit anzuhören.

»Sei so gut!« Sophie von Waldenburg bedeutete ihrem Mann, ihr auf den Flur zu folgen. Mit Nachdruck schloss der Vogt die Tür, trotzdem konnte Magdalena noch immer jedes Wort hören.

»Seit wann stellst du ohne meine Genehmigung Häuslinge ein?«, rief der Vogt.

»Das Fräulein Casparus ist doch kein einfacher Häusling. Sie ist die Tochter unseres verstorbenen Apothekers

– Gott hab ihn selig. Sie ist fleißig und gut und in einer Notlage. Wir müssen ihr helfen.«

»Wir müssen überhaupt nichts!«

Magdalena hielt die Luft an und wagte nicht, sich zu rühren. Was hatte sie sich nur dabei gedacht, ausgerechnet hier um eine Anstellung zu bitten? Sie wusste doch, dass der Vogt ein kalter und herzloser Mensch war, immerhin hatte er Mathias und ihr nach allem, was passiert war, die Erlaubnis zur Hochzeit untersagt. Sie schluckte und konzentrierte sich wieder auf die Worte, die vor der Tür gesprochen wurden.

»Glaubst du, ich weiß nicht, worum deine Schwester dich gebeten hat? Du hast dem armen Mädchen die Ehe mit dem jungen Handschuhmacher auf Helenes Wunsch hin verwehrt, nach allem, was sie durchmachen musste. Sie hätte jetzt zumindest ein wenig glücklicher und verheiratet sein können. Stattdessen hast du dich von deiner boshaften Schwester dazu verleiten lassen, diese Hochzeit zu verbieten. Und das obwohl du weißt, was Konrad ...«

»Halt den Mund!«, fuhr Leopold seine Frau an. »Kein Wort mehr. Für wen wohl habe ich das getan?«, schnaufte er. »Nur für uns! Konrad ist fort, und diesen letzten Gefallen konnte ich meiner Schwester nicht abschlagen. Immerhin ist es die Schuld des jungen Grene, dass die Tochter des Apothekers Konrad nicht wollte.«

»Pah«, hörte Magdalena die Vogtgattin dagegenhalten. »Kein Mädchen, das bei Verstand ist, heiratet einen solchen Trunkenbold. Selbst du hältst den Sohn deiner Schwester für einen Nichtsnutz. Wir sind Magdalena das Dach über dem Kopf schuldig, und ich erwarte deine Zustimmung!«

»Wie bitte?«

Magdalena presste ihre Fäuste gegen die Brust, in der Hoffnung, dass das Klopfen ihres Herzens so nachlassen würde. Mit offenem Mund lauschte sie.

»In dieser Angelegenheit lasse ich dir keine andere Wahl, Leopold. Oder muss ich dich erst daran erinnern, dass du Amt und Würden einzig dem Einfluss und dem Geld meines werten Vaters zu verdanken hast? Ohne dessen weitreichende Beziehungen als Ratsherr von Quedlinburg wären wir nicht, wer wir heute sind. Du warst als Vogt stets streng, aber gutherzig. Nun hat deine Schwester dich beeinflusst. Du weißt, dass ich recht habe mit meiner Güte und du mit deiner Gnadenlosigkeit im Unrecht bist.«

In der nächsten Sekunde flog die Tür zum Salon wieder auf. Magdalena zuckte zusammen und sprang vom Stuhl auf.

»Ich bitte um Verzeihung. Natürlich werde ich sofort gehen«, stotterte sie.

»Nicht nötig. Du bleibst. Ich werde den Stallburschen in die Blumlage schicken, um deine Habseligkeiten aus dem Hause der Frau Seidel zu holen. Meine Gattin ist der Meinung, dass sie in ihrem Zustand deine Unterstützung braucht, drum sei es so. Du erhältst eine Anstellung als ihre ganz persönliche Dienstmagd.«

Noch bevor Magdalena ein Wort des Dankes herausbringen konnte, stürmte der Vogt auch schon wieder aus dem Raum.

»Das war doch leichter, als gedacht«, sagte Sophie und lächelte zufrieden. »Ich zeige dir nun deine Kammer. Es freut mich außerordentlich, dir helfen zu können.«

* * *

Die Feldpost erreichte Helene Brandmiller am 2. Mai des Jahres 1762, doch entgegen ihrer Hoffnung trug der Brief nicht die Handschrift ihres Sohnes. Seit Konrad eingezogen worden war, hatte sie tagtäglich auf Nachricht von ihm gewartet, war jedoch stets enttäuscht worden, und ihren Bruder um Auskunft zu bitten, hatte sie nicht gewagt.

Ihr hartherziger Gatte Gustav hatte den Namen seines Sohnes seit dessen Einberufung nicht einmal mehr erwähnt. Es war, als existierte er nicht mehr.

Nun stand Helene in der Küche und hielt den Umschlag in ihren zitternden Händen. Sie versuchte, sich einzureden, dass es sicher seine Richtigkeit hätte, dass die Handschrift nicht die ihres Sohnes war. Vielleicht wurde sie ja über seine besonderen Verdienste unterrichtet, und er war, nachdem sie im Streit auseinandergegangen waren, nur zu beschämt, um diese freudige Botschaft selbst zu schreiben.

Helene seufzte. Wem wollte sie etwas vormachen? Tief in ihrem Herzen wusste sie, dass das nicht mehr als ein Wunschtraum war. Eine Armee, der Konrad nie hatte beitreten wollen, würde ihn wohl kaum zu einem besseren Menschen machen.

Zum ersten Mal in ihrem Leben betrat sie die Schreibstube ihres Mannes in dessen Abwesenheit. Der hatte schon im Morgengrauen das Haus verlassen, und dass sie sich in diesem Moment an seinem Branntwein bediente, würde er vermutlich nicht einmal bemerken.

Helene stürzte ein Glas des scharfen Getränks hinunter und schüttelte sich. Sie würde wohl nie verstehen, warum ausgerechnet ihr Sohn diesem teuflischen Gebräu so zugetan war.

Nachdem das Brennen in ihrer Kehle nachließ, setzte sie sich an den Sekretär ihres Gatten, öffnete den Brief und begann zu lesen. Die Worte, die dort standen, schienen ihren Verstand jedoch nicht zu erreichen.

Wieder griff Helene zum Branntwein, schenkte nach, stürzte hinunter und las. Sie verlor jedes Zeitgefühl, spürte weder die Tränen, die ihr übers Gesicht rannen, noch die Benommenheit, die von Becher zu Becher zunahm.

»Bist du betrunken, Weib?«

Die zornige Stimme ihres Mannes und sein grobes Rütteln an ihrer Schulter weckten sie.

»Und?«, gab sie mit schwerer Zunge zurück. »Ich habe jedes Recht dazu!«

Sie musste tatsächlich eingeschlafen sein. Die Sonne stand bereits tief und würde schon bald untergehen. Helene Brandmiller hatte einen ganzen Tag verloren. Trinkend in der Schreibstube ihres Gatten. Doch das war nicht mehr von Bedeutung. Es gab überhaupt nichts mehr von Bedeutung in ihrem Leben.

»Feldpost«, sagte sie kurz angebunden und presste ihre Augenlider mehrfach fest aufeinander, um den verschwommenen Blick wieder zu schärfen.

»Du musst dich nie mehr über deinen missratenen Sohn ärgern. Er ist nicht mehr.«

Aus zusammengekniffenen Augen starrte Helene ihren Gatten an. Sie versuchte, eine Gefühlsregung in seinem Gesicht zu erkennen, doch da war nichts als Kälte.

»Also ist er gefallen?«, fragte Gustav knapp und auch in diesem Augenblick kam ihm der Name seines Sohnes nicht über die Lippen.

Helene lachte auf. Kurz erst, doch dann gab sie ein grausiges Wiehern von sich. Sie wollte aufhören, doch es gelang ihr nicht, also lachte sie weiter.

»Bist du von Sinnen?«, fragte Gustav und schüttelte sie.

Es dauerte, ehe sie sich wieder beruhigt hatte. Sie zog die Nase hoch und wischte sich über das noch immer tränennasse Gesicht. »Wie könnte ich nicht. Keine Mutter erträgt eine solche Schmach. Er ist nicht einfach gefallen. Stell dir vor, er war nicht allein. Ausgerechnet Mathias Grene war einer seiner Kameraden.«

»Was tut das zur Sache?«

»Das erkläre ich dir gern. In diesem Brief steht, dass Konrad immer wieder Streit mit dem stets gehorsamen Soldaten Grene suchte. Unser Sohn ...« Sie machte eine bedeutsame Pause und sah Gustav fest an, doch der verzog nur abschätzig den Mund. »Unser Sohn hat, wenn wir den Zeilen Glauben schenken können, den Soldaten Grene hinterrücks im Schlaf getötet. Er hat ihm mit einem Messer die Kehle durchgeschnitten und ist dann desertiert. Die königlichen Truppen konnten ihn wieder aufgreifen und seiner gerechten Strafe zuführen. Konrad ist Brandstifter, Mörder und Deserteur in einem. Und nun ist er tot.«

»Was schert es mich«, gab Gustav Brandmiller eisig zurück. »Ich hatte nie einen Sohn.«

Kapitel 18

Catharine

Sonntag, 16. Mai 1779

Unruhig lief Beni im Garten des Präzeptors auf und ab und legte sich die Fragen zurecht, die er ihm stellen wollte. Als dieser jedoch mit Anton aus dem Haus trat, kam er ihm zuvor.

»Du willst also etwas über das Accouchierhaus erfahren?«, fragte Eduard Langenkamp.

Beni nickte zögerlich, denn das war nicht sein einziges Anliegen. Auf dem Weg von der Vogtei zum Haus des Präzeptors war ihm ein Gedanke nicht mehr aus dem Kopf gegangen: Warum hatte Langenkamp Catharine rundheraus abgelehnt? Es war unwichtig, ob dieser Hochzeitsgedanke nun ernst gemeint oder nur ein Vorwand gewesen war, um Beni aus Catharines Leben zu verbannen. Es war die Frage nach dem Warum, die ihm keine Ruhe ließ. Warum hatte der Schulmeister mit solch vehementer Ablehnung reagiert? Beni konnte nicht anders, er musste dem Mann diese Frage stellen.

Langenkamp zog seine Augenbrauen zusammen. »Was hat das mit dem möglichen Aufenthaltsort des Mädchens zu tun?«

»Nun, vielleicht war ja Ihre Haltung zu einer möglichen Hochzeit ihr Grund zur Flucht.«

Langenkamp legte beide Hände auf den Rücken und lief im Gras auf und ab, bis sich Beni ihm schließlich in den Weg stellte.

»Bitte, Meister Langenkamp. Irgendetwas sagt mir, dass Sie Catharine wirklich mögen. Warum also diese Ablehnung? Ich bin mir sicher, dass sie Ihre Worte gehört und deswegen das Haus verlassen hat.«

Langenkamp riss entsetzt die Augen auf. Dann ließ er sich schwer auf die hölzerne Gartenbank fallen und schüttelte den Kopf.

»Du meinst ...«, begann er, schwieg dann jedoch wieder.

Beni sah zu Anton, der ihm mit einer beschwichtigenden Handbewegung zu verstehen gab, dass er Geduld mit seinem Vater haben sollte.

»Setzt euch«, bat Langenkamp schließlich.

Beni sah fragend zu Anton, doch der schüttelte den Kopf. Offenbar wusste auch der Sohn des Schulmeisters nicht, was nun folgend würde. Anstatt das Wort an Beni zu richten, sah der Präzeptor seinen Sohn lange an. Dann nickte er mehrmals, als wollte er sich selbst Mut zusprechen.

»Es gibt etwas, worüber weder deine Mutter noch ich je gesprochen haben.«

»Und das wäre?«, fragte Anton.

»Deine Ankunft im Hause Langenkamp.«

Beni sah verdutzt zwischen Vater und Sohn hin und her. Warum sprach der Schulmeister statt von einer Geburt von einer Ankunft? Anton schien den gleichen Gedanken zu haben. Er griff nach den Händen seines Vaters und wartete darauf, dass der ihn ansah.

»Nun rede doch, Vater.«

Der Präzeptor seufzte und strich behutsam über den Handrücken seines Sohnes. »Nun, es war eben ein Wunder. Wir hatten uns lange ein Kind gewünscht, doch es wollte nicht klappen. Und eines Morgens warst du dann da. Du lagst in einem Körbchen vor unserem Haus, und ich wäre fast über dich gestürzt.«

Beni presste seine Handflächen gegeneinander und spürte das Pulsieren seiner Schläfen. Konnte das wirklich wahr sein? Er dachte an Catharine und war zunächst unfähig, seine Gedanken zu sortieren. Wie durch dicke Nebelschleier, die sich lichteten, formte sich ein Bild in seinem Kopf, und er begann zu begreifen.

»Wann war das?«, fragte Anton, noch bevor Beni es tun konnte.

»Im Dezember des Jahres 1762«, antwortete Langenkamp. Dann sah er seinen Sohn an und wartete. Beni wagte es nicht, in dieser Situation das Wort zu ergreifen. Er hatte sicher nicht das Recht, einen solch bedeutsamen Moment zwischen den beiden zu stören.

»Ich bin also ein Findelkind«, stellte Anton fest.

»Ja.«

»Wie Catharine.«

»Wie Catharine«, gab Eduard Langenkamp zurück.

»Und ihr habt mich auf eurer Schwelle gefunden«, ergänzte er.

»So wie Catharine auf unserer Schwelle gefunden wurde?«, warf Beni ein.

»Genau so«, flüsterte der Präzeptor.

»Im gleichen Monat«, flüsterte Anton.

Langenkamp sagte nun nichts mehr. Er nickte stattdessen und sah seinen Sohn abwartend an.

»Nun, dann verstehe ich, warum ich sie nicht heiraten kann.« Er erhob sich plötzlich und lief im Garten hin und her. Dann sprudelten die Fragen aus ihm heraus, als wäre er ein Topf, der gerade überkochte.

»Warum hast du mir nie die Wahrheit gesagt? Wie lange vermutest du schon, dass Catharine meine Schwester sein könnte? Und warum hast du nicht die Wahrheit gesagt, als wir sie bei uns aufgenommen haben? Spätestens da wäre diese Information für sie ein Segen gewesen, meinst du nicht? Sie hatte alles verloren und hätte mich als ihren Bruder in die Arme schließen können.«

Anton ließ sich wieder auf seinen Stuhl fallen. Doch statt die Antwort des Schulmeisters abzuwarten, ergriff er selbst wieder das Wort. Überrascht stellte Beni fest, dass er dabei lächelte.

»Nun wundert mich nichts mehr. Ich habe sie immer auch ohne Worte verstanden und dachte, dass das Liebe sein müsste. Nun, das ist es ja auch. Aber eben nicht die Liebe zwischen Mann und Frau, sondern die zwischen Geschwistern.«

»Zwillingen, um genau zu sein«, unterbrach Beni ihn lächelnd.

Anton zog die Augenbrauen hoch, als wäre ihm diese Tatsache erst jetzt aufgegangen. »Ja natürlich!«, rief er. »Wir sind nicht nur Geschwister. Ausgesetzt im gleichen Jahr, demselben Monat, ja sogar der gleichen Woche. Wir müssen Zwillinge sein!«

Beni sah in Antons Gesicht, und die Aufregung des Freundes übertrug sich auf ihn. Dabei ging es ihm nicht darum, dass der Ziehsohn des Schulmeisters nun keine Konkurrenz mehr darstellte, wenn es um Catharine ging. Er sah vielmehr die unbändige Freude. Seine Augen strahlten, die Wangen waren gerötet, und er fuhr sich immer wieder durch die Haare, sodass diese nun irrwitzig in alle Richtungen abstanden.

»Ich habe eine Schwester!« Er machte eine Pause, lief auf Langenkamp zu und zog ihn in die Arme. »Ich müsste böse sein, Vater. Immerhin hast du mir verschwiegen, dass du und ich nicht …«

Er brach ab, machte eine Pause und zog die Schultern zurück. »Es ist gleichgültig. Ich weiß um deine Liebe zu mir, und dass wir nicht blutsverwandt sind, ändert daran nichts. Doch nun habe ich eine Schwester.«

Die Männer schwiegen eine Weile, und es war schließlich Meister Langenkamp, der die traurigen Umstände ihrer Zusammenkunft wieder aufgriff. »Aber sie ist fort. Meine rücksichtslosen Worte haben sie vertrieben.«

Beni sah dem Mann an, dass sein Gewissen ihn plagte. Also stimmte es! Eduard Langenkamp hatte Catharine ins Herz geschlossen. Vermutlich hatte er die Ähnlichkeit zwischen ihnen schon immer im Blick gehabt, war sie doch im gleichen Monat im Hause des Vogts aufgetaucht wie Anton bei den Langenkamps.

»Es tut mir leid«, sagte Eduard unvermittelt zu seinem Sohn. »Natürlich hast du recht. Ich hätte dir die Wahrheit schon längst sagen müssen. Doch meine liebe Frau Friederike hat noch auf dem Sterbebett darauf bestanden, niemals etwas verlauten zu lassen. Sie befürchtete, dass du daran zugrunde gehen könntest oder aber schwere Nachteile würdest erdulden müssen. Wir behielten dich die ersten Monate im Haus und täuschten Nachbarn und Freunden dann vor, dass wir nun doch ein Kind erwarteten, die Schwangerschaft jedoch kompliziert und mit Bettruhe verbunden wäre. Welch grausames Schicksal, dass mein geliebtes Weib zwei Jahre später doch noch schwanger wurde, doch weder sie, noch das Kind diese Geburt überlebten.«

»Ich hätte keinen anderen Vater gewollt«, flüsterte Anton.

Beni schluckte gerührt, und als sich die Langenkamps in den Arm nahmen, wandte er sich ab und trat einige Schritte beiseite, um ihnen und ihren Gefühlen Raum zu geben.

»Genug der Sentimentalitäten«, sagte Anton schließlich laut und klatschte in die Hände. »Wir müssen Catharine finden.«

»Gibt es denn irgendeinen Hinweis darauf, wo sie sein könnte? Eine Bemerkung vielleicht oder eine Frage, die sie gestellt hat und die uns ihr mögliches Ziel verrät.«

»Meine Mütze und ein Teil meiner Kleider fehlen«, sagte Anton unvermittelt. »Wir müssen also davon ausgehen, dass sie sich verkleidet hat, um unerkannt zu bleiben. Eine Tatsache, die mich sehr beruhigt, ist Reisen für Frauen doch alles andere als ungefährlich.«

Beni nickte nachdenklich. Anton könnte mit seiner Vermutung richtig liegen. Catharine war immer mutig gewesen, aber sicher nicht leichtsinnig. Sich als Bursche auszugeben war klug, denn nicht selten wurden Postkutschen überfallen und Frauen bei der Gelegenheit Gewalt angetan. Der Gedanke daran, dass sie ihre Haare unter Antons Mütze und ihre grazilen Beine in seinen groben Hosen versteckt hielt, beruhigte auch ihn für den Moment. Allerdings verriet all das noch nichts über ihren Aufenthaltsort.

»Nur was könnte ihr Ziel sein?«, fragte Beni erneut.

»Da wären wir wieder beim Accouchierhaus«, antwortete Eduard Langenkamp. »Zunächst hat sie ja danach gefragt, wie es ihr gelänge, Apothekerin zu werden.«

Anton und der Schulmeister lachten zeitgleich, und Beni stimmte mit ein. Es passte zu Catharine, sich ein derartig unrealistisches Ziel zu stecken.

»Natürlich habe ich sie darauf hingewiesen, dass das unmöglich ist. Doch da sie sich nun einmal für die Heilmedizin interessiert, schlug ich ihr vor, nach Göttingen zu gehen. Die dortige Gebäranstalt ist zwar in Räumlichkeiten des Armenhauses untergebracht, jedoch wurde sie von dem Mediziner Albrecht Hallers persönlich ins Leben gerufen. Der Naturforscher ist sehr angesehen. Ich bin sicher, dass Catharine dort eine gute Ausbildung erfahren würde. Sie könnte Gutes tun, Menschen helfen und ganz nebenbei ihre Kenntnisse in der Kräuterkunde vertiefen.«

»Catharine kennt sich mit Heilkräutern aus?«, fragte Beni überrascht.

»Die Frau des Vogtes hat ihr ein umfangreiches Herbarium überlassen, das sie in der Vogtei gefunden hatte«, erklärte der Schulmeister. »Sie hat es mir gezeigt, kurz bevor sie dem Unterricht endgültig fernblieb. Ein wirklich beeindruckendes Werk, das sie seither eingehend studiert hat und stets bei sich trug.«

Beni konnte sich vorstellen, dass ein solch wertvolles Buch eine wahre Offenbarung für Catharine war. Sie hatte eine natürliche Begabung und war stets neugierig, wenn es um die Gesetzmäßigkeiten der Natur ging. Zusätzlich war sie gütig und hilfsbereit. Warum also sollte sie nicht versuchen, sich zur Hebamme ausbilden zu lassen?

»Aber sind für die Ausbildung nicht ein höheres Alter und eine eigene Mutterschaft vorgeschrieben?«, fragte Beni.

»Das mag sein«, gab Eduard zurück. »Allerdings könnte ich mir vorstellen, dass Catharine trotzdem einen

Weg findet. Sei es durch Überzeugungskraft oder durch List.«

»Also muss ich nach Göttingen.«

»Und ich begleite dich«, sagte Anton.

Aufregung erfasste Beni. Er würde die väterliche Vogtei verlassen und dabei etwas tun, was seine Familie rundheraus ablehnte.

Sein Blick ging zwischen Anton und Meister Langenkamp hin und her. Beide nickten ihm aufmunternd zu, und in diesem Augenblick spürte er zum ersten Mal seit Wochen wieder so etwas wie Zuversicht.

* * *

Ich hatte Glück, trotz beschwerlicher Reise und kalter Temperaturen war ich gesund geblieben. Inzwischen hatte ich mich auch daran gewöhnt, mit verstellter Stimme zu sprechen, und dachte ich einmal nicht daran, schien auch das für andere Menschen nicht weiter tragisch. Ich war eben ein schmächtiger Bursche, da passte die etwas zu hohe Tonlage offenbar gut genug, um keinen Verdacht zu erregen.

Auf Nachfragen hatte der Kutscher mir den Gasthof Zum goldenen Löwen empfohlen, wo ich mich unter dem Namen Constantin Langenhagen für zwei Nächte einmietete.

Als ich am ersten Morgen erwachte, stand die Sonne bereits hoch am Himmel. Ich hatte tatsächlich verschlafen! Sofort plagte mich das schlechte Gewissen. Ich war nicht den weiten Weg gereist, um nun zu faulenzen!

Hastig erfrischte ich mich und griff dann nach dem Herbarium, das ich behutsam in meine Umhängetasche schob. Es konnte sicher nicht schaden, es mitzunehmen.

Noch auf dem Weg in den Speiseraum beschloss ich, die erste Mahlzeit des Tages auszulassen, wollte ich doch zügig in Erfahrung bringen, welche Voraussetzungen zu erfüllen waren, um in Wieglebs Lehranstalt aufgenommen zu werden. Wenn ich davon ausging, dass meine wahre Identität nicht zutage kam, würde die größte Schwierigkeit vermutlich darin bestehen, das Schulgeld aufzubringen.

In der Gaststube lief ich der Wirtin in die Arme. Sie war eine geschwätzige junge Frau in anderen Umständen, die mir in nur schwer verständlichem Dialekt erklärte, dass sich das Haus des angesehenen Apothekers in nächster Nähe befand. Zu Fuß würde ich die Marktstraße in weniger als zehn Minuten erreicht haben.

»Aber du kannst da nicht einfach reinspazieren.«

Die Wirtin beugte sich vertrauensselig über die Theke, bevor sie weitersprach. »Ich habe gehört, er nimmt nur die ganz schlauen Burschen, solche, die schon eine echte Apothekersausbildung oder gar ein Universitätsstudium geschafft haben. Oder aber du hast stinkend reiche Eltern. Mit Geld lässt sich das sicher auch regeln.«

Die Wirtin gab einen grunzenden Lacher von sich, sah an mir herunter und verzog dann mitleidig ihre Lippen.

»Nix für ungut, mein Hübscher. Aber du siehst mir weder nach Studium noch nach Geld wie Heu aus. Aber versuch nur dein Glück. Ich habe gehört, dass er seine Schüler sogar bei sich wohnen lässt. Echte Pensionsschüler, stell dir das nur vor!«

Es schien mir nützlich, mich mit der Frau gutzustellen, also zog ich mit gespieltem Erstaunen die Augenbrauen hoch. »Nein, ehrlich? Sie können mich gern Constantin nennen«, bot ich der runden Frau an und reichte ihr die Hand.

»Lass doch die Förmlichkeiten. Ich bin die Agnes. Meinem Gatten gehört der Goldene Löwe. Eigentlich soll ich ihm ja zur Hand gehen, aber statt mich arbeiten zu lassen, schwängert er mich in regelmäßigen Abständen.« Sie klopfte sich lachend auf ihren Bauch und seufzte. »Mein fünftes. Hoffen wir, dass es endlich ein Junge wird, sonst hört das nie auf.«

Es kostete mich einige Mühe, nicht lauthals zu lachen. Wirtin Agnes trug ganz offensichtlich ihr Herz auf der Zunge, und es sah nicht danach aus, als würde sie sich dafür – oder überhaupt für irgendetwas – schämen.

»Frühstück, Constantin?«

»Nein danke.«

Ohne es beeinflussen zu können, rutschte meine Stimme wieder einmal in Höhen, die für einen Burschen völlig unangemessen waren. Ich bemerkte den überraschten Gesichtsausdruck der Wirtin sofort. Agnes zog die Augenbrauen zusammen und blickte an mir herunter. Dabei blieb ihr Blick auf Höhe meiner Brust hängen. Eilig verschränkte ich die Arme davor, doch es war zu spät.

»Na hoppla«, gluckste sie und hob die Hand vor den Mund. »Möchtest du mir vielleicht etwas beichten, Constantin?« Sie zog den Vornamen übertrieben in die Länge und ließ keinen Zweifel daran, dass sie mich durchschaut hatte.

Wie versteinert stand ich sekundenlang vor der Wirtin und wusste beim besten Willen nicht, was ich sagen sollte.

»Ich rate einfach drauflos, Herzchen.« Sie senkte ihre Stimme und winkte mich näher heran, um sicherzugehen, dass sie nicht von anderen Pensionsgästen gehört wurden. »Dein Name ist vermutlich eher Constanze als Constantin. Ich hätte gleich drauf kommen müssen. Deine weichen Gesichtszüge verraten es ebenso wie deine Stimme. Bist du ausgerissen?«

Mein Herz raste, und ich presste die Fäuste gegen das Brustbein. Noch immer wusste ich nicht, was ich antworten sollte. Ich hatte nicht einmal einen Tag in Bad Langensalza überstanden, ohne als Frau erkannt zu werden.

»Mir ist es gleich, Herzchen. Aber du solltest deine hübschen Kurven noch sorgfältiger abbinden. Wenn du magst, werde ich dir dabei helfen. Und an deiner Tonlage musst du ebenfalls dringend arbeiten. Kannst meinen Mädchen abends gern eine Bettgehgeschichte erzählen, um zu üben. Ich weiß, ich wirke wie eine Klatschbase.« Sie unterbrach ihren Wortschwall und lachte grunzend. Dann griff sie nach meinen Händen. »Das bin ich sicher auch. Aber nur, solange es um Belanglosigkeiten geht. Wenn ich mir aber dein Gesicht ansehe, geht es bei dir mindestens um Leben und Tod. Du kannst versichert sein, dass ich dein Geheimnis bewahren werde. Aber es sei mir der Ratschlag erlaubt: Du musst sorgfältiger an deiner Verkleidung arbeiten.«

Ich schluckte und nickte. »Danke.« Einen kurzen Moment dachte ich darüber nach, der Wirtin meinen richtigen Namen zu nennen, entschied mich dann jedoch dagegen.

»Nichts zu danken, Herzchen. Und nun los, führ sie an der Nase rum und werde die erste Frau in dieser eingeschworenen Männerdomäne.«

Agnes lächelte, zupfte noch eilig den Kragen meines Hemdes zurecht und zog mir Antons Arbeitskappe noch etwas tiefer ins Gesicht. Dann nickte sie zufrieden und wandte sich ab, als wäre nichts weiter gewesen.

Keine zehn Minuten später stand ich vor dem Haus des Apothekers Johann Christian Wiegleb, einem vierstöckigen Gebäude, in dessen Erdgeschoss sich die Apotheke befand, die an diesem Montagmorgen Mitte Mai rege besucht wurde.

Mehrfach lief ich die Marktstraße auf und ab, um meinen Puls unter Kontrolle zu bringen, doch es nützte nichts. Sobald ich wieder vor der Hausnummer sieben stand und durch das große Ladenfenster in die Apotheke blickte, begann mein Herz zu rasen.

Ich war so mit mir und meiner Nervosität beschäftigt, dass ich den jungen Mann erst bemerkte, als er mir von hinten auf die Schulter tippte. »Kann ich helfen?«

Ich fuhr herum. Das Erste, was mir im Gesicht des Herrn auffiel, war seine große Nase. Sie verlieh ihm etwas Erhabenes, und ich fühlte mich von ihm eingeschüchtert.

»Nun?«, fragte er.

Ich straffte meine Schultern und mahnte mich zur Ruhe. Dann nickte ich und verzog meinen Mund zu einem verkniffenen Lächeln, in der Hoffnung, dass diese Geste möglichst männlich anmutete. »Gut möglich«, gab ich zurück. »Ich hörte von einer neuen Lehranstalt für Scheidekünstler und Apotheker und …«

»Du bist nicht von hier«, stellte der junge Mann fest.

»Nein. Ich bin den weiten Weg von Celle hierher gekommen, um ein Schüler Wieglebs zu werden.«

»Sein guter Ruf eilt ihm inzwischen also weit voraus. Dabei gibt es die Lehranstalt doch erst seit Kurzem«, sagte der junge Mann. Dann verneigte er sich und stellte sich vor. »Mein Name ist Sigismund Friedrich Hermbstaedt, meines Zeichens Pharmazeut und Chemiker. Ich arbeite seit einigen Wochen als Repetent in Wieglebs Lehranstalt.«

Ich gab mir größte Mühe, um nicht mit offenem Mund und ehrfürchtigem Staunen vor dem hageren Mann zu stehen.

»Constantin Langenhagen. Sehr erfreut«, antwortete ich, ergriff die Hand und drückte sie kräftig.

»Dann folge mir, Constantin. Ich habe dich schon eine Weile von dort oben beobachtet.« Er deutete auf das linke Fenster im dritten Stock und lächelte verschmitzt. »Deine Schüchternheit musst du dir schleunigst abgewöhnen. Wäre ich nicht zu dir heruntergekommen, würdest du wohl immer noch vor dem Haus auf und ab laufen.«

»Gut möglich.« Ich gab einen kurzen Lacher von mir. »Danke für den Rat.«

Kapitel 19

Magdalena

Ende April 1762

Die ersten Wochen in der Vogtei verliefen für Magdalena unerwartet ruhig. Es gab für sie mitunter so wenig zu tun, dass sie schon befürchtete, Sophie von Waldenburg würde sie womöglich wieder entlassen.

Das änderte sich allerdings, als die Vogtgattin gegen Ende des Monats April vermehrt über Unwohlsein klagte. Ihr Bauch hatte inzwischen einen beachtlichen Umfang angenommen, sie brauchte Hilfe beim Ankleiden, beim Waschen und sogar beim Gang zum Abort. Magdalena half der jungen Frau, wo sie nur konnte, blieb stets höflich und freundlich und machte sich so unentbehrlich.

Sophie von Waldenburg vertraute ihr schließlich an, dass sie schon bald niederkommen würde und auf der Suche nach einer Säugamme war.

»Vielleicht könntest du dich umhören? Wenn ich mich recht entsinne, ist doch das Weib des Schneiders vor Weihnachten niedergekommen. Vielleicht bietet sie ja ihre Dienste an oder weiß jemanden, der infrage käme.«

»Das bringe ich gern für Sie in Erfahrung, gnädige Frau«, antwortete Magdalena und überlegte dann weiter: »Die Schneiderin hatte ja auch eine Hebamme. Wenn also jemand weiß, wie Sie eine geeignete Amme finden können, dann ist das doch sicher eine Hebamme.«

»Ein hervorragender Gedanke«, lobte Sophie von Waldenburg und lächelte. Ihr Blick schweifte zum Fenster, und kurz darauf seufzte die Frau des Vogts und ließ die Schultern hängen.

»Das fehlt noch«, murmelte sie und deutete mit einer Kopfbewegung in den Hof. »Da kommt meine Schwägerin.«

»Möchten Sie, dass ich Sie wegen einer Unpässlichkeit entschuldige?«

Magdalena wusste inzwischen, dass Sophie von Waldenburg die Schwester ihres Gatten verabscheute, auch wenn sie nicht zu sagen vermochte, was der Grund dafür war.

»Ach lass nur, Magda«, gab die Hausherrin zurück und erhob sich schwerfällig. »Sie würde nur an einem anderen Tag wiederkommen. Also bringen wir es hinter uns.«

Sie setzte ein übertriebenes Lächeln auf, stützte ihre Hände ins Kreuz und lief mit watschelnden Schritten selbst zur Tür. Magdalena drückte sich mit klopfendem Herzen gegen die Wand und hoffte, dass die Frau des Tischlers sie nicht bemerkte. Seit ihrer Anstellung hatte sie weder Konrad noch dessen Eltern zu Gesicht bekommen, und so hatte sie gehofft, dass keiner von ihnen überhaupt wusste, dass sie in der Vogtei arbeitete.

»So eine Überraschung. Was verschafft uns denn die Ehre?«, fragte Sophie von Waldenburg und herzte ihre Schwägerin unterkühlt. Die Frauen tauschten einige höfliche Floskeln aus, bevor Helene Brandmiller darum bat, ihren Bruder zu sprechen.

»Würdest du so gut sein, Magdalena?«

Magdas Puls raste, und ihr wurde übel. Nun war jede Hoffnung darauf, unentdeckt zu bleiben, dahin.

»Selbstverständlich.« Sie knickste und eilte hinaus.

Im Hinausgehen hörte sie Frau Brandmillers giftige Stimme. »Was macht diese Waise in eurem Haus?«

Magdalena blieb im Flur stehen, drückte sich gegen die Wand und lauschte, statt nach dem Vogt zu suchen.

»Das arme Ding hat um eine Anstellung gebeten. Hätten wir sie auf die Straße setzen sollen? Sie kommt aus einer angesehenen Familie und hat unendliches Leid erfahren. Da mussten wir selbstverständlich helfen.«

»Selbstverständlich«, fauchte Helene Brandmiller zurück.

Magdalena hatte genug gehört. Sie war sich sicher, dass sich ihr Leben schon in den nächsten Tagen radikal ändern würde. Vermutlich würde Konrad Brandmiller noch heute Abend hier auftauchen.

Sie eilte ins Obergeschoss und klopfte zaghaft an der Tür der Registratur.

»Ja?«, ertönte die Stimme des Vogtes.

»Ihre werte Frau Schwester«, rief Magdalena durch die geschlossene Tür, denn sie wagte es nicht, einfach einzutreten.

»Ich komme.«

Hastig lief Magda die Stufen wieder hinunter, um dem Vogt nicht von Angesicht zu Angesicht zu begegnen. Der Hausherr sah sie recht selten, und es wäre gut möglich, dass er genau aus diesem Grund über ihre zunehmende Körperfülle erstaunt wäre. Im Untergeschoss wartete Magdalena in der Küche, bis sie die Schritte des Vogts hörte, der die Wohnstube betrat. Dann stellte sie sich mit klopfendem Herzen in den Flur. Sie verspürte plötzlich eine unbändige Angst, ohne dass sie genau zu sagen wusste, wovor. Vielleicht war es die Tatsache, dass Konrads Mutter keinen Hehl aus ihrer Abscheu ihr gegenüber machte. Im schlimmsten Fall würde sie ihren Bruder genau in diesem Augenblick dazu bringen, Magda zu entlassen.

»Was führt dich zu uns, Helene? Und wie geht es deinem Mann? Ich habe ihn inzwischen seit Monaten nicht mehr gesehen. Fast hat es den Anschein, als ginge er uns aus dem Weg.«

»Das tut er«, hörte Magdalena die Schwester des Vogts unbekümmert antworten. »Aber deswegen bin ich nicht hier. Es ist etwas Schreckliches geschehen.«

Im nächsten Augenblick vernahm Magdalena Schritte und zog sich eilig wieder in die Küche zurück, von wo aus sie hörte, dass die Tür zur Wohnstube mit Nachdruck geschlossen wurde.

Ein klirrendes Geräusch holte sie ins Hier und Jetzt zurück, und sie wandte sich um. Die stumme Köchin Esmeralda, die der Vogt nach Aussage der Hausherrin auf einer seiner Reisen aufgelesen und mitgebracht hatte, als wäre sie ein krankes Vögelchen, sah Magdalena fragend an.

»Ich wollte den Herrschaften nur aus dem Weg gehen«, erklärte sie. Esmeralda hob die Augenbrauen, als verstünde sie und deutete dann auf Zwiebeln und Rüben, die es zu putzen und zu schneiden galt.

»Solange die gnädige Frau mich nicht braucht, helfe ich dir gern.« Magdalena griff nach dem Messer.

Die Unterredung der Herrschaften dauerte ungewöhnlich lange, und Magda musste sich eingestehen, dass sie besorgt war. Hatte Konrads Mutter etwa herausgefunden, dass sie mit Mathias verheiratet war, und beriet nun mit ihrem Bruder über eine Strafe? Oder ging es gar wieder um eine Verbindung zwischen ihr und dem Sohn des Tischlers?

Ihre Nervosität nahm von Minute zu Minute zu, und als die Tür zur Wohnstube schließlich wieder geöffnet wurde, war sie fast schon panisch vor Sorge. Sie hörte, wie der Vogt seine Schwester verabschiedete. Die Worte, die dabei gesprochen wurden, verstand sie nicht, doch sie klangen beruhigend, ja fast schon zärtlich. Seit wann ging er so liebevoll mit seiner Schwester um? Irgendetwas stimmte hier ganz und gar nicht.

»Magdalena?«

Die Stimme der gnädigen Frau hallte durchs Haus, doch auch sie klang anders als sonst: belegt, fast zitternd, als hätte sie gerade geweint.

»Ja?«

»Bitte setz dich für einen Augenblick zu mir.«

Magdalena sah zur Tür, doch anders als erwartet, gesellte sich der Vogt nicht zu ihnen, sondern stieg wieder die Treppe hinauf. Sie spürte eine kurze Erleichterung, denn sie war sicher, dass Leopold von Waldenburg sie selbst hinauswerfen würde, wenn das wirklich seine Absicht war. Die Tatsache, dass er nun wieder seiner Arbeit nachging, sprach dafür, dass ihre Schwangerschaft noch nicht entdeckt worden war.

Sie setzte sich auf die vorderste Kante des Sofas, auf das die Hausherrin deutete, und als sie der Frau in die Augen sah, erschrak sie. Sophie von Waldenburg weinte still. Sofort sprang Magdalena auf und griff, ohne nachzudenken oder auf Etikette zu achten, nach ihren Händen.

»Geht es Ihnen nicht gut, gnädige Frau?«

»Es geht schon. Danke. Mit mir ist alles in Ordnung.«

Sie schluchzte, und an der Art und Weise, wie sie mitfühlend ihre Lippen verzog, erkannte Magdalena, dass es um sie – oder schlimmer noch: um Mathias – gehen musste.

»Meine Schwägerin hat uns gerade davon in Kenntnis gesetzt, dass ...« Sie holte Luft und starrte sekundenlang aus dem Fenster. Dann erst straffte Sophie von Waldenburg die Schultern und fuhr fort. »Sie hat Kunde von der Front erhalten, und ich denke, dass du davon wissen solltest. Dein Vater war mit den Handschuhmachersleuten befreundet, und ich meine mich zu erinnern, dass du in dem jungen Grene einen guten Freund hattest.«

»Das ist richtig«, murmelte Magdalena kaum hörbar. Ihre Hände waren eiskalt. Sie presste sie auf ihre Schenkel und wiegte ihren Oberkörper unruhig hin und her.

»Der junge Herr Grene wird nicht mehr zurückkehren. Er ist in Erfüllung seiner Pflicht vom Feind getötet worden, ebenso wie unser Neffe Konrad.«

Magdalena setzte sich kerzengerade auf und starrte auf ihre Hände. Die Worte der Vogtgattin erreichten sie nicht mehr. In ihren Ohren begann es zu rauschen. Sie befürchtete, jeden Augenblick in Ohnmacht zu fallen, also atmete sie ein und aus und begann im Kopf zu zählen. Sie durfte jetzt nicht zusammenbrechen, denn sonst würde die gnädige Frau womöglich nach einem Arzt schicken lassen, der ihre Schwangerschaft sofort aufdecken würde.

»Magdalena?«

Sie schreckte hoch und sah Sophie von Waldenburg an.

»Danke für die tröstenden Worte«, gab sie zurück. »Weiß denn die Frau des Handschuhmachers ...«

Weiter kam sie nicht, denn die Trauer schnürte ihr die Kehle zu. Mathias war tot. Sie war nun Witwe, und das Kind, das sie auf die Welt bringen würde, war schon vor der Geburt eine Halbwaise. Magda dachte an die gutherzige Frau Grene und wurde plötzlich von einem Weinkrampf geschüttelt. Dorothea hatte nun nicht nur ihren Gatten, sondern auch ihren einzigen Sohn verloren.

»Du mochtest ihn sehr, ja?«, holte Sophie von Waldenburg sie zurück. »Es tut mir so unendlich leid. Natürlich darfst du dir für den Rest des Tages frei nehmen. Wenn du möchtest, wird der Stallbursche dich in die Blumlage fahren, damit du Mutter und Tante des armen Mathias' dein Beileid aussprechen kannst.«

Magdalena nickte und sah die Vogtgattin an. »Danke«, sagte sie leise. »Und auch Ihnen mein herzliches Beileid zum Verlust Ihres geliebten Neffen.«

»Nun ja. Danke«, gab Sophie zurück. »Natürlich verlangt es der Anstand, dass wir eine Zeit der Trauer einhalten. Doch ich weiß, dass ich ehrlich zu dir sein kann. Konrad war kein guter Mensch. Der Tod des guten Mathias Grene betrübt mich weitaus mehr als der meines Neffen.«

Magdalena riss die Augen auf und presste ihre Hand vor den Mund. Auf der einen Seite entsetzten sie die Worte der Hausherrin, waren sie doch pietätlos. Andererseits war Magda überrascht über Ehrlichkeit und Offenheit der Frau. Sie hatte nicht nur ein gutes Herz, sondern besaß offensichtlich auch gute Menschenkenntnis. Während alle Welt noch immer zu glauben schien, dass Konrad zu den angesehenen Celler Bürgern gehörte, machte sie keinen Hehl daraus, dass sie diese Auffassung nicht teilte.

»Nun guck nicht so entsetzt. Selbstverständlich werde ich diese Worte außerhalb dieser vier Wände und anderen Menschen gegenüber niemals laut aussprechen. Aber du und ich wissen um den wahren Charakter des Mannes. Wir müssen uns nichts vormachen, richtig?«

»Selbstverständlich nicht«, pflichtete Magdalena ihr eilig bei, und ein Gefühl von Dankbarkeit breitete sich in ihr aus. Sophie von Waldenburg schien sie wirklich gern zu haben und als ihre Vertraute zu sehen, und das spendete ihr für einen kurzen Moment Trost.

»Und nun geh in dein Zimmer. Ruh dich aus, such das Haus der Frau Seidel auf oder tu, was immer dir nun hilft. Nur eine Bitte hätte ich.«

»Was immer ich für Sie tun kann.«

»Ich schlafe nicht mehr recht in den letzten Tagen. Ob du mir wohl einen Beruhigungstee zur Nacht bereiten könntest?«

»Selbstverständlich. Ich konnte mein Herbarium vor den Flammen retten. Ich schlage sofort nach, was Ihnen helfen könnte, und besorge die Zutaten, wenn ich Frau Grene aufsuche.«

Magdalena lief in die Küche, holte etwas Haushaltsgeld aus der Dose und griff nach dem Korb. Esmeralda stellte sich ihr mit skeptischer Miene in den Weg und deutete auf die Geldbörse.

»Die gnädige Frau benötigt etwas zur Beruhigung für die Nacht.«

Noch bevor die Köchin ihrem Verständnis Ausdruck verleihen konnte, gellte plötzlich ein lauter Schrei durchs Haus. Magdalena ließ den Bastkorb fallen und eilte in die Wohnstube. Ein Blick in das schmerzverzerrte Gesicht der Vogtgattin genügte, um zu wissen, dass jetzt weder Zeit blieb, in die Blumlage zu fahren, noch, um Einkäufe zu tätigen.

»Ich schicke den Stallburschen nach der Hebamme und bin sofort bei Ihnen.«

Im Hinauslaufen bemerkte Magda noch, dass Esmeralda sich sofort daran machte, Wasser aufzusetzen und saubere Tücher aus dem Schrank zu holen. Außerdem kam auch der Vogt soeben die Stufen hinuntergeeilt. Er musste den Schrei seiner Gattin gehört haben.

»Dann ist es also endlich so weit«, sagte er und klang zu Magdas Verwunderung fast zärtlich.

Die Geburt des kleinen Johann Benedict von Waldenburg dauerte fast vier Stunden, doch für Magdalena verging die Zeit wie im Flug. Sie befolgte strikt die Anweisungen der Hebamme, bettete die gnädige Frau um, stützte ihren Oberkörper oder ließ sich während einer Presswehe die Hand von ihr zerdrücken.

Und als am Abend endlich Ruhe einkehrte und Mutter und Kind wohlauf waren, verließ die Hebamme noch einmal das Haus, um kurz darauf mit der Säugamme Josefine Zietsch zurückzukehren.

An diesem letzten Abend im April betrat Magdalena erst weit nach dem zehnten Glockenschlag ihre Kammer. Sie war müde und erschöpft, und als sie die Tür hinter sich schloss, holten sie die grausamen Nachrichten des Tages wieder ein.

Die Geburt des zweiten Vogtsprösslings hatte ihr keine Zeit gelassen, den Tod ihres geliebten Mathias zu betrauern. Doch nun, wo sie mit sich und ihren Gedanken allein war, kehrten Schmerz und Verzweiflung zurück. Magda ließ sich auf ihre Schlafstatt fallen und rollte sich zusammen. Sie hatte soeben das Wunder der Geburt erlebt und die Freude, die sich ausbreitete, wenn dabei alles gut ging und Mutter und Kind die Strapazen unbeschadet überstanden.

Wenn sie den Worten der Hebamme Glauben schenken durfte, war dies keineswegs selbstverständlich. Die neue Säugamme etwa konnte nur in den Dienst der von Waldenburgs treten, weil sie selbst erst vor wenigen Tagen ihre eigene Tochter tot zur Welt gebracht hatte.

Der Gedanke, in solch einem schweren oder glücklichen Moment allein zu sein, machte Magdalena entsetzliche Angst. Abgesehen von Mathias' Mutter und seiner Tante gab es niemanden, der von ihrer Schwangerschaft wusste, wenn man davon absah, dass die Hebamme sie heute mehr als nur einmal kritisch von der Seite angesehen und dann wissend den Kopf geschüttelt hatte. Vermutlich wusste die erfahrene Frau, dass auch Magdalena ein Kind erwartete, und es würde nun nicht mehr lange dauern, bis auch die von Waldenburgs hinter ihr Geheimnis kamen.

Was dann aus ihr und ihrem ungeborenen Kind werden sollte, wusste sie beim besten Willen nicht zu sagen. Irgendwann spürte Magdalena die Tränen nicht mehr. In den vergangenen Wochen und Monaten hatte sie wohl einfach zu oft geweint, um sich dieser Tatsache noch bewusst zu sein. Mit unendlicher Trauer im Herzen und einem verblassenden Bild ihres geliebten Mathias vor Augen schlief sie schließlich ein, und für einen kurzen Moment dachte sie sogar daran, wie erlösend es wohl wäre, nicht mehr aufzuwachen.

* * *

Die Kunde von der Geburt eines gesunden Neffen erreichte die Brandmillers in der ersten Maiwoche des Jahres 1762. Helenes Freude über diese Entwicklung hielt sich in Grenzen. Nicht, dass sie ihrer Schwägerin Schlechtes wünschte, doch die Tatsache, dass diese bereits eine gesunde Tochter hatte und nun noch einen hübschen

Stammhalter ihr Eigen nennen konnte, war einfach zu viel für ihre derzeitige Gemütslage.

Womit hatte ihr Bruder ein solches Glück verdient, während sie ihren einzigen Sohn verloren hatte? Wenn man es genau betrachtete, hatte sie ihn nicht einfach nur verloren. Er war zu einem boshaften Verbrecher geworden, der am Ende als Feind des Königs erschossen worden war. Eine schlimmere Schmach gab es wohl für keine Familie, und Helene konnte nur hoffen, dass diese Wahrheit nie ans Licht kommen würde.

Die Eifersucht auf ihren Bruder und dessen Frau fraß sich in ihr Herz und führte dazu, dass ihre Gedanken von Tag zu Tag dunkler wurden. Sie sehnte sich nach Rache, und da der junge Grene nicht mehr zur Verfügung stand, blieb ihr nur die kleine Casparus, auf die sie ihren Zorn richten konnte.

Bei einem ausgiebigen Sonntagsfrühstück setzte Helene ihren Gatten über den Neuankömmling im Hause von Waldenburg in Kenntnis.

»Wir sollten den heutigen Tag nutzen, um ihnen unsere Glückwünsche auszusprechen«, überlegte Helene.

»Wie du meinst. Richte beste Grüße von mir aus, aber ich habe zu arbeiten.«

»Es ist Sonntag«, wandte Helene ein und hoffte darauf, dass ihr Gatte wie früher Verständnis für ihre Frömmigkeit haben und seine Arbeit ruhen lassen würde. Doch ein Blick in das Gesicht von Gustav Brandmiller reichte aus, um diese Hoffnung zu zerstören.

»Du hast es womöglich noch nicht bemerkt, aber in diesem Hause bleibt inzwischen alle Arbeit an mir hängen. Ich habe Rechnungen zu schreiben, oder wie sonst sollen wir uns in Zukunft deine neueste Garderobe leisten können?«

Helene schluckte und nickte dann eilig und möglichst verständnisvoll. Es war das erste Mal, dass Gustav ihr gegenüber so offen über finanzielle Sorgen sprach, und da sie wusste, dass dies nicht übertrieben war, vermied sie es, ihn weiter zu reizen.

»Natürlich richte ich von Herzen gern deine guten Wünsche für Mutter und Kind aus.« Sie erhob sich. In der Tür wandte sie sich noch einmal ihrem Gatten zu. »Wirst du den Einspänner benötigen?«

»Nein. Nimm ihn nur. Und bitte störe mich nicht, wenn du zurückkommst.«

»Selbstverständlich.« Gustav sah sie nicht einmal mehr an, und sie schüttelte angewidert den Kopf, als sie das Speisezimmer verließ. Wie hatte sie nur so blind sein können? Gustav Brandmiller war – ebenso wie sein Sohn – ein Jäger gewesen. Er hatte es geliebt, ihr nachzustellen, solange sie sich abweisend gab. Doch nun, da sie verheiratete waren, hatte er jedes Interesse an ihr verloren und lag sicher längst auch bei einer anderen Frau im Bett.

Helene horchte in sich hinein. Es störte sie nicht. Im Gegenteil. Sie war froh darum, dass sie keinerlei eheliche Pflichten zu erfüllen hatte. Dieses Kapitel gab es zwischen ihr und Gustav schlichtweg nicht mehr. Und auch ihr ging es längst nur noch darum, die Fassade aufrecht zu erhalten und ein halbwegs auskömmliches Leben zu haben. Zumindest das schaffte ihr Gatte im Moment noch.

Sie spannte das Pferd vor den Wagen und lenkte den Einspänner in Richtung Vogtei. Dabei nahm sie den Weg über den Marktplatz, der an diesem Sonntag im Mai in strahlendem Sonnenschein lag. Sie streckte ihre Nase in die Sonne und atmete ruhig ein und aus. Der Tag könnte fast schön sein, würde sie ihn nicht mit Heuchelei gegenüber ihrem Bruder verbringen müssen. Doch natürlich wusste sie, was sich gehörte, und da ihr Bruder ihr vor allem in den vergangenen, schrecklichen Wochen eine Stütze gewesen war, wollte sie ihn nicht verärgern und zur Geburt des Sohnes beglückwünschen.

Helene ließ ihren Blick über den Marktplatz schweifen und stutzte plötzlich. Wenige Meter vor ihr liefen zwei Frauen, die sich vertraut miteinander unterhielten: Magdalena Casparus und eine junge Frau, die den Namen Josefine Zietsch trug und die ihre Schwägerin als Säugamme eingestellt hatte, wie Helene erfahren hatte.

Sie spürte Wut in sich aufsteigen. Dabei ging es nicht darum, dass die kleine Casparus offenbar einen freien Nachmittag genoss. Es erregte vielmehr ihre Aufmerksamkeit, wie rund die Tochter des Apothekers geworden war.

Helene zügelte das Pferd und betrachtete die Frauen genauer. Magdalena musste sich beobachtet gefühlt haben, denn sie wandte plötzlich den Kopf und sah sie an. Ein Blick in das runde Gesicht und auf das inzwischen üppige Dekolleté verriet ihr mehr, als sie wissen musste. Helene starrte auf den Bauch der jungen Frau und verzog verächtlich die Lippen. Dann spornte sie das Pferd an und fuhr eilig weiter.

Als sie den Hof ihres Bruders erreichte, hatte sie sich noch immer nicht erholt. Ihre Lippen zitterten, und der Zorn war mit jedem Schritt, den das Pferd zurückgelegt hatte, größer geworden. Magdalena Casparus war schwanger! Hatte es bei ihrem letzten Besuch in der Vogtei dafür bereits Anzeichen gegeben? Fall ja, musste sie diese in ihrer Trauer um den geliebten Sohn übersehen haben.

Die Frage war nun, wie es sein konnte, dass ihr Bruder diese Anzeichen heute noch übersah? Oder war es sogar möglich, dass er davon wusste und diese Schande duldete? Das durfte Helene auf keinen Fall zulassen! Wenn sie es recht überlegte, kam nur ein möglicher Vater für den Balg infrage. Und das war ausgerechnet der Mann, der den Tod ihres Sohnes verschuldet und dem ihr Bruder eine Hochzeit – und damit selbstverständlich auch jeden sündigen Kontakt zur Apothekertochter – untersagt hatte.

Als Helene den Türklopfer betätigte, lächelte sie. Ganz zufällig hatte sich also eine Gelegenheit ergeben, um an dem Mädchen Rache zu üben. Es mochte sein, dass sie im Grunde ihres Herzens einmal gewusst hatte, dass Magdalena Casparus keine Schuld trug an all dem, was Konrad widerfahren war. Doch diese Gedanken ließ sie heute nicht mehr zu. Ihr Sohn war tot, ihr Gatte ein Scheusal, und sie war verloren. Doch sie dachte nicht daran, allein unterzugehen. Sie würde die kleine Casparus mit in den Abgrund zu reißen, denn sie war sich sicher, dass es ihr selbst besser gehen würde, sobald das Leben dieses Mädchens zerstört war. Vielleicht erkannte Magdalena dann, dass all das Leid nicht passiert wäre, wenn sie nur Konrad geheiratet hätte.

Kapitel 20

Catharine

Montag, 17. Mai 1779

Sigismund Hermbstaedt nahm sich ausgiebig Zeit für mich. Er führte mich zunächst ins Untergeschoss des Hauses, in dem sich das Laboratorium befand. Dort war ein Geselle gerade dabei, Gerätschaften zu säubern, während ein anderer eine Art Salbe zubereitete.

»Das sind Gerhard und Carl Ludwig.«

Ich nickte beiden Männern zu, und Sigismund fuhr fort: »Gerhard ist einer der Lehrlinge, Carl Ludwig hingegen gehört zu den Schülern der Lehranstalt. Er hat die Apothekerlehre bereits abgeschlossen und vertieft nun sein Wissen in der pharmazeutischen, physischen und technischen Chemie. Wie du siehst, Constantin, steht das Laboratorium sowohl den Schülern als auch den Lehrlingen zum Lernen und Experimentieren zur Verfügung.«

Ich nickte und versuchte, mir meine Unsicherheit nicht anmerken zu lassen. Sigismund hatte Bereiche der Chemie angesprochen, von denen ich noch nie zuvor gehört hatte. Für einen kurzen Moment löste sich mein verwegener Mut in Luft auf. Selbst wenn ich hier unterkommen würde – wie war ich nur zu der eitlen Überzeugung gelangt, dass ich mit meinen bescheidenen Kenntnissen in den Naturwissenschaften und dem wenigen Wissen über

Heilkräuter in einer Lehranstalt wie dieser würde mithalten können?

Sigismund grinste plötzlich, als hätte er meine Bedenken erraten.

»Keine Sorge«, sagte er und klopfte mir freundschaftlich auf den Rücken. »Du bist hier, um zu lernen, und du wirst lernen. Das verspreche ich dir.«

Sigismund deutete mit der Hand in Richtung Tür und lief dann voraus. Er führte mich kurz durch die gut besuchte Offizin, in der ebenfalls ein junger Mann stand, den er mir als Johann Georg Albrecht Höpfner vorstellte und der gerade eine junge Frau bediente. Wir gingen weiter in den ersten Stock, in dem sich die Wohnräume der Familie Wiegleb befanden.

»Rebecca Wiegleb und ihre Tochter Charlotta kümmern sich ganz rührend um die Pensionsgäste«, erklärte Sigismund. »Im dritten Stockwerk liegen die Zimmer derjenigen Schüler, die hier im Hause wohnen. Unter dem Dach befindet sich die Kräuterkammer, in der wir unsere Heilpflanzen trocknen.«

»Die interessiert mich ganz besonders«, sagte ich.

Sigismund zog die Augenbrauen hoch und lächelte dann. »Also ist die Kräuterkunde dein Steckenpferd. Sehr schön.«

Mein Herzschlag beschleunigte sich. Natürlich freute ich mich über das Lob des jungen Gelehrten. Gleichzeitig war ich in dieser Sekunde davon überzeugt, dass ich nicht gut genug sein würde für einen Ort wie diesen.

»Du wirst hier überall Bücher finden«, erklärte Sigismund weiter. »Bist du erst als Schüler aufgenommen, hast du zu jeglicher Literatur in diesem Hause freien Zugang. So, und nun bringe ich dich zu Herrn Wiegleb. Sicher brütet er über seinem Lehrbuch.«

Ich verstand nicht so recht, was er damit meinte, wagte jedoch nicht, danach zu fragen. Kurze Zeit später standen wir in einer geräumigen Schreibstube. An allen vier Wänden befanden sich Regale, die mit Büchern vollgestopft waren.

»Wen bringst du mir denn da?« Der Mann hinter dem Tisch sah von seiner Schreibarbeit auf und blickte mich offen und neugierig an.

»Ich bin Constantin Langenhagen aus Celle.«

»So so. Und was führt dich zu mir, Constantin aus Celle?«

Wieder schluckte ich gegen meine Nervosität an. Nun war der Moment gekommen, in dem sich herausstellen würde, ob ich in meiner neuen Rolle überzeugte.

»Ich möchte gern Schüler Ihrer Lehranstalt werden.«

Der Apotheker nickte. »Verstehe. Und welches Vorwissen bringst du mit? Du wirst doch sicher ein Zeugnis für mich haben, ein Empfehlungsschreiben oder einen Gesellenbrief. Ganz gleich, was es ist, ich möchte mir ein Bild davon machen, wie tief du bereits in der Materie steckst.«

Meine Hände waren plötzlich eiskalt, und meine Gedanken rasten. Ich hustete, um Zeit zu schinden. Dann endlich fiel mir ein, wie ich mein Gesicht wahren konnte.

»Nun, ich wusste nicht, dass ich meine Unterlagen gleich heute brauchen würde. Es tut mir sehr leid, ich fürchte, ich muss noch einmal wiederkommen.«

Wiegleb nickte. »Aber selbstverständlich. Hast du denn eine Unterkunft, junger Mann?«

»Im Moment gastiere ich im Goldenen Löwen.«

»Nun, meine Frau Rebecca kann dir ein Pensionszimmer herrichten.«

Unsicher sah ich zu Sigismund, der meinen fragenden Blick verstand. »Der Goldene Löwe ist auf Dauer teurer. Aber das ist natürlich deine Entscheidung.«

»Ich denke darüber nach.«

Kurz darauf verabschiedete ich mich und versprach, schon bald wiederzukommen, um Empfehlung und Zeugnis vorzulegen.

Mit hängendem Kopf trat ich wieder auf die Straße. Ich schalt mich innerlich ob meiner Naivität. Wie hatte ich nur glauben können, dass ich in eine Lehranstalt hineinspazieren und eine Ausbildung beginnen könnte? Selbst wenn ich nicht als Frau erkannt worden war, hätte mir bewusst sein müssen, dass ich irgendeine Art von Nachweis brauchen würde, um im Institut eines so berühmten Apothekers aufgenommen zu werden.

Ich bog in die Mauergasse ein, in der sich das Gasthaus befand. Wirtin Agnes stand vor der Tür. Sie hatte ihre Hände ins Kreuz gestemmt und reckte die Nase genüsslich in die inzwischen wärmende Maisonne. Als sie mich bemerkte, riss sie neugierig die Augen auf.

Anstelle einer Auskunft schüttelte ich den Kopf.

»Ich höre?«

»Das Ganze war eine dumme Idee«, stieß ich hervor und musste mich zusammenreißen, um vor der Wirtin nicht in Tränen auszubrechen.

»Sie haben dich also durchschaut, Herzchen?« Agnes legte mir tröstend den Arm um die Schultern.

»Nein, das ist es nicht. Sie wollen ein Zeugnis oder ein Empfehlungsschreiben. Irgendwas, dass ihnen zeigt, dass ich dort auch wirklich hingehöre.«

Aus heiterem Himmel klatschte Agnes in die Hände. Ich zuckte zusammen und sah die Frau erstaunt an.

»Ja dann ist doch alles bestens. Dieses Problem lässt sich lösen.«

Ich verstand kein Wort, doch statt einer Erklärung bat die Wirtin mich ins Haus. Die Gaststube war um diese Zeit wie leer gefegt. Der Mittagsbetrieb war inzwischen vorüber, und die nächsten speisenden Gäste würden sicher erst in den Abendstunden eintreffen. Abgesehen von den vier Töchtern der Wirtsleute, die den leeren Gastraum zum Spielen nutzten, waren wir allein.

Agnes bat mich an einen Tisch in der Fensternische und entschuldigte sich für einen Moment. Kurze Zeit später kam sie mit einem Krug und zwei Bechern zurück.

»Dünnbier?«, fragte sie.

Ich schüttelte den Kopf, doch Agnes winkte lachend ab. »Wenn du als Bursche durchgehen willst, solltest du so ein Angebot nicht ablehnen. Willst du mir nicht endlich verraten, wer du wirklich bist?«

Ich seufzte. Nun war ohnehin alles egal. Es gab keinen Grund mehr, die Wirtin anzulügen.

»Mein Name ist Catharine Zietsch. Zumindest bin ich als eine Zietsch aufgewachsen. Bis ich mich in den Sohn unseres Vogts verliebt habe, in dessen Haus ich aufwuchs, und erfuhr, dass ich nichts weiter als ein räudiges Findelkind bin. Sie haben mich vor die Tür gesetzt.«

Ich erzählte ihr, wie ich beim Schulmeister Unterschlupf gefunden hatte, jedoch auch dort irgendwann nicht mehr willkommen gewesen war.

Obwohl die Töchter der Wirtin wild herumtobten, war Agnes mit ihren Gedanken ganz bei mir. Sie sah mir aufmerksam in die Augen und nickte hin und wieder. Dann stemmte sie ihre Hände in die Hüften und schnaufte wütend.

»Und jetzt hockst du hier, mutterseelenallein. Nun, wie gut, dass du dir den Goldenen Löwen als Bleibe ausgesucht hast.«

»Sie sind zu gütig, Agnes. Aber ich werde wohl wieder abreisen müssen. Was soll ich noch hier?«

»Unsinn. Ich spreche mit Samuel.« Der Gesichtsausdruck der Wirtin verklärte sich plötzlich, und ein sanftes Lächeln umspielte ihre Lippen.

»Ihrem Gatten?«

Agnes lachte schallend. Dann schüttelte sie den Kopf.

»Nein, so gern ich auch gewollt hätte, aber Samuel zu heiraten wäre mein Verderben gewesen. Er ist und bleibt ein armer Schlucker. Ein Träumer, ein Spinner. Aber vor allen Dingen: ein Künstler.«

»Inwieweit soll mir das helfen?«

»Hast du Geld?«

»Ein wenig.« Ich dachte an die täglich schrumpfende Summe in Benis Geldbörse und schluckte. Auch dieses Problem musste ich schleunigst lösen.

»Gut. Er wird dir dein Empfehlungsschreiben aufsetzen.«

Da verstand ich plötzlich und riss die Augen auf. Mir fiel mein Herbarium ein, auf dessen Buchrücken nicht nur der Name der Vorbesitzerin verzeichnet gewesen war, sondern auch der einer Apotheke. Hastig zog ich das Buch aus meiner Tasche und legte es vor Agnes auf den Tisch.

»Was ist das?«

»Dieses Herbarium hat mich überhaupt erst auf die Idee gebracht, Apothekerin zu werden.«

Agnes nahm das Buch in die Hand und blätterte darin. Immer wieder gab sie ein erstauntes Zischen von sich. Es war ganz offensichtlich, dass sie ebenso beeindruckt von dem Werk war wie ich bei der ersten Begutachtung.

»Sehen Sie sich den rückseitigen Einband an«, bat ich.

Agnes drehte das Buch herum und begann zu lachen. »Nun ist es eine echte Herausforderung für Samuel.«

Ich stimmte in das Lachen der Frau ein. Meine Einkehr in den Goldenen Löwen stellte sich als großes Glück heraus. Samuel, der Künstler, den die Wirtin offenbar einmal sehr gern gehabt haben musste – oder es noch immer tat – würde mir nicht nur einfach ein Empfehlungsschreiben aufsetzen. Er würde auch das Wappen der Apotheke fälschen und der Urkunde so einen seriösen Anstrich verleihen.

Nun konnte ich nur noch hoffen, dass Johann Christian Wiegleb nicht zufällig gerade dieses Wappen wiedererkannte und den Schwindel so möglicherweise aufdeckte.

* * *

Beni und Anton hatten sich für den vorletzten Freitag im Mai verabredet. Wenn alles nach Plan verlief, würden sie ihre Reise am Freitag antreten. In gemeinsam festgelegter Reihenfolge wollten sie die Gebäranstalten der näheren und weiteren Umgebung nach Catharine absuchen. Dabei wollten sie hier in Celle beginnen und ihre Suche in Göttingen beenden.

Am Abend vor der Abreise suchte Beni seine Mutter auf, um ihr sein Fernbleiben zu erklären. Sophie von Waldenburg saß an diesem sonnigen Nachmittag mit einer Tasse Tee im Garten. Als Beni sich zu ihr setzte, blinzelte sie erst und lächelte dann erfreut.

»Also ist die Zeit des Schmollens beendet?«, fragte sie und spielte darauf an, dass er seit Wochen mit niemandem mehr gesprochen hatte. Notwendige Höflichkeiten, etwa ein guten Morgen oder eine Antwort auf Fragen nach seinem Befinden, hatte er Mutter und Vater stets beantwortet. Darüber hinaus hatte er sich jedoch jedem Gespräch verweigert. Mit seiner Schwester Annegret redete er überhaupt nicht mehr, und wenn er ihre Trauermiene richtig einschätzte, litt sie inzwischen sehr darunter.

»Nein«, gab Beni grob zurück. Er wollte seiner Mutter sofort klarmachen, dass nichts sein Entsetzen über das Verhalten seiner Familie gegenüber Catharine geschmälert hatte. »Aber ich halte es für notwendig, Sie über meine nächsten Schritte in Kenntnis zu setzen, Mutter.«

Sophie von Waldenburg stellte die Tasse ab, an der sie gerade genippt hatte, und sah ihn aufmerksam an.

»Ich höre, Johann Benedict?«

»Anton und ich werden morgen mit unserer Suche nach Catharine beginnen. Wir hoffen darauf, sie in einer der umliegenden Gebäranstalten zu finden, denn sie hatte sich bei Meister Langenkamp danach erkundigt, ob sie wohl zur Hebamme ausgebildet werden würde. Wir beginnen hier in Celle und suchen alle Gebärhäuser und Hospitäler ab. Unsere letzte Station wird Göttingen sein, und was immer Sie sagen, wird mich nicht aufhalten können.«

»Verstehe.« Das Gesicht seiner Mutter wirkte versteinert, und Beni ahnte, dass es in ihr brodelte, denn bisher hatten weder Anni noch er je gewagt, so mit ihr zu sprechen.

»Und Anton?«, fragte Sophie von Waldenburg. »Was hat er mit dieser Sache zu tun?«

Beni zog die Augenbrauen hoch und atmete tief ein. Nun kam der Teil der Unterhaltung, den er zuvor sorgfältig mit Anton abgesprochen hatte. Der Ziehsohn des

Lehrmeisters hatte Beni ausdrücklich erlaubt, seine unbekannte Herkunft preiszugeben, denn es gab Antons Meinung nach nichts, wovor er sich fürchten müsste, würde sein Vater ihn doch nie vor die Tür setzen.

»Niemand wusste davon, doch Anton ist ebenfalls ein Findelkind.«

Beni sah seine Mutter aufmerksam an und bemerkte ihre Reaktion sofort. Sie setzte sich aufrecht hin, zog ihre Schultern zurück und presste die Lippen sekundenlang fest aufeinander.

»Das wusste ich nicht«, sagte sie dann.

»Ebenso wenig wie ich oder Anton. Lehrmeister Langenkamp hat ihm dieses Geheimnis gerade erst eröffnet.«

Beni machte eine Pause und fragte dann langsam: »Möchten Sie wissen, wann Anton auf der Schwelle des Präzeptors lag?«

Seine Mutter schien eine Ahnung zu haben, denn sie sah ihn aus aufgerissenen Augen an, presste ihre Handflächen aufeinander und drückte sie gegen Kinn und Lippen.

»Sag«, flüsterte sie.

»Im Dezember des Jahres 1762.«

Die Vogtgattin verstand sofort. Entsetzt holte sie Luft und schüttelte dann den Kopf. Tränen traten ihr in die Augen, und sie murmelte etwas vor sich hin, das Beni nicht verstand. Er unterbrach ihr wirres Gebrabbel schließlich.

»Catharine ist also nicht mutterseelenallein auf der Welt, wie meine gehässige Schwester ihr so gern einzureden versucht hat.«

»Und dafür danke ich dem Herrn«, sagte Sophie, und in diesem Moment klang sie zu Benis Überraschung vollkommen ehrlich. Sie sprang abrupt von ihrem Stuhl auf und lief aufgeregt hin und her. Sie schien tief in Gedanken versunken, und Beni wusste beim besten Willen nicht, was das zu bedeuten hatte. Doch es interessierte ihn auch nicht. Nun ging es nur noch darum, seine geliebte Catharine wiederzufinden und nach Hause zu holen. In Antons Beisein würde er ihr erklären, was tatsächlich gegen eine Hochzeit gesprochen hatte. Catharine würde endlich verstehen, dass nicht ihr Dasein als Findelkind der Grund dafür war. Sie hätte wieder ein Zuhause, könnte nach Celle zurückkehren, und Beni und sie würden endlich wieder glücklich werden. Und weder sein Vater noch Annegret würden sich ihm und seinem Glück je wieder in den Weg stellen. Und sollte das bedeuten, dass Leopold von Waldenburg ihn verstieß – nun, dann sollte es so sein. Er war klug und fleißig. Er würde schon eine Aufgabe finden, die ihn erfüllte, wenn er nur erst Catharine wieder an seiner Seite hatte.

Beni und Anton zogen von Gebäranstalt zu Gebäranstalt und von Hospital zu Hospital, doch sie hatten kein Glück mit ihrer Suche.

Ihre letzte Station, Göttingen, erreichten sie am ersten Freitag des Monats Juni. Trotz besten Wetters war die fast viertägige Reise anstrengend gewesen. Im Innern der Kutsche war es warm und stickig, und holprige, schwer befahrbare Straßen hatten die Fahrt zu einer Tortur für Kreuz und Knochen werden lassen.

Sie bezogen im Schwarzen Bären Quartier und fragten den Wirt noch am Ankunftstag nach dem Weg zum Accouchierhaus. Beni wollte keine Zeit verlieren, doch Anton erinnerte ihn daran, dass es sicher von Vorteil wäre, nach der Reise zumindest einmal auszuschlafen und sich frisch einzukleiden.

Beni sehnte sich danach, Catharine wieder in die Arme zu schließen, gestand sich allerdings ein, dass er übermüdet und erschöpft war. Also nahm er Antons Vorschlag an, ging an diesem Abend früh zu Bett und schlief am nächsten Tag lange aus.

Der Wirt hatte ihnen erklärt, dass die Gebäranstalt im Armenhaus untergebracht war. Beni hatte keine Vorstellung davon, wie eine Gebäranstalt auszusehen hatte, doch das Sancti Crucis Armenhaus, das sich am Geismartor befand, verschlug ihm die Sprache. Es war ein heruntergekommenes Gebäude, das direkt neben der St. Crucis Kirche stand und die Bezeichnung Haus nicht wert war. Windschief und baufällig stand es da, und Beni fragte sich, ob er das Haus überhaupt betreten sollte oder ob er dabei nicht Gefahr lief, von herunterkommenden Balken erschlagen zu werden.

»Dann mal furchtlos hinein in das Hexenhaus«, sagte Anton, der offenbar ähnliche Gedanken hatte.

Das Armenhaus war einstöckig. Beni und Anton traten ein und stellten überrascht fest, dass es nur zwei Zimmer gab. Eine der Türen war geschlossen, durch die andere, geöffnete erkannte Beni den Saal für Kreißende, in dem vier Betten standen, die allesamt belegt waren.

Eine Frau in grauer Schwesterntracht und weißer Haube stand an einem der Betten und unterhielt sich flüsternd mit einer werdenden Mutter.

Um auf sich aufmerksam zu machen, räusperte sich Beni, und die Hebamme drehte sich um. In ihren Händen hielt sie eine volle Wasserschüssel, von der sie nun aufsah. Sie starrte an Beni vorbei zu Anton und riss entsetzt Mund und Augen auf. Dann fiel die Schüssel scheppernd zu Boden.

Kapitel 21

Magdalena

Sonntag, 2. Mai 1762 bis Dienstag, 1. Juni 1762

Esmeralda öffnete die Tür und bat Helene mit einer einladenden Handbewegung darum, einzutreten. Sie würde nie verstehen, warum ihr Bruder ausgerechnet eine stumme Frau eingestellt hatte. Es mochte ja sein, dass sie vorzüglich kochte und auf ihre exotische Art ungewöhnlich schön war. Doch wie sprach man Speisepläne mit jemandem ab, der nicht redete? Da hatte Helene doch lieber keine Köchin mehr als eine solche!

Ihre Schwägerin Sophie ruhte sich auf dem Diwan in der Wohnstube aus, der Säugling lag in einem Stubenwagen, der bei den von Waldenburgs schon seit Annegrets Geburt in Gebrauch war.

»Wie geht es dir, liebste Schwägerin«, säuselte Helene.

Sophie streckte eine Hand nach ihr aus, und Helene ergriff sie.

»Noch ein wenig geschwächt, aber dank meiner neuen Amme Josefine bleibt mir genug Zeit, um Ruhe zu finden.«

»Das freut mich außerordentlich. Und wie geht es dem kleinen Stammhalter?«

»Der Arzt hat gesagt, unser Johann Benedict erfreue sich bester Gesundheit. Er wäre proper und gesund und würde sich sicher ganz hervorragend entwickeln.«

Helene nickte und verlieh ihrer gespielten Freude ein weiteres Mal Ausdruck. Dann fragte sie nach ihrem Bruder.

»Da bin ich.«

Helene drehte sich zur Tür, in der Leopold stand.

»Auch dir möchte ich meine herzlichsten Glückwünsche überbringen. Natürlich auch von Gustav, den ich leider entschuldigen muss. Es bleibt einfach zu viel Arbeit an ihm hängen, seit unser ...«

Ihre Stimme brach, und Helene beendete ihren Satz nicht. Im Gesicht ihres Bruders spiegelten sich Mitgefühl und Abscheu zugleich. Eilig lief er auf sie zu und legte ihr seinen Arm um die Schultern.

»Setz dich, liebe Schwester. Es muss schwer für dich sein, unser Glück zu sehen, während du trauerst.«

»Das ist es in der Tat«, gab sie zurück und konnte nicht verhindern, dass Verbitterung in ihrer Stimme mitschwang. »Doch natürlich freue ich mich von Herzen für euch«, schob sie deshalb eilig hinterher.

Esmeralda betrat mit einem Tablett die Wohnstube. Mit routinierten Handgriffen stellte sie Teeservice und Gebäck ab, schenkte ein und wollte den Raum gerade wieder verlassen.

»Esmeralda«, rief Sophie und erhob sich. »Würdest du mich in mein Schlafgemach begleiten?« Dann sah sie Helene fragend an. »Es stört dich doch nicht? Ich möchte mich noch ein wenig ausruhen, bevor Johann Benedict wieder aufwacht.«

»Aber nicht doch. Und sei unbesorgt: Ich kümmere mich gern um ihn, wenn er erwacht. Und deine Amme wird ja sicher bald wieder da sein.«

Helene lächelte, kurz darauf war sie mit ihrem Bruder allein. »Geht es dir gut?«, begann sie.

»Wie könnte es nicht? Ich habe einen gesunden Sohn, meine Frau ist wohlauf, und die kleine Anni scheint zu glauben, der Junge wäre ihr Kind. Als sie nach ihm greifen wollte, musste ich ihr erklären, dass ein lebender Bruder keine Puppe ist, die man am Arm hinter sich herziehen kann.«

Helene gab einen glucksenden Lacher von sich, wurde dann aber wieder ernst. »Ich habe eure Amme in der Stadt gesehen. Zusammen mit dem Fräulein Casparus.«

»Die beiden scheinen sich gut zu verstehen und sind meiner Sophie eine große Hilfe.«

Helene nickte und überlegte kurz, wie sie es am besten anfangen sollte. Dann entschloss sie sich dazu, ihr Anliegen gerade heraus vorzubringen.

»Es wundert mich, dass du dem Fräulein Casparus weiterhin Unterschlupf gewährst, obwohl sie sich deinen Anweisungen widersetzt hat.«

Der Vogt zog seine Augenbrauen hoch. »Wovon sprichst du?«

»Nun, sie ist doch ganz offensichtlich schwanger. Oder willst du mir sagen, dass dir ihr inzwischen beträchtlicher Körperumfang entgangen ist?«

Es war überflüssig, dass er auf diese Frage antwortete, denn sein Gesicht sprach Bände. Er war ahnungslos gewesen.

»Nun, sie nimmt regelmäßige Mahlzeiten zu sich, seit sie in unseren Diensten steht«, gab Leopold zu bedenken.

»Wenn ich meiner Frau glauben darf, litt sie in den Wochen, die sie in der Blumlage verbracht hat, an Hunger. «

»Du solltest sie fragen«, sagte Helene spitz. »Ich bin sicher, du wirst erkennen, ob sie dich anlügt oder nicht. Wenn ich mit meiner Vermutung richtig liege, solltest du dir allerdings überlegen, welche Konsequenzen du ziehen willst. Immerhin hattest du ihr verboten, Mathias Grene …«

»Du glaubst, sie erwartet das Kind des verstorbenen Handschuhmachers?«, unterbrach sie Leopold, und endlich nahm seine Stimme einen Tonfall an, der Helene zupass kam. Ihr Bruder wurde wütend, denn nun erkannte er, dass seine Anweisungen – sollte sich eine Schwangerschaft bewahrheiten – nicht befolgt worden waren.

»Bei der Beerdigung von Apotheker und Handschuhmacher hatte ich das Gefühl, Pastor Wilpert könnte mehr wissen. Er hat mich daran gehindert, Magdalena Casparus mein Beileid auszusprechen, und es schien ihn auch nicht zu stören, dass sie und der junge Grene doch sehr vertraut miteinander umgingen. Eine Schande, wenn du mich fragst. Am Tag der Beerdigung! Vielleicht solltest du auch den Pastor und seine Frau befragen.«

Helene wandte sich ab und tat, als würde sie nicht weiter interessieren, was ihr Bruder von der Sache hielt.

»Du solltest jetzt gehen«, sagte der unvermittelt.

Helene riss erschrocken die Augen auf und wusste nicht, was sie darauf erwidern sollte.

»Sei unbesorgt. Ich möchte dich nicht kränken, aber die Angelegenheit werde ich nicht in deinem Beisein regeln.«

Helene hob beschwichtigend beide Hände und gab sich verständnisvoll. Sie hatte ihr Ziel erreicht, und wenn sie das Gesicht ihres Bruders und die tiefe Zornesfalte auf seiner Stirn richtig deutete, brauchte sie sich um Magdalena keine Gedanken mehr machen. Im Hinausgehen murmelte sie etwas von Autorität, die er nicht verlieren dürfe, und dass er ja sicher wisse, welche Strafe auf Hurerei stand.

Als sie die Vogtei verließ, lächelte sie. Sie hatte es fast geschafft. Es war gewiss nur eine Frage von Tagen, bis sie von Magdalenas Prozess erfahren würde. Ihr Bruder hätte das Mädchen womöglich nur des Hauses verwiesen, doch sie hatte mit ihren Andeutungen hoffentlich dafür gesorgt, dass er sie vor Gericht zerrte.

Mit einem zufriedenen Lächeln fuhr sie durch die Straßen Celles. Sie fühlte sich leicht und befreit, und selbst die Aussicht auf einen einsamen Nachmittag in der Tischlerei, mit ihrem kalten, herzlosen Ehemann, konnte ihre Laune an diesem Tag nicht trüben. Sie hatte Konrad gerächt, ihre Mutterpflichten waren erfüllt.

* * *

Als Magdalena und Josefine den Hof betraten, stand Sophie von Waldenburg bereits am Fenster und winkte die Amme zu sich, was nicht nötig gewesen wäre, denn das Geschrei des Säuglings war nicht zu überhören.

»Da hat wohl jemand Hunger«, sagte Josefine und eilte die Treppe hinauf.

Magdalena trug die Einkäufe in die Küche und wollte anschließend Esmeralda zur Hand gehen, doch zu ihrer Verwunderung rief der Vogt sie in seine Schreibstube. Mit jeder Stufe, die Magda ins Untergeschoss hinunterlief, ging ihr Atem ein wenig schneller. Was könnte er wohl von ihr wollen? Sie dachte daran, wie freundlich und zuvorkommend er in den vergangenen Tagen gewesen war und wie oft er erwähnt hatte, dass es doch ein guter Einfall seiner Frau gewesen wäre, sie einzustellen.

Zwar hatte sie ihre Trauer über Mathias' Tod vor dem Mann verstecken müssen, doch abgesehen davon hatte sie das Gefühl gehabt, tatsächlich gebraucht und willkommen zu sein.

Nun war sie sich dessen nicht mehr sicher.

»Sie wünschen, gnädiger Herr?« Sie blieb in der Tür stehen und deutete einen Knicks an. Von Waldenburg sah von seinem Schreibtisch auf und starrte sie sekundenlang wortlos an.

Magdalena richtete sich auf, drückte ihre Schultern zurück und zog ihren Bauch ein. Sie fühlte sich unbehaglich und hatte plötzlich das Gefühl, dass etwas nicht stimmte. Schweigend wartete sie darauf, dass Vogt von Waldenburg ihr sagte, worum es ging.

»Ich erwarte dich am ersten des Monats Juno im hiesigen Gerichtssaal.«

Magdalena presste ihre Handflächen fest gegen ihre Oberschenkel. Sie hatte plötzlich das Gefühl, als würde der Boden unter ihr schwanken. Aus weit aufgerissenen Augen sah sie den Vogt an. »Aber ich ...«

Leopold von Waldenburg schnitt ihr mit einer Handbewegung das Wort ab. »Geh wieder deiner Arbeit nach. Es gibt heute und hier nichts weiter zu sagen.«

Mit klopfendem Herzen und einem unerträglichen Rauschen in den Ohren lief Magdalena die Treppe wieder hinauf. Nun war es also so weit. Sie war davon überzeugt, dass ihre Schwangerschaft nicht länger ein Geheimnis war und sie für ihre heimliche Hochzeit bestraft werden würde.

Die Tage bis zu dem vom Vogt anberaumten Gerichtsverfahren zogen sich endlos. Magdalena wurde immer schweigsamer, was auch der gnädigen Frau auffiel. Auf deren Nachfragen antwortete sie aber stets einsilbig und vage und schob ihre Stimmung auf ihre Trauer um den Vater.

Mehr als einmal deutete Sophie an, dass sie durchaus Verständnis hätte, wenn ihr Kummer nicht nur ihrem Vater, sondern auch dem verstorbenen Handschuhmacher galt. Magdalena schwieg jedoch dazu.

Am Tag vor der Verhandlung rief Sophie von Waldenburg sie in ihr Schlafgemach. Magda spürte die Nervosität der Frau sofort. Aufgeregt lief sie vor ihrem Bett hin und her, nahm ihren Sohn auf den Arm, wiegte ihn und legte ihn wieder ab. Dann fuhr sie sich durch die dunkelblonden Haare, wobei sich einige Strähnen aus ihrer Frisur lösten und ihr über die Schultern fielen.

»Möchtest du mir etwas sagen?«, fragte sie schließlich.

»Ich weiß nicht recht, was Sie meinen.« Magda konnte nicht verhindern, dass ihre Stimme zitterte.

»Leopold hat mir erklärt, dass du morgen von ihm befragt wirst, ebenso wie Pastor Wilpert, seine Frau Elisabeth und die Eheleute Jung. Er will mir allerdings nicht sagen, worum es geht. Also?«

Sie sah Magda streng an, gleichzeitig war nicht zu übersehen, dass die Frau sich sorgte.

»Vielleicht geht es um die Brandnacht?«

Etwas Besseres fiel Magdalena in diesem Augenblick nicht ein. Und da alle genannten Beteiligten in der Silvesternacht im Haus ihres Vaters zugegen gewesen waren, schien der Vogtgattin diese Antwort einleuchtend zu sein.

»Das wäre möglich«, sagte sie gedankenverloren und tippte sich dabei immer wieder mit dem Zeigefinger gegen die Unterlippe. »Nun, ich werde ebenfalls im Gericht sein.«

Magdalenas Herz schien für einen Moment auszusetzen. Im Gegensatz zur gnädigen Frau ging sie davon aus, dass es um nichts anderes ging als ihre Schwangerschaft. Es war ihr ohnehin ein Rätsel, dass Sophie von Waldenburg noch nicht misstrauisch geworden war. Einmal hatte sie ihr lachend auf den Bauch geklopft und gefeixt, dass ihr Esmeraldas Kost wohl nach den entbehrlichen Wochen in der Blumlage besonders gut bekäme. Magdalena war die Röte ins Gesicht geschossen, was der Vogtgattin nicht verborgen blieb. Sie entschuldigte sich wortreich und hatte danach nie wieder ein Wort über ihre Figur verloren.

Am Mittwochmorgen stand Magdalena überpünktlich vor der Amtsstube des Vogtes. Nur wenige Minuten nach ihr trafen auch die Eheleute Jung und das Pastorenehepaar ein. Ihnen allen war das Unbehagen anzusehen.

Magda hatte Gerdas Eltern und auch den Pastor und seine Frau inzwischen seit einigen Wochen nicht mehr gesehen. Sie schaffte es kaum, ihnen in die Augen zu schauen. Als Elisabeth Wilpert sie zur Begrüßung in den Arm nahm, musste sie sich zusammenreißen, um nicht in Tränen auszubrechen. Sie fühlte sich furchtbar, denn sie allein war schuld daran, dass jeder Einzelne von ihnen in Schwierigkeiten steckte.

Es gab nur einen Weg, diese guten Menschen zu schützen: Magdalena musste für sie lügen, und sie wusste auch schon, was sie dem Vogt sagen würde.

Nacheinander trafen der Gerichtsdiener, ein Schreiber und schließlich der Vogt ein. Magdalena wurde als Erste aufgerufen, und als sie die Amtsstube betrat, stellte sie mit Entsetzen fest, dass nicht nur Frau von Waldenburg, sondern auch Helene Brandmiller zugegen waren. Die Anwesenheit von Konrads Mutter verunsicherte Magdalena. Sie warf der Frau einen kurzen Blick zu, und als sie das garstige Lächeln in ihrem Gesicht sah, wurde ihr übel.

Zunächst fragte sie der Vogt nach ihrem Namen und ihrer Herkunft. Zögernd antwortete Magdalena. Sie sah aus dem Augenwinkel, dass ihr die gnädige Frau aufmunternd zunickte. Vermutlich fragte sie sich in dieser Sekunde noch, warum Magda so eingeschüchtert wirkte. Nun, sie würde es schon bald verstehen.

»Ihnen ist bewusst, dass Sie hier die Wahrheit sprechen müssen?«, fragte der Vogt.

Magdalena nickte. »Ja, gnädiger Herr.«

»Vogt von Waldenburg, wenn ich bitten darf.«

»Ja, Vogt von Waldenburg.«

»Nun. Ihr Familienstand?«

Magdalena begann zu schwitzen. Sie spürte einen einzelnen Schweißtropfen, der ihr in diesem Moment über die Schläfe und dann über die Wange lief. Hastig wischte sie ihn mit dem Handrücken weg.

»Verwitwet«, flüsterte sie.

Sie hörte das empörte Zischen aus dem Mund von Frau Brandmiller und ahnte, dass die gnädige Frau darauf wartete, dass sie sie ansah, doch Magdalena wagte es nicht.

»Lauter, wenn ich bitten dürfte.«

»Verwitwet«, antwortete Magdalena erneut. Dann straffte sie ihre Schultern. Wenn sie die Menschen, die soeben vor der Tür der Amtsstube standen, schützen wollte, durfte sie jetzt nicht von ihrem Plan abweichen. Sie musste mutig sein und dafür sorgen, dass nur sie allein die Konsequenzen zu tragen hatte.

»Ich bin die Witwe des Handschuhmachers Mathias Grene. Wir wurden am 31. Januar dieses Jahres getraut.«

»Hatten Sie eine Erlaubnis zu dieser Eheschließung?«

»Nein, die Erlaubnis wurde uns nicht erteilt.«

»Also geben Sie zu, wissentlich und unter Mithilfe der Eheleute Jung und Wilpert gegen meine Entscheidung gehandelt zu haben?«

»Ja. Aber weder die Wirtsleute noch der Pastor wussten von dem Verbot. Mein verstorbener Gatte und ich behielten es für uns.«

Vogt von Waldenburg zog erstaunt die Augenbrauen hoch und warf seiner Schwester einen kurzen Blick zu.

»Sie geben also zu, dass Sie nach dem Tod Ihres Gatten allein für diese Straftat zur Verantwortung zu ziehen sind?«

Magdalena nickte matt.

»Gerichtsschreiber? Notieren Sie, dass die Angeklagte durch Nicken angezeigt hat, dass sie sich allein die Schuld an den hier verhandelten Verfehlungen gibt.« Der Vogt wandte sich wieder an Magdalena. »Pastor Wilpert hat Sie ohne obrigkeitliches Zeugnis getraut. Damit hat er sich ebenso schuldig gemacht.«

»Nein. Wir haben ihm ein gefälschtes Dokument vorgelegt«, log Magdalena. »Er konnte nicht ahnen, dass er einem Betrug aufsaß.«

»Verstehe«, presste der Vogt hervor. »Gerichtsdiener?« Er wandte sich einem kleinen, unscheinbaren Mann zu, der sich nun von seinem Stuhl neben der Tür erhob.

»Ja?«

»Die Aussage der Zeugen vor der Tür wird nicht mehr benötigt. Bitte entlassen Sie die Herrschaften.«

Der Gerichtsdiener tat, was ihm aufgetragen worden war und als er wieder auf seinem Stuhl Platz genommen hatte, ergriff Leopold von Waldenburg erneut das Wort. »Sie haben unser Vertrauen aufs Schändlichste missbraucht, Fräulein Casparus. Gehe ich richtig in der Annahme, dass ein Arzt zu dem Schluss kommen würde, dass Sie ein Kind unter dem Herzen tragen?«

»Ja.« Magdalena presste nur dieses eine Wort hervor, dann begann sie zu schluchzen. Sie drückte ihre Hand gegen den Mund, doch sie schaffte es nicht, sich zu beruhigen. Tränen liefen ihr über die Wangen, und in diesem Moment schien all die Anspannung der vergangenen Wochen von ihr abzufallen.

Ihr Geheimnis war nicht mehr länger geheim. Sie hatte gewusst, dass dieser Tag kommen würde. Nun war er da, und sie würde sich ihrer Strafe stellen. Was blieb ihr auch für eine Wahl?

Durch den Tränenschleier sah Magdalena, dass Sophie aufstand. Sie klammerte sich an die Stuhllehne vor ihr und sah ihren Gatten durchdringend an. Leopold von Waldenburg warf ihr einen finsteren Blick zu und schüttelte drohend den Kopf. Daraufhin setzte sich die Vogtgattin wieder, ohne auch nur ein Wort zu sprechen.

»Es gab keine Erlaubnis für die von Pastor Wilpert geschlossene Ehe, weswegen sie keine Gültigkeit hat. Sie sind nach wie vor eine Casparus, keine Grene. Da Sie unverheiratet schwanger sind, muss ich davon ausgehen, dass Sie sich neben Ungehorsam gegenüber einer Amtsperson auch der Hurerei schuldig gemacht haben.« Noch einmal holte der Amtmann tief Luft und straffte seine Schultern. Dann sprach er das Urteil.

»Magdalena Margarethe Casparus, ich verurteile Sie wegen Ungehorsam gegenüber einem Amtsträger und Prostitution zu fünf Tagen an der Prangersäule. Anschließend werden Sie ein Jahr im Zucht- und Werkhaus verbringen. Ist die Strafe verbüßt, verlassen Sie Celle, und ich untersage es Ihnen, diese Stadt jemals wieder zu betreten.«

Das Rauschen in Magdalenas Kopf wurde ohrenbetäubend. Wie aus weiter Ferne hörte sie, dass ein Stuhl umfiel. Es musste der von Sophie von Waldenburg gewesen sein, denn sie war aufgesprungen und spie ihrem Mann ein lautes »Nein«, entgegen. Doch der Vogt sah weder sie noch sonst jemanden in diesem Raum an und stürmte hinaus.

Kapitel 22

Catharine

Sommer 1779

Mit schnellen Schritten eilten Beni und Anton auf die Hebamme zu. Sie war kreidebleich, und ihre Mundwinkel zuckten nervös.

»Ist Ihnen nicht wohl?«, fragte Anton besorgt, während beide Männer ihr unter die Arme griffen und sie auf einen der Schemel setzten, die sich jeweils am Fußende der Betten befanden. Der Atem der Frau ging schwer, und immer wieder sah sie verstohlen zu Anton.

»Der Kreislauf«, murmelte sie. »Es geht gleich wieder.«

In seiner Verzweiflung öffnete Beni ein Fenster und fächelte der Hebamme Luft zu.

»Besser?«, fragte Anton besorgt.

»Danke. Was kann ich für Sie tun?« Die Stimme der Frau klang zittrig, doch die Farbe kehrte langsam in ihr Gesicht zurück. Eine zweite Frau in Schwesterntracht, die wohl das Scheppern der Schüssel gehört haben musste, kam herbeigeeilt und machte sich daran, das Wasser aufzuwischen.

»Ich mach das schon, Magda«, sagte sie. »Nimm du unsere Gäste doch mit hinüber und kläre, was zu klären ist.«

Beni und Anton folgten der Hebamme, die soeben mit Magda angesprochen worden war. Sie liefen durch den engen Flur in das gegenüberliegende Zimmer, das den Hebammen offenbar als Schlafstatt und Schreibstube zugleich diente. Es gab einen kleinen Schreibtisch nebst Stuhl unter dem Fenster, dazu zwei Betten und einen Schrank.

Hebamme Magda setzte sich hinter den Tisch und sah Beni und Anton abwechselnd an. Dann atmete sie schwer ein und aus und fragte sie nach ihrem Begehr.

»Wir sind auf der Suche nach einer jungen Frau«, platzte Anton heraus. »Wir haben gehört, dass sie sich hier möglicherweise zur Hebamme ausbilden lassen will.«

Die Frau schüttelte den Kopf. »Es tut mir leid, aber wir sind nur zu zweit, wie Sie sehen.« Sie presste ihre Hand vor die Lippen, dann nickte sie kurz und zog ihre Schultern zurück. »Darf ich fragen, wer Sie sind?«

»Wie unhöflich von uns«, rief Beni und schlug sich mit der Hand gegen die Stirn. »Mein Name ist Johann Benedict von Waldenburg.«

Er machte eine kurze Pause. War die Hebamme bei seinem Namen zusammengezuckt? Er schob den Gedanken beiseite, denn er war sich sicher, die Frau noch nie zuvor gesehen zu haben. Er musste sich diese Reaktion eingebildet haben, also sprach er weiter.

»Und mein Begleiter ist Anton Langenkamp.«

Nun schlug die Frau beide Hände vors Gesicht und begann plötzlich zu schluchzen. Beni sah erschrocken zu Anton, doch auch er zuckte nur hilflos mit den Schultern.

»Ich rufe besser die andere Hebamme«, murmelte Beni, doch Magda schüttelte den Kopf.

»Das ist nicht nötig. Bitte nehmt Platz.« Sie deutete auf eines der Betten. »Ich werde euch mein seltsames Verhalten erklären. Doch zuvor: Nach wem sucht ihr?«

»Nach einer jungen Frau. Sie lebte bis vor Kurzem als Dienstmagd in der Vogtei meines Vaters. Doch nun ...«

Beni brach ab, denn ihm wurde bewusst, dass er gerade dabei war, sich einer völlig fremden Frau anzuvertrauen. Es gehörte sich nicht, Catharines schweres Schicksal an dieser Stelle breitzutreten. Wenn sie hier nicht bekannt war, würden Anton und er eben weitersuchen müssen. Doch er würde sicher nicht herumposaunen, wie schändlich seine Eltern das Mädchen vom Hof gejagt hatten.

Anton schien jedoch kein Problem darin zu sehen, der Frau mehr zu erzählen. »Sie könnte meine Schwester sein, doch das weiß sie noch nicht. Ich selbst habe es erst vor wenigen Tagen erfahren.«

Hebamme Magda nickte. Dann stand sie abrupt auf, ging auf Anton zu und griff nach seinen Händen.

»Anton Mathias«, murmelte sie und schniefte.

Anton zog ruckartig seine Hände zurück. Er sprang vom Bett auf und sah die Hebamme an. Beni bemerkte, dass seine Hände zitterten, und es war auch nicht zu überhören, dass sein Atem schneller ging.

»Woher ...«

Er brach ab und sah die Hebamme abwartend an.

»Es stimmt«, sagte sie. »Catharine Margarethe ist deine Schwester.«

Nun erhob sich auch Beni. Sein Herz raste. »Woher kennen Sie ihren Namen? Wir haben ihn bisher nicht erwähnt. Also war sie hier, ja? Sie konnten sie nicht ausbilden und haben sie fortgeschickt?« Beni griff nach den Händen der Frau. »Sie müssen uns sagen, wohin sie wollte!«

Die Hebamme schüttelte den Kopf. »Nein. Es tut mir leid, sie war nicht hier«, flüsterte sie und wandte sich dann Anton zu. »Ich habe dich sofort erkannt, mein lieber

Junge. Du siehst deinem Vater Mathias so unglaublich ähnlich, abgesehen von der Haarfarbe. Das Rot hat er an deine Schwester weitergegeben.«

Beni verstand noch immer nicht, worum es eigentlich ging. Anton ließ sich schwer zurück aufs Bett fallen, und der Hebamme liefen inzwischen Tränen übers Gesicht.

»Ich bin Magdalena Margarethe Casparus. Deine Mutter.«

* * *

Ich konnte es selbst kaum glauben, doch der Plan der Wirtin war aufgegangen. Samuel hatte sich auf Agnes' Bitte hin augenblicklich an die Arbeit gemacht und mir ein Zeugnis ausgestellt, in dem er meine besonderen Kenntnisse in der Pflanzenheilkunde hervorhob. Ich bestand allerdings darauf, mir kein Können anzudichten, das ich nicht besaß. Es wäre unverantwortlich, mich etwa als Laie gefährliche Experimente im Laboratorium durchführen zu lassen, wodurch ich zu einer Gefahr für Institut und Schüler werden würde.

»Ich beginne lieber mit den Grundlagen, denn mehr als ein gutes Verständnis für die Naturwissenschaften und die angelesenen Kenntnisse zu Heilkräutern habe ich nicht zu bieten. Sollte das für Wieglebs Lehrinstitut nicht genug sein, werde ich mich damit abfinden müssen. Aber ich kann und darf die jungen Gelehrten nicht in Verruf oder gar Gefahr bringen. Vielleicht habe ich ja Glück und komme auch als blutiger Anfänger in der Lehranstalt unter.«

Agnes zuckte mit den Schultern. »Deine Entscheidung, mir ist es gleich.«

Ich nahm die Dokumente an mich und bezahlte Samuel die vereinbarte Summe. Beim Blick in Benis Geldbörse wurde mir einmal mehr bewusst, dass meine finanziellen Mittel fast ausgeschöpft waren. Ich seufzte und ließ die Schultern sinken. Agnes hatte offenbar genau erkannt, worum ich mich sorgte. Sie zog mich beiseite.

»Wie lange reicht es noch?«, fragte sie und deutete auf den Geldbeutel in meiner Hand.

»Der Beutel ist praktisch leer«, gab ich zurück.

»Ich spreche mit Maximilian. Du könntest uns in den Stunden, die du nicht in der Apotheke verbringst, und an den Wochenenden zur Hand gehen. Küche, Gaststube, die Mädchen versorgen, was immer eben anfällt. Du wirst nicht reich, könntest aber immerhin das Schulgeld aufbringen.«

»Und was ist mit den Kosten für mein Zimmer hier? Dafür reicht der Verdienst vereinzelter Stunden sicher nicht.«

»Ich bespreche das mit meinem Gatten. Er ist ein gutherziger Mensch. Wenn ich ihn bitte, wird er sicher nichts dagegen haben, wenn wir dir entgegenkommen.« Agnes zwinkerte und stieß mir ihren Ellbogen in die Seite. »Eine Bedingung gibt es da allerdings: Es könnte sein, dass du das eine oder andere Mal als Alibi herhalten musst.«

Sie sah mich abwartend an und deutete dann in Richtung Samuel. Ich verstand und nickte.

»Danke Agnes. Das kann ich nie wieder gut machen.«

»Das tust du doch. Das Leben nimmt manchmal seltsame Wege, aber ich habe nur dieses eine. Ich kann auf Dinge, die mich so unendlich glücklich machen, nicht verzichten.«

»Du könntest dich für ein Leben mit Samuel entscheiden«, sagte ich leise.

»Könnte ich nicht. Ich liebe meinen Mann. Es klingt seltsam, aber das, was mich mit Samuel verbindet, ist nicht das, was mich bei Maximilian hält. Ich brauche sie beide, anders kann ich nicht existieren.«

Agnes verdrehte theatralisch die Augen und lachte dann. »Vielleicht stellst du ja alles auf den Kopf und bist irgendwann die allererste Apothekerin der Welt. Dann kannst du mir zurückzahlen, was du mir jetzt schuldig bleibst.«

»Das werde ich, versprochen.« Ich nahm mir in diesem Moment fest vor, dieses Versprechen auch einzulösen. Sollte ich irgendwann zu Geld kommen, würde ich zurückkehren und Agnes auszahlen.

Ich verabschiedete mich schließlich, denn es war nicht zu übersehen, dass sie und der Künstler noch Zeit für sich haben wollten.

»Soll ich nach den Mädchen sehen?«, fragte ich, und die Wirtin nickte dankbar.

»Nimm sie mit in den Garten und bring sie mir in einer Stunde wieder in die Gaststube. Maximilian ist noch in der Brauerei, das Fassbier geht zur Neige.« Agnes und Samuel verließen kichernd und flüsternd den Goldenen Löwen und es sah nicht danach aus, als hätte einer der beiden auch nur den Anflug eines schlechten Gewissens gegenüber Wirt Maximilian.

Ich dachte an Beni und Anton, und Traurigkeit stieg in mir auf. Ich liebte Johann Benedict schon mein ganzes Leben, und das würde sich niemals ändern. Doch dann war da plötzlich eine Nähe zu Anton entstanden, die ich mir selbst nicht erklären konnte.

Kopfschüttelnd lief ich mit den tobenden Mädchen durch die Hintertür in den Garten und dachte über das Verhalten von Agnes nach. Ich konnte mir nicht vorstellen, Beni je zu betrügen. Wenn ich, was nicht mehr als ein alberner Tagtraum war, mit ihm verheiratet wäre, würde ich nie mehr Augen für einen anderen Mann haben, davon war ich überzeugt. Mochte ja sein, dass ich meine Gefühle für Anton nicht einzuordnen wusste, doch sie waren anders als die für Beni: weniger aufregend und nicht mit Fantasien verbunden, bei denen mir das Blut in die Wangen schoss. Nach Beni hingegen verzehrte ich mich, und obwohl ich mich so gut es ging abzulenken versuchte, gehörten meine Gedanken, sobald ich zur Ruhe kam, einzig und allein ihm.

Während ich den Mädchen einen Ball zuwarf, dachte ich darüber nach, ob er mich wohl vermisste? Oder hatte Anni womöglich recht behalten, und er hatte sich längst in die Arme einer anderen geflüchtet? Beim Gedanken daran zog sich mir der Magen zusammen. Ich sprang auf und mischte mich unter die Mädchen. Ablenkung war das Einzige, was mich davon abhielt, in Trübsal zu versinken. Ich durfte meine Trauer nicht zulassen, denn sie würde mich zugrunde richten.

Die Sommermonate in Wieglebs Institut waren anstrengender und lehrreicher als alles, was ich je bei Meister Langenkamp gelernt hatte. Müßiggang duldete der Apotheker nicht, und die Tage verliefen stets gleich: Um Viertel vor sechs weckte uns Wieglebs Tochter Charlotta, um sechs begann die Arbeit in der Apotheke. Es wurden Tinkturen, Salben und Kräuter für Kunden vorbereitet, die am jeweiligen Tag abgeholt werden sollten. Pünktlich um acht Uhr öffnete Apothekergeselle Gerhard die Offizin. An zwei Tagen in der Woche ging ich ihm dabei vormittags zur Hand. Johann Wiegleb hatte schnell erkannt, dass es mir an praktischer Erfahrung in der Apotheke fehlte und bestand darauf, mich diesen Rückstand aufholen zu lassen.

Die anderen Vormittage verbrachte ich mit der Lektüre von Lehrbüchern, die mir der Apotheker empfahl. Ich arbeitete mich durch »Vogel's Lehrsätze der Chemie«. Johann Wiegleb hatte dieses Werk eines gewissen Rudolph Augustin Vogel aus dem Lateinischen übersetzt und durch eigene Erkenntnisse erweitert. Inzwischen war es eine wichtige Grundlage jeder pharmazeutischen Ausbildung.

Die Nachmittage verbrachte ich im Laboratorium, das sich im Keller unter der Apotheke befand. Gesellen und Schüler experimentierten hier gleichermaßen. Ich verstand schnell, wie viel Sorgfalt Scheidekünstler an den Tag legen mussten, wenn sie verhindern wollten, dass Versuche schiefgingen: Penibles Abwiegen der Stoffe war dabei ebenso wichtig wie die Reinheit der Gerätschaften, mit denen hantiert wurde. Schon kleinste Verunreinigungen konnten zur Katastrophe führen, wie Repetent Hermbstaedt immer wieder eindringlich warnte.

In den Abendstunden bat mich der Apotheker immer wieder einmal darum, ihm in der Schreibstube zur Hand zu gehen.

»Ich unterrichte nach meinen Erkenntnissen, deswegen ist es unabdingbar, endlich ein eigenes Lehrbuch für meine Studenten zu verfassen. Du kannst mir bei der Abschrift meiner Notizen helfen. Damit nimmst du mir Arbeit ab und lernst außerdem alles, was an Grundlagen der reinen und der angewandten Chemie beherrscht werden muss«, erklärte er mir.

Es hätte ein ruhiger Sommer werden können, doch je mehr ich in meiner Arbeit aufging, umso schwieriger wurde mein Verhältnis zu Carl Ludwig. Bevor ich ein Teil von Wieglebs Schülerschaft wurde, war er derjenige gewesen, der dem Apotheker bei der Abschrift seiner Notizen behilflich war. Allerdings war Wiegleb schon kurz nach meiner Aufnahme am Institut zu der Ansicht gekommen, dass meine Handschrift leserlicher wäre. Außerdem hätte ich die Inhalte, die es abzuschreiben galt, nötiger, war Carl Ludwig doch bereits zum Apotheker ausgebildet worden.

Ich entschuldigte mich mehrfach bei dem jungen Mann, doch er ignorierte jeden meiner Versuche, mich mit ihm gut zu stellen. Es war schließlich Repetent Hermbstaedt, der mir erklärte, dass mich Carl Ludwigs Neid nicht einschüchtern dürfe.

»Nichts im Leben wird dir geschenkt, Constantin. Du hast dich für die bestmögliche Ausbildung entschieden. Nutze diese Möglichkeit. Bei anderen Apothekern wirst du nicht einmal ein Drittel von dem lernen, was dir Johann Wiegleb beibringt. Er hat die Lehranstalt gegründet, um die Ausbildung endlich auf den modernsten Stand derzeitiger Wissenschaft zu bringen. In den meisten Apotheken steht die billige Arbeitskraft der Lehrlinge im Vordergrund. Sie schuften, werden beschimpft, sogar misshandelt und kommen oft für mehr als fünf Jahre überhaupt nicht dazu, die Grundlagen der Pharmazie auch nur in der Theorie zu erlernen. Das alles bleibt dir erspart. Und nun hör damit auf, Carl Ludwigs gekränkten Stolz lindern zu wollen.«

Ich nickte und bedankte mich für die ehrlichen Worte. Mir war klar, dass Sigismund recht hatte. Trotzdem setzte mir die immer offener zutage tretende Feindseligkeit zu, vor allem, als ich am letzten Augusttag, einem Dienstag, bemerkte, dass er auch nicht mehr davor zurückschreckte, meine Fehler bei Meister Wiegleb anzuzeigen.

Er erreichte allerdings das Gegenteil von dem, was er sich erhofft hatte. Wiegleb erklärte ihm im Beisein aller, dass er sich jegliches Gezänk seiner Schüler untereinander verbat.

»Vor allem von dir erwarte ich«, sagte er an Carl Ludwig gewandt, »dass du Fehler geduldig verbesserst und den noch unwissenden Studenten hilfst, wo du nur kannst. Du bist bereits Apotheker. Du trägst Verantwortung. Und Neid und Missgunst stehen dir nicht. Dieses Verhalten hört auf der Stelle auf!«

Carl Ludwig sah zunächst mich an und kniff die Augen zu schmalen Schlitzen zusammen. »Ich habe verstanden«, sagte er leise, wandte sich ab und verließ die Offizin.

Müde und niedergeschlagen lief ich an diesem späten Abend zurück zum Goldenen Löwen. Nach der unangenehmen Ansprache des Apothekers hatten sich mein Puls und mein Gemüt noch immer nicht beruhigt. Plötzlich verspürte ich unendliche Sehnsucht nach Menschen, die mich als die Person kannten, die ich wirklich war: Catharine. In diesem Moment wünschte ich mir, meine falsche Identität wieder aufgeben zu können, und nach Celle zurückzukehren. Ohne dass ich es verhindern konnte, liefen mir plötzlich die Tränen. Hektisch wischte ich mir über die Wangen und bog mit gesenktem Kopf in die Mauergasse ein.

Der Angriff kam aus dem Nichts. Ohne reagieren zu können, wurde ich gepackt und in einen Hinterhof gezerrt. Der Angreifer hatte sich eine Kappe tief ins Gesicht gezogen, doch ich erkannte ihn auch so.

»Carl Ludwig«, rief ich entsetzt.

»Halt dein überhebliches Maul«, zischte er zurück. Dann schlug er mir mit der Faust in den Magen. Ich klappte nach vorn und röchelte. Doch zum Atmen kam ich nicht, denn der Apotheker zog abrupt sein Knie nach oben und rammte es mir ins Gesicht. Ich hörte ein platzendes Geräusch und spürte das warme Blut, das mir aus einer Wunde über der Augenbraue über die Wange lief.

»Hör auf!«, rief ich verzweifelt, doch Carl Ludwig dachte nicht daran. Er zerrte mich am Kragen meines Hemdes, ich stolperte und ging zu Boden. Doch statt mich liegen zu lassen, zog er mich am Kragen übers Kopfsteinpflaster. Ich schlug nach seinen Händen, und in diesem Augenblick riss der Stoff des Hemdes.

Carl Ludwig spuckte aus. Dann drehte er sich zu mir um und starrte mir mit wutverzerrtem Gesicht in die Augen. Es dauerte nur Sekunden, ehe ich begriff, dass ich entblößt vor dem Apotheker in der Gosse lag. Lediglich das breite Band, mit dem ich meine Brüste täglich aufs Neue abband, bedeckte meinen Oberkörper noch. Hastig zerrte ich die aufgerissenen Enden des Hemdes vor meinen Körper und hielt sie fest. Doch es war zu spät. Carl Ludwig grinste erst. Dann brach er in schallendes Gelächter aus.

»Ein Weibsbild! Jetzt bist du erledigt.«

Er ließ mich im Dreck liegen und lief pfeifend zurück in die Richtung, aus der er gekommen war.

Ich richtete mich auf, blieb jedoch auf dem harten Boden sitzen. Es war vorbei. Mein Traum von einem besseren Leben war ausgeträumt.

Kapitel 23

Magdalena

Juni 1762

Der Gerichtsdiener ergriff Magdalena, zerrte sie aus der Amtsstube und schubste sie vor sich die Treppe hinunter.

»Halten Sie sich zurück«, gellte Sophie von Waldenburgs Stimme hinter ihm. »Wenn das Fräulein Casparus hinabstürzt und ihr Kind verliert, werde ich Sie dafür zur Verantwortung ziehen!«

»Du stehst dieser Hure auch noch bei?« Frau Brandmillers gehässige Worte versetzten Magdalena einen Stich. Das war sie nun für die Menschen ihrer Heimat: eine Hure. Ein liederliches Weibsbild, das sich der Prostitution schuldig gemacht hatte. Stand sie erst an der Prangersäule, am Halseisen angekettet, würde von dem guten Ruf, den sie als Tochter des Celler Apothekers einst genossen hatte, nichts mehr übrig bleiben. Spätestens seit der Beerdigung wusste sie, was einige der Menschen wirklich dachten. Sie hatte sich auf einen Mascher eingelassen, ein erbärmliches Nichts aus der Blumlage. Dabei spielte es keine Rolle mehr, dass sie geheiratet hatten, um eben gerade nicht in Sünde zu leben. Der Vogt hatte ihre Ehe für ungültig erklärt, also war sie nichts weiter als eine gemeine Dirne.

Der Gerichtsdiener schob Magdalena in den Gewölbekeller der Vogtei, in dem sich auch das Gefängnis befand: ein dunkler, feuchter Raum mit einer Holzpritsche an der Wand und Gittern vor einem winzigen Fenster.

Fröstelnd zog sie ihre Schultern hoch. Sie wurde in die Zelle gestoßen, dann schloss der grimmige Mann wortlos die schwere Holztür hinter ihr. Sie lehnte sich gegen die Tür und ließ ihren Tränen freien Lauf. Wie hatte sie sich nur einbilden können, dass doch noch alles gut werden würde? Dass sie in Celle einen Ort finden würde, an dem sie und ihr Ungeborenes vielleicht sogar irgendwann glücklich werden könnten?

»Sie braucht einen wärmenden Mantel. Sie wird sich hier unten den Tod holen«, hörte Magda die Frau des Vogts vor der Tür zetern.

»Wir teilen keine feine Garderobe an Straftäter aus!«, giftete der Gerichtsdiener zurück.

»Mäßigen Sie Ihren Ton, wenn Ihnen Ihre Anstellung lieb ist. Sonst sehe ich mich gezwungen, mich an den Großvogt zu wenden. Hier, den geben Sie dem armen Mädchen. Sofort!«

Magdalena trat von der Tür weg, die sich nun wieder öffnete. Der Mantel der Vogtgattin wurde hineingeworfen, dann fiel die Tür wieder ins Schloss.

»Wie geht es weiter?«, hörte Magda Sophie fragen.

»Sie erhält eine Mahlzeit. In den frühen Abendstunden führe ich sie an die Prangersäule. Dort verbleibt sie fünf Tage und Nächte.«

»Die Mahlzeit werde ich ihr bringen.«

»Das kann ich nicht gestatten.«

»Überlegen Sie sich gut, was Sie als Nächstes tun, guter Mann. Der Ratsherr von Quedlinburg ist mein Vater, nicht der meines Gatten. Er erfreut sich nicht nur bester

Gesundheit, sondern auch guter Freunde in hochrangigen Kreisen. Wenn Sie nicht auf der Straße enden wollen, lassen Sie Güte walten.«

»Wie Sie wünschen, gnädige Frau.«

Magdalena hörte den Zorn in der Stimme des Mannes. Kurz darauf entfernten sich Schritte. Sie schlüpfte in den Mantel, setzte sich auf die Holzpritsche und wartete.

Kurz nachdem die Glocke der Kirche sechs Uhr geschlagen hatte, öffnete sich die Zellentür wieder, und Sophie von Waldenburg trat ein. Sie hatte eine Tasche geschultert und trug ein Tablett in Händen, das sie neben Magdalena auf der Holzpritsche abstellte.

»Das hat Esmeralda für dich zubereitete. Die Arme ist ganz außer sich über so viel Gnadenlosigkeit meines Gatten.« Sophie von Waldenburg schüttelte lachend den Kopf. »Da hat sie nun also endlich auch die grausame Seite ihres Geliebten erkennen müssen.«

Magdalena riss die Augen auf und starrte Sophie an.

»Sieh mich nicht so entsetzt an. Glaubst du, ich wüsste nicht, was zwischen ihr und Leopold vor sich geht? Ich dulde ihre Beziehung, aber ich bin nicht dumm.«

Magdalena wusste darauf nichts zu sagen, also schwieg sie, während die Vogtgattin die Haube vom Teller hob und ihr das Tablett auf den Schoß stellte.

»Nun iss, du musst bei Kräften bleiben.«

Magdalena hätte gern gefragt, wozu noch, doch sie sprach auch jetzt kein Wort. Sophie von Waldenburg stand auf, ging zur Tür und spähte durch das vergitterte Guckfenster in den Gewölbekeller. Dann ging sie vor Magdalena in die Hocke und sah sie eindringlich an.

»Du wirst nur wenige Stunden am Pranger ausharren müssen. Sobald es Nacht ist, werden Josefine und ich kommen und dich befreien.«

Magdalena verschluckte sich und begann zu husten. »Aber der Vogt?«, stotterte sie. »Er wird wissen, dass Sie dahinterstecken, und dann werden Sie in Schwierigkeiten sein!«

Die junge Frau schüttelte energisch den Kopf. »Meinen Gatten lass nur meine Sorge sein. Selbst wenn er weiß, dass ich dahinter stecke – er wird es nicht wagen, gegen mich vorzugehen.«

Magdalena verstand nicht recht, womit sie den Vogt in der Hand hatte, doch sie fragte nicht weiter. Schweigend aß sie ihren Teller leer, anschließend stellte sie das Tablett vor sich auf den Boden.

»Ich weiß nicht, wie ich Ihnen danken soll.«

»Du hast keinen Grund, mir zu danken. Mein Gatte hat dein Leben zerstört – mehrfach. Ich versuche nur, wiedergutzumachen, was er angerichtet hat. Hier!« Die Vogtgattin öffnete die Tasche, die sie beim Eintreten neben die Holzpritsche gestellt hatte.

»Was ist das?«

»Nun, zum einen hätten wir da etwas Geld. Damit solltest du die ersten Wochen über die Runden kommen. Außerdem habe ich ein Empfehlungsschreiben für dich aufgesetzt. Die einzige Arbeit, die du sofort nach einer Geburt ausüben kannst, ist die einer Amme. Mein Empfehlungsschreiben wird dir helfen, eine solche Anstellung zu finden. Als Apothekergehilfin kannst du ohne männlichen Provisor nicht mehr arbeiten. Aber du könntest als Krankenschwester in ein Hospital gehen. Oder du wirst Hebamme. Voraussetzung dafür ist, dass du selbst ein Kind geboren hast. Das wird schon bald der Fall sein.

Dann giltst du als erfahren genug im Umgang mit Säuglingen. Mein Empfehlungsschreiben erwähnt auch deine langjährige Erfahrung in der väterlichen Casparus-Apotheke, die in Celle vor der großen Brandkatastrophe den allerbesten Ruf genoss.«

Sophie von Waldenburg atmete tief ein und aus und lächelte Magdalena vorsichtig an. »Ich kann das Leid nicht ungeschehen machen, das meine Familie, allen voran mein widerlicher Neffe Konrad, der deinen antat.«

Magdalena legte ihren Kopf schief und sah die Frau an, die sich nun erhob und das Blut zurück in ihre Beine schüttelte.

»Sie wissen, was Konrad getan hat?«, fragte sie leise.

»Aber natürlich. Warum glaubst du wohl, hat der Vogt ihn zum Militär geschickt? Dieser Trunkenbold hätte sich in seiner elenden Dummheit irgendwann mit den eigenen Schandtaten gebrüstet. Dann wären wir von Waldenburgs für immer verloren gewesen. Darum kann ich auch nicht mehr für dich tun als das: Nimm das Geld und die Kleider, die ich dir eingepackt habe. Josefine und ich werden dich heute Nacht vom Pranger befreien. Geh zu Fuß die Aller entlang nach Alten Celle. Von dort aus nimm die erste Postkutsche.«

Magdalena nickte ergriffen und konnte nicht verhindern, dass ihr erneut die Tränen über die Wangen liefen. Sie schluckte gegen den Kloß in ihrem Hals an, doch es gelang ihr nicht, sich so weit zu beruhigen, dass sie wieder sprechen konnte.

»Ist schon gut, liebe Magdalena. Ich schäme mich für meinen Mann, seine Schwester und meinen Neffen. Ich würde gern mehr für dich tun, doch dann würde auch ich in Gefahr geraten, mein Zuhause zu verlieren.«

Magdalena drückte kurz und dankbar die Hände der jungen Frau. Sie verstand Sophie sehr gut. Kam ans Licht, wessen sich Konrad schuldig gemacht hatte, würde der Vogt seines Amtes enthoben werden, und sie und ihre Kinder würden alles verlieren. Mehr als das, was sie gerade für Magdalena tat, war nicht möglich.

»Danke, gnädige Frau«, presste sie unter Tränen hervor.

Sophie von Waldenburg griff nach dem Tablett und der Tasche. »Die bringe ich dir heute Nacht wieder mit«, erklärte sie und schulterte den Beutel. Dann lächelte sie Magdalena ein letztes Mal zu und verschwand aus der Zelle.

Nur wenige Minuten später wurde die Tür erneut geöffnet. Der Gerichtsdiener trat in die Zelle, in den Händen hielt er das Halseisen.

»Setzen«, kommandierte er, ohne Magdalena anzusehen.

Gehorsam nahm sie Platz und ertrug geduldig, dass er ihr Ketten um Fuß- und Handgelenke legte.

»Nun beweg dich!«

Sie brauchte einen Augenblick, um einen Rhythmus zu finden, in dem sie dem Gerichtsdiener zügig folgen konnte, ohne dabei über die Ketten zu stolpern.

Als sie in den Hof der Vogtei trat, blendete sie das Licht der untergehenden Sonne. Trotz der späten Stunde war die Juniluft noch immer warm genug, um ihre durchgefrorenen Glieder zu wärmen.

Sie verließen den Hof, und mit jedem Schritt, den Magda durch die Straßen ihrer Heimat gehen musste, wurden mehr Menschen auf sie aufmerksam. Kinder folgten ihr lachend und feixend. Sie tanzten um sie herum und riefen laut: »An den Pranger mit ihr!«

Immer mehr Menschen folgten ihr. Einige Celler erkannte sie, waren sie doch einst Kunden der väterlichen Apotheke gewesen. Manche schüttelten bedauernd den Kopf, und Magda hörte Worte wie »Kopf hoch, Mädchen« oder »Eine Schande ist es, dass der Vogt das zulässt.« Doch das waren wenige. Die Mehrheit der Leute schien sich auf das Spektakel zu freuen und das Mitgefühl, dass sie ihr noch bei der Beerdigung ihres Vaters entgegengebracht hatten, gehörte längst der Vergangenheit an.

Als sie den Markt erreichten, waren Magdalenas Tränen versiegt. Sie richtete ihren Blick auf das Haus des Pastors, dessen Gattin in diesem Augenblick aus der Tür gestürzt kam. Wütend schob Elisabeth Wilpert die Menschen beiseite und beschimpfte diejenigen, die sich allzu garstig äußerten.

»Schämt euch, elendes Gesindel. Der Herr sieht, was ihr hier tut!«

»Nein«, gab ein junges Mädchen zurück. »Der Herr sieht, was die da getan hat!« Sie zeigte mit dem Finder auf Magda und lachte gehässig.

Magdalena schloss die Augen und atmetet zitternd ein und aus. Sie spürte die Hände des Gerichtsdieners, der sie mit dem Rücken an den Pranger schob und die Kette, die an ihrem Halseisen hing, daran befestigte. Er überprüfte, ob das Schloss hielt, warf ihr einen abfälligen Blick zu und ging davon. Elisabeth Wilpert hatte sich inzwischen durch die Menge der Schaulustigen gedrängt. Mit Tränen in den Augen stand sie vor Magdalena und strich ihr behutsam über die Wangen.

»Mein liebes Kind«, schluchzte sie. »Das hast du nicht verdient. Es tut mir so unendlich leid.«

»Danke«, antwortete Magdalena schwach. »Aber es sind nur fünf Tage. Ich stehe das durch.«

»Was hast du dem Vogt nur erzählt? Er ließ uns gehen, ohne uns angehört zu haben.«

Magdalena sah die Pastorengattin lange an. »Die einzige Wahrheit«, sagte sie schließlich. »Das ich an allem schuld bin, dass wir dem Pastor eine Heiratserlaubnis vorlegten, von der niemand hätte ahnen können, dass sie eine Fälschung war.«

Elisabeth Wilpert trat ganz nah an Magdalenas Gesicht und nahm es in beide Hände. »Du bist ein gutes Kind. Danke!«

Magdalena nickte. Dann wandte sie ihr Gesicht ab, denn sie ertrug das Mitleid in Elisabeths Augen nicht mehr.

»Wie geht es Gerda?« Sie musste diese letzte Möglichkeit, von ihrer Freundin zu hören, einfach nutzen. Wer wusste schon, ob sie nach heute Nacht je wieder einen Fuß in diese Stadt setzen würde?

»Sie ist noch immer sehr schwach. Ihre Lunge wird sich nicht mehr erholen, wenn man dem Arzt glauben darf. Sie wird mit vielen Einschränkungen zurechtkommen müssen, aber ihr Valentin ist stets an ihrer Seite.«

Es dauerte, bis sich der sensationsgierige Pöbel endlich trollte und sich die Straßen leerten. Magdas Ungeduld wuchs, und als sie sah, dass milchig-gelbe Schleier bereits den bevorstehenden Sonnenaufgang ankündigten, befürchtete sie, Sophie von Waldenburg hätte sie vergessen.

Doch dann hörte sie Schritte und leises Gemurmel auf sich zukommen, und kurz darauf standen die Vogtgattin und Josefine Zietsch vor ihr.

»Tut mir leid, dass es so lange gedauert hat. Ich hatte keine Ahnung, wie viel Wein der Gerichtsdiener braucht, eher er endlich einschläft!«

Sie zog einen Eisenschlüssel aus der Tasche und ließ ihn vor Magdalenas Nase baumeln. Dann schloss sie eilig das Halseisen auf und befreite sie. Josefine drückte ihr die Tasche in die Hand, die die Vogtgattin ihr schon am Nachmittag gezeigt hatte.

»Nun geh, liebe Magdalena. Viel Glück!«

* * *

Helene Brandmiller war außer sich. Nach einer Nacht, in der sie zum ersten Mal seit Wochen wieder durchgeschlafen hatte, war sie zum Markt gefahren und hatte sofort gespürt, dass etwas nicht stimmte. Die Menschen liefen aufgeregt hin und her. Manche lachten, und es machte den Eindruck, als wären sie begeistert. Andere wiederum schnaubten vor Wut.

»Was ist hier los?«, sprach sie den nächstbesten Passanten an, nachdem sie vom Kutschbock geklettert war.

»Die Apothekertochter ist fort. Dabei lautete das Urteil doch auf fünf Tage und Nächte, wie ich hörte. Ist das zu fassen? Das Weibsbild hat sich aus dem Staub gemacht!«

Helene schnappte nach Luft, drängte sich durch die Menschentraube und blieb mit zitternden Gliedern vor der Prangersäule stehen. Das Halseisen stand offen, und es war unzerstört. Das bedeutete, dass es nicht mit Gewalt geöffnet worden war, sondern mit einem passenden Schlüssel.

Sie gab einen wütenden Schrei von sich und scherte sich nicht um die erschrockenen Gesichter um sich herum. Eilig lief sie zurück zu ihrem Gefährt und fuhr dann zum Hof ihres Bruders. Sie musste auf der Stelle mit ihm sprechen, denn sie war davon überzeugt, dass jemand aus der Vogtei den Schlüssel entwendet und die Casparus-Hure befreit hatte.

Wenn sie recht darüber nachdachte, kam für diese Schandtat nur ihre Schwägerin infrage. Und genau die wollte sich Helene jetzt im Beisein ihres Bruders vorknöpfen.

Noch bevor sie den Türklopfer betätigte, wurde ihr von der Dienstmagd geöffnet.

»Die Herrschaften erwarten Sie bereits im Vorsaal«, sagte Josefine Zietsch und deutete einen Knicks an. Bildete sich Helene das nur ein, oder umspielte ein überhebliches Lächeln das Gesicht der Frau?

Sie stürmte in den Vorsaal, in dem Leopold und Sophie saßen. Ohne ein Wort der Begrüßung fauchte sie Bruder und Schwägerin an. »Wer war das?«

»Das tut nichts zur Sache«, gab Sophie zurück. »Sie ist fort, und du wirst sie niemals wieder in deine zerstörerischen Klauen bekommen!«

Zum zweiten Mal an diesem Tage schnappte Helene empört nach Luft. »Wie sprichst du denn mit mir?«

»Genau so, wie du es verdient hast!«

»Leopold, ruf dein Weib zur Raison. Wie kannst du zulassen, dass sie so mit mir umspringt, nachdem sie ganz offensichtlich dein Urteil ignoriert und die kleine Casparus befreit hat.«

Leopold von Waldenburg seufzte und sah zwischen Gattin und Schwester hin und her. »Was erwartest du, Helene? Dass ich mein Weib in die Amtsstube zerre und verurteile? Sie ist die Mutter meiner Kinder, und es gibt keinerlei Beweise dafür, dass sie die Apothekertochter befreit hat.«

»Pah! Wer sonst sollte das gewesen sein? Niemand außerhalb dieser Mauern kommt an den Schlüssel für das Halseisen. Sie war es, und das weißt du genauso gut wie ich.«

»Du hast recht.« Sophie erhob sich lächelnd und baute sich vor Helene auf. »Aber das hilft dir nichts. Ich habe Magdalena vor deiner Grausamkeit beschützt.« Sie warf dem Vogt einen fast angewiderten Blick zu und ergänzte: »Und vor der meines Gatten. Du hast lange genug alles getan, um ihr zu schaden. Und das, obwohl du genau weißt, dass dein eigener Sohn ihr durch Brandstiftung und feigen Mord das Leben zerstört hat. Durch Konrads Schuld ist die Apotheke niedergebrannt. Durch Konrads Schuld kamen Magdalenas Vater und der alte Handschuhmacher ums Leben. Und schließlich hat auch Konrad Magdalenas Gatten – jawohl, sie waren rechtmäßig verheiratet! – kaltblütig ermordet. Es kann keine Rede davon sein, dass sie sich prostituiert hat!«

»Nichts als gemeine Lügen!«, rief Helene entsetzt. Ihr Herz raste so sehr, dass sie plötzlich das Gefühl hatte, keine Luft mehr zu bekommen.

»Du kannst dir dein gespieltes Entsetzen schenken«, sagte Sophie von Waldenburg kalt. »Es gibt Beweise, und solltest du auch nur eine weitere Intrige spinnen oder gar versuchen, das arme Mädchen zu finden, werden diese Beweise an den Großvogt und die Gendarmerie gehen.«

Helene riss die Augen auf und brach in gehässiges Gelächter aus. »Damit hast du dich verraten, geliebte Schwägerin«, spie sie Sophie entgegen. »Jeder Beweis würde auch deine Familie zerstören. Du willst dem Großvogt erklären, dass dein eigener Mann einen Brandstifter und Mörder gedeckt hat? Damit reißt du auch dich ins Verderben.«

Sophie blieb direkt vor Helene stehen. »Nun ja, da sieht man wieder, wie beschränkt doch dein Horizont ist. Hast du vergessen, aus welchem Hause ich stamme? Mag ja sein, dass das Leben meines Gatten – deines Bruders, der übrigens trotz deiner Gemeinheiten immer zu dir gehalten hat – zerstört wäre. Aber doch nicht meines! Lässt du es drauf ankommen, werde ich sämtliche Beweise und eine Schilderung aller Vorkommnisse weiterleiten. Die Konsequenzen werden du und dein Bruder tragen müssen. Was habe ich schon mit den Amtsgeschäften meines Gatten zu tun? Ich werde die Vogtei verlassen und mit meinen Kindern in Quedlinburg ein neues Leben beginnen. Vater und Mutter würden entzückt sein, ihre Enkel aufwachsen zu sehen.«

»Das würdest du nicht wagen. Außerdem gibt es nichts, was deine schändlichen Verleumdungen belegt. Welche Beweise sollten das sein?«

Kälte breitete sich über Helenes Nacken aus und zog bis in ihre Fingerspitzen. Sie ballte ihre Hände zu Fäusten und sah ihre Schwägerin an, deren Gesicht jetzt aufleuchtete.

»Ich dachte mir, dass du danach fragen würdest.« Sophie trat hinter das Sofa und zog einen Korb hervor, den Helene sofort erkannte. Sie sank auf dem Sessel zusammen und starrte auf ihre Hände.

»Ich sehe, du erkennst ihn wieder. Dein Gatte Gustav war so nett, ihn uns zu überlassen. Falls du darauf spekulierst, dass ja niemand wüsste, woher Korb und Brandballen stammen: Er würde jederzeit gegen dich und seinen Sohn aussagen.«

Helene spürte Tränen in sich aufsteigen, doch es war ihr gleichgültig. Sollte ihr Bruder doch sehen, wie elend sie sich fühlte ob dessen, was er angerichtet hatte!

»Und du lässt zu, dass sie mir das antut? Wir sind ein Fleisch und Blut. Wie kannst du nur?«, schluchzte sie.

»Ganz einfach, ich hatte die Wahl: hier und jetzt mit dir unterzugehen oder zu meiner Familie zu halten und einzusehen, dass es falsch war, die Apothekertochter für die Taten deines missratenen Sohnes büßen zu lassen, nur um die eigene Haut zu retten. Ich hätte mich nie von dir zu diesem Urteil verleiten lassen dürfen. Nun, ich habe mich gegen dich und deine kranke Boshaftigkeit der armen Frau gegenüber entschieden.«

Wie zum Beweis stellte sich Leopold neben seine Frau, ergriff ihre Hand und drückte ihr einen Kuss auf den Handrücken.

Helene wandte ihren Blick ab. Sie erhob sich und verließ ohne ein Wort die Vogtei. Ihre Knie waren zittrig, und ihre Hände trotz der warmen Junisonne eiskalt. Immer wieder schüttelte sie den Kopf und murmelte wüste Beschimpfungen vor sich hin. Vermutlich gab sie ein jämmerliches Bild ab, doch darum scherte sie sich nicht.

Sie lief am Allerufer entlang, und ihre Gedanken waren plötzlich seltsam klar. Sie erkannte, dass ihre Rachegelüste sie zerfressen hatten und sie alles verloren hatte: erst ihren Sohn, und als sie ihn trotz seiner Schandtaten geschützt hatte, auch sich, ihren Anstand und ihre Würde.

Und als wäre all das nicht schon schlimm genug, hatte sich auch Gustav gegen sie gestellt. Diese Tatsache überraschte sie jedoch weniger. Der Hass ihres Gatten auf den eigenen Sohn saß tief, und sie hatte immer gewusst, dass er den Jungen ohne jede Gefühlsregung opfern würde.

Helene spürte Übelkeit in sich aufsteigen. Wie sollte sie ihrem Mann nach diesem Verrat wieder unter die Augen treten? Wie sollte sie überhaupt irgendjemandem wieder unter die Augen treten? Die Vogtei ihres Bruders war der einzige Ort gewesen, den sie in den vergangenen Wochen noch aufgesucht hatte, wenn sie ihr düsteres Heim verlassen wollte. Diese Möglichkeit war ihr nun genommen. Freunde oder ihr freundlich gesinnte Bekannte oder Verwandte hatte sie keine, und der Mann, den sie geehelicht hatte, würde sie vermutlich schon bald verlassen oder sie mit lebenslanger Lieblosigkeit strafen, was vermutlich schlimmer wäre.

Sie war stets eine fromme Frau gewesen, doch auch diesen Halt gab es nun nicht mehr. Pastor Wilpert hatte sie bereits bei der Beerdigung durchschaut und sicher auch ihre Anwesenheit bei Magdalenas Verhandlung als das gesehen, was es war: ein Akt der Schadenfreude, bei dem sie nur darauf hingefiebert hatte, das arme Mädchen verurteilt zu sehen. Sie war allein, und es gab niemanden, der sich noch auf ihre Seite schlagen würde.

Helene zwang sich dazu, alle Grübelei hinter sich zu lassen. Sie lief auf das Flussufer zu, und als sie den Ausweg endlich erkannte, spürte sie Erleichterung. Es war vorbei.

Sie watete in die eisige Aller. Das Wasser nahm sie auf, und dann war nichts mehr als Leere in ihrem Kopf.

Kapitel 24

Catharine

Sommer 1779

Es war ein Glück für Beni, Anton und die Hebamme Magdalena, dass bei keiner der Kreißenden die Wehen einsetzten, denn so blieb ihnen eine ganze Nacht, die sie im Zimmer der Hebamme verbrachten.

Beni hatte angeboten, die Gebäranstalt für eine Weile zu verlassen, um Sohn und Mutter Zeit füreinander zu geben, doch Anton lehnte seinen Vorschlag rundheraus ab.

»Ohne dich wäre ich gar nicht hier, und Sie«, er sah seine Mutter kurz an und wandte den Blick dann betreten ab, »haben doch sicher Fragen, die auch Catharine betreffen. Und ich kann Ihnen versichern: Niemand weiß mehr über sie als Johann Benedict.«

Anton schwieg einen Augenblick und kaute unsicher auf seiner Unterlippe herum. Dann brachte er zur Sprache, was ihm auf dem Herzen lag.

»Wie soll ich Sie denn ansprechen?«

Magdalena lächelte. »Nun, ich bin deine Mutter, also ist höfliches Siezen nicht notwendig. Du könntest mich bei meinem Vornamen nennen. Das geht dir sicher leichter über die Lippen, als mich nun plötzlich Mutter zu nennen.«

Antons Gesicht leuchtete plötzlich auf, und er nickte. Dann plapperte er drauf los, als wollte er alles, was er in seinen siebzehn Jahren erlebt hatte, in einer einzigen Nacht erzählen.

Es war weit nach Mitternacht, als die Hebamme schließlich auch nach Catharine fragte. Sie begann damit, von dem Abend zu berichten, an dem sie erst Anton und dann sie ausgesetzt hatte. Immer wieder entschuldigte sie sich dafür, dass sie ihre beiden Kinder im Stich gelassen hatte.

»Ich wusste nicht mehr weiter. Nach dem großen Feuer hoffte ich naiverweise darauf, trotz allem mit Mathias glücklich werden zu können. Doch ein gemeinsames Leben war uns nicht vergönnt.« Sie seufzte und erzählte davon, dass Mathias in den Krieg geschickt worden war, aus dem er nicht mehr zurückkehrte.

»Wir hatten heimlich geheiratet, und ich trug euch beide schon unter dem Herzen.«

»Warum musstet ihr eure Ehe geheimhalten?«, fragte Anton, doch Magdalena antwortete ausweichend.

»Es waren andere Zeiten damals. Wer Gefahr lief, zu verarmen, durfte nicht heiraten. So war das eben.«

Beni sah die Frau an und hatte das Gefühl, dass das noch nicht alles war. Zu verschlossen war ihr Blick plötzlich, zu hart der Ausdruck in ihren Augen. Anton schien das jedoch nicht zu bemerken.

»Als herauskam, dass ich schwanger war, verlor ich meine Anstellung, und da niemand von meiner Ehe wusste, galt ich als gefallenes Mädchen.«

»Du meinst, sie haben dich ...« Anton brach ab, und Beni verstand sehr gut, warum er diesen Gedanken nicht weiter aussprach.

»Sie haben mich wegen Hurerei verurteilt, ja«, sagte Magdalena kalt. Sie kniff ihre Lippen zusammen und schien plötzlich unendlich weit weg mit ihren Gedanken.

»Aber ich wurde vom Pranger befreit und konnte fliehen, dank der Hilfe zweier mitfühlender Frauen, die mich nicht nur befreiten, sondern mir auch eine nicht unbeträchtliche Summe Geldes überließen, um eine vorübergehende Bleibe zu finden. Mein Weg führte mich bis nach Hannover, wo ich in einem Gasthaus niederkam. Ich wusste, dass ich nach der Geburt als Amme eine Anstellung finden würde. Doch dafür musste ich euch weggeben, denn kein Haushalt hätte mich eingestellt, wenn ich noch zwei Säuglinge durchzubringen hätte. Da ich in Hannover keine Menschenseele kannte und euch nicht in gänzlich fremde Hände geben wollte, ging ich zurück nach Celle. Auf dem Weg dorthin gab ich mich als Witwe eines Soldaten aus und sicherte mir so das Mitgefühl und die Hilfe meiner Mitreisenden. Nur so konnte ich den Weg mit meinen Neugeborenen bewältigen. In Celle angekommen, legte ich dich vor die Tür des Lehrers und Catharine auf die Stufen der Vogtei. Ich kannte deine Mutter schon lange vor meiner Flucht aus Celle, Johann Benedict. Sie war damals mit dir schwanger und kam vor dem großen Brand immer wieder zu uns in die Apotheke. Sie hatte ein gutes Herz, und ich hoffte auf ihr Mitgefühl. Von Eduard Langenkamp wusste ich, dass er und seine Frau sich immer ein Kind gewünscht hatten, denn Frau Langenkamp holte sich über Jahre allerlei Kräuter und Tees, die ihr dabei helfen sollten, schwanger zu werden. Ich war mir sicher, dass sie dich gut behandeln und von Herzen lieben würden.«

Magdalena seufzte, und Anton griff nach ihren Händen.

»Das haben sie auch. Aber du musst das nicht alles jetzt erzählen.«

»Aber ich möchte es dir doch erklären.«

Anton lachte. »Das verstehe ich ja. Aber du wirst alles doppelt erzählen müssen, denn ich bin sicher, dass auch Catharine all diese Dinge erfahren will.«

Magdalena verstand und lächelte. Dann schluchzte sie plötzlich und schlug die Hände vors Gesicht.

»Ich habe mich so sehr nach euch gesehnt und immer darauf gehofft, euch eines Tages wiederzusehen. Nun vor dir zu sitzen, meinem großen, fast erwachsenen Sohn, erscheint mir wie ein Wunder.«

Sie wandte sich an Beni. »Wie ist sie denn so?«

»Catharine?« Aufregung erfasste ihn und ein Lächeln trat auf sein Gesicht. Dann begann er zu erzählen: von dem ungestümen Mädchen, das sich schon als Kind von ihm provozieren ließ und auf Bäume kletterte, von denen es nicht mehr herunterkam. Er erzählte davon, wie sie sich vor Annegret versteckt hatten, nur um Zeit allein zu verbringen, und wie er ihr schon in jungen Jahren versprochen hatte, sie für immer zu lieben. Beni bemerkte gar nicht, wie sehr er ins Schwärmen geriet.

Er erzählte von ihrem warmherzigen Wesen und ihrem Wunsch, Dinge durchschauen zu wollen, für die sich andere Mädchen nicht einmal im Ansatz interessierten.

Magdalena neigte den Kopf, sah Beni an und lächelte vielsagend. Erst in diesem Moment ging ihm auf, dass jedes einzelne seiner Worte ihn verraten hatte. Seine Wangen glühten, und sein Herz raste, als hätte er gerade mit Catharine selbst gesprochen.

»Du magst sie sehr«, stellte die Hebamme fest, und Beni nickte.

»Also ist sie ein schlaues Mädchen?«, fragte sie, und er war ihr dankbar dafür, dass sie seine Gefühle nicht weiter kommentierte.

»Schlau ist gar kein Ausdruck!«, fuhr Anton dazwischen. »Kurz bevor sie die Vogtei verlassen musste, fand sie dieses Buch. Sie las Tag und Nacht darin und war eine ganze Weile nicht mehr davon abzubringen, die allererste weibliche Apothekerin zu werden. Erst mein Vater, ich meine, Meister Langenkamp, hat ihr diese Flausen wieder ausgeredet und ihr vorgeschlagen, doch stattdessen Hebamme zu werden.«

Überrascht sah Magdalena auf. Eine Haarsträhne hatte sich gelöst, und sie schob sie mit geschickten Handgriffen wieder unter ihre Schwesternhaube.

»Was war das für ein Buch?«

»Ein Herbarium.«

Magdalena schlug die Hände vor den Mund. Tränen stiegen ihr in die Augen. Anton sprang auf, eilte zu ihr und strich ihr beruhigend über den Rücken.

»Was hast du denn?«

»Ich kann mich natürlich irren. Aber ich denke, dieses Herbarium gehörte einmal mir. Mein Vater hielt mich dazu an, es anzufertigen. Monatelang sammelte ich Kräuter, trocknete sie, klebte sie ein und notierte anschließend sorgfältig Wirkung und Fundort. Als ich die Vogtei verlassen musste, ließ ich es dort in meiner Kammer zurück.«

»In deiner Kammer? Du hast in unserer Vogtei gelebt?« Beni zog überrascht die Augenbrauen zusammen. Sie hatte einiges über ihre Vergangenheit erzählt, dabei jedoch mit keinem Wort erwähnt, dass sie unter dem Dach seines Elternhauses gelebt hatte.

In seinem Kopf rasten die Gedanken, doch er wusste, dass es noch zu früh war, sie auszusprechen. Er würde allerdings mit seinen Eltern reden müssen – dringend! Das Bild der schwangeren Magdalena, die am Pranger stand und für eine Schandtat verurteilt worden war, die sie nie begangen hatte, ging ihm nicht mehr aus dem Kopf. Und wenn er mit seiner Vermutung richtig lag, war sein eigener Vater für dieses grausame Urteil verantwortlich. Beni schob die dunklen Gedanken beiseite. Jetzt und hier ging es um Anton und seine Mutter, alles andere musste warten.

»Dann ist es dein Herbarium, das sie dazu inspiriert hat, etwa ganz Großes aus ihrem Leben zu machen«, stellte Anton mit zitternder Stimme fest. »Wenn das keine Fügung des Schicksals ist!«

Als die Sonne nach dieser Nacht wieder aufging, hatten Beni, Anton und Magdalena einen Plan geschmiedet. Anton bestand darauf, dass sie mit ihnen nach Celle zurückkam. Sie sollte seinen Vater Eduard Langenkamp treffen. Außerdem mussten sie mit ihrer Suche nach Catharine noch einmal von vorn beginnen, denn in den Gebäranstalten der näheren und weiteren Umgebung waren sie nicht fündig geworden.

Benis Gedanken gingen jedoch an diesem Morgen noch weit darüber hinaus. Er würde seinen Vater zur Rede stellen, und wenn stimmte, was Vogt von Waldenburg der armen Frau und ihren Kindern angetan hatte, würde er darauf bestehen, dass sie Wiedergutmachung erfuhr!

* * *

»Du streitest es ab. Egal, was dieser Wiegleb sagt oder fragt, du streitest es ab. Sie werden dich ja wohl kaum nackt ausziehen und einer Leibesvisitation unterziehen.«

Wütend schnaubend lief Agnes vor mir auf und ab und wartete darauf, dass Maximilian das abgekochte Wasser brachte, mit dem sie meine Wunden säubern wollte.

Nach Carl Ludwigs Angriff hatte ich mich blutend und mit notdürftig zusammengehaltenem Hemd in den Gasthof Hirsch zurückgeschleppt und war noch im Flur Maximilian in die Arme gelaufen, der sofort nach Agnes rief.

Nun saß mir die Wirtin gegenüber und sprach davon, dass ich einfach so tun sollte, als wäre nichts gewesen und ich meine wahre Identität weiterhin leugnen sollte.

»Das wird er nicht zulassen«, flüsterte ich und dachte an das fröhliche Pfeifen, mit dem sich Carl Ludwig auf den Heimweg gemacht hatte. Vermutlich hatte er inzwischen schon mit Wiegleb und Hermbstaedt gesprochen oder sich zumindest einen Plan zurechtgelegt, wie er sich meiner entledigen würde.

»Was soll Constantin abstreiten?«, fragte Maximilian plötzlich. Ich sah ihn verdutzt an und wandte mich dann zu Agnes um, die in schallendes Gelächter ausbrach.

»Ist er nicht herzallerliebst?« Sie fuhr ihrem Mann liebevoll durch die Haare. »Du hast es in all den Wochen nicht durchschaut.«

»Was durchschaut?«, fragte er verständnislos.

»Dass unser lieber Constantin Langenhagen in Wirklichkeit Catharine heißt. Sie hat sich eine falsche Identität zugelegt, um in den Genuss einer Apothekerausbildung zu kommen. Hätte dieser neidgetriebene Gelehrte sie nicht verprügelt, wäre sie damit auch durchgekommen.«

»Ich kann ihn mir vorknöpfen, wenn du das möchtest«, schlug Maximilian vor, ballte seine rechte Faust und ließ sie gegen die linke Handfläche klatschen.

»Das bringt doch nichts«, sagte ich. »Es ist ohnehin schon ein Wunder, dass ich es so lange verheimlichen konnte. Ich werde noch ein wenig bei euch in Diensten bleiben, wenn ich darf, und meinen Lohn auf die Seite legen. Sobald ich das Geld für die Heimreise zusammenhabe, kehre ich nach Celle zurück.«

»Nein«, sagte Agnes.

Überrascht sah ich die Wirtin an, die inzwischen längst zu einer Freundin geworden war.

»Nein«, wiederholte sie. »Von mir aus nimm dir zwei Tage Zeit, um dich von dem feigen Überfall zu erholen. Aber danach wirst du wieder ins Institut gehen. Wollen doch mal sehen, ob dieser Carl Ludwig so viel Mumm in den Knochen hat, wenn andere dabei sind, die dich möglicherweise zu schätzen wissen, ganz gleich ob du nun Mann oder Frau bist.«

Ich zuckte hilflos mit den Schultern und schwieg. Mein Nacken schmerzte, und ich hatte rasende Kopfschmerzen. In diesem Moment fehlte mir schlicht und einfach die Kraft, um gegen Agnes' Kampfgeist aufzubegehren.

»Wie du meinst«, sagte ich müde.

»Na also. Und jetzt kümmern wir uns um deine Wunde. Ich fürchte allerdings, dass eine kleine Narbe bleiben wird.«

Ich ließ mir weit mehr Zeit als die vorgeschlagenen zwei Tage, schützte immer wieder Kopfschmerzen und Übelkeit vor oder redete mich mit fadenscheinigen Ausreden heraus. Natürlich bemerkte ich die Blicke, die sich die Wirtsleute zuwarfen. Doch während Agnes mich zum Besuch der Lehranstalt überreden wollte, nahm Maximilian mich in Schutz.

Ich belauschte ein Gespräch, in dem er davon sprach, dass es nach einem solchen Angriff ja nicht nur um körperliche Verletzungen ging, die ausheilen müssten, sondern auch um seelischen Kummer. Immerhin würde ich in der Apotheke meinem Peiniger wieder gegenüberstehen, was sicher auch mit Angst verbunden war.

Ich atmete erleichtert aus, und in diesem Moment dankte ich Maximilian still für seine Güte. Wenn ich recht darüber nachdachte, war es vermutlich genau diese überlegte Art, die Agnes an ihm, im Vergleich zu dem verträumten Künstler Samuel, so sehr schätzte.

Inzwischen neigte sich der Monat September dem Ende zu, und ich hatte mich noch immer nicht dazu durchringen können, die Lehranstalt aufzusuchen. Als ich nach meinem Frühstück die Gaststube für einen kurzen Spaziergang verlassen wollte, stolperte ich geradewegs in Wiegleb und Hermbstaedt, die ganz offensichtlich auf der Suche nach mir waren.

»Wenn der Prophet nicht zum Berg kommt, muss der Berg eben zum Propheten, richtig?«, begrüßte mich Meister Wiegleb milde lächelnd.

In diesem Augenblick wünschte ich mir, ich hätte mich in irgendeiner Weise auf ein zufälliges Aufeinandertreffen vorbereitet. Nun stand ich vor den Männern, spürte, wie mir das Blut ins Gesicht schoss, und wusste nichts zu sagen.

Hermbstaedt hielt eine zusammengerollte Zeitung in der Hand und deutete damit auf einen der Tische am Fenster. Wir setzten uns, und ich knetete nervös meine Hände.

»Es tut mir leid«, murmelte ich schließlich, um überhaupt etwas zu sagen. »Es ging mir nicht gut in den letzten Wochen.«

Hermbstaedt neigte den Kopf. Schweigend griff er nach meinem Kinn und drehte mein Gesicht in den Lichtkegel, der durchs Fenster fiel.

»Bist du gestürzt?«, übernahm Wiegleb das Fragen und deutete auf meine Augenbraue, die noch immer nicht verheilt war. Mein Herz raste, und ich überlegte fieberhaft, was ich dem Apotheker und seinem Repetenten sagen sollte.

Rückte ich mit der Wahrheit heraus, würden sie womöglich darauf bestehen, Carl Ludwig zur Rechenschaft zu ziehen, und spätestens dann käme meine Identität ans Licht.

»Nun?«, fragte Hermbstaedt.

»Ein Überfall, aber es geht schon wieder«, antwortete ich vage. Er gab ein entsetztes Zischen von sich, während Wiegleb nach meinen Händen griff.

»Und damit kommst du nicht zu uns? Meine liebe Gemahlin hätte dich versorgt. Wir alle hätten uns um dich gekümmert.«

»Das halte ich für ein Gerücht«, ertönte Agnes' Stimme plötzlich hinter mir.

»Nicht«, zischte ich der Wirtin zu, doch ich erkannte an dem Ausdruck in ihrem Gesicht, dass sie nicht daran dachte, den Mund zu halten.

»Da Constantin schweigt, werde ich es aussprechen: Der Mann, der ihn auf dem Nachhauseweg so übel zugerichtet hat, war kein Geringerer als Ihr Schüler Carl Ludwig! Zumindest er hätte wohl das Gegenteil getan und unseren Constantin eher weiter gequält, als sich um ihn zu kümmern.«

Ich starrte auf meine Hände und schaffte es nicht, dem Apotheker in die Augen zu sehen.

»Ist das wahr?«, fragte er, und ich nickte.

»Verstehe«, sagte Hermbstaedt leise und wandte sich an Wiegleb. »Dann ist wohl doch etwas dran an der Sache.«

Er faltete die Zeitung auseinander, die ich als Langensalzaer Moralische Wochenschrift identifizierte.

»Was hat es damit auf sich?«, fragte Agnes, noch bevor ich zu Wort kam.

»Carl Ludwig hat die Wochenschrift ins Haus gebracht, um uns auf einen Artikel aufmerksam zu machen«, erklärte Wiegleb, schlug sie auf und deutete auf eine Schlagzeile.

Weibsbild erschleicht sich begehrten Schulplatz im Lehrinstitut des großen Apothekers Johann Christian Wiegleb.

Ich schluckte und krallte mich an der Tischplatte fest. Mir war plötzlich, als würde sich der Raum um mich herum drehen und als könnte ich jeden Moment vom Stuhl rutschen.

Agnes griff nach der Zeitung und entzifferte die Worte schwerfällig. Dann ließ sie sich auf den Stuhl am Nebentisch fallen und seufzte.

Meine Gedanken rasten. So, wie der Apotheker und sein Repetent gerade Zeit brauchten, um sich die Geschehnisse zusammenzureimen, benötigte auch ich einen Moment, um zu sortieren, was genau dieser Artikel zu bedeuten hatte.

Für mich sah es ganz danach aus, als hätte Carl Ludwig nach dem Überfall und der Entdeckung meiner wahren Identität nichts Eiligeres im Sinn gehabt, als mein Geheimnis preiszugeben. Dabei hatte er offenbar nicht darauf vertraut, dass Wiegleb seine Empörung teilen würde, weswegen er sich an die Zeitung gewandt hatte.

Ich fragte mich, wie lange es wohl dauern würde, bis sich die Schlagzeile auch außerhalb von Langensalza herumsprach. Vermutlich war ein solcher Skandal ein gefundenes Fressen für all die anderen moralischen Wochenschriften, die es inzwischen Allerorten gab. Es war sicher nur noch eine Frage der Zeit, bis sich die Kunde von einer Frau, die sich als Mann ausgegeben und in eine Lehranstalt eingeschlichen hatte, auch bis nach Celle verbreiten würde.

Wiegleb und Hermbstaedt musterten mich noch immer, und ihren Mienen nach zu urteilen, erkannten sie in diesem Moment, was für Agnes schon am Tag meiner Ankunft offensichtlich gewesen war: Ich war mitnichten ein Bursche. Es hatte keinen Zweck mehr, den gutmütigen Männern etwas vorzumachen, und ich entschied mich dazu, endlich die Wahrheit zu sagen.

»Mein Name ist Catharine Zietsch, und das, was da in der Zeitung steht, stimmt. Carl Ludwig hat mich überfallen. Er schleifte mich am Kragen über den Boden, dabei riss mein Hemd und ...« Ich brach ab und spürte, dass ich errötete.

»Einen abscheulichen Widerling haben Sie sich da ins Haus geholt«, mischte sich Agnes plötzlich in das Gespräch ein. »Erst der grausame Überfall auf dem Nachhauseweg, und dann das! Der Neid sollte diesem fürchterlichen Menschen im Halse stecken bleiben, bis er daran erstickt!«

»Nicht doch, Agnes.« Ich tätschelte beruhigend ihren Arm. Ich verstand ihre Wut nur zu gut, doch das war nicht der richtige Zeitpunkt, um über Carl Ludwig zu reden.

»Wären Sie wohl so freundlich, uns einen Moment allein zu lassen?«, bat Wiegleb die Wirtin plötzlich. Agnes kam der Bitte nach, und nachdem sie außer Hör- und Sichtweite war, wandte sich der Apotheker an mich.

»Es tut mir sehr leid, was Sie erdulden mussten, Fräulein Zietsch. Aber Sie unterschätzen mich, wenn Sie glauben, dass ich Carl Ludwig mit dieser Abscheulichkeit durchkommen lasse. Ich selbst hatte und habe Töchter!« Wiegleb senkte den Blick und schluckte schwer. Dann sah er mir wieder in die Augen. »Er wird mein Institut noch heute verlassen, und wenn Sie noch immer Interesse an Chemie und Pharmazie haben, dürfen Sie gern bleiben, sofern Sie weiter für das Schulgeld aufkommen können, versteht sich.«

Mein Gesicht musste völlige Verständnislosigkeit zeigen, denn Meister Wiegleb lächelte plötzlich.

»Sie werfen mich nicht hinaus?«, fragte ich.

»Warum sollte ich? Schulgeld ist Schuldgeld. Natürlich muss Ihnen bewusst sein, dass Ihnen all die Ausbildung nichts nützen wird. Sie werden deswegen keine eigene Apotheke eröffnen können. So sehr ich es gerade Ihnen auch wünschen würde, dieser Plan ist wohl allzu fortschrittlich gedacht für die Welt, in der wir leben. Aber vielleicht könnten Sie ja einem Apotheker zur Hand gehen. Oder Sie finden eine Anstellung in einer Klosterapotheke. Wer kann das schon sagen? Ich jedenfalls werde Ihnen nicht im Wege stehen, wenn Sie weiterhin fleißig bei mir lernen wollen, Fräulein Zietsch.«

Ich öffnete den Mund, klappte ihn jedoch sofort wieder zu, denn ich wusste einfach nichts darauf zu sagen. Am liebsten wäre ich aufgesprungen und Johann Wiegleb um den Hals gefallen, doch natürlich gehörte sich ein solches Benehmen nicht. Meine Hände zitterten, und in meinem Innern breitete sich unbändige Freude aus. Die beiden Männer, die da vor mir saßen, waren mitnichten darauf aus, mir Vorhaltungen zu machen. Im Gegenteil. Sie wollten mich in die Lehranstalt zurückholen und mich weiterhin ausbilden, obwohl ich eine Frau war!

»Aber wird es Ihnen nicht verboten werden, mich weiterhin zu unterrichten?«

Wiegleb lachte unbekümmert. »Wer sollte mir das versagen? Es ist meine Lehranstalt. Ich kann aufnehmen, wen immer ich möchte. Was Sie allerdings später mit all Ihrem Wissen anfangen wollen, kann ich Ihnen nicht beantworten.«

Ich nickte. Natürlich hatte Meister Wiegleb recht. Es war eine Sache, mich zu unterrichten. Eine eigene Apotheke zu führen stand hingegen auf einem ganz anderen Blatt. Wiegleb bestätigte mir ein weiteres Mal, was mir Meister Langenkamp schon vor Monaten gesagt hatte: Ich konnte mich noch so sehr anstrengen, eine eigene Apotheke würde ich niemals führen können. Doch was machte das schon? Womöglich fand ich ja irgendwann einen guten Apotheker, der bereit war, mich als Gehilfin aufzunehmen. Oder ich blieb am Ende sogar bei Meister Wiegleb in Diensten.

Ich war viel zu euphorisch ob der Tatsache, dass weder Wiegleb noch Hermbstaedt ein Problem mit mir als Person hatten. Ganz offensichtlich waren ihnen mein Fleiß und meine Lernbereitschaft in den letzten Wochen Beweis genug gewesen, dass ich ebenso in dieses Institut gehörte wie jeder männliche Schüler.

»Wie kann ich Ihnen das je danken?«, fragte ich ergriffen und bemühte mich darum, nicht in Tränen auszubrechen.

»Oh, da wüsste ich etwas«, gab Wiegleb schmunzelnd zurück. »Sie sind mit den Zahlungen Ihres Schulgeldes im Rückstand. Es wäre zu gütig, wenn Sie die ausstehende Summe schnellstmöglich begleichen würden.«

Ich nickte und versprach, den geschuldeten Betrag zu zahlen, sobald ich Wieglebs Apotheke wieder betrat.

»Wenn es Ihnen nichts ausmacht«, wandte ich ein, »würde ich jedoch gern noch zwei Tage abwarten. Nur um sicherzugehen, dass ich Carl Ludwig auch wirklich nicht mehr über den Weg laufen muss.«

»Das verstehen wir«, antwortete Repetent Hermbstaedt, und Wiegleb nickte verständnisvoll.

»Eine gute Idee. Und ich werde Schülern und Gesellen in der Zwischenzeit einbläuen, dass Frauen ebenso gut lernen können wie jeder Mann.«

An diesem Abend saß ich noch lange mit Agnes und ihrem Gatten Maximilian in der Gaststube beisammen. Wir lachten und tranken, und ich konnte mein Glück kaum fassen. Was immer die Zukunft auch für mich bereithalten würde: Die Zeit in Wieglebs Institut würde mir niemand nehmen können, und ich war überzeugt davon, dass sich mir eine Möglichkeit bieten würde, um mein erlerntes Wissen auch anzuwenden. Und wenn es nur als Hilfskraft war. Ich, das armselige Findelkind, das weder Mutter noch Vater noch sonst einen Verwandten auf der Welt hatte, würde am Ende für mich sorgen können und nicht mehr auf Almosen anderer Menschen angewiesen sein.

Der Gedanke daran, möglicherweise irgendwann eine kleine Wohnung mein Eigen nennen zu dürfen, in der ich niemandem mehr zu Diensten sein musste, wo mich niemand schikanierte oder ob meiner Herkunft missachtete, ließ mich in dieser Nacht allen Kummer und alle Einsamkeit vergessen. Schon in wenigen Tagen würde ich mit erhobenem Kopf als Catharine Zietsch die Apotheke des Herrn Wiegleb betreten, und nichts und niemand würde mich daran hindern können, diesen Weg fortzusetzen.

Kapitel 25

Früher Herbst 1779

Nach einer anstrengenden Rückreise verabschiedete sich Beni vorerst von Anton und Magdalena. Mutter und Sohn wollten einige Tage im Hause von Meister Langenkamp zur Ruhe kommen und sich von den Strapazen erholen.

Beni war diese Entscheidung mehr als recht, hatte er doch einiges mit seinen Eltern zu besprechen, was erst einmal nicht für fremde Ohren gedacht war.

Als er an einem Freitagnachmittag Anfang Oktober die Vogtei wieder betrat, lief er ausgerechnet seiner Schwester Annegret in die Arme.

»Du bist wieder da!«, rief sie.

Beni sah sie mit zusammengezogenen Augenbrauen an. Klang ihre Stimme tatsächlich erfreut? Er wollte an ihr vorübergehen und hinauf in sein Zimmer, doch Anni hielt ihn am Arm fest.

»So warte doch«, bat sie. »Hast du Catharine gefunden?«

»Als würdest du dich um sie scheren«, fauchte er zurück.

Annegret senkte den Blick und ließ die Schultern hängen.

»Stimmt schon. Ich habe kein Recht, dich das zu fragen. Aber ich hatte viel Zeit zum Nachdenken, weißt du.«

Beni sah seine Schwester an. Er wusste, dass sie auf eine Reaktion von ihm wartete, doch er schwieg.

»Ich habe verkannt, wie sehr sie dir am Herzen liegt, glaubte, es wäre nichts als kindische Schwärmerei. Erst die Tatsache, dass du alles für sie aufgegeben hättest, mich eingeschlossen, hat mir die Augen geöffnet.«

»Und?«

»Ich möchte mich bei ihr entschuldigen.«

Beni schüttelte den Kopf. Er war unschlüssig, ob seine Schwester ihre Worte wirklich ernst meinte oder ob sie lediglich darauf aus war, mit ihm Frieden zu schließen.

»Sie ist fort«, gab Beni kalt zurück.

Anni zuckte zusammen und sah zu Boden. »Das tut mir leid. Ich war mir so sicher, dass du sie nach Hause holen würdest.«

»Du meinst in die Vogtei?« Er lachte trocken auf. »Jetzt ist das hier also wieder ihr Zuhause?«

»Catharine hat doch niemanden außer uns.«

»Nun, und genau mit dieser Annahme irrst du!«, fuhr Beni seine Schwester wütend an. »Aber das ist nichts, was ich mit dir besprechen werde. Wo sind Vater und Mutter?«

Er spürte plötzlich unbändigen Zorn in sich aufsteigen und stürmte in die Wohnstube, in der er seine Eltern antraf.

Annegret folgte ihm und blieb in der Tür stehen. Nun, warum auch nicht. Sollte sie ruhig hören, was er zu sagen hatte.

Seine Mutter wollte aufspringen und ihn in die Arme schließen, doch Beni hob abwehrend beide Hände. »Lassen Sie es gut sein, Mutter«, sagte er mit fester Stimme. »Ich muss Ihnen leider mitteilen, dass wir Catharine nicht gefunden haben. Weder in den umliegenden Gebäranstalten, noch in den Krankenhäusern.« Sein Vater wollte das Wort ergreifen, doch Beni schüttelte den Kopf. »Ich bin noch nicht fertig«, sagte er barsch und ignorierte die Zornesröte, die Leopold ins Gesicht stieg.

»Wir haben aber jemand anderen gefunden. Sie kennen die Frau gut, denn sie lebte einst unter diesem Dach.« Nun wandte sich Beni direkt seinem Vater zu und sah im fest in die Augen. »Bitte sagen Sie mir, dass Sie Magdalena Casparus nicht schwanger an den Pranger gestellt und sie dann aus unserer Stadt gejagt haben!«

Leopold von Waldenburg schnappte nach Luft und sprang von seinem Sessel auf. Im Augenwinkel nahm Beni wahr, dass seine Mutter die Hand vor den Mund gepresst hielt.

»Wie sprichst du mit mir, Junge?«, rief der Vogt. »Ich glaube nicht, dass ich mich vor dir rechtfertigen muss. Ich fälle meine Urteile stets gesetzesgetreu. Das habe ich schon immer so gehalten.«

»Sie lügen«, gab Beni eisig zurück. »Magdalena war keine Hure. Sie war verheiratet.«

»Ich hatte ihre Ehe nicht genehmigt, sie war ungültig. Damit hatte ich jedes Recht, sie zu bestrafen.«

»Hör auf!«, rief Sophie von Waldenburg. »Nach allem, was deine Schwester und ihr Sohn der armen Frau angetan haben, hast du sie mit diesem Urteil endgültig zerstört.« Die Vogtgattin wandte sich an Beni. »Wo ist Magdalena jetzt?«

»Bei ihrem Sohn im Haus von Meister Langenkamp.«

»Ich verstehe kein Wort«, mischte sich jetzt auch Anni in das Gespräch ein. »Welcher Sohn? Und wer ist Magdalena?«

Beni drehte sich zu seiner Schwester um und kniff die Augen zusammen. »Ich kläre dich gern auf. Catharine, die du so inbrünstig als elendes, mutterloses Findelkind beschimpft hast, ist alles andere als mutterlos. Magdalena Casparus, eine Hebamme, die wir in Göttingen fanden, ist ihre Mutter. Und Anton Langenkamp ist ihr Zwillingsbruder. Magdalena Casparus war Dienstmagd in diesem Hause, und als unser Vater von ihrer Schwangerschaft erfuhr, hatte er nichts Besseres zu tun, als sie am Pranger festzuketten.«

»Josefine und ich haben damals ihr Halseisen geöffnet und sie befreit«, erklärte Sophie. »Doch das ist noch längst nicht alles, richtig, Leopold?«

»Halt den Mund! Es ging alles mit rechten Dingen zu. Sie hätte eben nicht ohne Erlaubnis heiraten dürfen!«, rief der Vogt aufgebracht.

Beni bemerkte das Zittern seines linken Augenlids. Er konnte kaum glauben, dass sein Vater noch immer versuchte, sich herauszureden.

»Was denn noch?«, fragte er und sah seine Mutter an. Die schwieg, doch Beni dachte nicht daran, sie nun aus ihrer Verantwortung zu entlassen. »Reden Sie, Mutter! Catharine und Anton mussten ohne ihre Mutter und ohne einander aufwachsen. Stellen Sie sich nur einmal vor, jemand hätte Ihnen uns weggenommen! Sie haben jetzt die Möglichkeit, all die Dinge, die sie durchmachen mussten, wiedergutzumachen!«

»Du hast recht, Johann Benedict«, sagte Sophie langsam. »Wir tragen die schrecklichen Ereignisse schon viel zu lange mit uns herum.«

»Sophie!«, rief Leopold von Waldenburg ein weiteres Mal.

Seine Gattin schüttelte den Kopf und fuhr fort: »Mein verstorbener Neffe, Sohn von Leopolds ebenfalls verblichener Schwester, hat vor Jahren die Casparus-Apotheke in Brand gesteckt, ebenso wie die Handschuhmacherei, die dem Großvater von Catharine und Anton gehört hat. Magdalenas Vater starb bei diesem Brand, kurz nach dem Unglück versagte auch das Herz des alten Handschuhmachers, der ebenfalls alles verloren hatte. Dein Vater und ich haben die Schandtaten unseres grausamen Neffen unter den Teppich gekehrt, statt sie aufzuklären.«

»Aber warum?«, fragte Beni und fuhr sich verzweifelt durch die Haare.

»Was glaubst du wohl, wie lange ich noch Vogt geblieben wäre, wenn das herausgekommen wäre?«, giftete sein Vater. »Ich musste so handeln, damit wir nicht auch alles verlieren. Das hätte jeder Vater getan!«

Beni schüttelte den Kopf. »Den Namen des Brandstifters verschweigen – gut. Aber warum hast du sie fortgejagt? Sie musste ihre Kinder aufgeben, um zu überleben. Und als wäre das nicht genug, tust du es ein zweites Mal.«

»Was meinst du damit?«, fragte Leopold drohend.

»Das fragen Sie noch? Sie haben auch Catharine fortgejagt, und niemand weiß, wo sie steckt. Womöglich wird sie niemals erfahren, dass ihre Mutter noch lebt und dass sie einen Bruder hat. Sie haben ihr Leben zerstört und ganz nebenbei auch noch das meine, denn ich liebe sie und werde nie aufhören, nach ihr zu suchen!«

»Was ist mit dem Vater der Kinder? Was wurde aus ihm?«, fragte Anni unvermittelt dazwischen. Ihre Stimme zitterte, und Beni sah, dass in ihren Augen Tränen schimmerten.

»Ihn hat Leopold eingezogen. Er kam aus dem Krieg nicht zurück«, antwortete Sophie von Waldenburg.

»Also hat die Apothekertochter nach Vater und Zuhause auch noch ihren geliebten Mann verloren?«, fragte

Annegret, und jetzt endlich erkannte Beni, dass das Entsetzen seiner Schwester echt war.

Sophie lachte plötzlich traurig auf. »Nur dass der arme Handschuhmacher nicht etwa gefallen ist.«

»Halt den Mund, Sophie!« Leopold von Waldenburg brüllte nun, doch seine Gattin ließ sich nicht beirren.

»Nein. Das werde ich nicht. Wir haben schon zu lange die falschen Entscheidungen getroffen.« Sie wandte sich wieder Beni zu. »Konrad Brandmiller hat den jungen Mathias Grene in seinem boshaften Wahn getötet, denn sie wurden zeitgleich eingezogen. Nach dem feigen Mord desertierte er, wurde jedoch wieder aufgegriffen und hingerichtet.«

Beni drückte sich beide Fäuste in den Magen, um die aufkommende Übelkeit zu unterdrücken. Seine Knie drohten wegzusacken, als ihm klar wurde, was die Worte seiner Mutter bedeuteten.

»Also ist unsere Familie schuld am Unglück der Casparus-Familie? Wir sind schuld, dass Magdalena alles verloren hat. Wir sind schuld, dass sie ihre Kinder aussetzen musste und dass Catharine und Anton in dem Glauben aufwuchsen, nicht gewünscht oder gar geliebt zu werden. Und obwohl Sie all das wussten, haben Sie auch noch Catharine fortgeschickt?«

In diesem Moment schüttelte Benis Mutter den Kopf. »Niemand von uns ahnte, dass sie Magdalenas Tochter war. Das schwöre ich. Nachdem wir sie vom Pranger losgemacht hatten, sah ich sie nie wieder. Vielleicht hätte ich auf den Gedanken kommen müssen, aber wir verdrängten die Ereignisse und sprachen nie mehr darüber.«

»Was haben Sie getan?«, flüsterte Beni verzweifelt. Er spürte, dass er sich setzen musste, wenn er nicht vor den

Augen seiner Familie zusammenbrechen wollte. »Wie konnten Sie nur, Vater?«

Leopold von Waldenburg sah Beni lange an, sagte jedoch nichts mehr. Stattdessen wollte er aus dem Zimmer stürmen, doch in diesem Moment betrat Josefine Zietsch den Raum und meldete einen Besucher an.

»Nicht jetzt«, fuhr der Vogt sie an.

»Doch«, widersprach Josefine. Sie presste ihre Hände vor die Brust und sah den Vogt flehend an. »Bitte, gnädiger Herr. Der junge Mann sagte, es ginge um meine Catharine.«

Benis Schläfen begannen zu pochen. Er eilte an der Dienstmagd vorbei und lief in den Flur, in dem der Fremde stand und wartete.

»Sie haben Nachrichten von Catharine?«, fragte Beni, ohne sich auch nur vorzustellen. Hinter ihm kamen auch Anni und seine Eltern in den Flur gelaufen.

»Mein Name ist Carl Ludwig Schlegel. Ich komme den langen Weg aus Bad Langensalza, um Sie darüber zu informieren, dass sich ein Weibsbild die Frechheit herausgenommen hat, sich als Bursche auszugeben. Sie hat sich in ein hoch angesehenes Lehrinstitut für angehende Apotheker eingeschlichen. Nachdem ich diesen Skandal aufdeckte, fanden umtriebige Schreiberlinge im Auftrag der Langensalzaer Moralischen Wochenschrift heraus, dass diese Betrügerin aus Ihrer Stadt kommt. Da Sie«, sein Blick ging jetzt zu Leopold von Waldenburg, »Vogt von Celle sind, fordere ich Sie dazu auf, diesem Betrug Einhalt zu gebieten!«

Der aufgeblasene junge Mann atmete einige Male hörbar aus und ein und erwartete ganz offensichtlich Zustimmung. Stattdessen begann Beni schallend zu lachen. Obwohl ihr Name nicht gefallen war, wusste, dass es nur um

Catharine gehen konnte. Dann wandte er sich an seine Mutter.

»Ist das zu glauben? Ausgerechnet eine Apotheke?«

Er sah, dass Sophie Tränen in die Augen traten. Sie nahm seine Hände und lächelte ergriffen.

»Geh und hol sie dir zurück!«

* * *

Magdalenas Herzschlag wollte sich nicht mehr beruhigen. Nachdem Johann Benedict vor einigen Tagen in das Haus des Schulmeisters gestürmt war und berichtet hatte, dass sie endlich Catharines Aufenthaltsort kannten, war sie nicht mehr zur Ruhe gekommen.

Sie hatten keine Zeit verloren und waren schon kurz darauf nach Bad Lagensalza aufgebrochen. Die Reise war noch beschwerlicher als die von Göttingen zurück nach Celle, was vor allem an der weiten Strecke lag, die sie zurücklegen mussten. Doch Magdalena hatte keinen Moment gezögert, als Beni sie gefragt hatte, ob sie mitkommen wollte.

Nun standen sie vor der Apotheke des Herrn Wiegleb, und Magdalena starrte in das Ladenfenster. Die Sonne spiegelte sich in der Scheibe, trotzdem war die Person, die da gerade einen Kunden zur Tür geleitete, ganz eindeutig als Frau erkennbar. Das Türglöckchen klingelte, und Magdalena hörte die helle, freundliche Stimme des Mädchens.

»Beehren Sie uns bald wieder!«

Und dann sah die junge Frau, deren feuerrote Haare sie sofort an Mathias erinnerten, zu ihnen herüber. Sie riss die Augen auf, presste die Hand vor den Mund und schüttelte den Kopf. Dann kam sie über die Straße gerannt, blieb abrupt vor ihnen stehen und sah von einem zum anderen. Natürlich verstand sie nicht, was genau das alles bedeutete, und vermutlich wäre es besser gewesen, sie hätten sich erst einmal irgendwo hingesetzt, um dann in Ruhe miteinander zu sprechen.

Doch Magdalena hatte zu lange auf diesen Moment gewartet. Sie hatte keine Geduld mehr.

»Catharine Margarethe«, sagte sie mit zitternder Stimme und griff nach den Händen ihrer Tochter. »Ich bin unendlich glücklich, dich endlich kennenzulernen.«

Catharine sah Beni fragend an, doch der lächelte nur still vor sich hin.

»Ich verstehe nicht«, murmelte sie.

»Wie könntest du auch? Ich sage es frei heraus. Ich heiße Magdalena Margarethe Casparus. Ich bin deine Mutter, und das hier«, sie wandte sich zu Anton um, »ist dein Zwillingsbruder.«

* * *

Natürlich hörte ich die Worte der Frau. Sie erreichten meine Ohren, drangen in meinen Kopf und rüttelten dann an meinem Herzen, das sofort zu stolpern begann. Doch verstehen hieß noch lange nicht begreifen.

Meine Mutter? Wie konnte diese Frau meine Mutter sein, wo ich doch ein Findelkind war? Und wie, um alles in der Welt, konnte es sein, dass Anton mein Bruder war? Hätte ich das nicht all die Jahre in Langenkamps Schule spüren müssen? Wobei – hatte ich es nicht gespürt? Wie oft hatte ich mich gerade in den Wochen, bevor ich Celle verließ, gefragt, was diese seltsame Nähe zwischen uns zu bedeuten hatte?

»Unsere Catharine ist sprachlos«, kicherte Anton. »Noch nie zuvor habe ich dich mit einem so verdatterten Gesicht gesehen«, feixte er weiter.

Ich schreckte auf, als würde ich aus einem Traum erwachen. »Das liegt vielleicht daran, dass noch nie zuvor Mutter und Bruder gleichzeitig in mein Leben geplatzt sind.«

Ich sah zu Beni, dann in die Augen der Frau, die meine Mutter sein sollte. Und dann begannen wir plötzlich alle vier zu lachen. Es war befreiend und verschaffte mir eine kurze Verschnaufpause, um all meine Gedanken zu sortieren.

Beni war der Erste, der seine Stimme wieder im Griff hatte. »Gibt es einen Ort, an dem wir in Ruhe reden können?«

Ich nickte und bedeutete ihnen allen, einen Moment zu warten. Dann lief ich in die Apotheke und erklärte Gerhard in wirren Worten, was passiert war und warum ich nun meinen Arbeitsplatz verlassen musste. Der Geselle winkte ab.

»Mutter und Bruder aus dem Nichts aufgetaucht. Ich würde ja sagen, ich verstehe, aber das tue ich nicht wirklich. Aber nun geh schon.«

Kurz darauf saßen wir zu viert im Goldenen Löwen und sahen uns schweigend an. Es war Anton, der schließlich das Wort ergriff.

»Beni und ich waren eigentlich auf der Suche nach dir. Wir haben Gebäranstalten und Hospitäler abgeklappert, aber nirgends hatte auch nur irgendjemand etwas von dir gehört.«

Ich lachte auf. Natürlich hatten sie mich nicht gefunden, hatte ich doch Anton und Meister Langenkamp absichtlich in dem Glauben gelassen, eine Hebammenausbildung machen zu wollen.

»Ich hätte es wissen müssen.« Anton schüttelte den Kopf und lächelte nachsichtig. »Du hattest dir die Sache mit der Apotheke längst in den Kopf gesetzt. In Göttingen trafen wir jedenfalls auf ...« Anton zögerte und zog dann die Schultern zurück, »auf unsere Mutter.«

»Wie seid ihr nur darauf gekommen, dass sie unsere Mutter sein könnte?«, wollte ich wissen, obwohl das von all den brennenden Fragen in meinem Kopf die am wenigsten dringliche war.

»Ich habe ihn sofort erkannt«, antwortete Magdalena. »Dein Bruder Anton ist auch ohne Rotschopf ein Ebenbild eures Vaters Mathias. Die roten Haare hat er allerdings an dich weitergegeben, Catharine.«

Bei der Erwähnung der Haare sah ich peinlich berührt auf meine Hände, denn mir fiel ein, dass es meine eigene Haarpracht nicht mehr gab. Was Beni jetzt wohl von mir hielt? Als wir uns das letzte Mal gesehen hatten, reichte mir mein Zopf fast bis zum Gesäß. Nun hatten sie gerade einmal Ohrläppchenlänge.

»Die wachsen schon wieder«, flüsterte Beni und strich mir behutsam über den Handrücken, als hätte er meine Gedanken erraten.

»Und unsere Zweitnamen ...«, begann ich, doch Magdalena unterbrach mich sofort.

»Ich gab euch die Namen und stickte sie unter größten Anstrengungen in das Tuch, mit dem ich euch in eurem Körbchen zudeckte. Ich hoffte, Vogt und Lehrmeister würden die Namen beibehalten. Abergläubisch, schon möglich. Aber ich wollte euch irgendwie spüren lassen, dass eure Eltern euch von Herzen liebten und es noch tun.«

Ich nickte, dann stellte ich endlich die Frage, die mir auf der Seele brannte, so lange ich mich zurückerinnern konnte.

»Warum ...« Ich brach ab, denn meine Worte sollten auf keinen Fall nach einem Vorwurf klingen, doch ich wusste auch nicht, wie ich meine Frage hätte anders formulieren sollen. Ich nahm einen erneuten Anlauf. »Warum hast du uns weggegeben?«

Magdalena presste ihre Lippen fest aufeinander, und ich sah, dass sie schwer schluckte.

»Erzähl alles«, bat ausgerechnet Beni in diesem Augenblick. »Du musst nichts zurückhalten. Ich habe in der Zwischenzeit mit meinen Eltern gesprochen und weiß von Konrad und dem Feuer und allem, was da noch kam.«

In den Augen meiner Mutter standen plötzlich Tränen, gleichzeitig lächelte sie Beni dankbar an. Offenbar hatte sie Geschehnisse verschwiegen, um ihn zu schützen, doch das war nun nicht mehr nötig. Und dann begann sie zu reden, und weder ich noch Anton unterbrachen sie. Sie erzählte davon, wie sie sich in den frechen und fröhlichen Handschuhmacher verliebt hatte, gleichzeitig jedoch auch der Tischlersohn Konrad ein Auge auf sie geworfen hatte. Sie berichtete vom großen Feuer, das Konrad aus Rache gelegt hatte, dem Tod ihres Vaters und der bitteren Armut, in die sie plötzlich geraten war.

»Aber dann hatte Sophie von Waldenburg Mitleid mit mir und stellte mich ein.« Magdalena lächelte plötzlich. »Ich war sogar bei deiner Geburt dabei, Johann Benedict. Ist das zu glauben?« Ihr Gesichtsausdruck war plötzlich seltsam entrückt, und ich hatte das Gefühl, dass meine Mutter mit ihren Gedanken weit weg war.

»Doch dann wurde meine Schwangerschaft offensichtlich«, fuhr sie fort, »und der Vogt verurteilte mich, weil ich mich seiner Weisung widersetzt hatte.«

An dieser Stelle unterbrach Beni die Erzählungen meiner Mutter. »Er wollte dich aus dem Weg haben, um nicht Gefahr zu laufen, dass Konrads Schuld doch noch ans Licht kam.«

Ich sah zu Beni. Seine Augen funkelten vor Zorn, und ich sah ihm an, dass er seinem Vater noch lange nicht verziehen hatte.

»Was wurde aus Konrad?«, fragte ich.

Meine Mutter sah zu Beni, doch er nickte ihr aufmunternd zu. Und dann erfuhren Anton und ich die ganze Wahrheit. Unser Vater war nicht etwa im Krieg gefallen. Er war kaltblütig ermordet worden. In all den Jahren waren die furchtbaren Gräueltaten des Tischlersohnes nie zur Sprache gekommen, und auch unsere Mutter, Magdalena Casparus, erfuhr keinerlei Wiedergutmachung.

Als könnte er Gedanken lesen, kam in dieser Sekunde ausgerechnet Beni auf eben dieses Thema zu sprechen.

»Ich weiß genau, was nun zu tun ist«, sagte er mit fester Stimme. Er erhob sich und ging vor dem Tisch, an dem wir saßen, auf und ab. »Vater kann mich jetzt nicht mehr davon abhalten, dich zu heiraten, Catharine. Soll er es nur versuchen, ich werde ihm erklären, dass ich alles aufdecken werde, wenn er sich uns in den Weg stellt. Spätestens dann wird er einsehen, dass er uns nicht voneinander trennen kann!«

Ich lächelte, stand ebenfalls auf und griff nach seinen Händen. Dann schluckte ich, denn ich wusste genau, dass meine folgenden Worte dem Mann, den ich über alles liebte, ein weiteres Mal das Herz brechen würden.

»Es tut mir leid, Beni. Aber ich werde nicht nach Celle zurückkehren.«

Johann Benedict riss die Augen auf und starrte mich an. »Sag so etwas nicht«, flehte er. »Bitte, du darfst mich nicht noch einmal verlassen.«

Meine Knie zitterten, und am liebsten hätte ich mich in seine Arme geworfen. Doch ich wusste inzwischen genau, welchen Weg ich gehen wollte, und ich würde nur glücklich werden, wenn ich mich nicht davon abbringen ließ.

»Ich kann hier nicht weg. Noch nicht. Apotheker Wiegleb hat mir nichts vorgemacht. Ich weiß, dass ich niemals eine eigene Apotheke führen werde. Aber ich möchte die Ausbildung beenden, ganz gleich, wohin mich das führen wird. Mich macht glücklich, was ich hier tue, und ich habe die Hoffnung, dass all das Wissen mir irgendwann auch etwas nützen wird.«

Unsicher sah ich zu Beni auf. Ich erwartete Enttäuschung, den Versuch, mich umzustimmen, möglicherweise sogar Wut. Doch nichts dergleichen passierte. Stattdessen schlang er seine Arme fest um mich und gab mir vor aller Augen einen zärtlichen Nasenstüber.

»Ich kann warten«, flüsterte er.

Epilog

Frühjahr 1783

Der junge Mann betrat die Offizin und lächelte glücklich. Während seine frisch angetraute Gattin Catharine Arznei in Schubladen sortierte, hatten sein Schwager Anton und er das neue Messingschild aufgehängt. Seine Frau hatte ihm einen Langensalzaer Künstler empfohlen. Dieser hatte aus der Prägung, die sie auf Magdalenas altem Herbarium entdeckt hatten, eine wunderschöne Apothekensignatur erstellt. Nun prangte der Name »Casparus-Apotheke« in großen Lettern über dem Ladenfenster, und das Messingschild hing neben der Tür.

Beni seufzte. Es war ein langer Weg gewesen bis hierher, und wenn er darüber nachdachte, mit wie viel Leid er vor allem für Catharine, Anton und Magdalena verbunden gewesen war, plagte ihn noch immer das schlechte Gewissen. Doch natürlich wusste er auch, dass er an all dem keine Schuld trug. Es waren vielmehr seine Eltern, die sich vor vielen Jahren schuldig gemacht hatten. Doch nach langen Gesprächen hatte Beni sie endlich dazu gebracht, Verantwortung zu übernehmen. Es war seine Anregung gewesen, dass die Stadt eine neue Apotheke bräuchte und dass nichts weiser wäre, als dieser den Namen »Casparus-Apotheke« zu geben.

Benis Vater hatte schließlich zugestimmt. Die Großvogtei war inzwischen seit über zehn Jahren aufgehoben, die zwölf cellischen Amtsvogteien waren anderen lüneburgischen Ämtern gleichgestellt, was bedeutete, dass Johann Benedict ohnehin keine Zukunft mehr als Vogt hatte.

Doch die Celler Bürger brauchten eine Apotheke. Und da es Frauen noch immer nicht erlaubt war, den Beruf auszuüben – seine Mutter Sophie von Waldenburg hatte den König persönlich um eine Ausnahme angefleht, war jedoch mit ihrer Bitte gescheitert –, war nun er, Johann Benedict von Waldenburg, stolzer Besitzer der Casparus-Apotheke.

Catharine hatte ihre Ausbildung bei Johann Christian Wiegleb beendet. Sie wusste, ebenso wie ihre Mutter, welche Arbeiten in einer Apotheke anfielen, kam wunderbar mit der Celler Kundschaft zurecht und hatte große Freude an der Arbeit im Laboratorium.

Da Johann Benedict selbst zu wenig von Pharmazie und Chemie verstand, kümmerte er sich um die Buchhaltung und hatte außerdem Gerhard Schweizer, den Gesellen aus Wieglebs Apotheke in Langensalza, gefragt, ob er nicht Provisor in der neuen Casparus-Apotheke werden wollte. Der tüchtige Mann hatte ohne zu zögern eingewilligt, und nachdem er und Catharine sich aus ihren Jahren bei Wiegleb bestens kannten, störte sich der neue Apothekenvorsteher nicht im Geringsten daran, dass Catharine und ihre Mutter Magdalena ihm bei der Arbeit zur Hand gingen.

Neben der Arbeit in der Apotheke hatte Magdalena noch eine weitere Beschäftigung gefunden. Wann immer die Zeit es zuließ, besuchte sie ihre alte Freundin. Entgegen anderslautender Vorhersagen war Gerda trotz eingeschränkter Lungentätigkeit noch immer am Leben. Zwar schaffte sie es nicht mehr, ihrer Arbeit als Wirtin nachzugehen, doch das war auch nicht nötig, führten doch ihr

Gatte Valentin und die gemeinsame Tochter Irma die Alte Linde.

Nachdem einige Wochen vergangen waren, hatte Beni sich sogar mit seiner Schwester ausgesöhnt. Erstaunlicherweise kam Annegret inzwischen regelmäßig in die Apotheke und bot ihre Hilfe an. Inzwischen hatte Beni allerdings durchschaut, dass der Fleiß seiner Schwester weniger mit der Arbeit in der Apotheke als vielmehr mit Provisor Gerhard zu tun hatte. Die beiden schienen sich zu mögen, und je offensichtlicher Gerhards Gefühle für Anni zutage traten, umso fröhlicher und freundlicher wurde sie.

Beni ging in die Offizin, umarmte seine Frau von hinten und drückte ihr einen Kuss in die Halsbeuge. Er spürte, wie sie unter seiner Berührung erschauderte. Dann drehte sie sich zu ihm um und schob ihn von sich.

»Du hältst uns von der Arbeit ab«, sagte sie mit gespieltem Vorwurf. Dann lächelte sie und strich sich vorsichtig über ihren Bauch. Beni beugte sich hinunter und drückte seiner strahlenden Gattin einen Kuss auf die inzwischen unübersehbare Wölbung.

Nachwort

Liebe Leserin, lieber Leser,

womöglich stellst du dir am Ende dieses Romans die Frage, wie viel Wahrheit wohl in und zwischen den Zeilen stecken mag. In meinem Nachwort möchte ich dir diese Frage beantworten.

Der Schauplatz: Celle

Während der Vorarbeit zu meinem Roman habe ich mich nicht nur eingelesen, sondern mich auch selbst nach Celle begeben, einige Tage im dortigen Archiv verbracht und mir die wunderschöne Altstadt, das Schloss und das Bomann-Museum angesehen. Doch warum entschied ich mich ausgerechnet für diese Stadt, wo ich selbst doch im Süden Deutschlands lebe? Nun, bei meiner Recherche zum Thema Findelkinder im 18. Jahrhundert stieß ich eben vor allem auf Urteile aus dem Fürstentum Lüneburg, weswegen ich mich schließlich für Celle als Schauplatz meiner Handlung entschied.

Thematik 1: Findelkinder

Beim Lesen der Fälle und Urteile wurde mir schnell klar, dass das Aussetzen der Kinder für die verzweifelten Mütter oft die einzige Möglichkeit zum Überleben war, wenn man von der Kindstötung einmal absah, die es natürlich auch gab. Die Frauen lebten in so großer Armut, dass nicht mehr daran zu denken war, auch noch das eigene Kind durchfüttern zu können. Die Geburt öffnete ihnen jedoch so manches Mal die Tür in eine Anstellung: Sie wurden Säugammen und konnten so immerhin für sich selbst sorgen. Wurde die Kindesaussetzerin gefasst, drohten empfindliche Strafen, etwa der Pranger oder die sogenannte »Fiddel«, ein eisernes oder hölzernes Gestell in Geigenform, das um Hals und Hände gelegt wurde und an das die Frau Tag und Nacht angeschlossen blieb, bis die Strafe verbüßt war.

Eine in den Urteilen namentlich erwähnte Frau war die junge Magdalena Margaretha Casparus, die ihr Kind im Jahre 1775 in Hildesheim aussetzte, um sich später als Amme in Lüneburg zu verdingen.

Thematik 2: Apotheken

Das 18. Jahrhundert gilt als das der Findelkinder, gleichzeitig gab es zu dieser Zeit aber keine weiblichen Apothekerinnen, was meinem Handlungsverlauf natürlich widersprach. Es gab helfende Töchter oder Ehefrauen, doch obwohl man ihnen besondere Sorgfalt und Gewissenhaftigkeit nachsagte, wurde ihnen das Führen einer eigenen Apotheke untersagt.

Eine erste Frau, die offiziell und erfolgreich eine Ausbildung als Apothekerin abschloss, war Elisabeth Fersterin (1752–1787), die Frau des Münchner Stadtapothekers Franz Xaver Orthmayer. Diese Genehmigung war jedoch eine Ausnahme, da die Apothekerin anschließend einer Tätigkeit im Frauenkloster nachging. Erst sehr viel später, im Jahre 1899, wurden Frauen erstmals zum pharmazeutischen Universitätsstudium zugelassen. Die erste approbierte Apothekerin nach einem solchen Studium war Magdalena Neuff, geb. Meub (1881–1966).

Für meinen Roman war es also ausgeschlossen, dass sich Catharines Traum, Apothekerin zu werden, auf offiziellem Weg erfüllte. Also musste sie sich als Mann ausgeben und sich in eine pharmazeutische Lehranstalt einschleichen. Auch bei meinem geplanten Happy End musste ich aufgrund historischer Gegebenheiten Abstriche machen: Catharine durfte ausgebildet werden, sie durfte in der neu gegründeten Casparus-Apotheke mitarbeiten, aber eben nicht die Eigentümerin sein.

Nachdem die Apothekerausbildung lange Jahre uneinheitlich geregelt war und das Können des Gesellen von der Lehrmethode des Apothekers abhing (oder von dessen Einsicht, dem jungen Gesellen auch tatsächlich etwas beizubringen, statt ihn als billige Arbeitskraft zu benutzen), eröffneten Ende des 18. Jahrhunderts in ganz Deutschland immer mehr private Lehrinstitute.

Fortschrittliche Apotheker, die sich der Notwendigkeit einer guten Ausbildung ihrer Gesellen bewusst waren, unterrichteten diese fortan in Pharmazie und Chemie. Einige Studenten und Schüler lebten während der Ausbildung als Pensionsgäste direkt im Hause des Apothekers.

Johann Christian Wiegleb (1732–1800) war einer dieser Apotheker. Er gründete nicht nur die im Roman erwähnte Lehranstalt in Bad Langensalza, sondern verfasste auch das »Handbuch der allgemeinen Chemie« in zwei Bänden, das 1781 zum ersten Mal, und 1786 und 1796 als Neuauflage erschien und zu einem Standardwerk damaliger Studenten wurde. Der im Roman auftretende Sigismund Hermbstaedt war übrigens tatsächlich als Repetent an Wieglebs Lehranstalt tätig.

Danksagung

Am liebsten würde ich jetzt ja in einem Café sitzen, zusammen mit all den Menschen, die bei der Entstehung dieses Buches mitgewirkt haben. Ich würde ihnen die Hand schütteln und ihnen von Angesicht zu Angesicht dafür danken, dass sie während der Entstehung meines »Findelkindes« für mich da waren und mich während des Schreibens auf ganz unterschiedliche Art und Weise unterstützt haben. Da war …

… meine Familie

Jens und Laura, danke, dass ihr meine Schreibleidenschaft vorbehaltlos unterstützt! Ohne euch wäre ich in intensiven Schreibphasen inzwischen sicher mehr als nur einmal verhungert oder verdurstet und würde so manchen Plotknoten noch immer nicht gelöst haben. Ihr habt Geduld, wenn ich auf Fragen mit einem abwesenden »Hä?« antworte, und verzeiht es mir, dass ich ab und an völlig zusammenhanglos über Geschehnisse spreche, die gute 250 Jahre zurückliegen und damit eher wenig mit unserem Familienalltag zu tun haben. Danke!

… meine Agentin Anna Mechler

Liebe Anna, ich habe keine Ahnung, wo ich ohne dich wäre! Du unterstützt mich seit meinem ersten Roman, begeisterst dich für jede meiner Ideen und hast immer ein offenes Ohr. Außerdem wirst du ganz wunderbar mit meiner Ungeduld fertig. In der Welt der Bücher, in der Entscheidungen gern auch mal etwas länger dauern, sind deine »Wird-schon-E-Mails« wie eine Beruhigungspille für mich und etwa genauso hilfreich wie ein kurzfristig zur Verfügung gestellter Schlafplatz, wenn alle Messehotels ausgebucht sind. Danke!

… Eliane Wurzer von Piper Digital

Liebe Eliane, 2018 hast du dafür gesorgt, dass mein Debüt »Zigeunermädchen« ein Verlagszuhause bei Piper Digital fand. Als ich dir auf der Frankfurter Buchmesse von meiner neuen Idee für mein »Findelkind« erzählte, hast du mich auch hier sofort darin bestärkt, diese Geschichte zu schreiben. Durch dein Vertrauen hast du mir Türen geöffnet. Danke!

… Sandra Lode, freie Lektorin

Liebe Sandra, kennengelernt haben auch wir uns schon durch die Zusammenarbeit am »Zigeunermädchen«. Welch ein Glück, dass du auch meinem »Findelkind« den letzten Schliff verpasst hast! Wir liegen ganz offensichtlich auf einer Wellenlänge, was, wie ich inzwischen weiß, für ein gelungenes Lektorat unendlich wichtig ist. Ich hoffe sehr, dass du mich auch bei weiteren Buchprojekten begleitest.

Danke!

… Stadtarchiv Celle

Den Mitarbeiterinnen und Mitarbeitern des Stadtarchivs Celle danke ich dafür, dass sie mich bei meiner Recherche unterstützten, mir schon per E-Mail Literatur empfahlen, die ich in der Württembergischen Landesbibliothek durchforsten konnte, und mir schließlich auch vor Ort passende Karten, Fotos und Sachbücher zur Verfügung stellten. Danke!

Und da warst du, lieber Leser!

Auch dir gebührt mein Dank. Dafür, dass du zu meinem Buch gegriffen hast, dass du dich eingelassen hast auf die Geschichte von Catharine und Magdalena, mit ihnen gelitten und dich mit ihnen gefreut hast. Danke!

Quellen

Maehnert, Carsten: Das Armenwesen in Celle, in: Kirche in Celle. Beiträge zur Kirchengeschichte, Evangelisch-lutherischer Kirchenkreis Celle, Evangelisch-reformierte Gemeinde Celle, Katholische Kirchengemeinde St. Ludwig als Herausgeber, 1992

Celle – Das Stadtbuch, Rwle Möller und Bernd Polster, Bonn: Edition Stadtbuch, 2003, Bonner Talweg 276, 53129 Bonn

Franz, Günther: Verwaltungsgeschichte des Regierungsbezirks Lüneburg, Walter Dorn Verlag, Bremen-Horn, 1955

Klosa, Achim M.: Johann Christian Wiegleb (1732–1800). Eine Ergobiographie der Aufklärung. Quellen und Studien zur Geschichte der Pharmazie. Begründet von Rudolf Schmitz, herausgegeben von Fritz Krafft und Christoph Friedrich. Wissenschaftliche Verlagsgesellschaft mbH Stuttgart. 2009

Huwer, Elisabeth: Das Deutsche Apotheken-Museum – Schätze aus zwei Jahrtausenden Kultur- und Pharmaziegeschichte, herausgegeben von der Deutschen Apotheken Museum-Stiftung

Gaude, Werner: Die alte Apotheke. Eine tausendjährige Kulturgeschichte. 2. Auflage, deutscher Apotheker Verlag Stuttgart 1986